人生最美好的遇见

盈风 著

中国華僑出版社

图书在版编目（CIP）数据

人生最美好的遇见 / 盈风著. — 北京 : 中国华侨出版社，2015.9

ISBN 978-7-5113-5680-2

Ⅰ. ①人… Ⅱ. ①盈… Ⅲ. ①言情小说—中国—当代 Ⅳ. ①I247.5

中国版本图书馆CIP数据核字（2015）第232626号

人生最美好的遇见

著　　者：盈　风
出 版 人：方　鸣
责任编辑：月　姝
封面设计：仙　境
排版制作：刘珍珍
经　　销：新华书店
开　　本：700mm×980mm　1/16　印张：18.5　字数：301千字
印　　刷：北京慧美印刷有限公司
版　　次：2015年11月第1版　2015年11月第1次印刷
书　　号：ISBN 978-7-5113-5680-2
定　　价：32.80元

中国华侨出版社 北京市朝阳区静安里 26 号通成达大厦 3 层　邮编：100028
法律顾问：陈鹰律师事务所
发 行 部：（010）82068999 传真：（010）82069000
网　　址：www.oveaschin.com
E-mail：oveaschin@sina.com

目录

CONTENTS

楔子

十岁生日那一天，我给自己定下了未来20年的奋斗目标：

1. 争取年级第一并一直保持下去
2. 考进最好的重点初中
3. 做最好的学生里面最好的那一个
4. 当大队长，实在做不到，当班长也可以
5. 入团，争取选上团支部书记
6. 进最好的重点高中
7. 成绩和初中时一样，拿年级第一
8. 考上全国重点大学，拿最高奖学金
9. 找到好工作，努力赚钱
10. 给自己买一套房子

我突然发现，在我伟大的人生计划里，竟然没有“结婚”这么重要的内容。

于是，我把自己变成了嫁不出去的“剩女”！

——洛可可于2014年7月30日（一个人的31岁生日）

第一章 喝醉的女人

故事开始于卓琳的婚礼。

在大多数女人迟迟找不到真命天子恨嫁不成的岁月里，必定会有一两个约定将来一同去住老人院的“闺蜜”，卓琳和洛可可正是这样的关系。

如今，一个风风光光出嫁成为9月新娘；剩下的那个难免会生出几分被抛弃的失落感，以及难以言说的十分强烈的挫败感。

更要命的是，春风得意的卓琳丝毫没有察觉好友严重的心理落差，早在婚礼前八个月就喜滋滋地钦定洛可可为伴娘人选，还美其名曰“帮你省下红包”，一副非常诚恳替她的荷包精打细算的模样。

殊不知，洛可可情愿为红色罚款单缴费，也胜过站在卓琳旁边看她与夫婿大秀恩爱。不过，这个死要面子的女人是断不肯承认的。于是在2014年9月13日这一天，她穿着一套粉红色露肩小礼服配白色镶钻细高跟鞋，站在东郊宾馆2号迎宾楼金碧辉煌的大堂前，随时准备着接手新娘递过来的红包。

客观地说，对于一个年满31岁的女人，粉红色显得过于娇嫩了。当然，也很少有30岁以上的人还当伴娘的。

距6点整还差五分钟的时候，卓远晃晃悠悠地进了迎宾楼，在堂姐卓琳的巨幅婚纱海报前驻足停留三秒钟。以一个摄影爱好者兼业余平面设计师的眼光看，他对摄影师的构思、光线运用及后期处理非常满意。

新娘子候在门外等待进场，替她整理婚纱的可可抬头之际发现站在后面观望的卓远，误以为来者不善，连忙走到卓琳身边神神秘秘地耳语道："喂，我说你这死女人结婚之前有没有把该了断的情债断干净了？"

卓琳风情万种地白了她一眼："呸呸呸，你个乌鸦嘴，大好日子说什么死不死的！我可是清清白白嫁作李家妇，哪有什么该断不断的前男友？"

"那后面深情款款望着你一脸海枯石烂此情不渝的男人是谁？"

听洛可可这么一说，卓琳好奇地回头望了一望，顿时咯咯笑出了声："我说可可呀，你不会连我弟都不记得了吧？"说着，她朝卓远挥了挥手，又指指侧门示意他从那边入场，接着数落洛可可记性差，"难不成你真忘了？就是大三暑假我们去叔叔家管教的那个早恋的家伙呀。他大学毕业后在北京工作了几年，上个月刚回来。"

"哦！"洛可可发出长长的一声咏叹，心想十年前的旧事我哪里记得起来。有了卓琳的提示，她轻易就将记忆钟的指针拨回2004年，从大脑的某个存储单元找到那个男孩，转过头将卓远从头到脚仔细打量了一番，不由得狐疑地问："你弟是不是去整过容了，怎么一下子变成了大帅哥？"

"动心了吧？"卓琳抛了个媚眼给她，"要不要我替你制造机会？姐弟恋现在流行得很。"

"拜托，我年纪一把了，经不起小朋友折腾。"洛可可忙不迭地谢绝，虽然卓远的身材外貌是她喜欢的类型，但她不能接受比自己岁数小的男人，太缺乏安全感了。

正往侧门方向行进的卓远连着打了好几个喷嚏，他摸摸手臂觉得空调吹出的风并不冷，也不像是感冒的征兆。听到堂姐那边传来嬉笑声，他迷信地猜想会不会是她们在谈论自己，便留心多看了两眼，堂姐身边的女人似曾相识，但他找不回更详细的信息了。

卓远费了一番工夫才回忆起伴娘是何许人也，这得归功于卓琳把新娘捧花直接送给了她并饱含深情地让人误会两人有百合情结地介绍："洛可可是我最好的朋友，我们从大学开始认识了十二年也要好了十二年。我本来以为这辈子要跟她白头到老了，但我幸运地找到了家成。我希望有一个人能发现可可的美好，和她共度今生。”

洛可可抱着芬芳的白玫瑰花束哭笑不得，恨不能把花举高挡住自己的脸。好吧，人人皆能从这段有“爱”的介绍里推算出她的年龄，同时还足以了解她到现在都没人要的事实了。叫她有苦说不出的，是卓琳非但不觉得丢脸甚至有几分沾沾自喜，还附在她耳旁邀功道：“可可，我老公公司里有一大把单身未婚男青年，刚才我帮你打过广告了，一会儿敬酒的时候，你可得好好表现表现。”

表现好酒量，还是表演不胜酒力？洛可可对着天花板郁闷地翻了个白眼，无语问苍天。

卓远望着跟在堂姐身边一桌桌敬酒过去的洛可可，记忆渐渐复活。2004年那个炎热的夏天，卓琳梳着可笑的麻花辫，洛可可有点婴儿肥，那一年的他为了爱情愿意从六楼跳下去证明。

父母找来卓琳帮忙劝说，她带着最好的朋友洛可可一同出现。

回忆戛然而止，卓琳和她的新婚丈夫带着伴娘伴郎敬到了这一桌。洛可可恰好站在卓远旁边，他碰了碰她细瘦的手臂，皱着眉头说道：“大姐，你修炼白骨精啊？”

洛可可习惯了被人称呼“可可”“Coco”，最最底限是“Coco姐”，这一声“大姐”让她觉得平白无故地老了三岁，遂横眉冷冷瞪了他一眼：“泡面小子，要你管！”

因遥远而显得有几分陌生感的绰号，属于年少轻狂再也回不来的日子。卓远微微勾起嘴角，带着很浅很淡的笑容，说道：“不好意思，我现在闻到泡面的味道就想吐。所以，拜托你update一下。”

可可正待反唇相讥，卓琳和新郎被几个亲戚闹着要罚酒，她连忙过去挡驾，少不得又被灌了好几杯酒，把卓远忘在了脑后，直至卓琳敬到他那里。

“小远，还记不记得可可？”看他手上又是一杯红酒，卓琳立刻拖过洛可可做挡箭牌，“那年要不是她苦口婆心说服你用功读书，你能考上北大才怪。这一杯，你敬她就好了。”

洛可可在心里把不讲义气的卓琳狠狠骂了好几十遍，面上仍笑得春光烂漫道：“小远弟弟天资聪颖，我说到底能帮上什么忙呢？受之有愧，受之有愧！”接下来还有好几桌要敬，包括卓琳和李家成爱闹的同事们，她的原则是能逃就逃，逃不过才喝一杯。

小远弟弟！God，她还有没有更恶心的称呼？卓远眼角一跳，他笑了笑放下酒杯，转而拿起桌上的白酒瓶子往空的红酒杯里倒了差不多量的液体，举起来说道：“大姐，说真心话我得谢谢你。我就先干为敬了。”他仰起脖子，像喝白开水一样一口气干了，喝完还朝他们亮了亮杯底。

卓琳心里一惊，觉得堂弟未免太当真了。她给老公使了个眼色让他的伴郎出面解围，总不能一直都是洛可可冲锋陷阵吧。

卓远在北方的几年里练就了好酒量，喝这么一杯纯属小儿科。他的挑衅仅仅是不给洛可可推辞的理由。果然，好胜心切的女人咬了咬牙，在伴郎出声替她扛下来之前毅然拿起卓远刚放下的红酒杯子，笑着回敬道：“你都先干为敬了，我这个做姐姐的也不好意思推三阻四，就当欢迎你回来吧。”说罢，她脖子一仰，豪爽地干了。

“佩服！”卓远拍了拍手为她喝彩，似笑非笑的表情十分欠扁。洛可可不再理他，一连喝下的几杯红酒后劲发作，她有些晕眩，突然忘了身为伴娘的职责放下杯子就走。走出两步，她才想起把新娘和新郎抛在了身后，又连忙折返回来。

卓琳看她脸红红的样子，心知不能再让她喝下去了，忙说：“好了好了，我先去补妆，剩下的几桌等我回来再敬吧。”

等他们离开之后，卓远的父母开始数落儿子不识大体，这种场面意思意思闹一闹就行了，哪像他非得把人喝趴下才甘心。

卓远面无表情地任凭父母教训，反正他向来一只耳朵进一只耳朵出，从小到大父母说什么都影响不了他。活这么大，他确实只听进过一个人的训斥，尽管这些年里他并没有刻意地记住她。

有点婴儿肥，架着一副黑框眼镜，比他大了五岁的洛可可对他的恋情嗤之以鼻。她不屑地说：“天长地久此情不渝，那全都是骗人的假话。这世上能爱你一辈子的，除了爹妈就只有你自己了。”最后她还补充了一句，“等你考进大学要是你还喜欢这个女生，我就跟你姓。”

如她所料，一个紧张得让人喘不过气的高三就足以令他淡忘幼稚的海誓山盟。多年以后的此时此刻，卓远再度忆起洛可可说过的话，心想这样一个不相信爱情只为自己而活的女人，若是不成为“剩女”简直天理难容。

洛可可醉了。当宾客陆陆续续告别的时候，她随便找了一把椅子坐下，抱着椅背呼呼睡去。不得不说，她的酒品尚可，至少没有失礼地发酒疯。

卓琳过意不去，无奈接下来她和李家成还得应付一群闹洞房的人，根本无暇照顾可可。忽然瞧见堂弟跟着叔叔婶婶走过来道别，她一把抓住卓远的手，拖着他来到熟睡中的洛可可面前。

“她怎么醉成这样？”卓远退后一步，在堂姐开口之前率先表态拒绝接收烂摊子，“拜托，这种麻烦事别来找我，我不会照顾喝醉酒的女人。”

他退一步，卓琳就进一步，采取紧迫的盯人方式：“你只要把她送回家扔到床上就OK了。”

卓远咽了口唾沫，心想这个做姐姐的也未免把自己想得太过正人君子了。虽说洛可可瘦得像个排骨精还比他大了五岁，但好歹性别为女，并且该有的部件一样不少，再加上醉酒的憨态，他可不敢保证会不会擦枪走火。

他一脸为难地看看洛可可，再看看卓琳：“要是我不想帮忙，你打算怎么办？”

“哦……”卓琳拖长了声音，耸耸肩示意自己已经到了山穷水尽毫无办法的地步，“几个大学同学说这里回市区太远，刚才就走了。我总不能把可可交给根本不能让我放心的人吧？”她一边说，一边扑闪着粘了假睫毛的大眼睛，“小远，就帮姐姐这个忙，OK？”

卓远摊开手心伸到卓琳眼皮底下：“地址，钥匙。事先声明我只负责把她送回家，要是她吐了我可管不着。”

“放心，放心，可可刚才吐过一次，她不会再吐了。”卓琳欢快地说着，从洛可可的手袋里找出钥匙递给卓远，“地址我一会儿发到你的手机上。小远，谢谢你哦！”她给了他一个热情的充满感激的拥抱加飞吻，然后提着裙摆一溜烟儿跑回李家成身边继续送客。

卓远抬起食指戳戳洛可可的手臂，她睡得很香压根没有知觉。他叹了口气，走回父母身边告知卓琳拜托自己的事项：“老爸，老妈，你们坐大伯的车直接回家。我先把那个麻烦的女人送回家。”一边转身远远地指了指洛可可。

“可可就像你姐姐一样，怎么能嫌人家麻烦呢？”卓文斌不满儿子总是摆出一副对任何人不屑一顾的姿态，又打算教训他了。

母亲陈爱华赶紧拉住脾气火暴的丈夫，一手将卓远推向洛可可的方向：“算了，儿子都这么大了，还用得着你教？小远，记得早点回来。”

本来就是麻烦事！卓远愤愤不平地再度走回洛可可身边，粗暴地拽着她的胳膊将她从椅子上拉了起来："喂，大姐，醒醒！我们回家了。"

"唔……"她咂巴咂巴嘴，发出类似于猫咪撒娇一样的声音，微微张开眼睛看了看他。卓远不知道洛可可有没有看清楚站在面前抓着她的男人是谁，总之她只抬了抬眼皮，冲他甜蜜地一笑："好……的。"

他正在感慨洛可可这一笑勉强称得上妩媚动人且撩拨得自己稍稍有点心猿意马，她脑袋一歪征用了他的肩膀当枕头又睡着了。

他动动肩膀，她没醒，用胳膊肘顶了顶她，洛可可依然没醒。"猪！大姐你就是猪！"卓远恨恨地骂着，索性打横抱起她，在众目睽睽之下朝门口走去。

经过卓琳身边时，他没好气地吩咐她快点把地址发过来，临走还不忘送上另类的祝福语："幸好有堂姐夫肯接收你，否则就跟她一样，没人要很凄惨的。"

目送他抱着洛可可走出去，李家成忧心忡忡地问老婆："会不会出事啊？"

"你放心啦，小远虽然比较毒舌，但是保证不会干乘人之危的事。"卓琳挥挥手打消老公的疑虑，对堂弟的人品抱以百分之百的肯定。

李家成苦笑，再一次佩服老婆大人的粗线条。

我担心有危险的那个是你堂弟！

根据卓琳的短信，卓远把洛可可送到了她家楼下。她住的小区是上海二十世纪八九十年代建造的老式公房，六层楼高的建筑每三栋连成一组分配门牌号码。她家的门牌号非常吉利：18号，在三栋一组的最里面。

洛可可睡得很香，暂时没有立刻苏醒的迹象。卓远从衣袋里掏出香烟盒抽了一支，正欲点燃，想了想还是把烟和打火机收了回去。

他朝副驾驶位探过身子，大半个人笼罩了洛可可。凝视她的脸时，卓远的表情令人费解，要是此刻她醒过来，保准会以为遇到了色狼。

就在半小时前，当卓远把洛可可抱上车替她扣安全带时，他的手臂不小心碰到了她的胸部。这个意外的"袭胸"事件因其中一位当事人处于非清醒状态浑然不觉而没有演变为非礼纠纷，反倒令他对那件粉红色小礼服掩盖下的胴体产生了一点点兴趣：难道她身上的脂肪全跑到胸部去了？

男人对女人脖子以下的部位总是好奇的，此言不虚。

卓远天人交战好一会儿，终于克制了把手放上去实际测量她的罩杯大小的冲动。他不能确定她何时会睁开眼睛，万一被逮了个现行到时候这个31岁恨嫁的女人要挟他负责怎么办？还是别冒险了！

“喂，你家到了。”第一遍，没反应。他提高了音量：“大姐，洛可可，洛可可大姐，猪都该醒了！”

洛可可“任君千呼万唤，我自岿然不动”的良好睡眠终令卓远丧失了耐心，直接动手捏住可可的鼻子。这一招算是奏效了，呼吸不畅的她同时张开了嘴巴和眼睛。

“你家到了。”他松开手，冷淡地通知道。

洛可可转过头朝车窗外望去，确实是到家了。她连忙解开安全带，一边向他道谢，一边推开车门下车。

“再见！”

他看着她走进楼道，一楼的声控灯亮了，二楼的亮了，三楼……一直到五楼离她家还有一层楼，卓远忽然意识到一个严重的问题——洛可可的钥匙正安静地躺在他的外套口袋里。

“Shit！”他低声咒骂，急急忙忙下车，锁了车门跑进楼里。卓远一口气冲上四楼，发现洛可可背靠着墙一动不动，一脸难受的样子。

“怎么了？”他粗声粗气地问道，藏不住声音里的关心。

她可怜兮兮地仰望着他，清醒之后的洛可可一定会鄙视自己居然说出了如此软弱的话：“我，我好像，走不动了。”

切，该死的麻烦女人！卓远认命地叹气，蹲下身把后背给她：“来吧，我背你上去。”

老式公房每层楼之间一共有16级阶梯，有的是一道楼梯直接连接上下两层，还有的则是每走八级阶梯就要拐个小弯儿再爬八级。洛可可住的楼房是后一种，使他得以在每个转弯的拐角稍作休息，谁让这块“排骨”怎么算都还有90多斤。

多休息绝对不是好事，因为这个该死又麻烦的女人仍旧舒服地趴在他的背上，而挤压在他和她中间让卓远控制不住想象力的“东西”，真实地提醒着他对方已是个成熟女性。

毫无疑问这是一种折磨，勉强形容的话就如同看了A片正情绪高涨结果发现要自己解决一样，难以用语言表述的巨大沮丧。

这个女人，这个该死的女人，他不能出手！

洛可可的房间是典型的单身女郎之家，格局不大但干净整洁。排除她雇用钟点工的可能性，单就这点来看，她和人们普遍认同的“工作能力出色，生活常识弱智”的所谓女强人仍然存在差距，至少卓远给她的家政成绩打了个高分。

令他哭笑不得的是，他才打开门背着她进屋，洛可可就像条泥鳅一样滑了下去，先扔了手袋，再一脚一只踢飞了高跟鞋，光着脚直奔睡床。

到了床边，她没做任何调整动作，直挺挺地倒了下去，用的竟还是俯卧姿势。只听“嘭”的一声，卓远出于本能揉揉鼻子，替她觉得疼。

他走过去，扳着洛可可的肩膀要她起来：“大姐，卸妆，你先把一脸的化妆品卸掉。”

“不要嘛，我要睡觉觉！”她的脸深深埋入床垫，因而传出的声音有些沉闷。

她似乎醉了，否则怎会当着外人露出一人独处时才有的情状？她似乎又是清醒的，从她进门后的一系列动作来看，完全正常。

卓琳派给他的任务到此圆满完成，他安全地把洛可可“送回家扔到床上”，是时候告辞回家睡大头觉，或走进某个酒吧消磨剩下的漫漫长夜。

卓远选择了第三个方案，他费了点力气把洛可可从床上拖起来，一直拖进了浴室。

打开洗手台上方的淡蓝色橱柜，满满当当三层化妆品让他眼花缭乱了，好不容易才从瓶瓶罐罐中找到卸妆液，塞给蔫头蔫脑地坐在马桶盖上的洛可可：“大姐，把脸洗干净。”

她嘟着嘴应了一声，心不甘情不愿地站在洗手池前，倒了一些液体在手心，胡乱地朝脸上抹了一把就当大功告成。卓远及时喊停她拧开水龙头的下一步动作：“Stop！”

洛可可吓了一跳，仰着一张抹了些卸妆液之后乱七八糟的脸，莫名其妙地望着他。

“大姐，你这样偷懒是不行的。”卓远心想自己真够倒霉的，摊上这么个醉得糊里糊涂的女人还要兼职做保姆。他拿了一片化妆棉，倒一些眼部卸妆液在上面，伸手扣住她的下巴帮她卸睫毛膏。

洛可可呆住了，活到这把年纪头一次得到异性的照顾，感觉竟然不坏。他动作轻柔，神情专注，仔细到了每一根睫毛都不放过。她近乎着迷地看着面前这张脸，望着那两片性感得让人想一试究竟的嘴唇，早就忘了他是个比自己小了五岁的“弟弟”。

棉片脏了，他低头抽出一片新的，再抬起头的时候终于发现她目不转睛地看着自己。卓远没好气地松开手，把化妆棉塞进她手里说：“大姐，你清醒了就说一声，看我伺候你很好玩吗？”

他这一声“大姐”唤回了她的理智，洛可可自觉丢脸，低垂着头不敢看他了：“我洗完澡就上床睡觉，你回去吧。”

“你可别在浴缸里睡着了。”他坏笑着揶揄道，转身走了出去，“大姐，我喝杯水再走行不行？”

“当然可以。”他背她上楼，帮她卸妆，没有功劳也有苦劳。知恩不图报，那不是洛可可的风格。“饮水机在隔壁的厨房里。”她跟在他背后晃出浴室，从沙发上拿了睡衣。

卓远按照她的指示走向厨房。相比浴室，厨房的面积小了很多，在他看来一个人尚且能够转身，两个人就嫌太挤了。想来如今的单身女性可以容忍吃得随便，但泡个美容澡万万马虎不得。

他本打算喝一杯水就走，正在喝水的当儿发现挂在厨房里的淋浴器开始工作了。她进去洗澡，他当然该走了。卓远放下杯子走到房门口，拧开了门把手。

她会不会在浴缸里睡着？洗澡时煤气中毒死亡的案例多到数不清。卓远左思右想还是放心不下，又关上门重新走回房内。

算了，等她洗完澡钻进了被窝才算大功告成吧。

卓远安然坐下，随手拿起茶几上的杂志翻看，心不在焉地等她出来。

洛可可听到他关门的声音，以为他回家了，一边往头上倒洗发水，一边松了口气。

“洛可可，你差点就丢脸到太平洋去了，知不知道？”她狠狠地进行一番自我检讨，确认方才错误的冲动仅仅缘于酒精作祟。

今晚她真的累了，不仅是身体感觉到疲倦，更主要的是心力交瘁。卓琳结婚给了她相当沉重的打击，仿佛盟军战败投降只剩她负隅顽抗，她们本来信誓旦旦地要一同“将单身进行到底”。

我该怎么办？

明天再考虑吧！

两个不同的声音忽大忽小互相角力，吵得她头疼。最后，逃避占了上风，她随便擦擦头发，穿上睡衣打开浴室门，一门心思准备上床约会生活中目前唯一存在的男性——周公。

她迈出一步，与听到动静抬起头的卓远来了个大眼对小眼，双方的表情都很震惊。

洛可可没想到他还在，光顾着惊讶，过了十秒钟才想起自己正穿着一件极其性感的睡衣站在他面前。

那是一件黑色半透明的蕾丝睡衣，重要部位用精美的刺绣作了遮挡，很好地打造了若隐若现的效果。

她连忙用双手护住身体，慌得不知如何是好。要知道，洛可可这辈子从来没有遇到过如此窘况，她的脑袋至此全面罢工，彻底变成一团糨糊。

她的第一反应算得上迅速，不过仍然比卓远的目光慢了几拍。他的视线胶着于眼前诱人的风光，即使她用手遮掩明确传递给他“请你转移目光”的信号也舍不得离开。

他是一个正常的男人，毋庸置疑。

Shit！她没男人穿这么性感干吗？他在心底拼命责怪洛可可，奈何身体不听大脑的指挥，自动自发地站起来，朝她走了过去。

她被他灼人的眼神吓得呆住了，与此同时心脏却像是被火点燃，温度立刻蹿升。

总得说点什么吧，不能就这样缴械投降。洛可可鼓励自己不要脚软，提高音量壮胆：“你，最好退后！”声音抖得不像话，毫无威慑力。

“No！”他果断地拒绝道，一点商量的余地都不给她，说出口的同时已经站到了她身前。他和她，间隔几厘米的距离。

卓远微微低下头，仗着身高优势，他呼吸吐纳的气息全都扑向了她。洛可可鸡皮疙瘩起了一身，她快撑不住了。

“你叫我姐姐的。”勉强找了个不是借口的借口，她象征性地进行了最后抵抗。

他迟疑了一秒钟，思考差五岁有没有上床的可能，给她的答案却是“我不care”。

卓远捉住她捣乱的手，终于做了在车上他就想做的事情。有些女人或许受上帝的眷顾，即便瘦得如同难民依然拥有傲人的胸围，洛可可显然没有得到上天的眷顾。

纤瘦的她并没有波霸身材，她给他的错觉归功于神奇的bra。

但是，当事态发展到干柴烈火一点即燃的地步，who care?

洛可可的表现绝对出乎卓远的意料，从他吻上她的那一刻开始。

剧情按照正常发展，到了这个地步双方应该竭力做好配合工作，毕竟大家都是成年人，用不着遮遮掩掩假装纯情。偏偏第一关，卓远就遇到了麻烦。

她紧咬牙关，任他变换各种技巧，就是死活不张口。再看她的表情，简直就跟视死如归差不多了。

卓远没办法继续下去，挫败地问她：“大姐，你到底会不会接吻啊？”

洛可可眼睛一瞪，好像被踩了尾巴的猫儿一样跳了起来，心虚地辩解道：“废话，我，我当然会。”在想不起来的很久以前，她的初吻断送在某个男人嘴上，令她刻骨铭心的是对方在吻她之前刚好吃过大蒜。虽然早就遗忘了此人的长相，但那股味道却像噩梦般纠缠着她，导致洛可可坚持以下原则不动摇：“你先去刷牙。”

他大为扫兴，这辈子头一次被人嫌弃口气不清新。瞧一眼洛可可严肃的表情，他忽然产生了一个念头：莫非她是故意刁难借故推托？

说不清为什么，也许人有时候走错路就是一念之差或非要争一口气，卓远合作地走向浴室，顺便问她有没有新的牙刷。

洛可可跟着他进来，从橱柜里找到一把新牙刷递给他。她倚门而立，呆呆看着他卖力地刷牙，内心颇为纠结。说实在的，她根本不能确定自己是否真的想和他上床。

“还需要沐浴净身吗？”漱完口，卓远偏过头调侃地问她。出门参加婚宴前他刚刮过胡子，嘴唇上方有一圈淡淡的青色，沾了水之后，在灯光下性感得闪闪发亮。

洛可可咽了口唾沫，勉强挤出一句话：“如果你坚持，我不反对。”听得出，她的声音有些发紧。

卓远笑了笑，挑起的嘴角和眉眼在洛可可看来诱惑无限。“我怕你等不及。”随着这一句，他以迅雷不及掩耳的速度扑向洛可可，将她拥入怀抱。强烈的男性气息顿时将她牢牢笼罩，隔着布料，她能感觉到这个紧搂着自己的男人的身体究竟有多强壮。

洛可可的脸像要烧起来，不知是酒精作用，还是脑海里某些少儿不宜的画面所致。她红彤彤的脸颊、迷蒙的双眼，她这副情窦初开的模样让卓远完全忘记了两人之间五岁的年龄差，不容分说低下头封住了她的双唇。

这一次，洛可可合作地松开了牙齿。

吻有很多种，大多数具有催情功效。两人从浴室吻到客厅，跌跌撞撞地倒在床上，四片嘴唇就像被502胶水黏住似的，难舍难分。

起初她非常被动，完全被他牵引着感觉和节奏。渐渐地，卓远察觉到了不同，洛可可开始尝试回吻他，甚至一度将掌控权夺了过去。必须承认她从小到大用来读书的聪明才智的确货真价实，学什么都快。

卓远的神经兴奋起来，他喜欢悟性高的聪明女人，一个旗鼓相当的“选手”能让接下来要做的事情更有乐趣。

两人的手自然也没闲着，由他主导在她的通力合作下，卓远身上的衬衣、长裤统统飞走，距离“坦诚相见”也就一步之遥。

他低着头，仿佛在思考要不要动手脱掉她的睡衣。黑色薄纱覆盖下的胴体若隐若现，似乎比裸露更为诱人。他的手探入衣服下摆，缓慢向上移动。手掌爱抚过的每一寸肌肤都燃起高热，她不由自主地发出舒服的呻吟。

她的声音成功地引起了他的生理反应，在决定享用美食之前，卓远问了一个至关重要的问题：“你把套子放在哪里了？”

“什么？”洛可可没反应过来。

“安全套，或者称为避孕套。”他没好气地解释，换来她义正词严的抗议：“当然没有！我又没男人，家里放这个干吗？”

一听她说“没有”，卓远头大了。再看她一副理所当然的样子，郁闷跟着平方了一把。“现在不就需要嘛！”他恶声恶气地斥责她，“你是女人，你要知道保护自己，‘有备无患’四个字听没听过？”

洛可可火了，顾不得眼下实非争辩的好时机，反唇相讥：“那你呢，男人就可以不负责任吗？你当坐电梯随意上下啊！”

卓远瞪着面前伶牙俐齿的洛可可，心想怪不得她嫁不出去，哪个男人会喜欢在床上把自己驳得无话可说的女人？

“我回来的时候，把所有‘遗产’留给ex的next了。”他轻描淡写辩解自己并非她所说的不负责任之辈，只是事发突然来不及准备而已。

她偷瞄他的表情，似乎觉得提到ex的时候他有那么一点痛苦，于心不忍的同时放缓了语气，问道："那怎么办？"都到了这个份儿上，搞不明白的也明白了——她很想和他"做"下去。

卓远也没辙，翻身下床打算去小区外面的便利店买安全套。还没等他找到床下的鞋，床尾从裤子里掉出来的手机欢快地"唱响"了。

来电显示的名字是卓琳，看看时间这会儿应该闹完了洞房。卓远误以为闹洞房闹出了大事，连忙接听。

他刚接通，手机还没来得及放回耳朵旁，卓琳的声音就传了过来："小远，你把可可送到家了吗？"

用手指头想想也知道万万不能告诉她自己和洛可可正在床上纠缠，秉持少说少错的原则，他用了最简单的回答："嗯。"

"她有没有麻烦你？"卓琳小心翼翼地提出第二个问题。

"没有。"刚刚被挑起的欲望还等着纾解，他实在缺乏和堂姐继续交谈的耐心，为了不让她再说下去，卓远飞快地说明情况，"你放心，她很好，快要睡着了。倒是你，春宵一刻值千金，堂姐夫怎么有空让你打电话？"

他的猜想完全正确，这一刻正是大家闹完洞房将卓琳和李家成"剥"得精光扔在被窝里预备洞房花烛夜，她猛然担心起洛可可，好像这时候才意识到堂弟是个年轻力壮的正常男人，把一个喝得半醉并且缺乏恋爱经验的女人交给他极度危险。

"小远。"她用了郑重的语气，不容他怠慢，必须认真听清楚自己接下来要说的话，"可可和我一样，一心要把自己留给丈夫。"她说得相当委婉，但笨蛋才听不懂。卓远不是傻瓜，他当然听懂了。

用晴天霹雳形容卓远听到最后一句话的心情并不为过，他掉转视线，难以置信眼前31岁的女人竟仍然是处子之身。

他不否认洁身自好的女人存在，但"洁"到一把年纪简直匪夷所思。难道她从来没有欲望？当自己解决不了的时候，她就从没尝试过一夜情？

卓远不相信，要是真如卓琳所说，自己怎么会躺在这张床上？他不喜欢拐弯抹角，直截了当地问："你是不是第一次？"

其实她可以拒绝回答此类绝对隐私，不过此刻洛可可的脑筋再次不太好使，她想都没想就答复了他："小子，我才不像你随便发情呢！"

好吧，他承认自己是个随便发情的“动物”。因为和纯洁的洛可可比起来，他确实没有节操。

可是卓远先生依然拥有原则，他下了床，套上裤子，一脸惋惜地站在床头。

“对不起，那个很三八的堂姐警告我不能娶你就别碰你。十分遗憾，我恰好是不婚主义者。”

用“计划赶不上变化”来形容洛可可至今尚未破处的人生恰如其分。当年她信誓旦旦地要把第一次留给未来老公的时候，根本不曾想到过了31岁居然还没把自己嫁出去。不过就像大部分人把第一次贡献给了自己的手指，洛可可理论上的“第一次”也已不复存在，当然关于这一点，她不可能对卓远坦白。

卓远是个言而有信的男人，他既然承认自己是不婚主义者，便恪守君子风度远远退到沙发那边去了。洛可可郁闷地把脸压在枕头上，心想干脆闷死自己算了，这个脸丢得可不是一般的大。

卓琳，你这个大三八！

“大姐，你也别太难过，这世上总有某个好男人在哪里等着你。”眼看她大有当鸵鸟到底的趋势，卓远好心安慰道，“你的坚持其实很理智。”

洛可可彻底恼了，毕竟在床上被“退货”对女人而言等同于宣判“你没有吸引力”。换成一个绝色美女脱光了躺在卓远面前，他要是还拘泥于婚不婚，那九成九属于生理机能有问题。归根结底，他能忍住箭在弦上，是她缺乏足够的吸引力令他不顾一切。偏偏这家伙还假惺惺装好人安慰她，她岂能不怒?

她跳下床，光着脚丫冲着他就跑了过来，样子像极了一只发怒的母鸡，一边张牙舞爪，一边口头谴责他：“臭小子，我嫁不嫁关你什么事？”

卓远的反射神经不慢，见状不妙，急忙转身，拔腿就往门口逃。

原来，有些事情即便是事实也不能当着女人的面说出来。

洛可可对他的厌恶之情从他前脚刚踏出房门，那扇门就立刻紧紧关上可见一斑。而且为了显示她恼羞成怒的程度，她非常用力地重重关上了门，好像在赶蟑螂一样。卓远免不了有些郁闷，回过身对着房门一脚踹了过去，但终究因为顾忌半夜扰民易犯众怒，皮鞋在贴上门板前收了回来。

他只得改变策略，凑过去，贴着房门做了一个抡拳的姿势，这才怏怏不乐地离去。

他不知道的是，在那扇门背后，成功将他驱逐出境的洛可可却如同打了败仗的将军，垂头丧气地打量着只有自己存活的战场。

真的只剩下她一个人了，不管是初中、高中还是大学，所有和她同班过的人都找到了另一半，哪怕曾经对婚姻围城不屑一顾者，除了她！

她沮丧地站着，开始考虑自己应该另外找个一同去老人院的伴儿，还是努力寻找看得顺眼的男人过完下半辈子。

两选一并不困难，她虽然不乐意和一群女同学讨论谁的老公更会赚钱，谁家小孩考了钢琴八级，但如果这是未来同学会的主要内容，她也不想被孤立在外。洛可可没打算从此和所有同学老死不相往来，如果找不到老公会被认为是在人生这个大考场交了白卷，那么以她一贯名列前茅的成绩形成的自尊心绝对不允许这样的事情发生。

我只不过从来没把婚姻当成人生的目标，所以我在男人面前既不卖弄风情，也不假装柔弱，于是马不停蹄地错过了可以结婚的对象。

自以为找到症结所在的洛可可安心睡去，她相信只要放下身段认真努力积极寻找，把自己嫁出去轻而易举。

很快，洛可可就会领受现实的残酷性：她觉悟得太晚，能够让她下定决心厮守终生的男人已经属于稀缺品种，而且后面还有一大把女人在排队等着抢。

在跟随洛可可经历接下来这一连串啼笑皆非的悲喜人生之前，有必要先介绍一下她的详细情况，这就好比称职的媒人一定要先了解双方的条件以及期望值，才能避免抓瞎。

洛可可，生于1983年。年龄按她的算法是31周岁零1个月15天，若是按照老一辈人习惯的虚岁算法，她的岁数得再往上加一岁。尽管洛可可主观认为计算实岁较为科学，但那些潜在的媒人们显然不和她在同一阵营。

她的生日是7月30日，按黄道十二宫排列，刚好为高傲自负的狮子座。洛可可具有典型的狮子座性格，从她十岁生日写下的人生目标便可以看出成为强者是她的终极理想。她看不起考试成绩不如她的男生，蔑视工作能力不及她的男人，多年以前唯一一次恋爱也因为她不满对方耽于享受二人世界而一脚踹飞到外太空。

由此可见，征服洛可可的必要条件之一是比她更强。

再来看看她的经济状况。鉴于之前对洛可可的宏图大志有了基本的认识，那也就不难理解为何在上海房价高大家纷纷持币观望的时候，她会义无反顾地加入“房奴”大军。她买了一套三房两厅的居室改善家庭居住条件，极为孝顺的她把新房子让给父母住，自己则屈居于从小住到大的老房子里。即使月供时间长达30年，洛可可仍然以非凡的勇气赌上未来漫长的人生，或许潜意识里她未尝没有想过用房子来弥补自己迟迟未婚带给父母的遗憾。

假若一个女人有勇气独自承担巨额房贷，却没办法说服自己随随便便找个男人结婚，是不是在她看来凑合的婚姻远比欠银行的钱更为可怕?

在这里不方便透露洛可可的具体薪酬以及其他灰色收入，但是通过她购置房产、每月还贷金额以及名片头衔为项目经理等细节，不难看出她有实力过“小资生活”，奈何她忙得根本无暇“精致”。

她大学念的是计算机系，不像现在做IT的多如牛毛，她毕业那会儿这个专业的学生仍属于比较抢手的人才。年年拿奖学金的洛可可又是一路披荆斩棘地拿到一流IT公司的offer，让卓琳后悔没跟她一起好好学习出人头地，第一年洛可可的薪水就是卓琳的两倍之多。

按理说做技术这一行的单身男人尤其多，洛可可应该不愁销路才是。偏偏她只记得争强好胜处处要胜人一筹，到头来升职加薪样样不落人后，就是再也没什么男人对她产生兴趣了，人人都把她当作强劲的竞争对手。想想也是，谁会喜欢工作起来比男人更像男人的女人啊?

最后的最后，自然是男人最看重的外貌问题。排除极少数靠女人吃饭没有发言权的生物，大部分男人偏爱美女是铁板钉钉无须证明的事实，那么洛可可究竟长相如何呢?

她不算难看，164厘米身高配47公斤体重，符合大众的审美观。导致洛可可缺乏异性缘的原因之一可能是她懒得梳妆打扮，虽说彩妆、护肤品买了不少，但通常这些贵价货的命运是熬过了保质期直接下柜。那些深信缘分就在某个拐角处候着的女人，即便去楼下倒个垃圾都要收拾得山青水绿，像洛可可这样常常顶着一张素面朝天的脸时刻准备冲锋陷阵的女人，实在令男同胞们想想就欠奉热情。

综上所述，洛可可绝对没有任何理由高枕无忧，摆在她面前的形势异常严峻。

幸好，老天爷不忍见她孤军奋战，给她送来了卓远。

只不过，此时此刻睡得雷打不醒的洛可可尚未意识到她的生活将要改变，而驾车奔驰在高架桥上的卓远却甩不掉脑海中那个可怜没人爱的女人了。

卓远是个好看的男人。虽说对于“英俊”的审美定义因人而异，但一个有着浓密眉毛、桃花眼、高鼻梁、薄嘴唇的男人，总不至于难看到哪里去，客观地说还十分耐看。

他的身高接近186厘米，由于打篮球和常常健身的缘故，与那些毕业后迅速发福的同学相比，他仍然保持着大学时代匀称的身材。这一点替他的异性缘增加了不少砝码，毕竟男色时代除了需要一张漂亮的face之外，身材也是女人关注的另一焦点，特别是现在的女人都不太热爱肥肉。

卓远拥有成为花花公子的外在条件，但他的感情经历却异常简单。除了高中那一年早恋闹得惊天动地以外，他后来只谈过两次恋爱，包括刚刚分手的那一个。

恋人分手的借口可能有成千上万种，卓远的这一种令人有些无奈有些心酸，他的女友选择了更有能力的男人，于是他被判定出局。

当爱情遭遇现实，幸存者是少数。离开北京的前夜，卓远愤世嫉俗地发誓：去他妈的爱情，老子再也不相信了！

婚姻，他更加不需要。

所以，尽管他若无其事地提起ex，洛可可仍然听出了一丝不甘心。站在她面前的男人，心里有个巨大的空洞，连他自己都懒得去补，何况假手他人。

他将自己对洛可可的在意归咎于方才半途而废的亲热，对这个被“剩下”的女人，他的同情心有些过分泛滥。

从她的表现看，洛可可绝不是性冷淡，她有正常的欲望，卓远以自己的亲身经历得出结论。他难以想象她是如何熬过那么多寂寞的日子的。或许他应该肃然起敬，洛可可和他堂姐卓琳代表的那一类女人其实有着最坚固的心灵防线，那便是宁缺毋滥。她们没被寂寞打败，她们也不向世俗投降，只是气定神闲地等待真正的命中注定。

反正闲着也是闲着，那就顺便帮忙解决下洛可可的终身大事吧，就这么愉快地决定了。卓远暗自下了决心，满意地笑了起来。

不得不说，作为射手座男人，卓远确实展现了该星座热情善良兼多管闲事的特质。

第二章

遇见优质男

卓琳婚礼的第二天，洛可可一大早就接到死党的电话。她睡眼惺忪头痛不已，倒是没忘记调侃卓琳是不是洞房花烛夜没得到满足，大清早就来找自己吐苦水：“我会准备好纸巾，你尽管放心哭诉吧。”

“我会告诉你昨天晚上我才真正体会到做女人的乐趣吗？才怪！”卓琳也是牙尖嘴利的人才，哪有被可可强压一头的道理。

洛可可在床上翻了个身，不留情地继续嘲讽：“那请问卓大小姐不搂着亲爱的老公继续温存，打电话给我这没人要缺人疼的小女子有何贵干？秀幸福还是秀下限呀？”

卓琳总算想起打电话的目的了，她压低声音问道：“可可，昨天小远没做什么出格的事情吧？”

她一提到卓远，洛可可的心猛地跳到了嗓子眼。她心虚地将手机拿远了几厘米，唯恐死党听到自己剧烈的心跳声。即便是在酒精的影响下一切记忆都仿佛隔着层朦朦胧胧的纱，她依旧记得昨夜男人年轻性感的身体，以及肉体厮磨时不可抑制的快感。她差一点点就成为卓远的女人，如果没有卓琳那通该死的电话。

“没有。”她迅速否认，“他送我到家后就回去了。”

“那我就放心了。你不知道他这次回来……”卓琳还想接着八卦，却冷不防被老公从身后偷袭，洛可可只听得一声暧昧的呻吟，然后电话就莫名其妙地断了。

好吧，她百分之百确定卓琳是来秀幸福的了。不过，洛可可摇了摇头，这死女人没事提卓远干吗！

洛可可仰望着天花板，她的手滑进睡衣下摆，想象成那是他灵活的手指……脊背窜过一道电流，她突然翻过身，将罪恶的右手牢牢压在身下。怪不得专家说早晨会有性冲动。她为自己的反常找了个冠冕堂皇的借口，死也不承认和卓远有关。

那家伙，那小子，只是十年前有过一面之缘的臭屁小孩！

她在床上趴了十几分钟，确定心理建设得成熟到即使卓远脱光了站在面前，自己也能无动于衷地走过去的程度，才慢吞吞地爬下床走到浴室洗漱。

洛可可审视着镜子里的女人：她脸上的皮肤已不像二十岁时那样光滑紧致富有弹性，眼周下方也出现了明显的细纹，眼袋、黑眼圈更是一样不少。岁月无情地昭示着现实，这个女人的年华正在逐渐老去。

她低下头，把脸埋在掌心，允许自己脆弱五分钟。

洛可可并不是个软弱的女人，她只是，有一点点沮丧。

这个清晨，她沮丧的时间稍微长了一点儿。

周日下午，洛可可通常会在街角的咖啡店点一杯摩卡，打开笔记本电脑检查项目组上一个工作周提交的代码。习惯始于半年前，第一次光顾的缘由没人记得，等她意识到，已经像回家一般自然了。

店主人是个恬静的女孩子，不太说话，没有生意的时候就安静地坐在柜台后看书。店里总是飘荡着轻柔舒缓的音乐，洛可可每次前来都能听到不同的空灵声音在天地之间轻轻哼唱，唱得人心都化作了春水。所以她中意这家店，在这里她能放松神经，就连代码似乎也变得不那么面目可憎了。

洛可可像往常一样坐在熟悉的角落，那是靠窗的沙发座，一抬眼便能看见通往咖啡店的木走廊和小小的花坛。天气好的日子，走廊上会摆出一两张桌椅，随意地摆放着，供人歇脚或坐着看风景。

此刻，与她隔着一道落地玻璃窗的位子坐了一个男人，刚好与洛可可面对面坐着。只是一个在专心致志地工作，另一个在津津有味地看书，谁都未曾留意这一巧合。

阳光温柔地亲吻每个人的脸，这里的时光就像一场缓慢而精致的电影，恍然不觉间就演到了终场。窗外的男人合上书本打算起身离开，视线突然接触到了玻璃窗里的女子。似乎刚刚发现自己与另一个人居然如此接近，他微微一怔，不由得多看了洛可可几眼。

她也抬起了头，恰好与窗外的他四目相接。一时间，两人脸上都露出了不可思议的神情，又因为这份巧合同时笑了起来。

他向她颔首致意，优雅地告别离去，并没有像爱情电影里那样走到她面前诉说一见钟情的情节。洛可可的心情仍然是愉快的，她隔窗望着他的背影，竟看得有几分痴了。

那真是一个干净好看的男子，个子适中，有着温和的眉眼与笑容。这样的男子不会令女人乱了心跳的秩序，但是绝对符合好老公的标准。洛可可天马行空地幻想了一阵子，忽然用力敲了敲脑袋，暗骂自己不分场合春心萌动。

都怪卓远这个可恶的家伙！洛可可将之归咎于昨夜尚未纾解的欲望，一个活生生的男人给予肉体的深刻记忆过于鲜明，理智彻底让位于感官刺激。她不免心浮气躁，屏幕上一行行代码像是跳起了舞，完全没有工作效率了。

洛可可叹着气走回家，一路做贼心虚地低着头，生怕别人从自己脸上看出不正常。到了小区，她快步走过楼下空地停放的汽车，没注意有一辆车旁边站了一个人。那个人正靠着车头无所事事地抽烟，看到她赶着投胎似的路过，连忙追上去拍了拍她的肩膀说："洛可可，你总算回来了。"

有谁在等我？洛可可茫然地抬头，眼睛顿时瞪成了铜铃，活像大白天见了鬼："卓，卓远，"她紧张得结结巴巴，"你，你来干吗？"

按理说昨天他们才滚床单未遂，今天相见的确应该有几分尴尬。卓远坏坏地一笑，他这一笑，桃花眼电力全开，电得她完全找不到北。"我想见你，所以就来了。"他说得理所当然，一脸"本应如此"的欠扁模样。

果然，男人都是厚脸皮的物种。"见你的大头鬼！"洛可可悻悻地瞪了卓远一眼，绕过他准备上楼。

"大姐，"他反身扯住她的胳膊，带些求饶的口吻道，"昨天是我不好，你喝醉了头脑不清楚，我不应该乘人之危。”

“道歉有用吗？”她恶狠狠地质问，其实明白心里真正不满意的是他的“戛然而止”。但是这一根本原因，拿刀架脖子也要否认到底！

卓远皱眉，可怜兮兮地瞅了严肃的洛可可半晌。终于，他像是寻觅到能让她百分之百原谅自己的良策那样兴奋地一击掌，兴高采烈地开口道：“既然大姐你觉得口头道歉不够诚意，那就只能麻烦卓琳姐出面帮我摆请和酒了。”

洛可可一个踉跄，差点没站稳。想不到他居然给她来了招釜底抽薪，算准这件事她没胆量让卓琳知晓的心理，直接堵死退路。好，臭小子，算你狠！

“算了，说起来我也有部分责任，不能全怪你。”洛可可皮笑肉不笑地“嘿嘿”两声，假装与他冰释前嫌，“那么，再见！”说完，她扭头就朝台阶走去。

“等一下，大姐，”卓远再次扯住她的胳膊，“我今天真的有事找你。”

洛可可不明所以，耐着性子等他继续说下去。孰知卓远却卖起了关子，不肯爽快地说出来，非要到她家才能宣布。

“我和你没那么熟，不方便请你再去做客了。”她翻了个白眼，天晓得他在打什么主意，还是在公共场所谈话较为安全。

他故意用软绵绵的声音控诉道：“大姐，你好无情无义……”见她脸色多云转阴马上有翻脸的趋向，卓远赶紧收起嬉笑的表情，变戏法似的从口袋里掏出一张门票，献宝一样递到她面前。

洛可可飞快地瞥了一眼，门票上花花绿绿的图案看起来像是演唱会一类。她不感兴趣地摇摇头，拒绝出席：“好意心领了，我对演唱会没兴趣，你找别人吧。”

“大姐，拜托你看清楚好不好？这是我朋友酒吧举办的相亲联谊会门票，看在我们是熟人的分儿上，算你八折优惠。”

相亲？联谊？洛可可表情呆滞地盯着卓远，没反应过来他究竟有何贵干。见状，卓远只得好心地予以详细说明：“今晚我朋友的酒吧承办了一个相亲网站组织的联谊会，据说有很多青年才俊报名参加。我觉得这是个好机会，大姐你也该找个男朋友了。OK，我就好人做到底，门票送给你得了。”

洛可可总算明白过来卓远手上门票的用途，不由得恨恨地想：本小姐什么时候沦落到需要被你这个臭小子拯救的地步了？

洛可可很生气，特别是卓远死乞白赖地跟着她上楼，抢在她关门之前硬挤进来之后，她就鼓起腮帮子坐在沙发上生闷气，坚决不理睬他的自说自话。

卓远由着她使性子，自顾自跑到浴室，根据昨晚的印象搜出必需的化妆品。检查了保质期和消耗程度，他不禁摇头叹息，这女人屯着贵价货发霉，难道是打算做科学实验不成？走回客厅，把可用的化妆品放在她面前的茶几上，他好声好气地问道："大姐，你准备和我怄气到几点？联谊会7点半开始，你还有两个半小时的时间洗澡化妆换衣服，不包括吃东西和我送你过去的时间。"

"我答应过你要去吗？没有！"洛可可强调这件事从头到尾都是他一头热，自己根本不想参与。

卓远觉得闹情绪的洛可可竟有几分可爱，他想这个别扭的女人十有八九因为不好意思才拼命抵抗，于是忍住脾气改变策略道："好吧，我承认其实我害怕一个人去丢人现眼，麻烦大姐你陪我去壮胆。"

她无奈了，叹着气问道："卓小弟，你不觉得以我们不太熟的关系，你的热心比较像多管闲事？"

"因为你值得一个好男人来爱，洛可可。"听了她的冷嘲热讽，他令人意外地没有生气，反而表情诚恳地说道。

洛可可愣住了，无法否认这句话给自己的冲击力。她凝视着卓远，隔了十年之后第一次认认真真看着他说："我觉得是你陪我去壮胆才对。"嫣然一笑，默许了他的"多管闲事"。

有一句话，卓远放在了心底——并不是所有女人都够格让他多管闲事。

既然达成了共识，洛可可再怎么不情愿，也不能任由卓远一个人忙碌。她挑了几套上班搭配的衣服摊在床上，却换来卓远的全盘否决："大姐，你是去相亲，不是参加商务谈判。"他摸着下巴看着床上非黑即白还有灰色的套装，转身冲到她的橱柜前，"休闲风格的衣服有没有？"他本想说"性感"，奈何突然想起昨夜她的睡衣，立刻气血上涌，硬生生改了口。

洛可可为难地看看身上的T恤，不认为卓远会对胸前的维尼熊表示满意。瞧她的神色便知道此路不通，他只得继续翻找。好不容易找到一件V领的衬衣，反手塞进她怀里，不容分说将她推向浴室："换上，我来给意见。"

洛可可尽管瘦，好在胸部并不是"飞机场"，加上有聚拢效果的Bra，倒也有了不深不浅的“事业线”。衬衣的V领开得恰到好处，露出一点点风情，又不会显得过于风骚。她几乎忘了自己买过这件衣服，满腹疑惑地走出浴室，迎面正撞上他挑剔的眼神。

“怎么样？”洛可可特意挺了挺胸，不太自信地问道。就算不乐意，她也不能否认自己对男人缺乏经验，而男人通常最了解男人的想法。

卓远抱着双臂，他的视线自然而然停留在最能吸引眼球的位置，脑海里自动浮现昨夜活色生香的场景。洛可可勉强算得上有“料”的身体居然能让他念念不忘，他怀疑是不是自己单身太久才导致严重饥渴。

他尴尬得假装咳嗽，退后一步从床上拿起刚刚找到的方巾：“系上丝巾就比较有女人味了。”他递给她，又换来她的疑问：“你确定这是我的？”

卓远对着天花板翻了个白眼道：“难道还是我的不成？”他的目光不受控制地跟着她的一举一动，美其名曰确认她到底会不会系丝巾，实则他已经在疯狂地想象自己化身成柔软的丝绸，擦过她娇嫩的肌肤，停留在她玲珑有致的锁骨上。

见鬼，我一定要找个女人上床！他咽了口唾沫，勉强扯开一抹赞许的微笑，鼓励她道：“大姐，化个美美的妆，今晚我们一起去征服世界！”说着，卓远抬起手，做了一个睥睨众生的霸气手势。

“嗯，为男朋友努力！”被他的好情绪感染，洛可可也斗志昂扬起来。再复杂的系统开发也能搞定的自己，没理由搞不定一个男人，不是吗？

卓远朋友的酒吧位于热闹的酒吧街上。入夜之后，即使未到酒吧入场高峰时段，各款豪车依旧将窄窄的马路堵得水泄不通。眼看时间快来不及，卓远和洛可可下了出租车步行前往。

一路霓虹魅影声色犬马，他们并肩走在夜上海最狂乱的美丽前奏里，谁都不说话。

几乎每家酒吧门口都有衣着清凉身材火爆的辣妹站着抽烟聊天，洛可可盯着她们研究半天，恍然大悟道：“哦，原来泡夜店要穿成这样。”

卓远扫了她一眼，淡淡地说道：“大姐，穿成那样也是需要本钱的。”

“你在暗示我的胸不够大？”她嗤之以鼻，“你们男人成天在想什么呀？”对他微妙的感激和好感被吹散在了风里，她才不会对一个庸俗的男人有感觉呢。

卓远懒得与洛可可争辩，忙着鉴定哪家店有最辣的美女，准备一会儿送她到会场后再自己找节目。他平时晚上在朋友的酒吧里调酒，场子里到处是性感美女，不愁找不到消遣对象。但今晚已是被一群像洛可可一样的“恨嫁”女白领，还是少招惹为妙。

接下来的事态发展让卓远切身体会到“人算不如天算”这句话的威力。联谊会的主办者一见到人高马大相貌堂堂的卓远，立刻兴奋地游说他参加今晚的活动。卓远的朋友——酒吧老板Simon偷偷告诉他因为参加者的男女比例高达1∶3，把主办方急得到处拉男人充场面。

“我是不婚主义者，让别人白白期待这种事我可做不出来。”卓远坚定地拒绝道，心里惦记着外面的美女。

游说他的女孩二十刚出头的样子，名为工作人员实则是在相亲网站打工的大学生：“是吗？太可惜了。”她沮丧地叹气，不知在为谁可惜。“没关系，你就充个人数吧。”一刹那的惋惜之后，她又满脸期待了。

他不好意思对这个一脸单纯的女生说自己的打算是今晚找个人one night stand，没兴趣玩相亲游戏办家家酒，于是来不及出声反对的结果就是被对方在衬衣胸口贴上一个心形贴纸，上书大大的“18”，顿时引来在他们附近徘徊的几名女子关注的视线。

卓远额头冒汗，感觉周围如虎狼环伺。下意识地，他四处张望搜寻洛可可的身影。

洛可可端着果汁在人群中穿梭，直觉自己来错了地方。这到底是相亲联谊还是姐妹联谊会呀？怎么她看来看去到处都是女人？

她看不见卓远在哪里，一边踩着楼梯上到二层，一边暗自琢磨：如果亲眼所见的男女比例差就是现今社会的真实写照，那她找到Mr. Right的概率可谓非常渺茫。

她理想的对象是比自己的收入高一倍，年纪大两三岁，身高在175到180厘米左右体型标准或者微胖，性取向正常的男人。本以为这个要求普普通通，却被卓琳嘲笑为“做梦”。当时洛可可还不服气，如今看来卓琳果然比她更清醒，所以在一个条件尚可的男人出现时毫不犹豫地抓住了最后的机会。

想到此，洛可可不禁心烦意乱，像是迫切需要新鲜空气似的，双脚不由自主地迈向了露台。

令她意外的是，露台上已经有了一个人。

“呃，对不起，打扰了你。”她为自己的贸然闯入道歉。对方背光站立，从身高和指间微红的星芒判断性别应该为男，不过这年头女人中也不乏身材高大并且嗜好烟酒者，她一时间无法分辨。

“没关系，我并没有在这里包场的想法。”竟是一把好听的男中音。

洛可可站着，不知说什么好，只是笑笑。

“我叫徐泽凯，凯旋的‘凯’，千万别和香港的李泽楷搞混了。”他的声音里透着一丝笑意，洛可可莫名就放松了戒备，即使她根本没有看清他的样子。她不知道的是，他的视线和所有正常男人一样逗留在她的衬衣V领处，甚至更加露骨得像是要扒光碍事的衣服，只是因为她看不见他的表情。

徐泽凯慢慢地从阴影处走到明亮的地方，站在洛可可面前，率先伸出手：“叫我Ken就行，我有没有荣幸得知你的芳名？”灯光照耀下，他彬彬有礼一如正人君子。

“洛，洛可可，叫我Coco好啦。”她有些紧张，伸出的手微微颤抖。

“可可动人，多好的名字。”他的眉眼间像是盛满馥郁芳香的美酒，她仅仅看着就已微醺。

徐泽凯给这个闯入他独处空间的女人打了不高不低的75分。她有他偏爱的骨感身材，胸部大小符合他的喜好，虽然没有令人一见惊艳的美丽容貌，倒也称得上五官清秀。显然，洛可可比刚才楼下他所见过的女人更适合他的口味。她引起了他的兴趣，或者定义为“性”趣更加恰当。

“我喜欢叫你‘可可’。”他的微笑，如春风一般多情，扰乱了她的心跳。“可以吗？”他讲话的口吻像是念电影对白，而且还是纯爱偶像剧！她该如何说“不”？

“嗯。”洛可可回答得异常简洁，唯恐多说一个字就让他发现声音里无法抑止的欣喜。她不敢相信自己的运气，竟然会遇见如此优质的男人。

徐泽凯和卓远一样身着薄款西装配同色休闲长裤，修身剪裁令高个子的男人更显颀长。他也有一张看不出实际年龄的俊俏面孔，洛可可能想象得到这个男人对于任何他想要的女人都能手到擒来，他有足够让人意乱情迷的硬件。

他注意到她杯子里的饮料是果汁，讶异地挑了挑眉，淡淡笑问道：“不喝酒吗，可可？”

“呃，昨天朋友婚礼，我喝多了。”洛可可不好意思地解释道，“因为我是伴娘，替她挡了很多杯。”

“哦，原来如此。”徐泽凯轻轻点头，将手中的红酒杯举到她面前，碰了碰她的杯子，“就为我们的相遇干杯吧，可可。”

他念出她名字的时候，她真心觉得那是世上最动听的声音了。

洛可可和徐泽凯在楼上相谈甚欢之时，楼下联谊会场的游戏也开展得热火朝天。卓远看在Simon的面子上被迫参加了星座速配、真心话大冒险这两个游戏，一下子成为场上的焦点人物。

找他聊天的女人是泾渭分明的两种类型：一类奔着结婚目的而来，听说他的主要谋生手段为晚上在酒吧打工，偶尔拍婚纱摄影赚些外快便立刻退避三舍；另一类则明显被他的帅哥外表吸引，毫不在意他的工作、有没有房子、“钱”途是否可观，同时也不在乎彼此是否有相同的兴趣爱好。

卓远喝着啤酒，再度认为不结婚是这辈子最英明的决定。他不能忍受建立在“条件”基础上的婚姻，也无法忍耐只看重外表的女人，所以他婉言谢绝了所有的示好，带着一份疏离站在人群之外。

“Simon，有没有见过和我一起来的女人？”卓远截住送酒回来的好友问道。

Simon仔细回想，确信再没见过和卓远一同进门的女子——他本以为是卓远新女友的那一个。

“你弄丢了她？”Simon笑得不怀好意。尽管卓远信誓旦旦地声明洛可可与己无关，但他从没见过好友对无关紧要的女人如此紧张，显然还能挖掘出更多内容。

“我的责任是把她安全地送回家。”卓远惆怅地叹气，说出口的话带着几分嘲弄，“你相信还有女人古板到坚持洞房才能上床吗？”

“我明白你的感受，不过我确实知道有些女人坚持领了结婚证才可以。”Simon耸耸肩，无奈地摊手，“相信我，第一次听到的时候我差点从床上摔下来。”

卓远哈哈大笑起来，身体晃动的幅度过大，几乎洒了啤酒：“那我们岂不是很滥情？我不要婚姻，你不相信婚姻，绝对是不负责任的坏男人。”

“坏男人总好过伪君子。”Simon眼神冷漠，表情淡然，“人本来就是欲望的动物，婚姻的道德约束力从没有强悍到能够战胜人类的本性。我不相信但是我可以结婚，只要能找到愿意接纳我身体出轨的女人。”

卓远一直在笑，笑得肆无忌惮。他向着吧台后的Simon举起了酒杯：“敬我们无可救药的灵魂！”

“我们不一样，Rex。”Simon一针见血地指出两人本质上的差别，“你只是在害怕。”怕什么，他没有挑明。视线四下一扫，发现令他感兴趣的人物，他抬手指了一个方向顺便转移了话题，“你挂念的女人在楼梯口，看来她今晚运气不错。”

顺着Simon手指的方向望过去，卓远看到了洛可可以及她身旁英俊的男人。“今晚免费提供的饮料包括红酒？”他看着男人手中的酒杯，问道。

“我相信主办方还没大手笔到这个程度。”Simon也在观察那一对旁若无人聊天的男女，同样看出了不对劲。“他身上，好像没有和你一样的可笑标签。”

换言之，洛可可身边的男人极有可能是一名酒吧猎艳者，目的显而易见是one night stand。

卓远一言不发站起身，朝洛可可走去。他走到他们面前的时候，洛可可正被徐泽凯逗得大笑不止，看到他过来才勉强收住笑声。

“什么事这样好笑？”卓远不动声色打量对面的男人，“不为我们介绍一下吗，Coco？”他没有用调侃的语气叫她“大姐”，故意向对方传递错误的信息。

“徐泽凯，刚认识的朋友。卓远！”洛可可顿了顿，似乎有些为难他的定位，她的确没搞清楚他的“热心”究竟基于何种立场。“卓远是……”

“我们是认识十年的朋友了。”卓远接了她的话，表情相当暧昧。他刻意强调自己和洛可可相识了那么久，言辞间颇有几分“刚刚认识”不值一提的意思。

卓远第一眼就对徐泽凯欠奉好感，这个男人给他似曾相识的感觉，他能从对方身上看到无数猎艳者的缩影。他们通常衣着优雅待人亲切，看起来像是温良无害的草食男，实则是慢慢收网等待女人主动投怀送抱以便将来全身而退。卓远承认自己也做过几次始乱终弃的事，所以他一眼就看穿了徐泽凯。

徐泽凯玩味地笑了笑：“原来是青梅竹马。”语气里有一丝揶揄，洛可可听不出，卓远却敏锐地接收到了他的挑衅。

只有洛可可不明就里，急急忙忙和卓远撇清关系：“拜托，我才不要和小朋友青梅竹马呢。”她没有察觉卓远的脸色变得非常难看，与之相反则是徐泽凯的一脸得意。

“可可，我能邀请你玩这个游戏吗？”场上准备进行的游戏是一男一女合力运送气球，美其名曰考验双方的默契配合度，实则人人巴不得发生气球爆炸的意外以赚得有好感度的人一个拥抱。

洛可可欣然接受，倒是卓远冷冷问道：“徐先生也是今晚参加联谊的贵宾？我怎么没看到你的号码贴纸。”

他这一问，洛可可纵使再迟钝也感觉到卓远对徐泽凯不友好的态度。她很快冷静下来分析情况：首先排除卓远吃醋的可能性，这样一来他的多疑便可能是出于好意，或者对方确实有值得怀疑的地方。她聪明地选择了沉默，静观事态发展。

“的确，我只是来这里喝酒。”徐泽凯并未为自己多做辩解，“遇见你是一个美丽的意外。”他看着洛可可，手伸到西装内侧口袋摸出精致的名片夹，抽出一张递给她，“如果你坚持想了解我的背景，随时欢迎。”

她没接，望着他的脸犹豫不决。卓远忍不住越俎代庖，从他指间抽走名片。低头迅速扫了一眼，徐泽凯是某家投资银行的客户经理，难怪连名片夹都用名牌货。

“小远，你把名片还给Ken。”洛可可回过神来，连忙伸手想夺回名片。“大家都是朋友，哪有做朋友之前还要先了解背景这种事，别让人笑话。”

“原来在你眼里我做的一切都是笑话，洛可可。”卓远脸上的笑容不带温度，他像看着一个无关紧要的陌生人那样看着她，而她这个“陌生人”显然刚刚冒犯了他，惹得他心情不爽到极点。

糟糕透顶，怎么会变成这样？洛可可头痛地想，不知如何解释才能令卓远满意。她尚在苦恼，他却先走一步。洛可可只觉眼前一闪，还没反应过来就发现自己手里多了一张名片。再看卓远，他已经头也不回地走开了。

她望着他的背影消失在人群中，难过得快要哭了。

徐泽凯注视着她，没有忽略她哀伤的表情：“你喜欢他。”他用的是肯定句式。

洛可可吓了一大跳，嘴巴微张忙摇手否认：“怎么可能？我一直把自己当作他姐姐。”她的注意力重新回到徐泽凯身上，“对了，我为他的失礼向你道歉。”她双手各执名片一角，郑重其事地递还给他。

“其实，我正愁找不到借口和你交换电话号码。”事已至此，若是收回送出去的名片，反而惹人怀疑。徐泽凯笑笑，找了个双方都能接受的“台阶”。

“那我打给你。”洛可可拿出手机，对着他的名片认真输入号码，然后拨给他。他的手机几乎立刻就在西装口袋里振动起来，徐泽凯拿出来看了她一眼，接通了电话。

“呃，怎么了？”她不解地问道。通常情况下大家都选择直接挂断，他倒是一反常态。

徐泽凯握着手机，深情款款地凝视她的眼睛，温柔地对着电话里的“洛可可”说道：“我想确定真的是你的号码。”他的话语像一道涓涓细流，流过洛可可干涸已久的心田，开出第一朵摇曳的花。

卓远离开惹他生气的那一对之后，先去了一趟洗手间。他一把扯掉外套上可笑的心形标签，愤愤不平地扔进垃圾桶里。

“不识好人心！我就等着你哭鼻子的那天！”他冲着镜子自言自语，接近咬牙切齿状。镜子里的男人表情阴郁双眼冒火，他已有许久不曾这般委屈过。他的一番好意她不领情也就罢了，偏偏还当着其他男人的面数落他的不是，这口气让卓远如何咽得下去。然而他的愤怒其实还有另一个原因，一个绝对不能暴露在日光下的秘密：他对洛可可的在意程度超过了警戒线。

该死！卓远恨恨地一拳砸向洗手台，警告自己必须从昨夜的脱轨中抽身，他不想将来因为洛可可而和堂姐一家闹到翻脸。世上到处是空虚寂寞不用负责的女人，他有很多选择，绝非非她不可。

他压根不想再看镜子里挣扎在欲望与道义之间的男人，摔门而出。洗手间外面，一个穿低胸吊带裙的辣妹正在兴奋地煲电话粥，看到他之后立刻挂断电话，眉开眼笑飞扑过来拽住他的胳膊道：“Rex，好久不见，有没有想我呀？”

卓远认得拉住自己的女人是酒吧常客Jenny，可能Simon看在老客户的情分上让她混了进来。她姣好的脸上有喝high后的潮红，不知故意还是无意，反正他被拽住的手臂不偏不倚夹在她34D的胸部正中央。

视线向下，眼前春光无限，而她仿佛感知到他的目光停留在何处，媚笑着挺起了胸膛。Jenny对外表俊朗的卓远充满兴趣，但她的挑逗从来没有成功过。令她少许挽回一点颜面的是，失败者并非她一人，卓远始终秉持“兔子少吃窝边草”的原则，几乎从不对自家场子里的女人下手。他今晚没有第一时间甩开她的手，让她看到了一线希望，遂更加大胆地攀上他的身体。

瞧，等待慰藉的女人永远不会少。卓远自嘲地笑了笑，抓住Jenny的肩膀将她用力按在墙上。俯下头，嘴唇立刻寻找到目标。

他的吻饥渴凶狠，吻得她意乱情迷。Jenny的身体紧紧贴住卓远，她抬起修长的腿，像美女蛇一样缠上他的腰。

欲望至此泛滥，终于不可收拾。

男人粗重的喘息和女人惊声的尖叫配上门板有规律的震动，洛可可能够想象到门后“战况”激烈。她对着一扇门翻白眼，仇恨地瞪了一眼旁边贴着“马桶已坏”四个大字的厕位，犹豫不决是敲门询问里面那对激情的男女还需要多长时间能完事，还是直接占用隔壁的男士洗手间较为合情合理。

泡吧的人那么轻易就能搞在一起吗？她站在洗手台处，咬着嘴唇苦思。

“啊……”那边继续传来引人遐想的声音，洛可可咽了口唾沫，一股燥热冲上脑门。我站在这里，会不会被认为是偷听，或者偷窥？脑袋里塞满乱七八糟的想法，最明智的选择不外乎先退出去避嫌，等他们结束后再进来。

洛可可刚想动，那扇门却猛地被推开，走出来的男人令她瞬间僵立，一步都迈不开了。卓远，她没想到门后面的男主角竟是他！

方才卓远负气离去，洛可可对他存了几分内疚。她明白他是好意相助，奈何当着徐泽凯的面不能追上去道歉，只能眼睁睁地看着他走开。她后来一直没再见到卓远的身影，本以为他丢下自己回去了，料不到居然在此时此地尴尬地相见。她一时不知该用什么表情面对他，只好假装喉咙不舒服，生硬地咳嗽两声。

卓远比洛可可镇定多了，简直能用若无其事来形容。当然，他不是她的谁，他愿意和哪个女人在一起都是他的私事。

“麻烦让一下。”他语气冷淡地要求她让开霸占着的洗手台位置。

“哦。”洛可可一边往旁边移动，一边飞快地望了一眼跟在他背后整理衣物的女人，酸溜溜地想他果然喜欢丰满型这一款。“要不要我先出去？”

卓远默然不语，倒是Jenny指了指空着的厕位，娇笑着说道：“我们做完了，你可以用了。”

不知羞耻地在公共场所云雨的明明是他们，但两人的反应自然大方得仿佛是在自家卧房，她反而更像误闯入主人家偷窥被抓的现行犯。洛可可低着头向内猛冲，直到关上门才长长呼出一口气。

臭小子！想到昨夜自己差点和刚才那个放荡的女人一样，洛可可就有抓住卓远胳膊咬一口的冲动。同时不禁有些心酸，当年那个可以为爱情跳楼的男孩子真的一去不返了。

他的眼神那样冷漠，即使刚刚与女人结束温存。

扔手纸的时候，她看到废纸篓里用过的安全套，轻轻地叹了口气。

洛可可走出洗手间，意外地发现卓远靠着对面的墙在等她。灯光不明亮，她看不清他的表情。

她走过去，抬起头等他开口。

“接下来，你打算去别人家，还是回自己家？”卓远没给她瞎猜想的时间，直截了当地问道。

“我为什么要去别人家？”洛可可反问，不满地撇了撇嘴，“你自己滥交，别把我想象成和你一个样。”

卓远嘴角勾起扯开一抹笑，看得出他心情不坏，虽然被骂了“滥交”。“那么我送你回去，顺便拿车回家。”考虑到酒驾被查处的危险，他把车停在了洛可可那里。

“现在就回去？”她似乎还没正式参与相亲联谊会的任一环节，就这样结束了？

他笑了笑，笑容里有一丝嘲讽道：“你拿到了一个看上去不错的男人的名片，我找了个很正的辣妹解决了生理需求，难道我们还需要浪费时间寻找下一个？”

洛可可总觉得卓远玩世不恭的态度很有问题，可真要她摆事实讲道理说服他放弃自暴自弃，她又无能为力。他不是十年前的青涩少年，那个孩子会被她的气势震慑，而现在的他早已超过了自己。

她心情复杂地琢磨着十年岁月究竟被自己荒废在了哪个角落里，亦步亦趋地跟着他走到酒吧门口。他停下脚步，回过头问她：“不和你结识的朋友道别吗？”

意识到他所指的“朋友”是徐泽凯，她摇了摇头说：“不必了，我猜想我和他应该就一面之缘了。”

“What’s up？”卓远无法解释听到这个消息时心头诡异的窃喜是怎么回事，他选择了漠视，尽量用轻描淡写的语气。

他们站在街上，璀璨的霓虹照得表情暧昧不明："我感觉他有暗示去他家的意思，于是我逃跑了。"她终究做不到随便地对待"性"，哪怕面对的是百里挑一的优质男。

卓远记忆里的洛可可有一双清澈坚定的眼睛。多年以后，他再一次看到她毫不迟疑的眼神，纵然灯红酒绿的世界正在她眼前上演分分合合。

他低下头，微微笑了。

这个夜晚结束在洛可可家楼下，他们在月光下轻松地聊天，等着他体内的酒精挥发。

"今晚星星好少。"实在无话可说了，洛可可抬头望天，无聊地感叹道。

卓远也抬起了头，天空如一整片深色的幕布，只有几颗小小的星星散落其上："我在西藏看过很美的星空，星星低得好像伸手就能摘下来。"

他说得她神往无比，"我也好想去西藏，可是抽不出时间，也找不到人同行。"洛可可惋惜地说道。她错过了爱情，同时错过了有人相伴的时光。

"旅行，完全可以是一个人的事。"听出她的遗憾，卓远毫不留情地指明那纯属妄想，"就算你嫁了人，也不代表你找到了一个好的旅伴。"

"可是不嫁人的话，连坏的旅伴都没有。"她极力争辩，不太满意他言下对婚姻的不屑一顾。

卓远冷笑，语气满含挑衅："洛可可，你没听过'婚姻是爱情的坟墓'这句话？你真心爱一个男人，就别拉他去送死！"

"那你有没有听过'没有婚姻，爱情将死无葬身之地'这句话？"洛可可反唇相讥，"我仍然不相信天长地久此情不渝，但是我希望能有块墓碑记录爱情来过。"

一个十年，她依然还是当初的洛可可，他却已不再是当日的少年。

两人恍似斗气的小孩互不相让瞪视彼此，竭力想从气势上压倒对方，从而证明自己的正确。卓远看了她半天，忽然笑了。

"我该走了，晚安！"他挥手告别，转身走向自己的车，留下一句话飘散在风里，"我和你，究竟谁更加绝望呢？"

洛可可站在夜色里。夜凉如水，冷不过天一亮就要面对的现实：她，没有人爱。

第三章 两次约会

忙碌是洛可可生活的主旋律，特别是周一上午。当她在会议中途接到徐泽凯的电话，她犹豫了一下，还是接了。

她在酒吧和卓远提起徐泽凯的时候，真心以为两人不可能再有交集。她当时装作不懂他的暗示，随便找了一个借口落荒而逃，就连最后离开都没有特意找他道别，她也委婉地表明态度自己决非one night stand的人选。所以，当她看到来电显示的名字是他时，颇感意外。

“可可，我是徐泽凯，昨晚我们聊过天。”他的声音轻松愉悦，好像压根不记得后来她的不告而别。

“呃，你好！”项目组成员正眼巴巴地等着她部署这周的工作，她没时间与他闲聊，而且也不想让别人知晓这通电话，“你找我有事？”

电话里传来他轻轻的笑声，她猜想自己的问题一定很蠢。“快中午了，我刚好在你公司附近，一起吃顿饭吧。”徐泽凯没有直接回答，反而邀请她共进午餐。

洛可可看了一眼电脑显示的时间，差不多11：45了，怪不得扫过去一个个全都面露饥色：“我还在开会，不知道还要多久结束。”她只是想推拒他的午餐邀约，不料此言一出坐着的一干人等立刻抗议，让洛可可不得不竖起食指要他们噤声。

“没关系，我在大堂等你。”不待她出声反对，徐泽凯先挂断了电话。

事已至此，洛可可只得以最快的速度结束会议，以最快的速度回到座位放下笔记本，拿起背包冲到洗手间快速整理了头发和裙子，然后硬挤进塞得满满的电梯下楼。说实话，整个过程她的心情都可以用“雀跃欣喜”四字形容。

是的，尽管洛可可绝不会坦率承认，但这的确就是她一直在等待的电话。

洛可可几乎第一眼就找到了徐泽凯，他坐在正对电梯的沙发上，悠闲地阅读杂志。她调整了呼吸，沉着地走过去。

“不好意思，让你久等了！”她的声音让徐泽凯抬起了头，他立刻合上杂志起身，微笑道：“你比我想象中快多了，我才刚读了第一段。”

他是个善解人意的体贴男人，关于这一点毋庸置疑。利用徐泽凯把杂志收进公文包的几秒钟，洛可可偷偷打量着眼前玉树临风的男子：今天他穿着淡蓝色长袖衬衣和浅色的长裤，整个人透着一股清爽的气息，仿佛还没走远的这个夏天。深蓝色的领带绘有简单的几何图形，时尚且低调。

“可以走了吗？”徐泽凯彬彬有礼地打断洛可可的注目礼，她脸上一热，觉得自己就像个可怜的花痴，逊得要死！

“我们要去哪儿？”她的午餐时间控制在一个半小时以内，但通常洛可可都是在大厦一层的便利店买份便当或三明治果腹，半小时绰绰有余。

他挑起眉斜睨她，笑道：“怎么，担心我把你卖了？”

他的玩笑话缓解了她的紧张。洛可可已经很久没有像样地约会过了，她完全不了解当下哪些话属于初次约会的禁忌，唯恐一不小心惹得徐泽凯不快，因而局促不安。他适时令她放松下来，也有了开玩笑的兴致：“这算提醒，还是暗示呀？”

“忠告。”徐泽凯似笑非笑，暧昧地眨了眨眼，“其实男人都很危险。”

洛可可嫣然一笑：“那我真得要把它当作忠告了。”

他们之间的气氛变得轻松愉快，正午的阳光照射进来，照得他的头发闪闪发光。洛可可微仰起头看着这个过分耀眼的男人，无论他带她去哪里，她都愿意。

工作日的午餐时段，徐泽凯自然不可能带洛可可去做任何限制级的事情，也没有足够的时间等待大餐一道道上，他请她吃的是意式简餐。

餐厅位于黄浦江畔的滨江大道上。徐泽凯选了露天的位子，两人相对而坐，在徐徐微风中欣赏无敌江景。

阳光很好，泛着粼粼波光的江水不紧不慢地拍打着堤岸，传入耳中的涛声犹如一首节奏舒缓的老歌，令忙碌的人找回悠闲。

鸣着汽笛的游轮缓慢地驶入视野再慢慢驶出，在江面留下壮阔的波纹证明自己来过又离去。对面便是举世闻名的外滩，阅尽历史沧桑的万国建筑群依旧沉默地旁观现世红尘，在不同的相机里安静而永恒地存在着。

洛可可托着下巴眺望外滩，就算是工作日，观景台上仍然熙熙攘攘。记得有一次去客户公司被堵在半路，她还向当时的销售抱怨工作日为何有那么多人在路上闲晃，对方只是淡淡地回了一句“这就是上海”，似乎人多就应该是这个城市天经地义的形象。她后来看到了统计数字，2013年上海的常住人口总数已经突破了两千万。洛可可在那时有过一丝焦虑：如果两千万人她还是找不到能嫁的那一个，接下来难道要拓展上海以外的市场？她可没做好背井离乡的准备！

而今，她坐在滨江大道，面对着一个英俊体贴的男人，感激上天终于在她快被密室困死时打开了一扇窗。

“上海给我的感觉很像法兰克福。几年前在那里工作，我经常沿着美因河走，怀念自己的故乡。”徐泽凯的视线停留在对面的海关大楼，“等我真的回来了，我又常常来这里怀念法兰克福。”他笑笑，慵懒的声调里透着一股性感，“也许这就是人的劣根性，永远不珍惜已经拥有的东西。”

“现在开始学习珍惜不就好了嘛。”洛可可歪着头看他，脸颊浮现出淡淡的红晕，“就像系统bug，回避只会让它永远在那里。”

徐泽凯看了她半晌才轻轻叹息，意有所指道：“我太老了，只怕来不及。”

“古人一直教导我们活到老学到老，任何时候都不会来不及。”她不明白徐泽凯言下的推拒之意，仍然一根筋地给他鼓励。

她清澈的眼眸里全无心机，表情亦是坦坦荡荡的真诚。徐泽凯心想自己要不是遇见了单纯过头的稀有品种，要不就是碰到了欲擒故纵的真正高手。虽然他潜意识里期待洛可可是后一种人，但现实显然更倾向于前者。

他微笑，趁着服务生将食物端上桌的机会转移了话题：“试试看这家店的招牌意面，我很喜欢，所以自作主张替你点了这个。”

洛可可展开餐巾，随口问道：“你常来这里？”

徐泽凯点了点头，抬手指向对面的海关大楼，笑道：“有风景，有美食，我怎么可能不喜欢这里呢？”他用一句反问表明了自己的态度。

在他喜欢的餐厅，品尝他喜欢的食物，有聊不完的话题……洛可可认为交往应该从分享开始第一步，属于他们的这一步令她非常满意。

她带着喜悦的心情回到公司。在她下车前徐泽凯拉住了她的手，像个魔术师一样突然拿出一枝包装精美的红玫瑰，放进她的手心。

“谢谢你，陪我度过愉快的一小时！”他的眼睛在闪光，嘴角勾起的弧度好看得让人心跳加速。洛可可微垂着头，生平头一次体会到“害羞”二字的厉害之处——她竟然不敢再看他。

“谢谢你的意面，谢谢你带我去看风景。”她的声音越来越小，说到最后几乎像是给自己听的。

“那我有没有荣幸继续请你吃饭？”徐泽凯抓住机会，顺势试探进一步约会的可能性。他是富有经验并拥有足够耐心的猎人，明白循序渐进才是对付洛可可这样单纯保守的女人该有的方式，进展太快反而会让她们心底生疑。

洛可可欣喜的神情被徐泽凯尽数收入眼中，他清楚地接收到她对自己的好感，且程度不止一点点。他自负又得意地笑了起来，风流倜傥的脸更加迷人。

她的心脏“怦怦怦”跳得飞快，甚至于有点犯恶心的感觉。洛可可偷偷咽了口唾沫，打开车门站到了车外，仿佛找到安全地带似的松了口气：“我等你的电话。”总算，她还记得卓琳一直挂在嘴边的那句“女人太主动，男人当你草”的明训，耐住性子按兵不动。事实上就算她耐不住性子，她也不知道该怎么追求一个男人。

“那么，保持联系。”徐泽凯做了个打电话的手势，颔首告别。

她目送他的车绝尘而去，将装在有机玻璃盒子里的玫瑰凑近鼻子深吸口气，好像隔着包装材料也能闻到芬芳的花香那样，心满意足地笑着。

其实女人真正为一个人心动的时候要求通常并不高，一朵花就能满足她们的期待。

她拿着玫瑰哼着听不出调的歌儿走进办公室，惊呆了从前台小妹到项目实施部门的所有人。这天下午，大厦的三十层以惊人的速度流传开一则八卦：男人婆洛可可居然有人追！

洛可可的周一忙碌而充实，与她成鲜明对比的是卓远的周一可没有想象中那样轻松。一大早，他就被父母在客厅的争执声吵醒，两人争吵的焦点依旧是他的不务正业。

卓文斌是典型的出生于20世纪50年代末60年代初的中国式父亲，传统、固执仿佛是他们身上的烙印，鲜明可见。他从心底认为酒吧是藏污纳垢之地，为卓远迟迟不肯找一份正经工作而气怒不已。陈爱华虽然同样不满意儿子的工作，但毕竟这个孩子是她辛辛苦苦十月怀胎生下来的，自然多了一份宠溺。她纵容卓远的任性，并且在丈夫恨铁不成钢的时候坚定不移地站在儿子这一边，是伟大母性合乎本能的选择。

卓远躺在床上，安静地听着外面的争论。他其实早有搬出去住的念头，无奈回来之后事情太多耽搁了下来，才导致今天这般相见相厌的情形。从他高中早恋一事开始，他在卓文斌心里就和“叛逆、不孝”等等词语画上了等号，他有时候难免会思索是否父亲想要的不过是一枚听话的棋子，按照他布下的棋局走完一生。可惜世事不能顺遂人愿，在人生这场加速跑中，总有些半途弃权的选手。

卓远的困惑在于他突然无法定义“生活”究竟意味着什么。这一颇具哲学意味的命题被他当时的女朋友蒋彩妍斥为“无聊至极”，她无法谅解卓远放弃收入稳定的工作，只因为“不能忍受无趣的老板”。他原先吸引她的率性洒脱全部成为不可饶恕的随心所欲，在现实的重重压力之下，跟着卓远这种性格的人，注定距离“买房买车结婚生子”这几大目标越来越远，蒋彩妍明智地选择了抽身。

她很快找到后备，立刻向他提出分手，毫无半点拖泥带水。骄傲的蒋彩妍不能接受自己爱过一个loser，决绝地把卓远从她的人生轨迹中彻底抹去。

他离开的时候，她对他说道：“卓远，其实你是一个非常自私的男人。你一直明白女人的安全感基于家庭，但是你吝啬得不肯为这个将来努力。所谓自由自在的人生，那不过是你不愿意承担责任的借口。”

他只是不想将无法重来的人生与升职加薪有房有车这些世俗界定的“成功”捆绑在一起，怎么就沦为不负责任的代表了？假如女人都认为结婚生子必须建立在物质富足的前提上，那么婚姻这玩意儿不要也罢！

当初卓远赌气立下不结婚的誓言，随着单身时日越久他逃得也越远，甚至于连固定关系的女朋友也不需要了。

单身，不，或许应该说自由会让人上瘾，尤其对于射手座的男人。

Simon说得没错，卓远对婚姻的排斥源于害怕——他害怕为了某个女人放弃现在的自己，重新回归世人认可的生活模式。

父母各自出门上班，卓远却再也睡不着了，索性起床打开笔记本电脑，上网搜索符合心理价位的出租房源信息。手机提示音响起，摄影工作室的老板在微信上提醒他双休日分别各有一组新人婚纱摄影任务。他回复表示收到，心里有淡淡的讽刺，不知那些面对镜头笑容甜蜜的准夫妻会如何看待不相信婚姻的他。也许，根本没有人关心。

他到厨房热了一杯牛奶，咬着面包回到房间，电脑屏幕上已列出所有符合他要求的房源。卓远一条条看下去，视线忽然定格在其中一条记录上。

地址他再熟悉不过，过去的那个双休日他已三度大驾光临。想到某一天洛可可下班回家发现他就住在她的楼下会有的惊诧反应，卓远不由得大笑起来。笑着笑着，他竟然觉得这并非不可行。

他打电话给中介约了去看房的时间。挂牌出租的房子和洛可可家属于楼上楼下的关系，房型肯定与她家一样，他最多也就去检查下装修情况。

卓远又想起了昨夜临走时的对话，他不知道背后的洛可可会有什么样的表情，可是他感到有些悲伤。

华灯初上，拉开夜上海的帷幕，卓远在Simon的酒吧里。工作日的第一天客人较周末稀少，整个酒吧加起来还不及周五的三分之一，他乐得清闲。

酒吧驻唱乐队的几个孩子都是95后大学生，梦想着参加达人秀节目一炮而红。主唱Eva是个娇小的女生，身高不足150厘米，因此不管多冷的天，标配永远是黑丝袜加“恨天高”。第一次听她唱歌的时候，卓远想象不到那么小的身体竟能飙出可媲美玛丽亚·凯莉的高音，着实令人刮目相看。

除Eva外，乐队还有一个女孩子。不过仅从外表判断，这个叫作Ruby的鼓手给人的第一印象绝对是男生，反正卓远没见过哪个女孩像她那样留板寸。舞台上的Ruby总是背心皮裤戴骷髅头项链，在表演间隙常常用一长串激烈的鼓点再次引燃全场，她和Eva俨然是这支乐队的灵魂。

Simon和卓远曾经八卦过Ruby的性取向，两个女生之间的暧昧令人浮想联翩。

不过即便她们真的是一对，又与旁人有何关系？

卓远看待旁人的故事永远理性、客观，唯独洛可可令他三番两次失控。他心不在焉地擦着酒杯，直到Eva坐到吧台前伸出手在他面前来回晃了几次他才回过神来。

“叔叔，你有心事。”尽管卓远和Simon只比她大了六七岁的年纪，可是仗着堪比初中生的个子和娃娃脸，Eva总是用“叔叔”这个称呼调戏他们。她眨着一双画了烟熏妆的大眼睛，满脸纯真地看着他。

“唉呀，这都被你发现了。”卓远嘴角一挑，桃花眼开始放电，“喂，初中生不能进酒吧哦！”

小女孩夸张地尖叫，双手捶着桌子作痛心疾首状：“叔叔你不可以这样残害少女心啊！不负责任地乱放电后果很严重！”

“是吗？”他趴在桌子上，双手撑住下巴，盯着她的眼睛说道，“猥琐大叔最喜欢小萝莉了。怎么样，今晚要不要跟大叔回家呀？”

Eva甜甜蜜蜜笑得很开心的模样，摇摇头拒绝道：“我才不要心里有别人存在的男人呢。”手撑吧台，她挺起上半身凑近卓远，在他唇上飞快地啄了一下，“不过叔叔你亲口邀请我，我还是好感动的。”说着，她得意扬扬地跳下高脚椅，穿过人群重新回到舞台。

他看着她走远，微微低头笑了笑，继续擦酒杯的工作。心里有别人存在？开玩笑吧！我仅仅是想帮洛可可早日完成结婚这项艰巨任务而已，根本不是在意。

卓远对自己的解释十分满意。内心隐约有个警告的声音，告诫他千万别再往深处追究。想到要为洛可可物色相亲人选这一首要步骤，他立刻掏出手机打开微信，向小学、初中、高中、大学各个同学群发消息询问是否有单身未婚年龄在40岁以下的男性亲友或同事。沉寂多时的同学群瞬间热闹起来，大部分人调侃他是不是转变口味迈上“搞基”这条路，让他不得不再群发一次声明自己只是替堂姐的闺蜜征婚。

这一回收到的回复明显正常，令卓远喜出望外的是竟然还真发掘到几个人选，果然发动群众才是正途。

放下手机重新拿起还没擦完的酒杯，身前响起的声音令卓远抬起了头。他记得昨晚见过这个人的名片——徐泽凯，他也记得他的名字。

“这个酒杯我觉得够干净了。”刚才徐泽凯说的便是这一句。

卓远面无表情地看着徐泽凯，冷淡地回敬道："有些灰尘，凭肉眼没办法看清楚。"

徐泽凯笑了笑，对他的敌意视而不见："威士忌double，就用你手上这个杯子吧，我不介意。"

卓远有些恼火，他不喜欢徐泽凯很大一部分原因在于对方滴水不漏的姿态，不管面对任何无礼的挑衅他都能淡然处之。这一类人在卓远的认知里说得好听点叫作个性内敛，难听一点就是城府很深戴着面具做人。

碍于徐泽凯客人的身份，他不能拒绝他的order，卓远心不甘情不愿地给他倒了一杯威士忌。出于小小的反抗心理，他换了一个威士忌酒杯给他。"希望你不介意我换了一个杯子，这是我的风格。"依旧是冷冷的语气。

徐泽凯接过酒杯，直截了当地问道："你对我的反感是不是和可可有关？"他的眼神锐利如刀，直刺对手要害。

"你的姐姐要是被一个看起来就是花花公子的男人盯上，你还会这样淡定吗？"卓远反问，直接给对方贴上"滥情""花心"的标签。

"她不是你的姐姐。"徐泽凯冷静地指出这一点。

"我怎么看待洛可可与阁下无关。"卓远作了一个深呼吸，努力控制自己的脾气。他不想与徐泽凯再对话下去，转身欲走向另一个坐到吧台前的客人。见他要走，徐泽凯喝了一口酒，悠悠然吐出一句："我需要确定我准备追求的女人没有复杂的感情纠葛，我不想让她陷入左右为难的境地，同时我相当讨厌成为别人的backup（备胎）。"

卓远果然停下了脚步，回头直视徐泽凯："我有没有听错，你真的打算追求洛可可？"他的脸上写满怀疑。平心而论，洛可可并不具备能令男人不顾一切冲动行事的魅力，像徐泽凯这样游戏人间的男子居然会"认真"，简直匪夷所思。

"她比我想象中更有趣。"他眉眼含笑，想起那个单纯的女人说给自己听的鼓励，心头竟然泛起一丝暖意，"以我的年纪，有一段稳定的relationship并非坏事。"

他说不清徐泽凯的表态给自己的感受，卓远忽然觉得十分讽刺：口口声声质疑对方居心的他，才是最没资格指手画脚的人，因为他连感情都不想要！

卓琳出发度蜜月之前约洛可可吃饭，算是感谢她作为伴娘忙前忙后辛苦了一天。洛可可难得准时下班，带着白天与徐泽凯午餐约会的喜悦心情和卓琳见了面。女人的第六感异常敏锐，卓琳立刻发现闺蜜和以往加薪升职才有的好情绪不同，待服务员收走菜单后立刻要求她从实招供。

“你别乱猜，八字还没一撇的事情呢。”洛可可假装不在意，脸上却有掩藏不住的喜色。

卓琳对她的辩解嗤之以鼻：“得了吧，八字没一撇你还笑得一脸风骚，当我是三岁小孩那么好骗。快说，那个男人条件好不好？”

洛可可其实颇为反感死党一开口就追问“条件”，虽然心里明白卓琳是为她着想。大部分女人到了一定年纪自然而然变成功利的现实主义者，所有的浪漫加起来也比不过实实在在的物质给予自己的安全感，如洛可可这般还在寻求“感觉”的委实属于少数派。“我们才刚认识，我只知道他的名字和工作。”洛可可咽下了“喜欢的电影、音乐、支持的球队”等等卓琳绝对没兴趣了解的情况。她能够预见如果全盘托出，卓琳肯定会责怪自己了解的全不是“重点”。

“你们不是相亲认识？”卓琳听出了端倪，好奇心大盛。“是你的客户？”除了工作，她想不出洛可可还能在哪里遇见男人。

洛可可本想否认，但这样一来她和徐泽凯认识的经过势必要牵扯出卓远。她想了想，轻轻“嗯”了一声含混过去，给个模棱两可的答复让卓琳自行发挥想象。“就今天单独吃了午饭，没什么特别。”为防卓琳继续追问，她赶紧供述部分事实，同时略去了徐泽凯送自己玫瑰花这一插曲。

“长相如何？”外表同样是卓琳关注的重点。即便她不是外貌协会成员，也不可能接受一个堪比卡西莫多的男人成为好友的另一半。按她的说法，判断能否交往的准则之一即想象自己能不能接受与对方同床共枕。一辈子那么长，犯不着找个面目可憎者日日夜夜委屈自己。

在结婚对象的外表问题上，洛可可与卓琳看法一致，甚至她对徐泽凯好感的基础正是因为他出色的外表。好看的人总是占优势，特别是在爱情战争里。

“很帅。”洛可可实事求是地回答。

“和小远相比呢？”卓琳的老公李家成只能算长相尚可，她就近找了个可参照对象供洛可可比较。

洛可可顿时心脏漏跳一拍，做贼心虚地揣测卓琳是不是借故试探自己。看她的表情仿佛完全不知情，洛可可暂时放下心来说道："他们类型不同，不过，"她沉吟了一下，客观地评价道，"差不多吧。"

卓琳的眼睛放光了，女人在谈论到帅哥的时候通常会自动开启兴奋模式，哪怕对方和自己全无关系。"哇！可可，你要抓住机会，千万别放走他。"这一刻，似乎徐泽凯身家几许的问题变得无足轻重了，再次证明"好看"也是一笔资产，尽管随着岁月流逝它会持续贬值。

洛可可脸上掠过的红晕堪称罕见，卓琳会相信那个男人"没什么特别"才怪。她真心为死党高兴，这么多年总算出现了一个能令女强人脸红的异性，感谢月老还惦记着洛可可。"可可，婚礼上收到新娘花束代表下一个出嫁的人哦，你要加油！以后我们就能四个人一起出去旅行了。"

"我们才认识没多久……"洛可可小声嗫嚅着，确切地说认识了不到24小时。"不过，我一定会努力把握机会。"见识过昨夜相亲会女多男少的大场面后，她有了清醒的认识——绝对不能错过徐泽凯，尤其在对方明确表达了好感之后。

"没错，这才是正确的态度，女人偶尔也要主动出击。这年头大家都忙，男人费了半天工夫收不到成效，很容易打退堂鼓。"卓琳以切身经验谆谆教导洛可可，"现在连中学生都不流行花前月下的小清新小情调了，该躺下的时候决不要矜持。"

洛可可目瞪口呆地看着卓琳，半晌才发声询问："你的意思该不会是指'色诱'吧？"顺便联想到莫非卓琳早就打破"只和老公上床"的约定，独留她坚守着古板的规则。

卓琳自知失言，索性大大方方地承认："我确定这个男人会娶我，而我也想嫁给他。既然两情相悦，没必要用条条框框束缚自己。"通往结婚的路道阻且长，审时度势随机应变方能笑着走到最后。

洛可可点了点头，笑纳卓琳的经验之谈。虽然不甚肯定何时才会走到坦诚相见这一步，但提前做好心理准备仍然有必要，她可不想事到临头给对方慌乱无措的印象。作为一个31岁的女人，未免过于失败了。

只是，她在西餐厅悠扬的钢琴伴奏里隐隐约约听出了一丝忧伤，或许那仅仅是她自己的哀愁：难道再也没有人愿意陪我慢慢地谈一场恋爱吗？

接下来的周二、周三，徐泽凯没有再给洛可可任何音信。她插在咖啡瓶里的玫瑰失却了娇艳的色泽，好几片花瓣的边缘卷起，被预示干枯的深褐色占据了顶部地盘。

平日忙得连喝水时间都争分夺秒的洛可可，这两天却时不时拿起手机查看是否漏接了电话或错过了短信，她经常朝那朵摆在笔记本电脑旁的玫瑰送去一瞥，接着便开始垂头丧气地低下头敲打键盘，像是斗败的公鸡。

她曾经想过主动联系徐泽凯，可没胆量直接打电话，短信也在不断编辑与不断删除间反复折腾，把自己搞得烦躁不堪。卓琳飞去了意大利，洛可可找不到另一个人倾诉苦闷，在期待与失望的煎熬中度过两天后，她倒是见到了卓远。

“大姐，我来睦邻友好拜访了。”他高举着一瓶酒，神采奕奕地打招呼。长腿一伸，踏进她的家门。

洛可可一边关上房门，一边努力消化他的用词，发现根本无法理解。“等一下，什么‘睦邻友好’，你把话说清楚。”

“我租了楼下的房子，算是你的邻居吧？”卓远开心地宣布，久违的轻松使得他心情大好，拉着洛可可在客厅中央转起了圈子。

卓琳和她见面那一次谈起过卓远，洛可可大概知道他从北京回来的一个月并没有积极寻找工作，反而在朋友的酒吧和摄影工作室兼职且有长做打算。她能想象卓远的父母会如何看待他的选择，身为名牌大学毕业生，衣着光鲜地出入高档办公楼才是他应该过的生活。那天卓琳向她感叹“小远其实是浪漫主义者”，语气颇有几分恨铁不成钢的意思，当即让洛可可为他打抱不平。

“放弃不喜欢的工作，离开不喜欢的生活，不是每个人都有勇气做得到。”洛可可切着牛排，嘲讽安于现状的自己，“我就是担心以后再也吃不起牛排，再讨厌的客户也得赔着笑脸应酬。”

眼下，她看着这个兴奋得好像逃脱樊笼的男人，尽管旋转令她头昏眼花，依旧为他高兴。“好了好了，卓小弟，我知道你很开心，再转下去我要晕倒了。”洛可可高声尖叫。

他拉着她转到沙发前，直挺挺地向后坐倒。洛可可趴在卓远身上，鼻端萦绕着清爽好闻的气息，心如擂鼓。

他甫一坐稳，她便迅速推开他站了起来说：“让我看看你带来了什么好酒。事先声明，我的冰箱里可没有像样的下酒菜。”她走开两步去拿他放在桌上的酒瓶，竟是一瓶法国进口的红酒，“卓小弟，看来你兼职的两份差事相当赚钱啊。”洛可可半真半假地调侃道。

“养活自己没有问题。”卓远窝在沙发里，笑眯眯地回应道。

她没理他，在橱柜里一通猛翻找到开瓶器，顺手递给卓远说：“你来，我还得找找看酒杯在哪里。”她记得很久以前和失意的卓琳在家喝过红酒，之后就将那一对酒杯收了起来。她的话引来卓远的连连摇头叹息：“大姐，你这样没情调是不行的。把男人请进家门，喝喝小酒助助兴，不就什么问题都解决了！”他按住开瓶器的两端使力，成功拔出木塞。

洛可可没找到酒杯，拿来两个500毫升的Lock&Lock搅拌杯凑合。接收到卓远嫌弃的目光，她拍拍他的肩膀命令他必须将就。“卓小弟，姐姐就不是玩情调的那种人。”

“大女人没市场。”卓远吹了声口哨，一本正经地指着洛可可说道，“我敢打赌大姐你绝对是那种电脑坏了自己修的女人。”

“废话！我干IT这行，电脑坏了自己不会修那还了得？”洛可可嗤之以鼻，一脸“什么智商才能讲出如此没水准的话”的表情。

“No, no, no，这种想法大错特错。你把男人能做的事情都做了，还需要男人干吗？”

“他们还可以写代码，写测试用例，写培训手册……”她想着项目团队其他成员能“干”的事情，一一报给他听。

“所以你只有工作伙伴，而没有男朋友。”卓远一针见血地总结道。

她像是被戳爆的气球，耷拉着脑袋深受打击的模样说：“好吧，我被你打败了。也许有些人注定和爱情没缘分，比如我。”她扯住卓远的胳膊离开沙发，自己坐上去，抱着腿蜷成一个失败的虾米。

卓远沉默了两秒钟，这才心不甘情不愿问道：“那个叫徐泽凯的家伙，他不是约过你？”

“你怎么知道？”洛可可大为惊异，抬起头瞪大眼睛盯着他。

他盘腿坐在地板上，伸手去够放在茶几上的酒瓶，语气平淡地陈述道：“周一晚上在酒吧遇见过他，他当时说白天和你一起吃饭，还向我表示要追求你。”他的声音里有一丝微弱的嘲讽，不过谁都没在意。

洛可可狐疑地看了他半天，忽然双手用力互击，像发现新大陆似的嚷嚷起来：“卓小弟，该不会你才是他的目标吧！”

卓远差一点被自己的口水呛到：“洛可可，你想多了。”以他对徐泽凯的观察，对方绝对没有同性恋倾向，向同性炫耀倒是确有其事。

“那你分析下为什么他和我吃了一顿饭，送了一朵玫瑰花之后就人间蒸发，根本就不想再见到我的意思。”洛可可十分沮丧，脑袋深埋在膝盖处不想抬头看卓远同情的神色。

“他不接你的电话？”卓远想当然以为洛可可会主动联络徐泽凯，万料不到她还在玩矜持装含蓄。

她摇头，闷闷不乐地说：“约会这种事应该男人采取主动才对，我干吗要打电话？”

卓远颇有几分无语问苍天的感觉，他一边往Lock&Lock杯子里倒着酒，一边嘲笑她的古板：“大姐，你不知道现在的流行趋势是男人在等女人主动吗？”他递给她杯子，正色道，“虽然我对徐泽凯这人没有好印象，但既然你喜欢，小弟免费奉送偷心秘诀，保证让他乖乖地拜倒在你的石榴裙下。”

洛可可接过杯子，感动不已地问：“你为什么帮我？”非亲非故，他们唯一的关联不过是她同卓琳的友谊，她想不出卓远帮自己的理由。

她问得他一愣。卓远确实讲不出具体的缘由，或许在堂姐婚礼上重逢的时候便已注定他摆脱不了洛可可这个“麻烦”，直至找到另一个愿意接手的人为止。他悻悻地笑了笑：“就当我无聊可以吗？”

洛可可咧开嘴露齿而笑，向他举起了毫无情调的塑料杯：“卓远，你是个好人。”

“你也是。”来而不往非礼也，他立即发还一张“好人卡”给洛可可。

杯子在半空相遇，两人的视线都停留在杯中下方暗色的液体，同时爆出大笑道：“卓小弟，你说得没错，用Lock&Lock实在太没情调了，好像在喝咳嗽药水。”洛可可收回手喝了一口酒，“这会不会是最平民的容器？红酒史上真该记下这一笔。”

“拜托，我才不要和你一起载入史册，太丢脸了！”他的笑容帅气阳光，仿佛十年前给她和卓琳煮泡面的男孩子重新回到世上，瞬间时空错转。

洛可可默默品味着卓远带来的红酒，微微酸涩的口感恰如她此刻的心情——我生君未生，君生我已老。

他和她，相遇之初相差五岁；十年之后，依旧差五岁。

在卓远的开导下，洛可可下定决心拨通了徐泽凯的电话。“大不了收一张‘好人卡’，那你也好趁早死心删掉他的手机号码寻找下一个目标。”他是积极进取的射手座，把人生当作一场大冒险，看不惯洛可可瞻前顾后的犹豫。

受他的鼓励，她终于鼓起勇气按了联系人名字下方的“呼叫”。洛可可并没有等待很久，徐泽凯好听的男中音便传到了耳中。

“晚上好，可可！”他的礼貌永远无懈可击。

她调整了呼吸，镇定地问好，紧接着立刻将话题引向重点：“谢谢你上次请我吃好吃的意大利面，有时间的话，星期五下班后我请你吃饭。”洛可可一口气说完，卓远向她竖起夸赞的大拇指。

“好啊。”徐泽凯几乎毫不犹豫地就答应了，轻易得让她有些不知所措。他接下去问，“如果我说突然很想吃日本料理，你会不会认为我有敲诈嫌疑？”

卓远听不到他们对话的内容，但洛可可笑成花朵一样的脸充分说明电话那头的男人令她心情愉快。他喝着酒，面无表情地望着她的笑脸。

“没问题，”洛可可向卓远比了一个OK的手势，“再下一顿我会敲诈回来。”话说到这个地步，他应该能明白言外之意吧。果然，她听到他极轻的笑声，“我乐意至极！”

挂断电话的时候，洛可可用手捂住自己的脸，用了将近一分钟的时间消化徐泽凯接受了二次约会这一事实。“卓远，他答应了！他真的答应了！”她开心地跳起来，握住手机在房间里转圈圈。

卓远冷哼了一声，对她的兴奋不屑一顾道：“大姐，他又不是答应和你结婚，你还差得远呢。”眉毛一挑，他斜睨着她问道，“你准备带他去哪里吃饭？”

“他指定日本料理。”洛可可打开手机上网寻找合适的料理店，“有团购……”话音未落，即被卓远大声喊了“stop”，他冷嘲热讽道：“大姐，节俭永远不会是吸引徐泽凯这种人的必要条件。对于团购无法预料的质量和服务，你准备好让这些场外因素来破坏你好不容易争取到的机会吗？”

她下意识地摇头，等待卓远继续发表高见。他是男人，比她更了解男人的想法。

“尽可能把自己打扮得漂漂亮亮，最好漂亮到有人愿意为你决斗。”卓远夸张地形容道，仰头喝光杯子里的酒。他喝得又快又猛，拿起酒瓶第三次给自己倒酒。“电脑包别带去约会现场，任何会让女人味打折的东西都不准出现。”

“我周末还要工作。”她嗫嚅着提出反对意见。洛可可觉得卓远有点小题大做，不就是一次约会嘛。

“周末本来就是休息时间，不工作又不会死！”他狠狠瞪了她一眼，挥挥手驳回她的抗议。“大姐，前三次约会是奠定能否继续交往的基础，你千万别搞砸了。”他凶巴巴地警告她不能大意，“总之，展现你的聪明幽默与风情万种，让这个男人无处可逃。”

洛可可听着从他嘴里蹦出的一串形容词，顿时感到压力巨大。

谈恋爱这件事，真的好难！

星期五晚上，徐泽凯看着走到面前的洛可可，刹那间以为自己认错了人。

徐泽凯总共见过洛可可两次。第一次她穿着衬衣长裤，英挺且帅气；第二次则是OL风格的西装套裙，端庄有余却呆板。而这一次，她穿了长裙。

洛可可不算高，按她的惯性思维长裙只适合高个子女生，偏偏卓远第一眼就看中了一条及踝长裙，怂恿她大胆尝试。

“这种垂坠感很强的裙子就适合大姐你这样A cup小腹平坦的身材。”他提着衣架向她展示裙子，谄媚的神情活像一个推销员。

“请问阁下，这是夸我还是损我？”洛可可朝他翻了个白眼，语气不善地质问道。女人永远介意胸部大小，尤其当着男人的面。

卓远顿时明白受到白眼的原因所在，他可是犯了女人的大忌。他讪讪地笑着，试图弥补口无遮拦造成的恶劣影响：“其实大姐你的身材是设计师的最爱呀，绝对的衣架子。”

“Shut up.”她没好气地阻止他另类的赞美，伸手拽过裙子走向试衣间。

那是一条深咖啡色的背心裙，如他所言确实极为贴身，身体曲线纤毫毕现。洛可可打量着镜子里的女人，举起手掠了掠头发，还真有几分风情万种的韵味。

她开始佩服卓远的眼光，看来他不仅比她了解男人的想法，也更了解女人穿什么才好看。

她走出去，望着他说道："好像缺了点什么。"

"喏，拿去。"他早有准备，递上一件轻薄的针织外套。浅浅的米白色刚好减轻了裙子本身带来的深暗视觉感，宛如黑咖啡中加入了鲜奶油，立刻变成了一杯浓香四溢的卡布奇诺。

此刻，洛可可在徐泽凯眼中如愿看到了欣赏，她为这身行头花费的金钱以及时间都得到了最好的回报。她提醒自己一定要好好感谢卓远特意换休陪着她逛街置办服装，至于他鄙视她仅有A cup这件小事，她大度地既往不咎了。

徐泽凯对洛可可的精心装扮相当满意，她的重视证明了他在她心里的分量。女为悦己者容，自古皆然。

"可可，你今天很迷人！"徐泽凯大大方方地送上赞美，同时懊恼地摸了摸鼻子，"怪我来得太匆忙，错过了向这么迷人的小姐送花的机会。"

洛可可已很久未得到异性当面直接的赞美，在他热烈的目光注视下，女性的本能在这一刻复苏，她害羞地垂下了头说："没关系，其实我不看重这些。"

徐泽凯没有当场回应，在向地下停车场的电梯里他问道："那你看重什么？"

洛可可不解地望着徐泽凯，她早忘了自己在大堂说过的话。他微微笑笑，抬手轻刮她的鼻子，半真半假地叹息道："可可，有时候我真拿你没办法。"他居然在酒吧"捡"到一个单纯如稚子的女人，自己都感到不可思议。

"啊？我没要求的。"她一急，不经考虑便冲口而出，待嫁"剩女"迫切之心可见一斑。徐泽凯嘴角勾起的笑痕扩张了地盘，她面前的男人终于不可自抑地大笑起来。他一笑，倒是令她醒悟过来刚才无心泄露了天机，洛可可又羞又窘地站着，恨不得挖个地洞逃跑。

完蛋了，他肯定以为我没人要！她的脸涨得通红，在心底唉声叹气。令洛可可更难堪的是没人要她的确是事实，并且显而易见。

电梯在地下二层停下，徐泽凯的笑声也随之停止。他以一种相见恨晚的眼神看着洛可可，向她解释自己失态的原因："这么巧，我也没要求的。不过有人对我说过，没要求其实是最高的要求，看来我们的品味不仅在电影上保持一致，这方面也一样。"

不管是真是假，徐泽凯的解释令人满意。他巧妙地将自己和她列入同一国，拉近了彼此之间的距离。

他向她伸出手，安静地等待着。那是一只相当男性化的手，宽宽的手掌，骨节分明细长的手指，很好看。

洛可可记得读大学的时候卓琳说过牵手相当于正式承认男女朋友关系，那么现在他是这个意思吗？才第三次见面，进展太快了吧，他会不会以为我是个随便的人？她心怀忐忑战战兢兢，将自己的手送入他的掌心。

徐泽凯的温度通过洛可可的手，一直传到她的心里。她望着他，笑靥如花，灿若朝霞。

洛可可与徐泽凯的晚餐约会进展顺利。在男女约会的前三次法则中，假如双方都不忌生冷食物，那么日料店绝对可作为促进感情、考察人品的理想场所。相比西餐，可以免去刀叉不熟练的尴尬；相比传统中餐，日本料理总算属于舶来品，同时又素以精致量少价高闻名，还能看出对方究竟是慷慨大方还是抠门小气。

洛可可担心徐泽凯吃不饱，本着自己付账的想法点了满满一桌，孰料他却在她准备掏钱包买单的时候一把接过账单，笑着说道："怎么可以让女士买单？"

"说好这次轮到我请你。"她赶紧重申，急急忙忙打开钱包抽出一张信用卡递给服务员。"你这样，我很不好意思的。"

服务员看着他们争抢买单的场面含笑不语，她瞧了瞧同时递到面前的信用卡，几乎毫不犹豫就拿走了徐泽凯那张。

洛可可无奈地收回手，看着徐泽凯，她只能说："对不起，让你破费了。"想到自己肆无忌惮地点了那么多东西，她感觉世界末日也不过如此了，他一定以为她是存心的。

徐泽凯始终面带笑容，即便洛可可自认这些年项目经理做下来已积累了足够多看人的经验，她依旧看不透徐泽凯的表情。所谓当局者迷，她偏偏忘了这一句。

直到他们走出料理店徐泽凯提议"不如我们去外滩散个步"时，洛可可才放下悬了半天的心，觉得对方并没有讨厌自己的意思。

他们吃饭的地方离目的地不远，走过两条小路就到了游人如织的外滩。黄浦江对面上海的地标建筑东方明珠、金茂大厦、环球金融中心的景观灯已经亮起，将那一边的天空照得雪亮。洛可可抬头仰望璀璨的东方明珠，忽然想起卓远说过在西藏看过的星空，转头问徐泽凯道："你想去西藏吗？"

"不要告诉我环球金融中心令你联想到了珠穆朗玛峰，它们的高度差……"他略微沉吟做了一个小小的心算，"有8356米。"

她一脸不相信的表情，习惯性地质疑道："数字是你随便说说的吧。"珠穆朗玛峰的8844米属于常识，但环球金融中心的高度恐怕一百个人中间都难找到一个知晓的人。

他耸耸肩，表情无辜地说道："前两天我刚好去过一趟金融中心，不凑巧地知道了它的高度是492米，所以刚才我实在忍不住卖弄了一下。"徐泽凯的辩解令洛可可一下子无言以对，深深为自己的疑心惭愧。

"Sorry，我没有怀疑你的意思。"有经验的女人凭两句娇嗔就能化解这份尴尬，然而她却一板一眼地表达了歉意。

洛可可如此郑重其事倒令徐泽凯不知所措，说实话他对她的怀疑确实略有不快，但绝对没到"反感"的程度，他觉得她专门为此道歉有些反应过度了。徐泽凯笑笑，将话题绕回她先前的提问："刚才问我西藏，你打算约我一起去？"

"有个朋友说那里的星星低得像是伸手就能摘下，我从来没有见过那样的星空。"洛可可神往地说道，同时对城市灯火不屑一顾，"看不到星星，城里人只好用景观灯光聊以自慰，还美其名曰'夜景'，哼。"

她的愤慨并未得到共鸣，他有自己的看法："假如外星人真的存在，他们从宇宙俯瞰地球看到城市的灯火，也许会有我们仰望星空的感受，美不胜收却遥不可及。"他像个孩子似的趴在栏杆的扶手上，望着江对面喃喃自语。这番话一说出口，徐泽凯立即惊觉不对劲，外星人是少年时幼稚的幻想，他竟然在一个尚属陌生的女人面前脱口而出了。他心情复杂地看看洛可可，暗想她该不会是扮猪吃老虎那一类型吧？

"我也相信外星人存在呢。"洛可可激动地说道，她的眼睛因为兴奋睁得很大，鼻翼也加速了抽动。徐泽凯以前看过一部美剧*Lie to Me*，剧中分析了人在各种情绪状态下的微表情，根据电视剧得到的知识，他肯定洛可可并不是假装对外星人感兴趣，显然是自己多虑了。

徐泽凯握住洛可可的手，将她拉进怀抱里说："可可，今天当我第一眼看到你的时候，知道我联想到什么吗？提拉米苏。”在她耳边，他的声音盖过了一切嘈杂与喧闹，“它的意思是‘带我走’。”

他的声音才是提拉米苏，温柔细腻得好像要融化人的心！洛可可命令“扑通”乱跳的心脏赶紧回归正常，他靠得那么近，一定能听到她失控的心跳声。

人来人往的外滩，他和她紧紧相拥，仿佛拥抱了彼此的未来。

在酒吧，工作中的卓远一整晚心神不定状态极差，他在等洛可可电话通报约会结果。一直到11点半裤袋里的手机才振动起来，果然来电显示的名字是他期待的那一个。卓远借口抽烟，走到后门外接听。

“你刚到家？”其实他想问的是：“你们没上床吧？”

“是啊，吃完饭我们在外滩聊天，又去一家酒吧喝了点东西。”洛可可瘫在沙发上一动不动，脸上全是微醺的甜蜜。幸福具有传染性，电话那头的卓远能听出她心底的愉悦，看来她得到了一次很棒的约会。

“小远，谢谢你帮我挑选的衣服。”言下之意自然是“徐泽凯很欣赏”，他酸溜溜地想那个令人不爽的家伙总算眼光还不赖，至少和自己欣赏同一款。卓远没有探究这“同一款”是否还定义了女人。

“作为回报，明天白天你要帮我打扫新家。”他不客气地提出要求，恶声恶气补充道，“就算有约会也不管！”

她心情舒畅，笑声也格外动人：“好吧好吧，军师的马屁一定要拍，我哪敢拒绝呀？”

他的心情却并没有好起来，挂断电话后依旧阴沉着脸回到吧台。在吧台内帮手的Simon忍不住揶揄道：“Rex，虽然酷一向是你的卖点，但不是这种天塌下来世界末日的哭丧着脸好不好？你再严肃下去，别人会以为我经营不下去你马上要失业了。”

卓远白了他一眼，咧咧嘴做了个皮笑肉不笑的表情道：“Sorry，老板，我刚知道原来我还负责卖笑。”顶开Simon接过新入场的人换啤酒的优惠券，他手脚麻利地打开啤酒桶灌满一升的杯子递过去，回头说道，“就你这奸商还经营不下去，说出来也没人信。”Simon的酒吧在这条街上相当有人气，周末夜晚100元入场费只附送一杯啤酒，居然还有人在外面排队等着进场。

Simon笑得既谦虚又得意，单手环住卓远的肩膀调侃道：“所以我很诚恳地邀请你入伙一起发财，你考虑看看。”

卓远还在北京做白领的时候，Simon就问过他有没有入股的想法。当时他以为自己会在帝都落地生根，而现在他却觉得自己不适合在一个地方久留。“嗯，我会认真考虑。”他并未一口回绝，留足了后退空间。

Simon没再说什么，走到一边指导另一名新来实习的酒保调制鸡尾酒。卓远也忙碌起来，将洛可可轻轻抛在了脑后。

“Hi, Rex.”Jenny出现在吧台那一侧，娇笑着向他挥了挥手，“Singapore Sling（新加坡司令）。”

这是他们有了亲密行为之后的第一次见面，她如以往那样用一款鸡尾酒吸引他的注意，在他面前点燃一支细长的薄荷烟。吧台的灯光照得她胸口的汗珠闪闪发亮，显然她刚从舞池出来。

卓远看了她一眼，默默递过去一杯冰水。Jenny感激地笑笑，接过一饮而尽。放下杯子，漂亮的嘴角浮现一丝耐人寻味的浅笑，她似真似假地喟叹：“哎呀呀，Rex，搞不好我真的会爱上你。”

他不为所动，摇着调酒壶，表情疏离。Jenny悄悄咽了口唾沫，懊恼自己太冲动过早亮出底牌，现在主动权完全由卓远掌握。

他把调好的鸡尾酒放在她面前，脸上没有多余的表情。“那就是你的不幸了。”卓远语气平淡，仿佛在说“明天会下雨”。

她的表情异常难堪，眼中泛起浓浓的怨恨。对一个有过肌肤之亲的女人他竟能说出如此绝情的话，可见他对她全无半分感情。那一次，只是在生理欲望驱动下纯粹的发泄。Jenny顿时泄气，拿起饮料掉头就走。

卓远望着Jenny的背影，他能感受到对方的愤怒和挫败，心底同时有一个声音在指控差劲的自己根本就是个坏男人。他勾起嘴角，无所谓地笑了笑。那又如何？男欢女爱本就是一场你情我愿的游戏，动什么都不该动感情。

只是有一些意外，他本以为Jenny是早就看透所有玄机的类型，想不到再开放的女人到最后仍旧想得到爱情。

爱就像是“性”的前戏，女人会假装获得高潮，因此才对前戏耿耿于怀。

吧台前经过一个又一个正点的辣妹，他会有冲动脱掉她们身上的短裙，却兴不起与任何一个深入交往的念头。炫彩的舞池灯光扫过卓远的脸，他在这一瞬间怀疑自己是否再也没有了爱人的能力——就像看过了最美的夜空，从此对一切城市的灯火免疫。

周六一大早，洛可可还在睡梦中就被一阵急促的敲门声吵醒。看看手机才早上6点半，她不禁对扰人清梦的敲门者火冒三丈。随手抓起扔在床角的外套，气势汹汹地打开门，准备把门外的人好好骂一通。

门外站着卓远，肩膀挂着相机，一副要去采风的模样。看到洛可可，他从衣袋里摸出两把钥匙，在她眼前晃了晃。

“大姐，你没忘记答应我打扫的事情吧？”

老实说她已忘了昨晚随口应承的事，倒是没忘记不能坦率承认。“怎么会忘记呀，不过没想到你这么早就过来。你要出去拍照？”

卓远仅仅是看她的表情就明白，洛可可在怀疑自己是不是偷懒出去玩把打扫的事情推给她一个人做。换作别人他肯定不乐意解释，唯独洛可可总是能让他破例。“这两天有工作，拍婚纱照。”

洛可可才想起卓琳提过自家堂弟的另一份兼职，她还感慨若是他早几个月回来自己还能省下婚纱照的支出。看来卓远虽然没有一份正正经经的工作，但两份兼职倒是干得尽心尽力，也不能简单地定义他“不务正业”。

“吃过早饭了吗？来得及的话，我请你去小区门口吃早点，有一家生煎做得不错。”昨晚通话寥寥几句，洛可可打算把更多细节透露给这位军师，让他帮自己筹谋下一步。

卓远开心地点头道：“难得大姐你请我吃饭，来不及也要舍命奉陪。”话音未落，他的额头就挨了一记“弹指神功”。洛可可瞪了他一眼，酷酷地说：“卓小弟，我可不是你想象中一毛不拔的铁公鸡。再说，早饭你还能吃多少呢？”

“没错没错，所以大姐你还要好好请我吃一顿大餐来报答我的劳苦功高。”既然当事人如此主动，他自然笑纳“敲诈”的大好机会，卓远心满意足地坐到沙发上等她洗漱。

十分钟后，洛可可和卓远出现在小区入口处的饮食店。星期六的清晨六点三刻，平时排队买早点的上班族们都不见踪影，只有数个晨练归来的老人在坐着吃早点。

洛可可点了生煎、油条、咸甜豆浆，她一边用小碟子里的醋消毒筷子，一边看着坐在对面的大男孩，竟有几分照顾弟弟的感觉。

卓远所想的恰恰相反。日常的早晨、日常的生活场景，他有种仿佛和面前的女人生活了一辈子的错觉。

两人各想各的，一时间谁都没说话，直到隔壁桌的老头走过来拿他们桌上的餐巾纸才打破静谧。“哦，给你筷子。”将消毒了半天的餐具递到卓远手里，洛可可想不出怎样把话题引到徐泽凯身上，没话找话道，“今天工作到几点？”

“我的收工时间取决于新娘子要换多少套造型。”他笑笑，带一丝嘲讽，“我很想知道婚纱照到底满足了女人哪一种虚荣心，不管天气热还是冷，都能兴致勃勃地换造型。这些照片除了结婚当天能拿出来show一下，将来还有兴趣看吗？”

“应该会吧。”洛可可没结过婚，但不妨碍她发表自己的看法，“就像结婚证一样，婚纱照或许就是爱情的证书。”她相信每个女人都向往身披白色婚纱的时候，身边站着的是这辈子除父亲之外最爱的那个男人。“所以卓小弟你在做一份很伟大的工作，你把爱情的样子永远保存下来了。”她肯定地点点头，把刚出锅的生煎推到他面前。

他夹起一个生煎轻轻咬上一口，尽管已经小心翼翼，热汤还是冲入口腔烫着了舌头，烫得足够畅快淋漓。“那么，以后我来替你拍。”卓远含糊不清地说着，不管她有没有听见。

爱情的模样千变万化，有激烈如狂风暴雨，有平淡如涓涓细流，有参商不相见的永诀，有海枯石烂的深情……或许也有一种如同咬开生煎包被鲜美的汁水烫到的满足感和心里淡淡的欢喜。然而彼时，卓远以为爱情只有自己见过的样子。

洛可可还是没来得及询问卓远接下来该怎么办，导致在打扫屋子的同时纠结了一整天要不要主动联络徐泽凯。她将手机放在围裙兜里以免错过他的电话或短信，但手机就像坏了一般一天都全无反应。

临近傍晚时，手机短信铃声响起。洛可可连忙扔下抹布，迫不及待地拿出手机细看，原来是来自中国移动的业务订购信息。她苦笑，这年头能始终不渝惦记你的果然唯有10086。

我不要做到死也只有10086惦记的女人。洛可可顿足长叹，咬咬牙给徐泽凯发了一条感谢短信。毕竟那顿日料价钱不菲，感谢一下也不过分。她颇有几分阿Q精神。

徐泽凯没有回复。她望着屏幕上他的名字，找不到勇气按下“呼叫”。

卓远肯定会骂我优柔寡断。她咬着嘴唇表情哀戚，觉得自己真是一个没用的女人。但是洛可可猜错了，卓远回到家听了她忐忑的心路历程之后的第一句话便是：“幸好你没打这个电话。”

“为什么？”她吃着他煮的泡面，一脸疑惑状。

卓远当天拍摄的新娘子本身也玩单反相机而且善拍人像，只要他稍加指点就知道该如何摆姿势，所以大家就早早收工了。他回到工作室将SD卡里的照片导入电脑后直接去了新住处，为了犒劳洛可可的辛勤劳动，卓远特意买了两包方便面。

“喂，你好小气哦。”洛可可连连抗议，她的辛苦居然只值两包方便面，其中一包还是他的!

“大姐，我是无业人士，请你吃方便面已经很不错了。”卓远看看窗明几净的居室，满意地点点头，“想不到大姐你的家政成绩这么棒，看来是时候嫁出去做贤妻良母了。”抬手拉住她的胳膊往房门外走，“走，去你家我煮面给你吃。”

像十年前那个夏天，她和卓琳顶着似火骄阳跑去“参观”为了爱情准备跳楼的小男生。然后他被她说服，放弃自杀的念头，煮了两碗泡面慰劳她们的苦口婆心。

卓远先用开水煮软面条，滤水后再将调料包、蔬菜包连同面条一起煮沸。这样煮出来的面条不仅柔韧，也没有油炸过的那股蒿味。

洛可可第一次了解方便面都能吃得如此讲究，尽管舍弃了“方便”重新变成“复杂”，但口感完全不一样了。

她从那之后便以“泡面小子”指代卓远。年长日久，这个男生原本已封存在记忆的角落里，洛可可做梦都想不到有一天他们会成为朋友。

他借用她的厨房煮面，房间里弥漫着方便面调料包特有的味道。她咬着指甲站在一旁看着他，模模糊糊地想这是不是除了父亲以外第一个做饭给自己吃的男人？十年前是他，十年后仍然是他。

她突然被某种可命名为“惶恐”的情绪击中。假若卓远就是传说中的“命运之人”，她该如何与他相处？洛可可无法接受与一个小自己五岁的男生谈恋爱，套用公司里Sales的口头禅——不要跟踪看不到前景的销售线索。

把感情投资在卓远身上绝对前景不明，极有可能像中国股市那样让人输得血本无归，尽管目前看来又有了牛市的迹象，还是小心谨慎为妙。洛可可叹了口气接受理智的警告，她主动谈起徐泽凯，借此打消自己的胡思乱想。

卓远告诉洛可可不能打电话的原因：“男人的狩猎性和动物不一样，动物不捕猎就没办法活下去，所以它们选择最弱的猎物。但是男人依靠征服强大的女人自我满足，你越难追，我们才越有兴趣。”

她频频点头，继而提问：“难度太大，他知难而退怎么办？”

他用看朽木的眼光看了她一眼道：“若即若离的意思懂不懂？你要偶尔让对方接收到你释放的情感信号，比如这一次约会就是由你主动发起，再加上那条短信，你已经明确地表达了好感。更进一步的话，偶尔还可以给他一点牵手、拥抱、kiss的福利，但记住绝不能很快上床。徐泽凯这一类型的男人最不愿错过会玩这种欲擒故纵把戏的女人。”说到这里，卓远挑剔地上下打量了洛可可一番，耸耸肩叹道，“虽然我不太明白他看上你哪一点，但既然看上了，我们没道理收服不了他。”

“我很差劲吗？”听出他语气里的轻蔑，洛可可不满地抗议，翻转筷子在他脑门上用力一敲。

卓远有些为难，犹豫几秒后还是选择说实话：“大姐，人贵有自知之明。”冒着被眼神杀死的威胁他勇敢地说了下去，“你和‘风情万种’这四个字的差距何止一点点，倒是喝醉的时候比较像个女人。”话音刚落，卓远便意识到自己说错了话。他猛然收声，尴尬地低下头，夹起一筷子面条塞入口中。

同样尴尬的还有洛可可，她本以为卓远已忘了那晚酒后乱性的糗事，却无意间窥探到了他心底的隐秘。心湖泛起微澜，仿佛阵阵轻风在不断地撩拨平静的湖面。

Stop！她命令自己停止联想，装作“没听见”对大家都有好处。“那么接下来，我该做什么？”洛可可硬生生转移了话题。她由衷觉得谈恋爱是件麻烦事，可是为了顺利“脱光”这一目标，她没资格抱怨。

卓远神秘地笑笑，拿起手机向洛可可展示收到的信息。“我同学公司有一个条件还不错的单身同事，接下来你就应该广泛撒网重点捕捞，千万别把鸡蛋放在一个篮子里。”

“脚踏几条船不太好吧。”洛可可犹犹豫豫地说道。她从小接受的爱情观就是“一心一意对一人”，卓远的提议在她看来简直不可思议。

他自顾自将短信转发给她，放下手机一本正经地问道：“请问那位徐先生说了

‘做我女朋友’‘我们交往吧’之类的表白吗？只要他没说你没答应，你们就根本不算正式男女朋友的关系，你把船踩翻了都没问题。”

洛可可看着卓远，感觉自己宛如活在上世纪的老古板。

这个世界已没有童话，白雪公主和坏皇后同样要为幸福不择手段。

徐泽凯收到洛可可短信的时候正和蔡雅婷一起吃饭。后者是他的正印女友，刚从德国出差归来。

他的手机在桌上振动，徐泽凯假装没注意，倒是坐在对面的蔡雅婷轻笑着说道：“怎么不接听呀，怕别的女人知道你在约会？”

“这种玩笑话我会生气哦。”他伸手在她鼻尖轻轻一弹，趁收回手之际顺势拿起手机解锁看了一眼——是洛可可发来的消息。

徐泽凯当然不会蠢到在女朋友面前回复另一个女人的短信。他删除了信息，摇摇头故作无奈状：“这些垃圾短信商不知道从哪里拿到的号码，天天骚扰不停。”

蔡雅婷笑着附和，没有拆穿他言不由衷的谎言。她很早以前便说服自己接受现实：这个男人改不了花心的毛病，而她唯一的胜算就是耐心。

她知道这样的自己相当可悲，会被大多数同胞当成傻瓜、自作自受的贱女人看待。有时候她也很讨厌委曲求全装聋作哑的自己，恨不得与徐泽凯撕破脸将他背地里偷腥的丑事一件件抖出来，从此一拍两散老死不相往来，但每每在行动之前，她的决心就消失不见了。

蔡雅婷和徐泽凯相识于德国科隆的狂欢节上，当时她被人推倒在地，幸好他伸出了援手。接下来的故事属于典型的一见钟情，在诞生格林童话的国度，她以为遇见了命中注定的那个人。

徐泽凯当时被公司派驻德国，蔡雅婷则是背包客。异国他乡见到同胞本就亲切，更何况两人又是帅哥美女，自然如干柴烈火。当晚她便搬入他的酒店套房，“请勿打扰”的牌子挂足了24小时。

这段情缘在徐泽凯回国那天得以延续，他拉着行李箱出关时，看到接机人群中的她。徐泽凯没想到蔡雅婷真能等他一年，毕竟他们从没有海誓山盟过。他在那一刻铭感五内，觉得自己找到了全世界最好的女人。

但是全世界有那么多美丽性感热情可爱的女人，而感动却只够维持一瞬间。

后来蔡雅婷见识到徐泽凯最真实的一面，再想起当年邂逅之后发生的事，她不由得大笑自己竟然天真地相信一个可以把初相识的女生就带上床的男人会忠贞不渝，简直称得上世纪末的笑话。

她笑到失声痛哭。

爱得比较深的那一个总是占下风。这是徐泽凯和蔡雅婷之间的现实。

他们坐在一张桌子前吃饭，修长的双腿在桌下勾勾缠缠，无声倾诉着久别重逢时对彼此的渴望。蔡雅婷忽然笑起来，眉眼弯得如同天上的月亮，她的笑容像孩子一样纯真可爱。

“What’s up？”徐泽凯心虚地问，误以为她抓住了什么把柄。

她瞟了他一眼，眼神妩媚撩人地说：“我在想，明明你想吃的是我，不如我们回家慢慢吃。”纤长的手指滑过他的手背，指尖微凉，然而他的血液突然沸腾起来。

徐泽凯反握住蔡雅婷的手，英俊的面孔有着引人犯罪的邪恶魅力。他看着她的眼神，仿佛她是地球上最美的一朵花，她的血液似乎也被点燃了。

蔡雅婷在很久以前就中了一种毒，它的名字叫“徐泽凯”。令她欣慰的是，虽然他的心无法掌握，但他的身体沉迷于和她的鱼水之欢。

“总有一天，当他的身边不再有其他女人，他只能和我厮守终身。”她这样想着，勾起的嘴角却画出了讽刺的弧度。

她不敢设想这张时间表的终点在哪里，也许从头到尾关于“终点”都是她的幻想。

他们离开餐厅回到同居的屋子。在可以定义为“家”的房间里，蔡雅婷不曾看到其他女人逗留的痕迹。不管是不是他事先清理，她都感激不已。

她投入他的怀抱，送上火热的嘴唇。

这一天徐泽凯相当忙碌，忙到根本没有时间回复洛可可。

没有工作主题的周末夜晚，洛可可不知该做什么好。平时她都利用周六晚上写项目周报，周日下午检查代码，而这周因为卓远明令禁止她带电脑去约会，她只得把工作用的笔记本留在公司，导致此刻无所事事。

她打开iPad连上无线网络，闲着无聊逛了逛微博，再刷新一下微信朋友圈。洛可可在卓琳的鼓动下加入这两个社交平台，她和几个老同学互相关注，通过另一种方式了解彼此的近况。卓琳当初领结婚证就利用微博和微信广而告之，省下了群发短信的钱。

洛可可是俗称的“点赞党”，只偶尔发表几句评论，甚少有原创内容可供关注者评论或转发，最大的原因不外乎除了工作她的私生活实在乏善可陈，她从来没有能够引起广泛共鸣的感情烦恼，别人就算想帮忙指点迷津也缺少必要的促发条件。

她的老同学们分享了孩子的近照、和爱人香港“血拼”的战利品、同婆婆吵架的各种细节……洛可可看着她们的人生：所有快乐的、烦恼的事情里她们都有人共享，而她还是一个人。

“剩下”的危机感再一次使洛可可惶恐，当失去工作这一寄托后，恐惧感和寂寞感更加强烈。

她沮丧地叹气，关掉打开的页面点击在线视频播放器，打算找一部搞笑电影或肥皂剧消磨时光。正在搜索中，手机收到了短消息。

会不会是徐泽凯？她怀着雀跃的心情解锁手机查看，居然还是卓远。

“大姐，看看我的相机在你家吗？”

她从床上起来，走到客厅，果然看到他的佳能相机安静地躺在沙发上。洛可可回复了卓远，让他放心。

“明天早上我过来拿，谢谢保管！”句末，他加了一个笑脸的表情。

这是否意味着明天一大早他又要来骚扰她的清梦？洛可可笑了笑，发现自己并不讨厌被他“骚扰”。她走过去，拿起他的相机想看里面的照片。

卓远的相机是佳能5D Mark III，配一个长长的白色镜头。她没料到会那么沉，差点没拿住。

相机里并没有当天拍摄的婚纱照，只剩三张人像。洛可可快速浏览，从一个外行的眼光来看，卓远的摄影技术相当不错。

她正准备关机，猛然觉得照片有些不对劲。她立刻按了照片回放键，仔仔细细地看相机里仅存的照片——没错，这三张照片的主角都是同一个女人。

那是一个年轻漂亮的女孩子，尽管洛可可对同性没兴趣，她也不得不承认对方是个令人眼前一亮的美女，尤其是以素面朝天为前提。洛可可最喜欢的一张是她身后的背景完全虚化，在一片青翠欲滴的绿色衬托下，她娇艳得犹如盛开的鲜花。

照片的拍摄时间是卓远回来前几个月，另外两张照片里作为背景的建筑像是在鼓浪屿。她猜测这个女孩或许是他的前女友。想不到卓远竟还保留着前女友的照片，她对他的认识再度被刷新。

为安全起见，洛可可把他的相机拿进卧室放在枕边。她重新回到床上，发了条短信给他。

“相机里的女生是你的前女友？”

卓远在地铁上读到洛可可的短信，他才想起一直没删掉的三张照片。那是蒋彩妍提出分手前几个月他们在厦门旅行时他给她拍的照片，他选了三张最棒的人像留在相机里以便时时回顾，但为什么分手后他还舍不得删除？

或许连他的潜意识都认定再不会有另一个被摄影师深爱着的女人出现在镜头里，所以每当他想删除的时候，总会有各种状况阻止他“确认”。

想到白天洛可可一本正经地说“你把爱情的样子永远保存下来了”，他不由得握着手机笑了起来。他笑得前仰后合极度夸张，引得左右乘客侧目而视，卓远不得不弯下腰抱着胳膊克制自己。

广播报站，提醒即将到站的乘客及早做好下车准备。他站起身，走到左侧车门前站定，看着门玻璃上的男人——年轻、好看、面无表情。

垂下头，手指在手机屏幕上飞快滑动，他找到洛可可发来的短信。“我再也拍不出能看见爱情的照片了，这是唯一的纪念。”卓远这样回复道，在自己后悔吐露心声之前发送给了她。

洛可可将他的短信读了两遍，无奈地发现自己不知该如何安慰卓远。她再一次打开相机看他爱过的女生——青春靓丽的脸庞带着骄傲的神气，因为她知道自己正被深爱着，眼前这个人的感情是可以任意挥霍的。

洛可可为这份被辜负的深情打抱不平。纷繁芜杂的尘世间，最难得的是一心一意爱你的人。尤其是当她联想到在自己31年的人生中从没成为某个男人的爱情终结者，对照片上不知名的女生不由得产生了三分羡慕七分嫉妒的复杂心理。

这天晚上洛可可做了一个荒谬的噩梦，梦里卓琳号啕大哭说着“小远死了”，将她硬生生吓醒了。

她睁开眼睛，感觉身体沉得像压了一块千斤巨石，喉咙口火烧火燎地疼。洛可可挣扎着抬起手摸摸额头，一手冷汗。

马路上偶尔驶过的汽车“隆隆”作响，撕裂了安静的深夜。她望着窗帘上车灯的投影，很快它就消失不见了，周围再一次陷入黑暗。

她想着刚才的梦，心头有钝钝的痛感。这种痛不尖锐不致命，但持续了很久。

潜意识告诫洛可可停止幻想，在她的梦境里卓远被判了“死刑”，他和她不可能有结果。

人生有很多种当事人明知的可能与不可能，洛可可在这个夜晚认识到的现实令她难过。

第四章 优质男和相亲男的对比

又到了周一，洛可可情绪低落地站在地铁车厢里，和周围大多数人一样目不转睛地盯着手机屏幕，却已然神游天外。整整两天徐泽凯始终没有任何消息，令她错觉上周五晚上完美的约会可能是南柯一梦，再加上做了个噩梦被严厉警告不准对卓远抱有幻想，使得她的压力空前巨大，比应付最难缠的客户更累人。

拥挤的车厢内空气糟糕，更有不知何许人在吃早点，几股油腻腻的味道交织在一起令人反胃。洛可可向门口挤过去，谢天谢地她下一站就到了。

随着人流走出地铁站，穿过马路走向办公大厦。洛可可的身边是一群步履匆忙神情疲惫的人，与她相似。他们的公司位于上海最繁华的商业圈，但他们依旧处在金字塔底层，为了生存必须奋勇向上。

她茫然地跟着众人走进办公楼，排着队等待自己楼层的电梯。还没到上班时间，排在洛可可前面的人已经开始了工作电话。她看着他的后脑勺想到从这一切逃脱的卓远，不由得又是羡慕又是遗憾。她从小就是一个目标明确的人，像卓远那样的生活她一定会惶恐不可终日，光是想象就丧失了尝试的勇气。

洛可可在刷卡进门之前定了定神，深吸一口气，似乎借此获得开始这一周的动力。推门而入，她笑容满面地同90后美女前台打了个招呼，顺手帮项目组几个同事拿了电话账单，再走向自己的格子间。

室内飘着一股咖啡的香气。洛可可打开电脑，在等待Windows启动的时间里走到茶水间洗杯子，给自己倒上一杯卡布奇诺。

她的老板是个咖啡控，信奉“充满活力的一天从一杯咖啡开始”，在办公室放置了一台能快速制作卡布奇诺的咖啡机。自从有了咖啡机，牛奶和咖啡豆的支出一跃成为办公用品费用中的大头，几乎人人舍弃了星巴克改喝公司自制的卡布奇诺。

她端着咖啡出来，碰到自己组里的实习生余佳琪到茶水间洗杯子。小女生甜甜地笑着问候她：“Coco姐，早上好。”

“早，Kiki。”洛可可走出去两步，忽然想起早上的会议，回头询问道，“一会儿开会你要汇报实习的情况，准备好了吗？”

“Of course, madam.”余佳琪立正，举着杯子敬了一个礼。

洛可可笑了笑当作收到，这个比她小9岁的女孩明年才大学毕业，她却已经切切实实地感受到了另一种“威胁”——男人总是更中意年轻的女孩。

她朝自己的座位走去，腰和背脊挺得笔直，仿佛穿上一件厚重到令主人无法弯腰的铠甲。这是洛可可惯有的姿态，坚强、自立，像个男人一样在奋斗。这么多年她已习惯靠自己解决所有问题，她不懂示弱，也不知道该向谁示弱。

洛可可的项目组位于办公室右边的角落，低调、安全的位置。她是项目经理，带着三名开发一名测试，都是男人。作为项目负责人，她在工作中没有性别只有头衔，而手下这几个人也压根没把她当异性看待。

余佳琪是暑假过来实习的一批大三学生中唯一的女生，就像万绿丛中一点红那般醒目，当然她本身也是一个漂亮可爱的女孩子，几乎立刻赢得上上下下的喜欢。当时有好几个项目经理争抢余佳琪的实习名额，老板解决不了内部矛盾，索性交给不争不抢看热闹的洛可可。当她将这个漂亮女生介绍给项目组成员时，人人都对她悄悄竖起大拇指。

没经验的大学生刚开始工作难免不知所措，好在余佳琪嘴巴够甜，“哥哥、姐姐”一圈叫下来总有人愿意放下手头工作帮忙指点迷津，包括洛可可在内。看到余佳琪兴高采烈地感谢别人帮助的时候她会想到年轻时的自己，她总是靠自个儿查资料摸索解决，所以她提升得越快男人对她的兴趣也就越减。

但是洛可可仍旧学不会依赖。独立精神已经溶入血液，有时候连她都忘了自己是一个有权利软弱的女人。

余佳琪汇报工作的幻灯片准备切换最后一页之前，洛可可收到了徐泽凯的短信。他表示周末两天在外地参加公司拓展，为未能及时回复向她道歉。若照以往她绝对会质疑徐泽凯是否忙到连回复几个字的时间都没有，但现在她只是想了想就决定相信他的说辞。

有些事，太认真就输了。这是生活教会我们的哲理，尽管听起来悲凉。

洛可可低下头，简简单单回复三个字——没关系。

这一次徐泽凯回得很快，邀请她共进午餐。她坐在那里，侧着头像是专心聆听余佳琪的汇报，心里却琢磨着徐泽凯的邀约。上一次同样是周一，同样是午餐，难免令人怀疑背后的巧合。洛可可笑了笑，觉得极有可能是他每周一定期拜访的客户就在附近，正好顺路约自己一起吃饭。

也许是休息的两天他没有趁热打铁令她冷却了心头火，洛可可的反应不再像上一次那般兴奋。她决定采纳卓远的建议：战略上重视，战术上藐视，尤其心态方面在此阶段更要将徐泽凯视如普通朋友看待。

这样想着，她的情绪忽然松弛了。

余佳琪的实习汇报适时结束，大家都转向洛可可等她发表意见。她把手机放到一旁，微笑着说了几句鼓励的话，最后代表项目组全体成员预祝余佳琪毕业后能够顺利加入公司。说实话洛可可不讨厌这个聪明伶俐的姑娘，尽管有时候她的聪明更倾向于“心计”，但谁没有为自己打算的私心呢？

她心有戚戚，认为自己真的老了。年轻时嫉恶如仇，最看不惯耍心计玩手腕的人，然而现在她却能一笑而过，甚至还觉得可以理解。想来时间这把杀猪刀不仅改变了外表，同时也改变了心境。

散会时，余佳琪蹭到洛可可身边，神秘兮兮地笑着问道：“Coco姐，刚才开会时你看了好几次手机，有男朋友了啊？”上周余佳琪回学校上课，错过了洛可可拿着玫瑰花回来的劲爆八卦，这周一上班就从前台那里听说了此事，于是找准机会打探消息。

洛可可当然了解办公室八卦流传的速度有多快，以及到最后会变得多离谱，她没有责怪余佳琪的多事，大大方方地笑了笑说：“我很难追的，哪会这么容易就有男朋友？”

余佳琪的表情有些小失望，可能是因为自己没挖掘到“猛料”。她不甘心，继续发问：“可是我听说上周有个很帅的男人接你去吃午饭，回来时你还拿了一朵红玫瑰，是不是真的？”

洛可可歪着头上上下下打量了下余佳琪，笑着问道：“Kiki，我才知道原来你这么关心我的感情生活。你不会，”她假装忐忑不安地说，“看上我了吧？”

“唉呀，Coco姐你好坏，故意挑逗人家。”余佳琪也装模作样捂住脸作娇羞状，应和洛可可的玩笑。

这种时候她才觉得和眼前这名女生并没有九岁的年龄差，还可以被纳入“年轻”的群体中。

余佳琪回到自己的座位，洛可可被老板召去开这一天的第二个会议。等她离开会议室已经过了十二点，她才想起自己似乎忘了回答徐泽凯的午餐邀请。她对着手机犹豫了一分钟，想想现在回应未免太晚了，遂打消了找他的念头。

坐电梯下楼，就在洛可可低头沉思三明治还是盒饭的当儿，前面有人叫她的名字。她抬起头，惊讶地发现徐泽凯就坐在前两次等她的位子上。

一瞬间，震惊盖过喜悦，她愣怔在那里，以为自己在做梦。

“可可，不好意思没打招呼就过来了。”徐泽凯走上前来，斯文好看的脸庞挂着含蓄得体的微笑，“我想你肯定是忙得忘了回复消息，谢天谢地还好你没忘记吃午饭。”

或许，她并不是他“顺路”的吃饭对象那么简单。洛可可看着他，愉快地笑了起来。

“那今天这顿一定要我请你了。”想想他已经请她吃了两次饭，她偶尔回请他一次也算礼尚往来。

“哇，连我今天忘记带钱包竟然也被你预测到了。”徐泽凯夸张地跳开一步，“看来我今后要小心再小心了。”他摸摸心脏所在的位置，半真半假地调侃道。

洛可可笑笑，作为他唯一想取悦的观众尽职地欣赏完他奉献的“演出”。不管徐泽凯是真心还是假意，这份殷勤她先收下了。至于他索要的报酬究竟是什么，洛可可选择了忽视。

洛可可带徐泽凯去了一家牛肉面馆。这家面店离她公司有三条街的距离，他们步行抵达时刚好与第一波客流错开，只等了五分钟就坐到了位子。

“清汤还是红烧？”她站在桌边询问他中意的口味。

徐泽凯看了看旁边几桌客人的牛肉面，发现清汤和红烧的比例各为百分之五十。“你推荐吧，我无所谓。”

洛可可点点头，走到收银台下单，一会儿拿着一块号码牌回到他面前说：“这家店的招牌是红烧牛肉面，以前上过人气美食，大众点评上的评价也很高。”她介绍这家店以此表明自己并非为了省钱，而是真心诚意地想带他品尝特色美食。

“上次午餐我们吃意大利面，这次是中国特色的面，真是个不错的巧合。”他坐在她对面，说着讨她欢心的话，努力想弥补周末冷落了她造成的裂痕。

她看着面前气宇轩昂的男子，他身上精致的衬衣和西装与周遭油腻腻的环境格格不入，可是他泰然自若地坐着，并没有任何不满。

洛可可忽然有种冲动想要摸摸看这个男人以确定他是真实存在的，而不是她幻想出来的人物。她伸出手，轻轻碰了碰他的手。

指尖触到的皮肤有着人类的温度和弹性，证明他是活生生的人。她为自己的疑心病忍俊不禁，觉得方才一刹那必定是脑子进了水才会胡思乱想。然而这一插曲倒是令她窥见了自己内心的脆弱，原来自己并没有信心能够赢得一个完美的男人。

她兀自沉思，他却握住她主动送过来的手，不放心地追问：“可可，你原谅我了？”

“你做过对不起我的事吗？”洛可可笑盈盈反问道，不给正面回答。正巧服务员送来他们的牛肉面和凉拌牛肚，她巧妙地将手抽出，一边拿筷子，一边提醒他小心面汤烫嘴。

上过美食节目的招牌牛肉面果然非常好吃，汤头浓郁面条筋道，作为配料主角的红烧牛肉不仅料足炖得也是相当酥烂。徐泽凯有好一阵子没吃过如此美味的牛肉面，差点连汤都喝光了。

洛可可本来还有些许担心徐泽凯会嫌午餐过于简单，看他吃得心满意足的样子总算放下了心。

小吃店嘈杂的环境和站在旁边等位子的人，迫使他们不得不以最快的速度祭完“五脏庙”，好在还有一段不长不短的步行足够两人好好交流。徐泽凯体贴地让洛可可走在里侧，他们放慢步子，在匆匆的时光里享受难得的悠闲。

临近月底，国庆七天长假在向大家挥舞诱惑的邀请，这几天办公室讨论最多的话题不外乎“去哪里度假”。洛可可看了一眼徐泽凯，随口问他有没有为假期做安排。

几个月前蔡雅婷就订了去希腊的机票，他们之前去过法国、意大利，这次度假的目的地终于轮到深陷经济危机的希腊。徐泽凯觉得每个女人都有希腊情结，特别是对圣托里尼和爱琴海情有独钟，仿佛去过那里才是给爱情验明了正身。

“和几个朋友一起去欧洲自驾。”他说得含含糊糊，坚决回避“希腊”“爱琴海”这些浪漫到足以令女人疑心的地理名词。

“哦。”她的语气平常，听不出失望。洛可可心底确实有些失落，她本想七天假期无论如何肯定能抽出一天时间和徐泽凯正正经经地约会，以便更好地了解这个人是否值得深入交往。可他的计划在先，她只能慨叹错失了一次良机。

“不好意思，我答应的时候还没遇见你。”这句话说得真心诚意。但就算他先认识了她，或许也改变不了什么。

徐泽凯正儿八经的道歉顿时让洛可可紧张起来，她连忙澄清：“啊？我只是随口问问，没有其他意思。”为证明自己所言非虚，她脱口而出一个在脑海徘徊了许久却从未真正付诸行动的念头：“其实我有去西藏的计划。”

“西藏？”他一脸恍然大悟，“怪不得上周你问我对西藏有没有兴趣。”

洛可可松了口气，暗想自己情急之下找的借口倒是歪打正着了。“我平时很难请到假，趁假期正好放松一下。我不知道你有时候会不会也有这样的感觉，城市压抑得让人喘不过气。”她在正午灿烂的阳光下微笑着，眼神困倦。

他的手放在她的肩膀上，像是要把自己的力量传递给她。脆弱又迷茫的女人总能激发男人的保护欲，尤其是卸下坚硬盔甲的女强人。

在这一刻，徐泽凯觉得自己是有可能爱上洛可可的。

和徐泽凯在大堂告别后，洛可可独自搭乘电梯上楼。她望着不断跳动的数字，脑海里想着刚才说到的西藏，去的念头越发强烈。

这些年，西藏已成为一个时髦的旅游目的地。似乎人人都怀揣着去西藏的梦想，借此逃离现代都市令人绝望的生存压力，在世界最高的地方和蓝天白云进行一场私密的灵魂对话，把雪域高原当作净化心灵之地。

除了拉萨、珠穆朗玛峰，洛可可对西藏一无所知。她忘了究竟是哪年哪月突然对西藏产生了兴趣，但绝对是卓远描述过的梦幻画面勾起了她无限向往的心，让她开始憧憬抬头望见不一样的天空。

洛可可打开“去哪儿”网站查机票，她的计划订得太晚，临近假期机票已全面涨价。她托着腮帮子盯着屏幕，决心一点点后撤。

洛可可从来不是冲动的人，如同她十岁生日就为自己定下了人生目标，她并不欢迎“意外”。她猜想自己永远不可能实践一次说走就走的旅行，哪怕渴望至死，理智也会第一时间跳出来阻止。她信赖理智，胜于本能。

关掉网页，洛可可把注意力重新放在工作上。由于周末没有带电脑回家，她不得不把周日下午的代码检查工作放到周一完成，邮箱里还有好几封客户邮件需要回复，她忙得连安慰自己的时间都没有。

这一忙，便一直忙到华灯初上，忙到大家纷纷关机下班回家。洛可可时不时地抬起头和点到自己名字的同事say good-bye，等她终于离开座椅拿起杯子准备去茶水间清洗，偌大的办公室只剩下她一个人。

她站到落地玻璃窗前，窗外是上海滩最为璀璨的夜色——流光溢彩，纸醉金迷，脚下车水马龙，街道仿佛是排列整齐的五线谱，无数车灯像音符一样汇入其中，共同演奏一曲恢宏的交响乐。

这是洛可可熟悉的风景。俯瞰繁华，满足自己俯视芸芸众生的虚荣心，然而回头之后，却发现自己只是一叶随波逐流不知何时会倾覆的扁舟。在生活的巨大洪峰面前，任何挣扎都徒劳无功。

她又有那种喘不过气来的感觉了。洛可可不是喜欢无病呻吟的女人，今天午后她对徐泽凯说“城市让人喘不过气”完全是真实的感受。生活是艰难的，大家活得都不容易，所以现今的她修炼得越来越宽容。

躺在办公桌上的手机发出欢快的铃声，她走回去，拿起来看了一眼。发来消息的是一个陌生的号码，但似曾相识。

洛可可找到卓远转发的短信，在信息末尾看到同样的一串数字。没错，正是卓远为自己找来的“相亲对象”。

相亲对象的名字颇有意思，姓顾名易，不知是否父母“故意”为之。她越想越好笑，觉得就冲这么有深度的名字，自己也应该和对方见个面，于是毫不犹豫地答应了他周四下班后吃饭的邀约。等回复短信发了出去，她承认自己不过是找了一个借口。

正如卓远所说，徐泽凯既然没有明确给她“女朋友”的名分，那他们就什么都不算。她有权利认识其他异性，甚至不须向他报备。

洛可可一个人站在空荡荡的办公室里，辉煌的背景映衬得她越发孤独。

晚上9点多的时候，洛可可出现在Simon的酒吧。她进来时，Eva正深情地唱着一首法文歌，底下听众寥寥，但不妨碍她自己的全心投入。

洛可可走到吧台，却没看到卓远。Simon认出了东张西望的她，走过来给她倒了一杯水，笑道：“Rex出去抽烟了。放心，不是去乱搞。”

她正端着杯子喝水，差点被呛到。忙说：“天啊，你怎么会以为？我和他不是男女朋友，他想怎么样都和我没有关系。”她急急忙忙撇清关系，唯恐这些暧昧的玩笑说着说着就被自己当了真。

“真可惜，我以为你很关心卓远小弟呢。”Simon张开双手猛摇，笑得像只狐狸。“大姐你想多了，我真的没在猜测你们是不是在谈恋爱。”

这番辩解让她哭笑不得，洛可可悻悻地瞪了他一眼，明智地闭上嘴。她心里有鬼，所谓多说多错，万一不小心让那只“鬼”跑了出来，那可太尴尬了。

所幸卓远没一会儿就回来了，看到洛可可坐在吧台前，他的神情显得十分意外地问：“大姐，你怎么来了？”

循声望去，洛可可第一次见到身着制服的卓远，她由衷地认为白色衬衣和黑领结简直就像为他量身制作，她只在电视屏幕上见过如此帅气逼人的酒保。洛可可目不转睛地盯着卓远看，直到对面的他和Simon忍不住笑场。

“我说大姐，你的眼神，我实在觉得好怕怕哦。”卓远打死都不会承认被洛可可看得竟有些心猿意马，他抢了开场白，用哈哈大笑掩饰自己的真实情绪。

一言惊醒梦中人。洛可可意识到失态，涨红了脸语无伦次地解释道：“这个，啊，不好意思，我不是，不是故意，我刚才，刚才，刚好想起有行代码写错了。”她找了个很烂的借口，烂到一说出口就想狠狠地抽自己。

她的解释拙劣可笑，照Simon以往的“毒舌”绝对不会放过冷嘲热讽的机会，但这回他却反常地保持着沉默。他对手足无措的洛可可产生了一丝怜惜，说实话他已很久没见过这么单纯的女人了，单纯到连谎话都说不好。

因为借口烂得使人吐血，她狠狠地鄙视了怯弱的自己，心想与其让别人背地里偷笑不如大大方方坦诚相对。她没道理在气势上输给比自己小五岁的男生，想想她读幼儿园大班时他们只不过是个受精卵，who怕who啊？“OK，想笑就笑吧，我确实看得呆掉了，so what？”洛可可手指向Simon，酷酷地质问道：“倒是老板你故意让小远穿这么帅，存心想祸害女人是不是？居心够叵测啊！”

Simon抬手勾住卓远的肩膀，冲着洛可可笑道：“哎呀，这秘密终于被发现了耶，大姐你真是我的知己！”另一只手趁着卓远不备偷袭他的胸膛，“看看这身材，看看这face，不拿出来卖实在太可惜了。”

卓远一脸嫌弃地推开Simon说：“你这个奸商，原来一直在打我的主意。”他配合地演戏，用玩笑化解洛可可造成的尴尬。

“啊，我受伤了！”Simon突然收起嬉笑的表情，一本正经地转向洛可可，说道，“说真的，大姐你很对我的胃口。要是你一直找不到男朋友的话，我不介意作为备胎。”

这算什么？告白？洛可可和卓远的脸上有着同样愕然的表情，脑袋呈现短时空白。还好她的反应比较快，很快就想好如何应对了。“不好意思，我对年纪比我小的男生say no，所以你希望不大。”她摇着头，一副万分遗憾的模样。

“这样啊……”Simon拖长了语调，朝着脸色不善的好友抬了抬下巴，“听到了吗？大姐对小男生没有兴趣。真是……”他的话没机会说完，因为卓远终于忍不住出手，将他远远推离自己的吧台负责区域。

“总算把这个烦人的家伙赶走了。”卓远拍拍手转向洛可可。看她的杯子快空了，遂拿起一只柯林杯为她调制长岛冰茶。“今天怎么会过来？”

洛可可这才想起来找卓远的初衷。喝了一口水，她一五一十地将徐泽凯又来找她午餐以及相亲对象有所表示的事情告诉了他，末了习惯性地征求他的意见。

“Good！坚持多线发展，直到有一个人首先和你确定关系，接下来你就可以一心一意了。”卓远很快就调好了给她的鸡尾酒，递过去时却发现她脸上的犹豫。他笑了笑，揶揄道，“我见识过你的酒量，区区一杯cocktail决不会让你倒下，放心吧。”

她的表情更奇怪，像是万分为难。半抬起身子凑近他，她吞吞吐吐道：“其实，其实我这周不方便喝酒。”

他瞬间明了她的言下之意，心头不免有几分滑稽：敢情洛可可还真把他当“闺蜜”看待了，连生理期这么私密的事情都能分享，他究竟是该哭还是该笑？

脑袋里仿佛安装了录音机，一遍遍自动播放着她之前说过的话——我对年纪比我小的男生say no。卓远面无表情地收回长岛冰茶，转手递给了刚从舞台下来的Eva。

“叔叔你请我喝吗？”化着小烟熏的Eva看起来比实际年龄成熟许多，她瞟了一眼洛可可，敏锐地察觉到卓远与这名陌生女子之间诡异的磁场。她朝卓远勾了勾小指头，暗示自己有悄悄话要告诉他。

他不介意洛可可会不会误解自己和Eva的关系，向着小女生探过大半个身体。Eva贴近他的耳朵轻轻说话，暧昧的举止让洛可可不知视线该往哪里放，只能闷头喝水。

“叔叔，她不适合你。”她洞若观火，一针见血就刺破了卓远的幻想。这个二十岁不到的女孩子在感情问题上却相当老练。卓远对比她和洛可可，更加确定一个人在感情上的成熟度只与经历有关，而非年龄。

Eva咬着他的耳朵一本正经地继续道：“这位姐姐一看就是对自己要求很高的女强人，她肯定会嫌弃你‘不务正业’。叔叔，我怕总有一天你会伤心。”

小女生的关心令人感动，卓远看了一眼洛可可，飞快地鉴定她在自己心里的分量。他微微低头，咬着Eva的耳朵回答道：“谢谢你的忠告，不过我真的没看上她。”

“你们这些成年人就喜欢言不由衷。”Eva扁扁嘴，突然大声说道。正左右张望避免与他们视线交汇的洛可可吓了一跳，下意识转向了她。Eva抓住机会，笑眯眯地问洛可可：“姐姐，你喜欢叔叔吗？”

此言一出，远比方才Simon的玩笑更令人无所适从。洛可可暗自懊悔离开办公室那一瞬间的冲动，看来今后就算想放松也绝不能选择熟人的酒吧。她看着面前比自己年轻了很多岁的女孩子，微微一笑道：“能不能请你先定义‘喜欢’？小远是我最好朋友的弟弟，我怎么可能不‘喜欢’他。”

“没错，哪怕对方的个性再不讨人喜欢，只要想到这人是如同老姐一般的存在，也就能忍受了。”卓远开口回应洛可可的说辞，以免小女生再次语不惊人死不休。

有些话永远不必探究真假，特别是成年人。Eva对着卓远扮了一个鬼脸，表示自己才不会相信他的鬼话。跳下高脚凳，她端着长岛冰茶朝乐队成员所在的位置走去，边走边轻轻哼唱：

“谎言说过一千遍，
它就是真理。
我说不爱你，
到最后我和你都深信不疑……”

遗憾的是，卓远和洛可可都没有听见。他们相信了彼此说的话：一个是姐姐，一个是弟弟，仅此而已。

怀着几分期待，星期四终于如期而至。早上进公司后，余佳琪第一个发现洛可可化了妆。她一脸挖掘八卦新闻的兴奋神色，滑动自己的转椅来到洛可可的办公桌前，压低声音问道：“Coco姐，今天有约会？”

洛可可竖起食指作了个噤声的手势。对于相亲这件事，洛可可还有些羞答答难以启齿。尽管身边不少同学、同事，甚至卓琳都是通过相亲踏上婚姻之路，但她仍然觉得“相亲”是属于上世纪的名词，而且靠相亲才能结识男人，不就间接证明自己欠缺魅力，走在路上也没人搭讪这么凄惨？所以洛可可坚决不能让大众打探到自己今晚活动的主题。

“只是高中同学聚会。”她随便找了个借口，“我哪像你有这么多男生追，天天约会都排不过来。”这句话隐约含着一些羡慕嫉妒，不过她们都没留意。

“Coco姐，就算每天都有人请吃饭，但是对面坐的那个人不是自己真心喜欢的，山珍海味也没意思。”余佳琪的下巴搁在她桌上，哀哀凄凄诉苦道，“其实，我失恋了。”

洛可可张了张嘴巴，不清楚是否应该追问详情抑或礼貌性地安慰两句即可。倒是余佳琪自发地接着说了下去，省得她继续纠结。

“唉，他说要去留学，我不想去。异地恋都没有几对有好结果的，更何况是异国恋。”余佳琪“苦瓜脸”的表情依旧好看，颇有几分楚楚动人。

洛可可不擅长分析感情问题，但看着余佳琪伤心得快要哭出来了，又不好意思袖手旁观。她叹口气，拍拍余佳琪的肩膀，安慰道：“也许没你想的那么糟糕。就算两个人在一起，大家也需要私人空间，你就把分开的时间当作考验吧。”

“天啊！”余佳琪惊讶地叫了起来，不可思议地看着洛可可，“Coco姐，你是不是从来没真正爱过什么人呀。我们好的时候恨不得天天在一起，根本不想分开。”

这是无可辩驳的事实，洛可可沉默下来，脸色也有些难看。见状，余佳琪总算意识到上下有别，识相地说句“我去工作了”，赶紧开溜。

她望着女孩仓皇离去的背影，心头掠过一丝滑稽。好吧，余佳琪一定是把自己当作古板的老处女上司看待了，可能不到一个小时公司里人人都会知道她脾气差工作狂全是因为从来没爱情滋润的缘故。

没爱情会死吗？不结婚妨碍了谁的生活？洛可可有时候真想大声质问那些背地里嘲讽自己的声音：“宁缺毋滥”和“随便找个人凑合结婚”这两种态度，到底哪一个更像是不负责任？

这是一场看不见对手却处处硝烟弥漫的战役，她面对的是整个社会的价值导向：即使女性越来越独立，世俗依旧会用家庭来衡量一个女人是否成功。

原先的期待被愤愤不平替代，在洛可可眼里，即将与她相亲的顾易似乎也成了“帮凶”，莫名地就对他抵触起来。这种负面情绪相当可笑，但她没办法控制。

戴上耳机，洛可可把自己藏在歌声里，不同的歌手唱着同样关于爱情的主题。她微微笑了起来，是的，倘若这世界不再需要爱情，至少有很多人会失业。

洛可可在正大广场门口收到顾易的第三条短信，时间恰到好处。顾易在下午3点半发来消息将约会地点定在正大广场，但没明确是哪家店。她猜测或许他并未预先定位，打算到了现场再决定吃什么，便简单回复了一句“收到”。此时听到短信铃声，她不禁讶异对方精准的判断。

“我在味千拉面，到了联系。”洛可可看着收到的信息，告诉自己千万不可以嫌弃味千拉面。你还不是带徐泽凯去吃了牛肉面？还没味千的环境好呢！

电梯将洛可可送到五楼，她走到门口拨通顾易的电话问他坐在哪里。这是他们第一次听到彼此的声音，在一片嘈杂的背景中。

“我看到你了。”他只说了这一句便挂断了电话。洛可可抬起头茫然四顾，看到一个男人朝自己挥着手。第一眼印象——微胖，戴眼镜，上半身挺长。

她快步走过去，发现桌上已经有一碗吃了一半的面。正疑惑是否服务员忘记收拾前一桌客人的残羹，只听顾易说“不好意思，突然很饿，就先点了一碗面”，她才明白过来这是他的。

好吧，性情中人都是不拘小节的！洛可可轻轻叹口气，克制起身走人的冲动。近距离看，这个男人的长相用最委婉的形容词也只能是“一般”，他的外表严重不符她的审美。她再叹叹气，翻开菜单视线下移，至少得把今晚这场戏演完。

“你的姓很少见。”顾易想了半天，没什么好说，只得随意起个话题，“名字也别致。”

“谢谢。你的名字也很有特色。”洛可可礼貌地道谢。合上菜单，叫来服务员点了最普通的拉面。见状，顾易连忙阻止服务员收走菜单，他一边快速翻阅，一边殷勤地问道：“要不要再点一些小食？”

他的殷勤稍稍挽回了一些印象分，她的态度也缓和起来。说到底就算相亲不成功也不会有什么深仇大恨，她这种莫名其妙的抵触情绪不可取。

“我晚上吃得不多。”洛可可实事求是地陈述，“要不一会儿看情况再点吧。”不浪费是她的习惯，她可不是那种吃不下还非要让对方点满一桌菜以证明有多看重约会的女人。她有个高中同学便是这般个性，偏偏还觅得了喜欢摆阔气的老公，不由人不信姻缘天注定，什么锅配什么盖。

叫来服务员买完单之后，两人一时找不到话题继续，只得枯坐着对饮免费提供的大麦茶。她看看对面的男人，假想与他生儿育女共度余生的场景，突然觉得脖颈有些发冷。

Stop，stop！她紧急喊“停”。建立在以貌取人基础上的幻想有失公允，或许他的内在足以弥补外表的遗憾。洛可可如此说服自己，在心里翻来覆去地默念“别看外表”四个字。

踌躇半天，顾易终究选择了最保险的开场白：“洛小姐在哪里高就？”她的节俭令他好感倍增。过日子就是得找实在的女人，他对婚姻的定位异常实际。

她简单地介绍了自己的工作情况，没想到他们竟是同行，都从事IT方面的工作。相似的行业背景一下子拉近了彼此的距离，洛可可客观地承认和顾易聊天还算比较愉快，直到一个问题破坏了虚幻的美好。

他之前询问她交往过几个男友时洛可可已经觉得不太舒服，但没往深层琢磨他的用意。她本不想回答此类隐私问题，可他的表情分外诚恳并首先坦承与前女友已到谈婚论嫁的程度，洛可可只好在桌下偷偷掰手指数数，把生活中曾经出现过的男人全部统计一遍后，惊讶地发现自己至少错过了四次嫁人的机会。

年轻时的她不够宽容，不懂得妥协，一点点意见不合就轻易同一段感情说“再见”。然而过了30岁，仿佛人生之舟越过小溪驶入大海，天地茫茫才低头看见自身的渺小，心态也渐渐平和。所以洛可可容忍了顾易失礼的问题，只是在回复时将个数减少为“2个”。

顾易应了一声“哦”之后便不再追问。洛可可真心以为关于前男友的话题就这样结束时，忽然收到一条短信。

她抱歉地笑笑，拿起手机查看，发信人居然正是坐在对面的男人。洛可可疑惑地看着顾易，他气定神闲地喝茶，仿似压根不知道这回事。

她想起方才自己说了交往过两个男友后，他确实有拿过手机的动作，也许就是那时候发出的短消息。最大的可能性不外乎他想说的话难以堂而皇之宣之于口，只能通过文字告诉她。

洛可可好奇了，她点开他发来的短信：“你是处女吗？”当这五个字出现在她眼前，她差一点怀疑自己穿越回到了上世纪。现在，居然还有男人在意女人的第一次？尤其是才见第一面的陌生人！果然一把年纪还没结婚的男人都是极品中的战斗机！

她低头，飞快地从钱包里数了三张十元钞票扔到桌上，站起身居高临下冷冷注视着顾易：“顾先生，显然我的level和您的层次有差距。这顿饭，不用找了。”说完转身，洛可可头也不回地离去，徒留他一人领受四周的窃窃私议。

行走在正大广场通往地铁二号线的人行天桥上，矗立于眼前的东方明珠塔吸引着无数游客拍照留念，洛可可一路避让以免自己误入别人的镜头中。望着面前成双成对合影的人，尽管男女老少各种组合皆有，她依旧悲从中来：像我这样又善良又懂礼貌的好姑娘，为什么还是一个人？

深深的沮丧仿佛潮水，一波一波涌来。那是一种面对现实的无力感和苍凉，她终于觉得累了，在这条一个人走完的路上。

第五章

说走就走的旅行

洛可可终究没去凑国庆长假全国人民大迁移的热闹，西藏又再度成为遥不可及的梦想之地。她回到父母家住了四天，帮父亲搞了一次大扫除，陪着母亲做头发逛商场，好好尽了一回乖女儿的孝心。

洛可可的假期其乐融融，只是难免多听几遍唠叨。她的终身大事始终令两位老人牵肠挂肚，随着最后一张挡箭牌卓琳也步入结婚殿堂，洛可可回家的日子一次比一次难过。父母的焦虑让她异常挫败，从小到大无论读书工作她都没让双亲操过半点心，却在最不看重的事情被贴上了“loser”的标签，情何以堪！

长假中洛可可参加了一场婚礼，她年纪最小的一个表妹在10月3日出嫁。她和父母一同前去观礼，少不得又被亲戚轮番教育放低要求早日成家。她一边点头应诺，一边在心里恨得咬牙切齿，真想大声吼一句：姑奶奶这辈子就是单身主义了又怎么样？

可惜她不能。她不能让父母失望，她也不能让他们因为女儿找不到婆家而在亲戚间落下话柄，她更不能让他们在百年之时还担心没人照顾她，尽管她明明能把自己照顾得很好。生活是自己的，但生活里永远不可能没有“别人”存在。

洛可可百无聊赖地坐在宴席上，看着雷同的仪式再一次上演，仅仅是男女主角换了人而已。旁观了多次婚礼，特别是做过卓琳的伴娘之后，她几乎能把接下来的程序倒背如流，因而早已失去最初的感动与期待，徒留不耐烦。

游戏抽奖环节，洛可可借口上洗手间走到大厅外透气。她正坐在沙发上拿着手机刷朋友圈，头顶飘过一个迟疑的声音："你是……洛可可？"

抬头一看，眼前是一个抱着小孩的男人，眉眼似曾相识。"啊，你好！"她站起来寒暄，可是对面到底何方神圣却是一点头绪都找不到。在哪里见过？是客户吗？洛可可皱着眉用尽全力回想，依旧想不起来。

看她吃力的表情，男人笑了笑说："我们很久以前见过一次，你的名字比较特别，所以记住了。"他朝门里面开始敬酒的新人努了努嘴，"我是新郎的同事，你呢？"

"新娘是我表妹。"她苦苦思索对方说的"很久以前"究竟是何时何地因何缘故，无奈记忆里缺少最关键的一片拼图，索性直接问道："不好意思，我们以前在哪里见过？"

男人抬起手安抚没耐性的儿子命令他不许吵闹，转向洛可可回道："其实我们那次见面是为了相亲，你忘了？"见她一脸恍然，他笑得更加愉快，"确实，很多年了。"他的视线扫过她的左手，没发现有戴过戒指的痕迹，便聪明地不再追问。

洛可可自然先恭喜他完成了结婚生子这些所谓的人生大事，又再次互换名片了解彼此现时的工作，以待将来可能会有的业务合作机会。等对方离开后她坐回沙发，才依稀想起多年前与他见面时的点滴。

那时候的他们都刚出校门不久，对于相亲这回事均持无所谓的心态。洛可可记起当初嫌弃他的穿着过于随意，头发乱糟糟的像个鸟窝，难怪她没认出他来。看来能成功调教男人的除了时间，最重要的仍是女人。

她静静回想这一次奇妙的重逢，觉得不可思议。曾经有一阵洛可可和卓琳试验过六度空间理论，她们还为此排列组合了各自的人际关系，可惜最终并没有与多一个"陌生人"成为朋友。没想到今天，六度空间理论居然在表妹的婚礼现场奏效了。

然而，再多的陌生人也带不来爱情，如果当事人态度消极的话。

长假倒数第三天，洛可可回到了自己的小天地。上楼时经过卓远门前，一个妙龄女子刚好开门出来，和她打了个照面。

虽是匆匆一瞥，对方精致的妆容与美丽的五官却已给洛可可留下深刻印象。她停住脚步，假装在皮包里翻找钥匙，实则行窥探之事。

女子不疑有他，自顾自关上房门，提着空乘人员使用的那种小型行李箱下楼而去。洛可可犹豫了一会儿，终经受不住好奇心的召唤，敲响卓远的门。

她等了一分钟左右的样子，才听见门里面传来人类活动的声音，很快那扇刚刚关上的门再度开启，头发乱翘睡眼惺忪裸着上身的卓远出现在猝不及防的洛可可面前。

“忘了东西？”他压根没仔细看眼前是谁，想当然以为是昨夜的枕边人去而复返。熟稔的语气令人不快，洛可可没好气地应道：“不好意思，我以为你家遭窃了，多管闲事想看看要不要报警。”

她的声音让卓远清醒过来，他看看她，发现了一件有趣的事。“大姐，你在生气？”嘴角勾起坏坏的笑，他侧身请她进屋。

“是啊，我确实很生气。”洛可可边走边抗议，“像你这样不负责任的家伙找的各个都是正点美女，我这种一门心思准备谈恋爱结婚的人，千年才见到一个长相顺眼的，老天太不公平了！”

大多数男人都不会认可“花心”“滥情”是不可饶恕的罪过，反而视为对自身魅力的最大肯定，卓远也不例外。对于洛可可的指控他不以为耻反以为荣，笑了笑说道：“长得帅不是我的错，我也没办法控制那些女人前赴后继。”

洛可可悻悻地瞪了卓远一眼，视线随意扫扫就瞧见地板上躺着几个用过的安全套。难怪时近中午他还没起床，果然是昨夜太“用功”的缘故。

“你先坐坐，等我洗完澡一起去吃饭。”卓远没注意她看到了什么，将她按在单人沙发上，转身走向浴室。

她看着他的后背，这才意识到从见面到此刻他的上半身不着寸缕，而她居然视而不见！天啊，亏大了！

洛可可抚着额头，为内心好色的自己羞愧万分，并自我反省不可为美色所惑。但是，当卓远围着一条浴巾，一边擦着头发步出浴室，她的决心彻底阵亡。

不见一丝赘肉的身材好到能令人流鼻血，洛可可脑袋里走马灯似的变幻出各色场景，每一个都足以称得上“性骚扰”。她咽了口唾沫，出声要求卓远赶紧穿上衣服，用的借口却是担心他感冒着凉。

卓远没有怀疑洛可可如此“关切”背后的真相，一面嫌弃她啰唆，一面合作地拿着衣服重新走进浴室。待他再度出现，她也恢复了正常心跳。

“刚才那个女生是在酒吧认识的？我看到她拿的行李箱，像是空姐。”既然他喜欢过问她的相亲及约会情况，她没理由放过八卦他私生活的大好机会，洛可可直截了当地提问。

卓远笑笑，默许了她的放肆。“回上海的飞机上认识的，没错，她是空姐。”

这么算来，他们交往该有几个月时间了。“原来是女朋友，哪天正式介绍一下。”洛可可心里泛起一丝失落，不过她没有表现出来。

这一回他放声大笑，笑够了才回答不名所以的她说：“她有老公的，大姐。”他淡定地说道，丝毫不介意自己是个不光彩的第三者。

起初她怀疑是不是自己出现了幻听，当她意识到卓远的表情不像开玩笑，并且对方确实为有夫之妇时，她的情绪几乎可定义为“愤怒”。“卓远，你怎么可以，怎么能做破坏别人家庭这种事情？就算前女友对不起你，你对感情心灰意冷，那也不代表你就应该自暴自弃。单身的好姑娘多的是，你犯不着把‘小三’当成真爱。”

洛可可说教的时候，卓远一直用奇怪的眼神看着她。仿佛回到十年前的某一天，她也是这般言辞凿凿。他看见时光碾过的痕迹，碾碎少年的天真单纯，空留叹息。

趁她说完大喘气的空儿，他慢条斯理地为自己辩护道：“首先，我没把她当作真爱，你放心吧。其次，她和她老公一向各玩各的，她的家庭不可能被我破坏，你不用想太多。最后，谢谢你告诉我还有许多单身的好姑娘。”

洛可可听出卓远语气里的嘲讽，心中略有不快。无奈卓远毕竟不是她的什么人，若是与他有亲戚关系的卓琳还尚有立场规劝，她也只能言尽于此了。想到这里，她不免有几分泄气，两手一拍从沙发里起身，淡淡说道：“你好自为之，我回家了。”

“说好一起吃饭。”他拦住了她，抓抓半干的头发，换上一副可怜兮兮的表情，“一个人吃饭太孤单了。”

必须承认俊美的外表在某些时刻发挥了相当大的作用，若是换成长相差强人意的男性抿嘴作委屈状，十个有九个会被女人定义为恶心或猥琐，而绝非“卖萌”二字了。洛可可瞧着卓远的脸，态度不知不觉就缓和了。不过她本来就很难对他真正生气，此刻也无法深究为何会心软。

她点点头，算是答应了他的要求。

10月5日11点左右，洛可可与卓远坐在棒约翰店里共进午餐。他像个孩子一样手拿pizza大快朵颐，表情愉悦而满足。

“So，就因为找不到同行的旅伴，你就放弃西藏了？”卓远摇摇头，伸出小手指比着最上面一截，“原来大姐你的决心只有这么一丁点而已。”

她没好气地瞪了他一眼，拿叉子戳着盘中的鸡翅，悻悻道：“万一高原反应没人照顾，我在西藏挂了怎么办？我上有高堂，还没找到能接手照顾的人，绝不能这时候挂掉！”

回想起初到拉萨头痛欲裂的第一夜，卓远不得不认同洛可可的担心并非空穴来风。他默默地看着她，一个念头闪过脑海，他敏捷地抓住了。瞬间，兴奋之色染上他的眉梢眼底，卓远豪气地宣布：“我带你去。”

“啊？”她没反应过来，愣愣地看着他。

“我带你去西藏。”卓远愉快地重申，表情像是一个等待对方欢呼的小孩。遗憾的是，洛可可不是小孩，她根本没觉得有必要欢欣鼓舞。

她担心地瞅瞅他的脸，谨慎地提出问题：“你的意思不是这两天就出发吧？”

“有何不可？”他满不在乎地反问，“我们立刻上网订火车票，后天晚上7点多就能到拉萨了。”

他的提议相当诱人，洛可可不禁心动。“打算去几天？”幸好理智尚存，她想到了摆在理想与现实之间的“请假”这回事。

“想去多久就多久。”身为“兼职打工”者的卓远给出的可说是极端不负责任的答案，理所当然得到洛可可的白眼相待。他不以为然地笑笑，招手叫来服务生结账：“Ok，我们马上回家做准备。虽然我不care，不过以大姐你的个性，还得买份旅游保险才是。”

内心深处翻涌的情绪名为“不真实”，洛可可被卓远的热切打动，在这一瞬间丧失了判断能力。她跟着他一路兴冲冲地回家，打开电脑上网登录12306购票网站，输入各自的身份证号……直到显示查询结果没有余票时，才像是被现实的闷棍一下子打醒过来。

为了掩饰巨大的心理落差，洛可可故作潇洒地耸耸肩膀，两手一摊说道：“看来我终究和西藏没缘分，至少目前是这样。我上周查过机票，当时就只有少量剩余，估计现在肯定也没票了。真想不到，西藏居然那么热门。”

“今年是藏历马年，据说冈仁波齐的本命年，转山一圈等于12圈，所以去的人熙熙攘攘。”他也是转山群体中的一分子，解释得合情合理。

之前已经说过洛可可对西藏认知有限，听着卓远的解释也是似懂非懂，唯一明确的便是一时的冲动并没有带来理想的结果，她仍旧被困在城里。“呵呵，那就算了吧。”她笑了笑，打算回楼上继续做“码农”。

卓远默然不语，脑海里徐徐展开一张中国地图，他很快就找到了新的目的地。“去不了西藏，那我们就去西北好了。”他重新输入查询条件，笑逐颜开道，“Lucky，果然还有票。”

洛可可凑到电脑屏幕前看了一眼，抬头狐疑地看着他说：“别告诉我你是想去吃兰州拉面哦。”

“大姐，你看我像这么没追求的人吗？”他模仿中枪的样子，摸着心口往后倒下。洛可可袖手旁观，毫无伸手扶他一把的自觉，卓远只得乖乖地重新端正坐姿，喃喃道，“洛可可，你真没幽默感。OK，说正经的，其实我要去的地方一个是号称中国最美的沙漠巴丹吉林，另一个是额济纳的胡杨林。”停顿了几秒钟，他凝视着她，正式发出邀请，“大姐，一起去吧。”

听在耳里，却像是“跟我走吧”。洛可可发现自己很难拒绝这一近似于“私奔”的邀请，内心有无数声音狂喊“跟他去、跟他去”，聒噪得让她忘记他们根本不可能在一起。

“好的。”她毫不犹豫一口答应，明快的声音仿佛在说“Yes, I do”。

10月6日12点05分，开往乌鲁木齐的T204准时驶出上海火车站，洛可可就在这趟列车上。

网上购买了火车票，到代售点取票之后，洛可可和卓远就像行军打仗一般忙碌地做着准备工作。卓远倒还好，他才背包去过西藏，基本装备同样适合去西北旅行。洛可可就比较麻烦了，除了出差她根本没去过那么遥远的地方，冲锋衣、登山鞋一概全无，卓远只得列出一张明细单子一项项完成。所幸忙了一个下午总算凑齐了行头，这一场说走就走的旅行最终得以成行。

列车逐渐加速，热闹繁华的国际大都市被彻底甩在了身后，窗口望出去的风景只剩下无边无际的田野和散落其间的村庄，洛可可将视线转向坐在对面的卓远。

“我从来没有这么头脑发热过。”她的表情充满不可思议，也许直到此刻她才发觉这次旅行过于疯狂。

始作俑者一脸无所谓，哈哈大笑道：“人生啊，本来就该这样！”

手托腮帮，她的眼神有些缥缈，似是自言自语道：“原来你向往的生活是这样的。”他们的人生观截然不同，甚至可用天壤之别形容。他选择了一条“享受当下”的路，而她则把“现在”当作“未来”的固定储蓄。但是在人生没有完结之前，谁对谁错都是未知。

洛可可猛然惊跳起来，吓了卓远一大跳地说道：“我忘了向老板请假。”她急忙说明自己失态的原因，同时手指飞快地按着数字键盘输入老板Jonny的手机号码。

等待接通的时候，卓远的声音从头顶飘过：“除了老板，你还背得出几个人的电话号码？”她轻轻笑了笑，无视他的挑衅。

Jonny在放假前一周就带着太太出国度假，按他发给各个下属的日程表来看，6日上午应该已经回到上海。洛可可本来有点担心打扰到他的休息，但从电话里听到了热闹的人声背景，想来Jonny不是在家开party，就是正在参加party，她放心了。

她知道Jonny不是喜好听场面话的人，便省去客套直奔主题道：“老板，我打算请几天假。”

“Ok.”Jonny一口答应，不过理论上还需要问一声“请几天？”想不到这个问题让她犯难了，因为洛可可现在难以确定此行究竟要多久。

“大概5天吧。”想了想，她给了一个模棱两可的时间，心下祈祷Jonny千万别追问请假原因。

也许是正在party中的Jonny心情不错，总之他没过问她为何请假就批准了她的申请。挂断电话后她松了口气，心想万一老板不准假，接下来的二十多小时自己肯定会犹豫不决，很可能火车到了兰州她就去买返程机票了。

如同卓远所说，她的决心总是被过多的外界因素左右，从来都不大。

正想着这些有的没的，电话铃声响起，来电显示的名字是“卓琳”。洛可可一下子慌了神，像是和卓远私奔被逮了个现行，第一反应是不接听。听到她的电话铃响，坐在一旁玩手机游戏的卓远以为她没听见，抬头提醒她说：“大姐，你的电话在响。”

“我知道，是卓琳的电话。”她做贼心虚，声音压得极低。

“那又怎么样？”他心里没“鬼”，因而也完全不明白洛可可千回百转的心思。

她看着一脸坦荡的他，忽然意识到自己的“不正常”反而会引起不必要的揣测。定定神，她深吸口气接通了电话。

“可可，我回来了。”卓琳清亮愉悦的声音透过电波传送到她耳中，显然她的蜜月之行非常完美。“明天我们碰头，我有带礼物给你哦。”

“明天，呃，明天我没空。”她吞吞吐吐地说道，暗自懊恼怎会忘记今天也是卓琳回到上海的日子。以她的个性，百分之百会约自己见面分享旅行的战利品。

电话那头的卓琳隐约听到洛可可那边的背景音乐不太寻常，她略微沉吟，一个念头一闪而过，忙问：“可可，你在火车上？”

车上正播放着新疆地区的民乐，她想隐瞒也瞒不过，只得大方承认道：“是，我在外面旅行。”

“哦哦，和谁一起呀？”卓琳仿佛嗅到了八卦的味道，连忙追问。她们相识十二年，从来没见过洛可可有独自出游的闲情逸致，卓琳会如此猜想再正常不过。

洛可可看了看专注于手机游戏的卓远，他的侧脸好看得令人屏息。这个男人又年轻又英俊，对女人有着非比寻常的吸引力，卓琳会怎么想？那么多年的交情，她不愿意撒谎欺骗好友，但实在不敢预测卓琳得知真相后会有何反应。

“是和那个一块儿吃午饭的男人？”卓琳依旧兴致勃勃地兀自猜测，“没想到我出去两个礼拜，你们已经发展到一同旅游的程度了，可喜可贺。”

完了！这下更难把真相说出口了！洛可可沮丧地抚着额头，低声说道：“拜托，不是你想的那样。”相当没有创意的电视剧台词。转念一想，从来没有人规定自己不能和卓远一起出游，身正又何必怕影子歪呢！“小远说他想去沙漠，我正好也有点兴趣，就和他同行啦。”她轻描淡写地说道，略去今日临时起意这一节。

卓琳沉默了十秒钟，不甚确定地问了一声：“卓远？”

“嗯。”这一回，她仅仅用了一个单音节回答。

卓琳再度沉默。洛可可安静地等着，此时此刻她绝不能心虚，所谓解释就是掩饰。过了漫长的二十多秒，好友的声音再一次传入耳中：“你们，什么时候关系那么要好了？”

终于等到了解释的时机，不管对方会不会相信，她必须说明一下。“喂喂，我一定要澄清，我一向把你的弟弟当自己的弟弟看，我们的‘要好’和男女感情没有关系。”洛可可故意说得大声唤起卓远的注意，顺势把手机递给他，“卓小弟，你姐姐担心我的安全，你得向她保证哦。”

她的神色充满恳求，即使卓远对洛可可的说辞不满，他也没办法无视她的立场。只得自嘲地笑笑，他接过手机，用吊儿郎当的语气和堂姐打了个招呼，含讽带刺道：“老姐，你不会认为我会饥渴到对你的姐妹出手吧？太伤我自尊了。”此话一出，坐在对面一直屏气凝神听他应答的洛可可直接“赏”了他一拳。

卓琳也被他的话噎住了，过了好一会儿才气急败坏地警告他：“那就麻烦你好好记住自己的底线。可可是我的姐妹，她要是吃了亏，我肯定不会放过你！”

卓远结束了和堂姐的通话，把手机交还洛可可。她本想询问卓琳最后说了什么，但眼见他又埋头和游戏奋斗，只好放弃这个念头。她看不见低着头的卓远，那张俊美的脸上有着受伤的表情以及不甘心。

早上五点刚过，洛可可就醒了。她睡下铺，枕着车轮撞击铁轨的声音本就睡得很浅，再加上微微的天光透过窗纱照了进来，此刻已完全清醒。

10月7日，她在火车上，即将到达西安。

卓远睡在上铺，他和她中间是一个独自旅行的女生。洛可可不曾忘记前一天下午闲聊得知这是对方的gap year时，卓远脸上钦佩的神情。他们相视而笑的一幕始终盘桓在她的脑海，令她觉得唯有这样的女孩子才适合陪在卓远身边——他们依旧年轻，依旧可以随时出发。

而自己，醒来后想起的第一件事却是打电话给项目组成员交代节后的工作安排。相比之下，连她本人都觉得有些气馁。

T204在苏州站停了8分钟，范海星就是在这一站上的车。卓远在站台买烧鸡时看到一个背着巨型登山包的姑娘正站在同一个摊位买煮玉米。她当场就啃了起来，对又香又糯又甜的玉米棒子赞不绝口。她夸张的赞叹引起卓远的兴趣，于是他又掏钱给自己和洛可可各买了一根，顺便调侃她道：“你是不是收了代言费呀？”

“谢谢你提醒，我应该和卖家说说提成的事儿。”女孩大方回应他的玩笑。几分钟之后，卓远发现她不仅走进自己这一节车厢，并且还把背包放在了自己的床铺下方。

“Hi，又见面了。”他率先打了个招呼。

女孩回过头看到了他，爽朗的笑脸明媚得如同照进车窗的阳光，她一脸“这么巧”的表情，自我介绍道：“我叫范海星，不是吸血鬼猎人范海辛，是海里的星星。网名就叫‘海星’，随便你怎么称呼都OK。”

这个姑娘的性格相当讨人喜欢，为人行事颇有一种“四海之内皆朋友”的侠气，正对射手座男人的脾性，卓远和范海星立刻就熟络起来，仿佛多年旧识突然重逢。

洛可可听着他俩交换西藏旅行时的种种趣闻，不想也压根插不上话。她假装睡眠不足，吃了一点卓远买回来的烧鸡和玉米就托词想睡觉，爬上他的床铺假寐。

我应该高兴才对！洛可可一遍遍告诉自己“好友的弟弟也是弟弟”，但是强烈的嫉妒心和独占欲在此刻不知好歹地觉醒了。

下方的交谈仍未停歇，她有一种被排斥在外的错觉。洛可可把脸藏在被子里笑了笑，或许这样就好，他终究也是她故事里的“局外人”。

卓远一直侧耳倾听着上铺的动静，直到确定洛可可不再翻来覆去，他也借口接热水结束了与范海星的聊天。拿起水杯迈向走道另一头，他皱着眉头，对自己分外生气。

没用的家伙！洛可可又不是第一次把你看作弟弟，你干吗每次都非要在别的女人那里找平衡？瞧瞧你，就这么点出息！

卓琳警告过他，洛可可是他不能触碰的“禁区”。倘若卓远是个完全没有底限的人，早在堂姐婚礼那晚他就不会半途停止。也许那晚他们真的发生了什么之后又老死不相往来，他也不至于纠结成自己都看不下去的样子了，真不符合射手座男人敢作敢为的个性。

问题的症结仍旧是那一晚，他完完全全把她当成一个成熟的女人对待，既不是堂姐的死党也不是相差五岁的“姐姐”——这个他在此后的日子里一次次说服自己接受的身份。

那天晚上，他被名为“洛可可”的女人吸引，而这份悸动依旧有效。

卓远和洛可可仿佛站在河的两岸，理性与欲望同时拉扯着灵魂。

他们不知道这条河有没有第三条岸。

洛可可醒来时刚过下午6点，按照时刻表再过一个多小时列车即将抵达徐州。她这一觉睡得长且香甜，连一个梦都没做。

这一处空间静悄悄的，在睡神特别的眷顾下，另外五张床上的主人犹在睡梦中。洛可可无声无息地爬过床板，踩着栏杆慢慢下来。

卓远占据了她的床铺。他的脸露在外面，表情平和安详。她端详了好一会儿他的睡容，鉴定为“比较耐看”。

头顶的床板震动起来，洛可可吓了一跳，以为自己偷看卓远被范海星抓到了现行。幸好她只是翻个身，并没有醒。

毕竟是年轻人，到哪里都能睡得雷打不动。洛可可摇头叹息，忘了自己只比卓远大了五岁。不，她向来对此定义为“老”了五岁。

中午她吃剩的玉米棒子装在食品袋里。她拿出玉米，对准一排咬下去，一粒又一粒。尽管已经冷了，但香甜的口感还在。

“你的吃相真符合‘啃’的定义。”卓远不知何时醒来的，看着她一粒粒“啃”得不亦乐乎却没出声，等她快完工时才说话。

洛可可转向躺着的男人，挑眉笑道：“怎么，你有意见？”

“很没气质欸。”他取笑她，像个没心没肺的少年。

她也笑道：“就算你换林志玲来也是这副吃相。”

卓远蹙眉思索了一会儿，点点头深表赞同。“不过，”他拖长了声调，透出一丝不怀好意，“如果是志玲姐姐，男人都会愿意变成那根棒子，也就没人在意她的吃相了。”话里隐约带着些颜色，他不应该和她开这种玩笑的。

洛可可嘀咕了一句“懒得理你”，装作没听懂的样子背过身去。她的心理状态处于异常敏感脆弱时期，禁不起撩拨。

卓远自悔说了不该说的话，为缓解气氛，他转移了话题：“我做了一个简单的行程规划，今晚在兰州休整，明天一早出发坐汽车到达额济纳，看完胡杨林再由额济纳前往巴丹吉林，出沙漠后再决定是否继续向西直到敦煌。你觉得如何？”

洛可可将绝对煞风景的问题咽了回去。她的同伴是part-time job，压根不用考虑请假天数，就算她问了必定又是那个“想玩几天就几天”的吐血答复。

假如一生需要用一次疯狂作为活过的证明，洛可可愿意把仅有的机会留给这一次。就跟他走吧，在回到现实以前。

“我没问题。”她笑着回答他。

“那就这么愉快地决定了。”卓远用拳头击了下手掌，立刻转移了注意力。只见他抬起脚踢踢上方的床板，同时用最慵懒性感的声音叫唤道：“范海星大懒虫，列车员喊你起来去上厕所。”

洛可可差一点点，差一点点就把喝着的水喷了出来。当她正诧异他俩的关系竟然突飞猛进到互开这种玩笑时，中铺垂下一只手臂，那只手冲着卓远竖起了中指。

其实洛可可完全没必要黯然神伤，当一男一女彼此玩笑的程度超越了两性天然的界限，简单地说就是厚脸皮没羞没臊到了一定境界，那么距离他们称兄道弟的日子也不远了。

只有喜欢，才会在另一个人面前假扮完美。

列车广播提醒旅客前方即将到站西安，洛可可从背包里找出洗漱用品，翻身下床伸了个懒腰。她打算在大家醒来之前先完成洗漱工作，免得高峰时间被迫站在厕所外排队。

她卖力刷牙的时候，范海星拿着毛巾牙刷也走进了洗漱间。看到她，对方微笑着说了声“早”。

洛可可慌忙吐掉嘴里的牙膏沫，回了她一句“早上好”。虽说范海星和卓远迅速建立起的友情令她心里微微泛酸，但连她也不得不承认自己同样喜欢性格开朗的姑娘，所以当对方询问能否和他们结伴同行时，她左右为难了。

“这个，我要问问卓远。”洛可可只能这么回答。

范海星并不能确定卓远与洛可可的关系，此时自然误会了。“对不起对不起，是我没搞清楚状况。我加入的话，住宿就不方便安排了。”范海星一迭声地道歉，倒是提醒了她有可能会上演孤男寡女共处一室的尴尬戏码。

洛可可心事重重地回到床位，抬头望向上铺，卓远还没醒。漫长的旅程才刚刚开始，她不敢保证心猿意马的自己不会在卓远面前露出马脚。若只是单纯的好感也就罢了，偏偏诱惑她的是他的身体，洛可可每每想到都有买块豆腐撞死的冲动。

瞥见走道尽头在厕所外排队的范海星，洛可可深深感觉这是上天为解救她被欲望拖下水而送来的天使，她暗暗做了一个决定。

卓远醒来时天已大亮，车厢里飘着各种方便面的味道。他睁着眼睛躺了一分钟，用手按住正犯恶心的胃。大学四年吃方便面伤了肠胃，他现在需要间隔两三个月才能再次接受方便面的“摧残”，而上一回在洛可可家煮面到今天也就三周左右的时间，难怪“反应”强烈。

下方传来洛可可与别人的交谈声，另一个声音应该属于昨天才认识的范海星。他把头探出去扫视下面，果然她俩正坐在洛可可的床上聊得正欢。

“两位美女，早安！”卓远伸出手向下挥动，率先打招呼。

尽管现如今“美女”已是个烂大街的代称，女人依旧中意听到这两个字，尤其出自帅哥之口。范海星乐得眉开眼笑，洛可可却翻了一个大大的白眼道：“再过三小时就到兰州了，一点都不早好不好！”

“又不温柔又唠叨，难怪嫁不出去。”仗着身在高处而底下的人听不到自个儿的嘀咕，他嘟嘟囔囔抱怨着洛可可，一边坐了起来。就这么略一走神，脑袋撞上了车厢顶板。

听到上方“嘭”的撞击声，洛可可立刻跳了起来，抬头紧张兮兮地望着卓远问：“你没事吧？”

他该嘲笑她的大惊小怪。可是一股奇怪的暖意流过卓远心头，他看着她笑了起来，笑得很好看地说：“我不会让自己有事的，我还要带你去很多地方。”

这话听着像情人间的承诺，不过他的样子又完全不像那么回事。洛可可心想这小子果然是把妹高手，甜言蜜语张口就来，自己得千万小心。

他踩着栏杆下来，从床底下拖出硕大的登山包寻找洗漱用具。洛可可收到范海星暗示的眼风，她默默腹诽对方未免太过心急，但还是开了口：“小远，海星想和我们结伴一起走，可以吗？”

她的语气与其说是“商量”，不如说更像是“通知”，至少卓远没听出半分“征求意见”的意思。他瞥了一眼身旁或坐或站的两个女人，嘴角一挑勾起一抹浅笑，慢条斯理地说道：“你既然决定了，我没意见。”

不知是否一厢情愿，洛可可总觉得卓远微笑的表情掩盖了他内心真正的想法。她转过头看了看满脸喜色的范海星，这个女孩热情、勇敢、爽朗，明明一刻钟之前自己还认定她远比那个乱七八糟的空姐更能将卓远的感情拉回正常轨道，可为何现在却对她产生了微微的厌恶感？

当10月13日洛可可重新踏进熟悉的办公室，她回想起前几天的经历，仿佛做了一个悠长的梦。

巴丹吉林沙漠位于内蒙古西部，洛可可只在十多年前的中学地理课本上见过它的名字。她虽然曾经憧憬王维描述的“大漠孤烟直，长河落日圆”的景象，可从没想过有一天会亲自前往。仅凭这一点她就应该感激卓远，他给了她一次“说走就走”的旅行，即使未来的人生乏善可陈，最低限度她还拥有这一份珍贵回忆。

他们在兰州停留的那一晚，范海星推翻了卓远的原计划，自兰州前往额济纳不得不坐十几个小时的长途汽车，在她的建议下，他们最终决定取道金昌先往巴丹吉林沙漠再去额济纳。从兰州发往下一中转站金昌可供选择的车次较多，使得一行三人在出发前还有时间品尝一下兰州最为出名的拉面。吃一碗面当然不够尽兴，三人还打包了两斤牛肉带上火车。

黄土高原的苍凉贫瘠是车窗外的风景，与洛可可熟悉的上海真是天壤之别。她想到前些日子对徐泽凯说过“城市让人喘不过气”，在无边无涯的荒芜面前，这句话真心显得无病呻吟。假若此时他在场，她必定会坦率地承认自己错了。

她头一次挂念起徐泽凯——这个和她吃过几次饭的男人，在长假开始前就出发前往欧洲度假了。他在浦东机场给她发了短信，说了“再见”却没定下“再见”的日子，洛可可不确定自己还能否再见到他。

即便正在交往中的男女，也会因为某一方故意的不联系而成为匆匆过客，更何况从没挑明过关系的他们。她习惯作最坏的打算，避免当事情真的发生时伴随而来的巨大失望。此刻洛可可所能预想到的失败结局不外乎徐泽凯对自己的兴趣度一般，而真相显然更加伤人。

卓远有好一会儿没听到洛可可的声音，他以为她睡着了，抬起头发现洛可可头靠窗正望着前方沉思，她的脸模模糊糊地映在不太干净的玻璃上，与飞逝的景物融为一体。沉静的姿势就像一幅油画，诱使他拿起相机拍摄。

快门声惊动了洛可可，转头发现卓远在偷拍自己，她急忙伸手抢他的相机要删除照片。“一定难看死了，删掉删掉！”

“大姐，就算你对外表不自信，也该相信我的技术好不好？”卓远撇撇嘴，把相机显示屏伸向她，“你看我拍得多自然，拿去做相亲照绝对没问题。”

洛可可蹭着卓远的肩膀一同看显示屏。诚如他所说，照片上的她表情放松脸部线条柔和，全然不像平日里严肃紧绷斗志昂扬的女强人，倒有流浪中的文艺女青年的味道。照片的构图、用光以及抓拍的时机，无不恰到好处。她再度确定卓琳小看了堂弟对摄影的认真程度，他并不是大家以为的那样“不务正业”。

没听到洛可可再提删除照片的要求，卓远明白她认可了他的摄影技术。“好看吧。”他扬扬得意，说不清为何心情high得像要飞起来。

她抬头挺胸，满脸骄傲地说道：“那是因为模特比较专业。”自夸的同时顺便挫挫他的锐气。

“是啊是啊，大姐你就是我的缪斯女神耶！”似笑非笑，他的话真假难辨。洛可可仔细看了一眼卓远，倾向于他在开玩笑，便同样以玩笑话应对道：“那么，做你的女神有没有兼职费？”

卓远咧开嘴笑得很开心，好看的桃花眼迅速飙升电力，洛可可刹那间觉得空气有些稀薄了。她稍稍坐开，与他保持一臂之距。

他看穿了她的企图，故意凑得更近了说道：“大姐，我是穷人欸，你怎么好意思问我收费啊？”一皱眉，卓远装出深思熟虑的样子，用比平日里略低沉的性感嗓音徐徐道，“不如，钱债肉偿如何？”

洛可可从来没想过卓远开起玩笑来竟然没有上限，着实被吓了一跳。她瞪大眼睛，傻愣愣地看了他半天才反应过来，期期艾艾道：“拜托，玩笑不能随便乱开。姐姐是成年人，就不和你计较了。”

卓远放声大笑道：“洛可可，你要是当真的话，我反而会比较为难好不好？”眼底却不见丝毫笑意，反而多了一些冷淡疏离。他没再说下去，低着头继续玩手机游戏。

洛可可在心底轻轻叹息：“卓小弟，我的确不会计较，可是我会当真。所以你不能随便开承诺不起的玩笑！”

她和他各自陷入沉默，谁都没留意隔着一条走道斜对角座位的范海星一直都在倾听两人的交谈。她望着他们，含义不明地笑了笑。

金昌是中国最大的镍铬生产基地，然而在洛可可的西部之行中，它仅仅充当了一个中转站的角色。一行三人刚走出火车站就搭讪到一名从阿拉善右旗送客人过来的越野车司机，顺利谈妥包车前往右旗以及接下来两天巴丹吉林沙漠之行的价钱，就此与这座城市告别。

洛可可坐在后排，安静地听着另两位同行者和司机热络地讨论沙漠二日游的行程规划。对自己不擅长的领域，她素来懂得藏拙，不想平白遭人嘲笑。

范海星显然做过功课，头头是道地说起他们将要前往的地方。这让洛可可想起在火车上刚刚遇见对方时她口口声声说“没有计划，走到哪里算哪里”，一刹那有种被蒙骗的感觉。不知卓远是否有同感，坐在前排的他偶尔会转向她那一侧，留下意味深长的一瞥。

洛可可很快就原谅了范海星的心计。她能理解这个女孩子对卓远抱有好感，而接近他最好的办法当然是跟着他们一路同行。一想到卓琳也曾怀揣“寻找结婚对象”这种不单纯目的加入过驴友俱乐部并且差点成功怂恿自己，洛可可就变得宽容大度起来。

昨晚洛可可与范海星共处一室，临睡前两人有一搭没一搭地聊着天，等到彼此都觉得不再尽说些虚伪客套的场面话，话题自然而然转向了感情生活。范海星和洛可可一样没有男朋友，比她小了将近六岁，生日是1989年的第一天。

25岁的范海星描绘的理想中的另一半：他可以没房没车，但一定要有走遍世界的伟大梦想。洛可可听着听着，忽然有种“远在天边，近在眼前”的感受，细细一推敲便明白过来范海星可能对卓远有意思。

意识到这一点，洛可可不得不琢磨范海星这番暗示背后难道是要让自己帮忙撮合？她还没想好应答辞，范海星打个哈欠道了声“晚安”就自顾自约会周公去了，徒留她暗自苦恼了好一会儿。

洛可可最后决定假装不懂范海星的心思，她想：“爱情该发生的时候自然会发生，我只要在旁边观望就行了。”正因为有此自觉，洛可可容忍了范海星刻意表现的风趣幽默以及见多识广，尽管她私心觉得有些过头，但既然卓远没发表任何意见，她就更没必要枉做小人。

越野车司机是个魁梧的汉子，姓许，健谈又热心，一路上不断打电话，终于在到达右旗前替他们将住宿安排妥当了。他说头一回碰到像他们这样随心所欲的游客，幸好国庆黄金周刚过去现阶段住宿没那么紧张了，否则保准只能睡马路。洛可可伸出手拍拍前座的卓远，说道：“听见没，下次要提前做好计划。”

他回过头，调皮地眨眨眼睛说：“没做计划，你不也跟着来了嘛。”

他和她之间有一种别人很难介入的亲密感，范海星不甘心被定义为“局外人”，笑嘻嘻地接着卓远的话说下去：“要是做了计划，也许我们就没这个缘分碰到了。”她刻意将他们的相遇说得好像“命中注定”一样。

听出弦外之音，卓远一瞬间不知作何表示。若照以往，他肯定毫不留情地出言讥讽，只不过考虑到提出同行建议的人是洛可可，他就不得不管住会惹祸的嘴巴，姑且忍耐范海星的自说自话。现在的卓远对一本正经谈恋爱这件事非常抵触，一方面出于射手座热爱自由的天性不愿意被一段关系束缚，另一方面也是受了情伤，用比较文艺范儿的说法就是“再也不会爱了”，但他并不排斥“性”。范海星既然不属于受欢迎的不需要负责任的那一类型，他没兴趣招惹麻烦。

卓远以沉默作为回应，他只希望对方能够理解沉默背后的含义自动放弃，千万不要抱着“精诚所至，金石为开”的劲头死缠烂打，到时候场面就难看了。

他的默然不语令车厢内的气氛一下子冷却，洛可可本不想搅和在内，但她瞅着范海星表情越来越僵硬的脸实在于心不忍，便自愿担当起缓冲者的角色接着说道：“说得没错，大家能聚在一起都是靠缘分。”她打着哈哈说道。

范海星对洛可可的好意并不领情，反觉得受到了奚落，面上倒是一副万分感谢的样子。洛可可像大部分人一样想当然地以为开朗的人心胸宽广，却忽略了这种个性最易伪装，何况再加上女人不可理喻的嫉妒心，对方现在已将她视为“头号情敌”看待了，她还懵然不知。不能怪洛可可迟钝，在她31年的人生中被当成“情敌”的机会寥寥无几，她缺乏足够的经验。

卓远依旧不发声，洛可可单方面的友善不代表他，他的拒绝十分彻底。

第一次看到巴丹吉林沙丘美妙的弧线，卓远就兴起向往之心。那一年，蒋彩妍和他住在不足15平方米的出租屋内，对未来充满野心。她靠着他的肩膀看沙丘在巴丹湖投下令人心醉的倒影，对他说“你的梦想就是我的梦想”，声音美得就像一个梦。他没有想到的是，多年以后陪他一同前往的人竟然成了洛可可。命运一个转身，人与人就有了纠缠。

饶是许师傅车技了得，巴丹吉林还是在进入伊始就给了他们一个结结实实的下马威。当越野车冲上沙丘顶峰再以近乎垂直的角度俯冲下来，后排的洛可可与范海星被冲击力抛离了座位，尖叫声也在卓远和许师傅的耳边不断响起。

“冲沙刺激吧。”许师傅呵呵笑着，继续冲向下一个坡顶。

连绵起伏的沙丘仿佛骄傲的美女，在艳阳下肆意舒展着曲线。沙漠无边无际望不到头，果真是个轻易让人产生绝望感的所在，在自然面前，人类显得渺小而脆弱。

如果人生是一趟漫长的旅行，那么卓远此时的处境在大部分人眼中无异于荒漠，尽管本人乐在其中。他当然不可避免也会为钱发愁，摄影和旅行这两大爱好都很能“烧”钱，于是有时候卓远会忘记志气和节操这回事，甚至巴望着被某个富婆包养，但也仅限于此了。

逍遥、自在，他觉得这样的自己是最好的。

“卓远，你干吗不告诉我会这么颠？赔偿我精神损失费！”洛可可的声音从背后传来。

他和许师傅一齐大笑。没错，这样的时光也是最好的！

越野车在巴丹湖停留了片刻。当初令卓远着迷的倒影近在咫尺，他站在湖边，油然而生虔诚的感动。一期一会，生命中的每一次遇见都独一无二。就算回到同一个地方，也未必再有彼时彼刻的心境以及身边人。

洛可可在他身侧，和当年的他一样被勾魂摄魄的美景夺走了语言。卓远的目光滑过洛可可的侧脸，温柔得一如巴丹湖安静的水。

不期然她转过了头，刚好与来不及收回视线的他四目相接。两人同时一愣，幸好洛可可并未联想到他在偷看自己，恢复常态笑了笑向他道谢：“小远，谢谢你带我来这个地方。”似乎已然忘了刚才还嚷嚷着要求赔偿精神损失费这件事。

卓远还没有老到那么快就忘记一刻钟之前的事，他故意拿她之前的大呼小叫取笑说：“那精神损失费我到底是给还是不给呢？”

自从卓琳婚礼上与他重逢，在多个不同的场合她都见过卓远的笑容，唯有此时笑得像个心无城府的少年，渐渐与十年前的残像重叠。耀眼的阳光、耀眼的笑脸、耀眼的卓远，定格成一张永不褪色的相片，留在洛可可的记忆里。

卓琳没找到男友之前有一阵子住在洛可可那里，两人经常三更半夜躺在床上不睡觉，讨论有关爱情和婚姻的命题。卓琳每次都用异常憧憬的语气告诉洛可可：“我相信一定会有这样一个人，惊艳了岁月，温柔了人生。”文艺腔成功地令她爆起一身鸡皮疙瘩之后，往往话锋一转，“但是这个人和你的结局，注定是别离。他出现的全部意义就在于让你明白爱到底是什么，他不负责今后的生活。”

洛可可毫不意外卓琳会在告别单身的派对上喝醉后抱着自己哭。那个“惊艳了岁月”的人还没出现，终究有几分不甘心。她不清楚是不是其他女人也有类似“找个人狠狠爱，狠狠伤过才不枉此生”的想法，反正她从来没有天真烂漫过。然而在巴丹湖边，凝望着给自己拍照的男人，虽然他的脸被镜头挡去了一大半，洛可可却恍惚觉得他正是卓琳形容的那一种人——他惊艳了岁月，温柔了人生。

至于结局，这一刻显然不重要。

巴丹吉林的夜晚，整条银河高悬苍穹。密密麻麻的星星点缀了平凡的夜色，让这个夜晚变得和平时不太一样了。

卓远在蒙古包外撑起三角架，准备拍星轨。他和洛可可头碰头躺在沙子上，共同仰望上方的群星闪烁。

“天上的星星和地上的沙，不知道哪一个更多。”她的声音像是笼了一层轻纱似的缥缈，卓远从未听过她这样温柔地说话。他微闭着眼，鼻腔里发出模模糊糊的一声“嗯”，等她继续说下去。

冰凉的沙粒带来一阵寒意，洛可可坐了起来，盘着腿，在他旁边清理头发里的沙子道：“我一直相信地球以外存在着其他文明，你说那些外星居民会不会也有剩男剩女的问题？”

她大概是头一个担心外星人婚姻状况的人类。卓远也坐了起来，拍着她的肩膀说道：“大姐，剩女这个词太侮辱你了，你只不过还没遇到Mr. Right。”

在这个手机常常找不到信号的地方，她还是逃避不了最现实的问题。“要是，我说的是万一，只有Mr. Wrong怎么办？”头发里的沙子清理不尽，在双重沮丧的夹击下，洛可可的忧愁也跟着double了。她的叹气声沉重无比，令卓远心烦意乱。

说不清怎么回事，等卓远反应过来时，他的身体已凑过去吻住了她的唇。她涂过曼秀雷敦的润唇膏，嘴唇上有薄荷的清凉香气，沁人心脾。

这个吻结束得很快，她推开了他。

漫天星光下，卓远满不在乎地笑着，似乎刚才的吻仅仅是余兴节目。“如果都是像我这样的Mr. Wrong，其实也没什么不好。”舔舔嘴唇，来自于她的香气已消失在沙漠干燥的空气中。他停顿了几秒钟，无视她苍白的脸色，说出了冷酷至极的话语，“至少你的身体不会寂寞。”

洛可可倒吸了一口气，很难相信他会对自己说这样的话。她盯着那张俊朗的脸，不会说谎的眼睛里确实找不到半分柔情，于是她再不能自欺欺人——卓远，他就是个浑蛋！“我不需要一个错误的人给我安慰，我还没寂寞到犯贱的地步！”她措辞严厉，用鄙视的眼神注视着他，仿似回到很多年以前的那个夏天。

他心里蛰伏的野兽在暗夜里蠢蠢欲动，眼前的女人倔强的模样、挑衅的神情都像是导火索，炸飞了理智。他本能地抢先行动，将她按倒在沙子里，居高临下看着她的惊慌失措，心里涌起难以形容的愉悦。

“寂寞能摧毁理性，谁都不例外。”低沉的嗓音饱含压抑许久的热情，他听从欲望的驱策，低下头用嘴唇封堵她的抗议。

这不再是方才浅尝辄止的试探。从失控的那一夜算起，她隔三岔五出现在他的梦里，带着妖媚挑逗的表情触碰他，有时甚至不可思议地跳一段艳舞。卓远醒来时总是身体紧绷，如同刚刚进入青春期的少年般不知所措。她是毒药，同时又是唯一的解药。

卓远饥渴地吸吮着洛可可的嘴唇，他清晰地感受到她从拼命反抗到缴械投降。现在，大门已向他敞开，灵活的舌头立刻长驱直入，纠缠着邀她共舞。

她的身体一直在怀念他。当白天过去回到孤身一人的夜里，她常常会想起他的吻，他的手指在她身上变幻出的魔法，那是自己无法给予的快感。这时候，洛可可不得不承认找个男人还是有必要的。

她回吻了他，在远离尘嚣的巴丹吉林。

当太阳穿过云层洒下金光，庙海子旁苦苦等待日出的卓远看见有一道光照进了巴丹吉林庙的窗子，这座藏于沙漠深处的寺庙显出了庄严的宝相，经幡在风中起舞，不知何处传来的诵经声宛如吟唱回响在天地之间。

他着迷地望着那道光以及光影笼罩下无比圣洁的一切，默默祈祷时光能够倒流，阻止昨天晚上的自己说出那么混账的话。

群星照耀下的氛围唯美浪漫，他们吻了很久，分开时彼此都有些气息急促。事态发展出乎意料，洛可可嗫嚅半天找不到话说，索性把发言权让给了他。

就在那时，卓远的勇气消失无踪了。面对可以预估的未来，他的第一反应竟是“恐惧”。是的，他还没准备好承担招惹洛可可的后果，虽说亲吻不会使人怀孕不存在负责这一说，但亲密如斯毫无疑问地证明，他对她抱有相当程度的感情，他必须找个理由令她接受这一吻不具有任何意义。

“我没说错吧，填补欲望的根本不是感情。”他硬着头皮开口，声音干巴得发涩。卓远竭力想装出镇定自若的样子，可惜失败了。他的慌乱写在脸上，明白无误地传递着“对不起，我犯了严重错误，我不该吻你”的信息。

她的脸再一次变得雪白，震惊地看着他。洛可可知道卓远是不婚主义者，她当然不会天真地以为单凭一个吻就能使他改变主意从此终身有靠，她甚至还想象着如何宽慰他不必对此反应过度，她能够理解是气氛太好导致一时忘情……只是没料到他逃得这样彻底！洛可可难过地低下头，不想给他看见失望的表情。

他否定了他们之间存在某种感情的可能性，这远远比否定她的女性魅力更难让人接受。说到底，女人始终是感性的物种，欲望和情感无法完全剥离。

卓远之于洛可可，仿佛是一座难以攀登的高山。她有着如常人仰望珠穆朗玛一般的无力感，却不甘心就此放弃，总是幻想或许在他心里她是与众不同的。洛可可执着地想听到卓远说“我喜欢你”，哪怕只有一次也能为所有的暧昧画下句点，让她心甘情愿地放手。

但是他，从来只对“性”供认不讳。

“卓远，你这样是没办法得到幸福的。”她一字一句道，抬起了头，脸上浮现出冰冷的笑意。

他恼羞成怒，轻蔑冷笑着展开反击：“请问是谁在我16岁的时候告诉我天长地久此情不渝全都是骗人的假话？那个人让我不要相信，到现在又说我这样得不到幸福，不觉得她自己嫁不出去根本就是报应吗？”他拿她最失败的事当武器，言辞如刀，毫不留情地刺入她的身体。洛可可头脑里控制情绪的弦“啪”地断了，愤怒驱使她抬起了手。

夜阑人静，本来就能将极细微的声音无限放大，何况他们压根没想到控制音量。刺耳的争吵声惊动了附近几个蒙古包，范海星是第一个冲出来劝架的人。她一眼瞧见洛可可朝着卓远举起了手，推测将会是一记势大力沉的耳光，赶紧跑上前劝阻。

“可可姐，有话好好说，动手伤和气。”紧紧抱住洛可可的胳膊，范海星好心好意地规劝道。她不知他们接吻这事，对两人闹翻的原因摸不着头脑。

洛可可先看了看范海星，又看看面前嚣张的男人，猛然清醒。是啊，没必要平白无故请别人看戏，即使卓远再欠扁，也应该私下解决。她松开握紧的拳头，深深吐出一口气，神情恢复了平静，淡淡地说道：“你想留在十年前我没意见，反正这是你的人生，和我没关系。”

他被她丢下了，丢在岁月的荒漠里，而真正搞砸一切的人正是名叫卓远的浑蛋！他无可奈何地看着洛可可离开，连一句道歉的话都说不出口。当他无所顾忌地攻击她的弱点，亲手戳破原先漂浮四周的粉色肥皂泡，终于令她不再有期待。

在不远处拍照的范海星也看到了卓远目不转睛凝视的那道光，她慢慢走过来，脚步落在湖水蒸发后留下的白色盐沼上，“喀啦喀啦”作响。他没有回头，因为知道走向自己的人不是洛可可。

“真可惜，可可姐没看到。”范海星的口吻听起来充满遗憾，“我出来的时候问过她，她说没兴趣看日出。”

卓远望着眼前一点点敞亮起来因而丧失了神秘莫测感的景物，无动于衷地开口道：“没必要告诉我。”

“你喜欢她，是吧？”范海星笑笑，不怕死地追问。她25岁，青春正好的年华，不怕输，也没有什么输不起的。

卓远这才抬眼看了看她说：“那又怎样？”他不作正面答复，任由听者自行想象。

范海星耸耸肩膀，就当他承认了此事。“我不明白你在介意什么，年龄差距？我不觉得这是阻碍呀。连同性恋都被逐渐接受了，姐弟恋又算啥？”

他哑然失笑，好奇地打量着她问：“如果我没搞错，一天前你好像对我还很有兴趣。”

她摊开手嘻嘻一笑，说道：“我仔细考虑过了，挑战心有所属的男人难度太大。人生苦短，何必同自己过不去？”抬手指向巴丹吉林庙背靠的沙山，她继续说下去，“我们的时间在千万年的永恒面前不过短短一秒钟，这么一想就觉得不能浪费啊。”

她的真心话似乎打动了他，卓远沉默半晌，低声坦白道：“我是不婚主义者，没结果的感情不需要有开始。”他拒绝婚姻，一并拒绝了“爱”。

范海星得到了答案，她恍然大悟洛可可因何悲伤。令这个女人伤心的并非得不到，而是强烈的挫败感——眼看在乎的人永远徘徊在幸福门外，却无能为力。

“卓远，你欠可可姐一句‘对不起’。”她清清楚楚地说给他听，“因为她是真正关心你的人。”

那个真正关心他的女人经过一整夜的痛定思痛，明显摆出了拒绝的姿态。卓远沮丧地发现找不到单独和洛可可谈话的机会，她随时拉着范海星或者许师傅作为挡箭牌，避免与他单独接触。

洛可可不搭理卓远，即便他同范海星交换了位子坐到她身旁，她也视若无睹。他的羞辱激怒了她，促使她捡起之前丢弃的盔甲，重新成为坚不可摧的“女强人”。洛可可意识到自己唯一擅长的领域就是工作，而这个“情人”自始至终不曾辜负她的努力，它慷慨地回报她的付出，满足她需要的成就感，就算偶尔闹闹脾气她也知道该如何应付。两相对比，工作看起来似乎比男人可靠多了。

她接收到卓远的歉意，有片刻犹豫要不要原谅他。卓远的攻击确实恶劣，但更为歹毒的职场暗算她都能泰然处之，与他一笑泯恩仇简直易如反掌。不过考虑到自身纠结的心态，洛可可另有打算。她想趁此良机斩断两人之间的牵绊，好让自己下定决心离开这个能扰乱自己思绪的男人。

卓远无法洞悉她的心理，以为洛可可还在为昨晚的事生气。的确，昨天晚上他的表现就像个无耻的浑蛋。如果承认自己是个浑蛋能让她好过一点他也认了，偏偏事情没那么简单。令卓远惶恐的还有：假若那一吻对于她意味着更多该怎么办？

徐泽凯的存在严重误导了他，卓远向来认为洛可可对徐泽凯投入了百分之百的认真，他从不敢想象她有可能喜欢自己。所以在接吻事件发生之后，他立刻将其归咎于欲望冲动一方面是为了掩饰狼狈，另一方面也是真没想到，直至她抬起手准备揍他。

卓远顿时如醍醐灌顶，忽然明白她愤怒的理由不单是他的口不择言，更多是因为她喜欢了如此可恶的一个浑蛋！

然后，洛可可丢下了他，头也不回。

他尽量以旁观者的身份设想回归婚姻的自己会是什么模样，只看见一个面目模糊郁郁寡欢的中年男人，便立即打起退堂鼓。26岁的卓远自认缺乏勇气负担女人对家庭的梦想，他不甘受到束缚，也不想对洛可可不公平。

卓远后悔的是自己本有机会好好处理那起突发事件，至少能体面地终结彼此暧昧的互动，但结果却是他搞砸了一切。

越野车在沙漠腹地前行，和昨天一样将他们抛上抛下，东倒西歪中他和她不可避免地撞到一起。起先两人十分尴尬，不过随着颠簸次数的增多，坐在后排的他们倒有些“同病相怜”起来，等到了下一个景点停车拍照时，洛可可的态度大为缓和，用很随意的口吻问卓远要不要喝水。

他受宠若惊地望着主动开口的她，脸上的表情像调皮捣蛋的小孩获得了老师的原谅那般开心。洛可可叹了口气，懊恼自己那么快就心软。

范海星和许师傅都在车外，正好是道歉的好时机。“对不起，大姐，昨晚我的胡说八道你别往心里去。”他诚惶诚恐的模样让洛可可不好意思再追究，否则岂不显得自己心胸狭窄？她笑了笑：“我比较后悔昨天没有先揍你一顿。”她不想提那个说不清道不明的吻，然而卓远认为不能再回避了。

“大姐。”他双手合十作哀求状，“还要请你原谅我这个随便发情的浑球，那个吻千万千万不要告诉我姐，否则她非杀了我不可！”这么说，她会好受一些吧？他努力祈祷别再让自己搞砸了。

他拒绝承认那个吻和感情有关。认知到这一点，洛可可诧异地发现自己竟然不再难过。她的理智已经把卓远归类到失败的“项目”，是时候move on了。

“我倒是觉得那死女人会杀了不理智的我。”洛可可轻松地开着玩笑。车外有两道视线频频窥探内里的情况，那两个不在车上的人显然怀疑独处的他们会不会上演全武行。她笑了笑，嘲讽地想他们未免太杞人忧天，自己还没学会歇斯底里的招数呢。“我们赶紧下车拍两张照吧，许师傅已经担心得抽第二根烟了。”说着，她率先打开车门跳了下去。

卓远松了口气，如同高考时那样把所有叫得出名字的神佛感谢了一遍。他乐观地以为雨过天晴，他们的关系能够回到最初。可是当越野车将他们送出巴丹吉林回到右旗时，洛可可打破了他的美好幻想。

她说：“对不起，我要回家了！”她甚至没看卓远，对着范海星表示歉意。

卓远愣了，下意识抓住洛可可的手臂问：“大姐，你还在生气？”他分外委屈，隐约还有一丝上当受骗的感觉，原来她的和解姿态不过是缓兵之计，她根本就没打算原谅他。

范海星识趣地走开，把空间留给僵持中的两人。

洛可可试图甩开卓远的手，但他拿出了小孩子追要玩具的执拗劲儿，坚决不肯放手。她啼笑皆非，心想这个男人莫名其妙得可以，他到底明不明白怎样才对他们最好？“我没生气。”她不厌其烦地说明，“我只是想回家了。”

“旅程才刚开始……”他的话刚起了个头就被她打断了，“是你的旅程。”她用上强调的语气。洛可可直视着卓远的眼睛，坦坦荡荡。“卓远，我习惯做任何事之前先制订计划，把风险放在可控范围内，这种缺乏计划性的旅行不适合我。”咧嘴笑笑，淡然的笑容里糅合了一点点伤感，“我没有那么多时间留给你。”

卓远是个聪明人，很快理解了她含蓄表述的隐含内容。在阿拉善右旗猛烈的阳光下，他忽然感到背脊发冷。这股寒冷来自心底，是他的内心意识到自己失去了很重要的东西。“我……”他愧疚到极点，低下头不敢看她，“我们一起回去。”

“你还要去看额济纳的胡杨林，还有嘉峪关，还有莫高窟、魔鬼城……”她回忆着旅途开始时，他兴致勃勃地列举的那些名词，可惜对于她而言它们终将是一个遥远的名词，洛可可不无遗憾地想。“卓远，你的路在前面，不要犹豫地走下去吧。”她笑着，告别人生第一次遇见的“喜欢”。“而我，该回家了。”

有些人出现的使命是惊艳你的岁月，温柔你的人生，让你明白原来自己从没失去爱另一个人的能力。和他们的故事常常没有结局，你只会在最适合你的人那里找到它。

洛可可又想起卓琳曾经说过的话。她的死党尽管不曾深深爱过某个求之不得的男人，依然不愧是她的情感导师，至少在如此令人难过的时刻给了她聊以自慰的理由。

这一次，卓远不再说什么了，也无话可说。

洛可可在第二天同卓远、范海星分道扬镳。她先坐汽车回到金昌，买了火车票再度前往兰州，接着从兰州直接飞回上海。

在兰州逗留的半天时间里，她抽空去了一次中山桥。这座被称为黄河上源“第一桥”的铁桥建成于光绪年间，百多年来饱受风雨侵袭仍旧屹立如初。桥上游人络绎不绝，与千里之外同样举世闻名的外白渡桥颇有几分惺惺相惜的况味。洛可可沿着铁桥一路走到底，望着桥下奔流不息永不回头的黄河水，郁结的内心豁然开朗。

“不就是一个男人嘛，没有就没有了！”她这样对自己说道。

10月13日，洛可可回到自己最熟悉同时也最擅长的地方。整个办公室的同事迅速瓜分了她从兰州带回来的土特产，连Jonny也跑出来凑热闹。

旅行，果然是能带给别人快乐的一件事。

洛可可的手机在喧闹声中响了起来，仿佛打电话的那个人有神机妙算似的，时间掐得刚刚好。

来电显示的名字是徐泽凯。

第六章

没有人注定孤独

徐泽凯回到上海是10月12日下午，差不多同一时间洛可可的航班降落在浦东机场，不过他们没有在机场相遇，当时也没有空闲的工夫惦念对方。

相比洛可可的西部之旅，徐泽凯的希腊行可谓一帆风顺，后遗症是他晒黑了。爱琴海的阳光凶猛无比，火辣辣的就像爱情的热度，徐泽凯似乎找回了与蔡雅婷刚刚认识那会儿的激情，每天都能找到亲热的理由。

夕阳西下时，蓝白色的圣托里尼笼罩在火烧云一样的美丽晚霞中，美得惊心动魄。不管看多少次，蔡雅婷都会感动得眼眶盈泪。看她次次这般，徐泽凯免不了取笑她多愁善感，被蔡雅婷抡起粉拳捶了好几下，末了她才告诉他："我感动，那是因为我们在这个浪漫的地方一起慢慢变老。"

听了这样的告白，徐泽凯的反应是搂紧蔡雅婷并送上缠绵的吻。他理当送上几句海誓山盟迎合眼前爱琴海的美景，但或许正因为此情此景过于神圣，他说不出自己都没办法相信的誓言，只能用吻表达"我爱你"。

蔡雅婷满心沉浸在梦想成真的喜悦中，忽略了没有听到他的承诺这一小小的美中不足。她靠着徐泽凯的肩膀欣赏日落倾城，呢喃的声音听起来如梦似幻："我很久以前就有一个梦想，有生之年一定要和最爱的人去希腊，看看雅典娜的圣域，看看天空之城的巨石阵，看看圣托里尼的落日……谢谢你，Ken，谢谢你一直都在。”

如圣托里尼这般浪漫的地方很容易就勾起人结婚的念头，尤其岛上随处可见的蓝顶小教堂看起来各个都精巧可爱。徐泽凯冲动之下租了一套漂亮的婚纱，拉着蔡雅婷跑到最近的教堂要求结婚，被教堂以“不是教徒”为由婉言谢绝了。两人穿着婚纱和礼服手拉手走出教堂，仿佛刚刚在圣母温柔的注视下许诺了“无论贫穷富有生老病死，永不分离”似的，你看我我看你笑得合不拢嘴。

那一整天蔡雅婷都在微笑，像一朵盛开的太阳花。徐泽凯深情地凝视着女友的笑颜，心里不住感谢东正教严明的教规：谢天谢地，幸好没结成婚！当结婚冲动遭遇现实的打击，理智迅速归位，他发现自己还没做好与一个女人厮守终生的准备。

一辈子对着同一个女人，那该多无趣！徐泽凯看着左手无名指想象锃亮的婚戒套上去，莫名联想到戴上紧箍咒的孙悟空，不由得不寒而栗。

他的决心仅限于此，接下来需要莫大的勇气才能真正迈入婚姻的殿堂。徐泽凯常常把自身对婚姻的恐惧归咎于青少年时期父母失败的婚姻，充斥在夫妻间令人窒息的冷暴力严重影响了少年的心态，以致很长一段时间里他确信自己不需要婚姻，没必要制造另一个破碎家庭出身的孩子祸害人间。

偏激的少年顶着一张英俊的脸长大成人，注定他将兴风作浪残害女人心。

徐泽凯最早爱上的女孩子和他同班，永远着黑衣，独来独往。那时全班男生的注意力都在班花身上，唯独他迷恋那个瘦小冷漠、除了课堂答题绝不多说一句话的女生。她说话的样子像是梦呓，声音犹如玻璃碎裂一般的清脆。

他还记得她的名字，洛兰。

爱琴海的波涛拍打着礁石，如泣如诉。这个神话的国度里，海妖塞壬用天籁的嗓音吟唱过蛊惑人心的歌谣，就像这一晚窗外声声不息的咏叹，悄然侵入梦乡，令所有沉睡的往事和过去的那些人苏醒过来。

徐泽凯从梦里惊醒，轻薄的窗纱随风飘舞，他看见外面皎洁如水的月光。转头，蔡雅婷枕着他的手臂睡得正熟，他半抬起身子小心翼翼地抽出臂膀。蔡雅婷失去了温热的人体抱枕，含糊地发了一个声音，翻身继续睡去。

徐泽凯下了床，银亮的月光斜斜照进来，亲昵爱抚着这个男人赤裸的身体。他披了一件浴衣，拿着昨晚喝剩的红酒走到阳台。

他们的房间视野很好，正对着蔚蓝色的大海，白天他们常常在阳台一边吃早餐，一边享受无敌海景，悠闲地开始新的一天。深夜的大海则有一种神秘莫测的气质，月亮在天上，海水泛着银白色的光，冰冷的。

他想起方才的梦，内容荒诞不经，但是梦中人栩栩如生。洛兰在无尽的墨色里凝视着他，她的容颜经过漫长时光的悉心雕琢，变得如同传说中的塞壬一样美艳，唯有那双眼睛还是过去冷冰冰的样子。她没有用那种玻璃碎裂般清脆的声音诱惑他，只是向他伸出双手，邀请他一同踏进黑暗，仿佛当年邀请他进入她的身体那样。

他们在学校附近的招待所初尝禁果。那天徐泽凯经过洛兰桌前，她不动声色地把一张小纸条塞进他的手心，纸上仅有“放学等我”四个字。他藏在口袋里，无人处偷偷摸摸拿出来飞快地看上一眼，心跳得像是在打架子鼓。

他跟在她身后走进狭小的房间，洛兰歪着头看他，一向缺乏表情的脸罕见地有了笑容。徐泽凯觉得自己那么多日子的默默关注得到了回应，一个箭步跨上前，粗鲁地吻她。

他们在肮脏的床上做爱，身体和灵魂同时沉沦。他惊讶于她的老练，但初次高潮的冲击让他忘了追究。第二天徐泽凯从班主任那里听到洛兰自杀的消息震惊得好像目睹了UFO，原来她一直患有精神分裂症，终于走上不归路。那年头大家毫无“死者为大”的意识，纷纷扰扰的流言这时候传遍校园，有人说她和继父乱伦，也有人说经常看到她和外校学生去开房……徐泽凯联想到她敏感的身体和娴熟的技巧，不由得不信。令他不解的是她为何要与自己上床，这个秘密随同死者永远尘封，一生都不可能获得答案。

他在圣托里尼的某一夜梦见了洛兰，他惶然想起她已经死了的事实，挣扎着醒来。那个夜晚，徐泽凯眺望着月光下风起云涌的爱琴海，回忆自己拥抱的第一个女人，她说：“我们，注定是孤独的。”

不幸福的家庭出产相似的灵魂：渴望幸福，同时无法挣脱不幸家庭的束缚。

灵魂似一幅拼图，他不断寻找下一个女人，以为她们手上握有最后一块能令他完整的碎片。

其实，全部是谎言。

他忽然想念和洛兰同姓的另一个人，她们都姓“洛”，命运却截然相反。洛可可一看便知来自于和谐健全的家庭，与他们完全不同。

徐泽凯站在明月光里。思念很轻，思想很沉重。

10月13日，徐泽凯打电话约洛可可共进晚餐。

她拿起手机快步穿过正瓜分兰州牛肉的同事们，走到洗手间确认并无外人才重新接通他的电话说："不好意思，刚才不太方便。"

"没关系。"徐泽凯坐在宽敞明亮的办公室里，看着玻璃门外的秘书陈洁走来走去忙碌地将他从希腊带回来的零食分给各个同事。那是个1985年出生的姑娘，年轻、富有活力。他怀着愉快的心情欣赏着陈洁黑色丝袜包裹的长腿，向手机那一头的女子发出邀请："可可，我从欧洲回来了，晚上有时间吃饭吗？"

他给她带了一份小礼物，不过徐泽凯没打算这么早揭晓谜底，女人更中意surprise。她很快答复道："好啊，我正好也想听听你的见闻。"

"下班后我来接你。"他挂了电话，撞见陈洁推门进来，便笑了笑问道，"怎么样，我算得刚刚好吧？"

"老大英明。"陈洁乖巧地送上奉承话，清秀的小脸挂着甜美的笑容——非职业化的。她向他走过去，在办公桌前站定，俏皮地伸出手："我有没有特别的礼物呀？"

"Sure，我怎么会忘记你。"拉开抽屉，徐泽凯拿出搁在文件最上层包装好的礼物，推到她面前说，"看看喜不喜欢。"

陈洁伸手拿过，三下五除二拆开包装，果然如她所料是一张羊皮纸质地的仿古地图，当即眉开眼笑道："老大，你这么懂女人心，名副其实的lady killer。"

"嘘。"徐泽凯作了一个噤声的手势，沉下眉眼一本正经纠正道，"这可是相当严重的诽谤，本人徐泽凯郑重声明：我情史简单，没那么花心。"

陈洁笑得更开心，顶头上司的耍宝戏码隔三岔五上演一次，反正从来没人当真。她拿了礼物转身出门，听到背后徐泽凯给蔡雅婷打电话说晚上约了客户不回家吃饭，耸耸肩一笑而过。

幸好，从来没人当真。

陈洁面试时第一次见到徐泽凯，当时对这个英俊潇洒的男人颇有惊艳之感。他用流利的英语说了长长的一段话，当她张口结舌面红耳赤说出"Pardon?"时，徐泽凯立刻改用中文安慰她不要紧张，陈洁瞬间觉得他绅士到了极点。她为糟糕的面试遗憾万分，以至于接到Offer还以为他们搞错了对象。

后来她成为徐泽凯的秘书，她问过上司为何选择自己。徐泽凯笑得极温柔，回答道："谁都有经验不足的第一次。Anyway，我对漂亮女生一向很宽容。"

陈洁一直认为后一句才是重点。

她走回自己的位子，即时通信软件弹出男友的留言："亲爱的，今天加班，晚上不能陪你吃饭了。"

陈洁看着电脑屏幕笑了，忽然对曾有一面之缘的蔡雅婷产生了几许同情心。谎言无处不在的时代，"工作"是一个屡试不爽的借口。就算不信又如何？相比欺骗，我们更缺乏证实的勇气。她的手指在键盘上飞快移动，回复了一句"亲爱的，没关系，安心加班"并附送飞吻的表情。

接着，陈洁点击了联络人列表里对自己表示过明显好感的同事头像，发了一个饭店优惠券的链接给他，对方即刻心领神会邀请她共进晚餐。

她又笑了笑，抬头瞥了一眼玻璃门内埋首工作的顶头上司。跟着他，她还学会了另一件事——永远为自己准备好退路。

洛可可并不是徐泽凯的退路，他对她的定位相当模糊，自己也说不清究竟。起初，他确实把她当作"one night stand"的潜在对象，但她在刚刚咬上饵的时刻甩手撤退，令他满心不是滋味。

他主动找她多少有些赌气的成分在内，意外的是洛可可竟然和他挺投缘，徐泽凯索性将错就错下去。蔡雅婷虽说是他的正印女友，但两人一没婚约束缚，二无承诺，随时都可变为"前女友"。她还不能令他安定下来，这是徐泽凯内心真实的想法。

因为堵车，他比预定时间晚了半小时才到达洛可可公司楼下。他提前给她打了电话，洛可可体贴地表示可以在大堂等他，免去停到地下车库的麻烦。徐泽凯看着她英姿飒爽地从自动感应门里走出来，竟有一种怦然心动的感觉。

他下车，殷勤地替她打开车门。她一边道谢，一边坐进副驾驶位，把手提包放在腿上。待他上了车扣好安全带，她才出声询问今晚的目的地。

"突然很想去吃烧烤，你意下如何？"徐泽凯临时改变了主意，尽管已在西餐厅订好了位子。

洛可可点点头说："我没问题，除了不吃茄子。"

"哇，那你亏大了，茄子可是人间一大美味哦。"他眼睛闪闪发亮，做了一个握拳的手势，"相信我，吃过我推荐的烤茄子，你一定会爱上的。"

她瞅着他一脸"不达目的誓不罢休"的坚定神情，没忍住心底泛滥的笑意，嘴角一咧大笑起来，乐呵呵地表态："哦，我满怀期待。"

徐泽凯并未带洛可可前往上海滩有名的烧烤夜宵场所，而是将车开到一条黑黝黝的小马路上。她疑惑不解，等他开口说明情况。

"我以前住在附近。"徐泽凯解开安全带，转过头看着她，"有一对夫妇一直在这里做烧烤生意，估计快有20年了。"他的声音里有一丝怀念以及怅然。

徐泽凯没有明说为何带她过来，她自个儿琢磨出了背后的深意，为向他走近的这一步雀跃不已。与此同时，洛可可又联想到前几天自己还为着卓远心神不宁的情形，只觉得从头到脚都贴满了"讽刺"二字。

多少刻骨铭心，其实仅仅是不甘心。

下车走了一小段路，转过一个弯之后，一个烧烤摊出现在洛可可面前。年过半百的摊主夫妇显然和徐泽凯很熟识，热情地招呼他们坐下。老板娘走过来麻利地擦干净桌子，瞧了眼洛可可冲着徐泽凯笑问："女朋友？"

他们一个点头，一个摇头，让老板娘笑得合不拢嘴。徐泽凯坏坏地笑着，一把揽住洛可可的肩膀，眉毛一挑大声宣布道："我的女朋友洛可可，漂亮吗？"

洛可可害羞得低下头，没想到这句承认来得如此突然。脑海里响起卓远说过的话，那么如今徐泽凯和自己算是正式交往了吧？她心如擂鼓，口头上还得故作镇定地表示："谁答应做你的女朋友呀！"

"哦，原来你不想做我的女朋友呀。"他模仿她的口吻，表情带着三分狡猾三分得意，还有四分微微的笑意。

看得出他挖了个坑正等她跳下去，洛可可陷入左右为难的境地不知如何作答，索性捏起粉拳捶上徐泽凯的肩膀，娇嗔道："哎呀，我不和你斗嘴皮子。"卓琳曾经一遍又一遍地提醒洛可可"切记自己是个软妹子"，关键时刻她想起了卓琳的嘱咐，决心淋漓尽致地挖掘肉眼不可见的柔媚因子，势必收服他成为裙下……呃，不，西装裤下之臣。

徐泽凯显得颇为受用，笑眯眯地把菜单递给洛可可。她伸手接过快速扫了一眼，又将菜单递回给他，含笑说道："你是常客，还是你做主吧。"她时刻谨记不能表现得过于强势，点菜这件事还是交给男人负责比较妥当，尤其是在他的"领地"。

既然她不欲喧宾夺主，徐泽凯当仁不让地接过主导权。洛可可只见他拿着圆珠笔不断地在菜单上打钩，不由得出声提醒他别点太多，用的借口却是"我在减肥，晚上吃不多"。

他抬起头看看她，刚想取笑她难道忘了那天满满一桌子日本料理的约会，忽然明白过来这是属于洛可可的体贴，尽管有些笨拙。他笑笑，发现自己轻易就被打动，像是回到很多年以前的纯真年代里。"没关系，我刚好想增一点分量。"话虽如此，他还是停了手，把单子交给了老板娘。

"在这里等我一下。"不等她反应过来，徐泽凯已起身，快速穿过马路跑向对面的便利店。洛可可不解他的用意，直到他举着两罐啤酒回到面前。

"烧烤，当然要配啤酒才爽快。"徐泽凯打开一罐递给洛可可，"冰的可以吗？"

她点点头，瞧着他突然"扑哧"一笑道："说实话，我真没想到你会带我来吃路边的烧烤。"喝了一口啤酒，她的表情和身体都放松了下来。

他看着她，眼神温柔，声音轻柔如和风："我想让你看看我最最平常的那一面，除了高档餐厅我也喜欢路边摊。另外，我更喜欢喝啤酒。"

天上有几颗黯淡的星星有气无力地眨着眼，但是洛可可不再怀念巴丹吉林那一夜灿烂的星河，只因对面那人全心全意凝视自己的眼睛远比群星更璀璨。

徐泽凯确实觉得有些不可思议。他以前从来没有带女人来这里吃过烧烤，一方面固然是她们对进餐环境要求诸多，另一方面则是他本能的拒绝，但洛可可令他破了例。徐泽凯莫名就联想到"命中注定"这一成语，除此之外难以解释她的特别，以及自己的反常。

他总是嗤笑女人对"命中注定"的执迷，仿佛有了这四个字就能将所有事情合理化。不过这一晚，当他的脑海里跳出这四个字的时候，他发现自己竟一点都不排斥。

命中注定，真是相当不错的一种体验！

洛可可与徐泽凯吃烧烤的这一夜，千里之外的卓远度过在额济纳的第二夜。这片因为张艺谋的电影而蜚声摄影圈的胡杨林带给习惯了城市风景的人震撼力十足的秋色，那层层叠叠铺展开的金黄、蓝得像水洗过似的天空都令卓远心潮澎湃。可是当他的眼睛逐渐对相似的色彩产生了审美疲劳，他又想起了暂时被自己抛到脑后的洛可可。

不管旅程多长总有结束的那一天，他不知道回去之后该如何面对她，继续装作若无其事吗？那也太不像话了！

他坐在二道桥的观景栈道上，望着渐渐沉下去的落日，对自己分外生气。

范海星从河边的长枪短炮阵中突围而出，四下搜寻卓远的身影，很快就发现呆坐在一边的他。她三步并作两步走到他面前，心急地问："你拍到了吗？"

卓远摇摇头。瞄一眼前方的人堆，他一脸不感兴趣的样子，懒洋洋地回道："人太多，算了吧。"他的脸被金色的光芒笼罩，英俊得像是天神下凡。

整个下午范海星已明显感觉到卓远的情绪从兴奋转向了消极，只是没料到有变本加厉的趋势。她笑笑，试图振奋他的精神："千里迢迢到这里来，不留下一点纪念岂不很亏？抓紧时间去拍一张日落吧，至少还能让可可姐看看她错过的风景。"

卓远终于有所行动了，在听她提起洛可可之后。只见他迅速站起来，跳下栈道飞奔到河边，灵活地钻进人群，一下子就不见了踪影。

这明明就是很喜欢某个人的证明，偏偏当事人死活不愿承认。范海星不由得叹气，庆幸自己及早刹车没有对这个纠结的男人投入过多感情。

卓远回来时太阳已完全没入地平线之下，连彩霞都渐渐淡出了天际。范海星坐在他刚才的位子上等着他走过来，对洛可可既羡慕又同情——她得到了一个人的心，可惜永远不会知道。

"不好意思，让你久等了。"他道歉，脸上神采奕奕，完全不见下午的慵懒。范海星接过他的相机，看过他拍给洛可可看的风景照后沉默不语。

"你说得没错，千里迢迢来一次，仅仅是用眼睛看以后肯定会忘记。"卓远讪讪地解释道，颇有此地无银三百两的意味。

她抬头一笑，不揭破他的心事。他们终究是要分道扬镳的陌路人，有些事情局外人只须旁观即可，没必要插手。

路上搭讪来的驴友同伴找到了他们，那是一个两男两女组合，四个人分别来自不同的省市，通过网络相约成行。旅行是一件奇妙的事，让你遇见自己，也遇见天南地北形形色色的人。

大家碰头后商量晚上去哪里吃饭，前一天夜里司机带他们去了一家名为“小商烧烤”的店，一伙人对当地特色的烤羊蹄意犹未尽，当下决定继续去“腐败”。呼朋引伴热热闹闹的场合与射手座的本性最相符，卓远又把洛可可忘记了。

只是当同屋的旅伴纷纷入睡，此起彼伏的鼾声令还清醒着的人辗转反侧无法入眠时，洛可可再一次“满血复活”，扰乱他的思绪。

睡不着，卓远索性穿上外套走到平房外面去抽烟。夜凉如水满天星斗，他点起一支烟，忽然就想起以前读到的一句话——如此星辰如此夜，为谁风露立中宵？

爱情，卓远自嘲地笑了笑，果然毫无理性可言！

相隔两千多公里，上海又是另一番光景。10月中旬的夜晚，风依旧是暖的。喝了酒之后的人，心也是暖的。

因为喝过酒，徐泽凯不能继续开车。烧烤摊所在的街道鲜少有出租车经过，徐泽凯低头看看她脚上的鞋子，问道：“你穿皮鞋走路会不会脚痛？”

“嗯？”她虽不解其意，仍旧回答道，“还好，这双鞋比较软，鞋跟也不太高，走路不累。”

他一仰头，笑着提议：“那么，我们走回去，好不好？”30多岁的男人像个孩子似的雀跃，兴致勃勃。

他的神情一瞬间令她想起了卓远，不过洛可可立刻将这个想法压了下去。这么完美的约会，怎么可以想起另一个人？

她斜睨着他，含笑微微地问：“要是我走不动呢？”一旦认准目标，再强悍的女人也会无师自通学会如何撒娇。

剧情走向他擅长的桥段，徐泽凯轻轻一笑，摸着下巴用目光轻扫对面的女人。他的眼神里包含了热切、欣赏，仿佛正在膜拜最杰出的雕塑作品。洛可可又有了片刻前坐在烧烤炉边的感觉，她的脸颊发烫了。

“要是走不动，”他拖长声调，慢条斯理地宣布，“我背你呀。”

含蓄的调情适合他们此刻的进展程度，既不会令彼此尴尬又暗示了一定的亲密度。富有经验的男人娴熟地拿捏着玩笑的尺度，果然令洛可可的心情更愉快。

“好。”洛可可简单地回应。至于是响应步行回家的建议抑或另一个，就任由徐泽凯自行揣摩了。

于是他牵起她的手，一路尽览上海滩的繁华胜景市井百态，好像要走一辈子那么长久。徐泽凯深刻掌握女人的心理：当你在她们面前展现了必要的经济实力之后，她们就开始追求“感觉”了。

徐泽凯把过去几年在欧洲的所见所闻整合入这一次长途旅行虚构了十几天行程，居然说得头头是道。洛可可津津有味地听着，想起自己失败的出行，只剩下叹气的份儿。怪不得卓琳常说长途旅行最能考察两个人是否能成终身伴侣，果真如此。

她忍不住幻想与徐泽凯同行的情形，这个男人既风趣又体贴，吃的方面虽讲究却绝不挑剔，不失为旅伴的上佳人选。换言之，他有百分之八十的概率能成为“好老公”。洛可可乐观地进行着毫无根据的推测。

她的理性要求数据用以判断能否投入感情，上一次的失败经验告诉她预先评估风险在感情世界同样重要，她浪费不起有限的时间和精力。那种毫不设防坠入爱河的故事就像没有计划的旅行，洛可可尝试过后发现并不适合自己。

夜深沉，浪漫的“散步”也终于走到了终点。徐泽凯将洛可可送到楼下，忽然笑了笑，摇着头故作遗憾道：“了不起，我一直在等你喊累，好让我有搭救落难美人的机会。”然而听他的口吻，倒是更倾向于赞叹、钦佩。

洛可可其实纠结过要不要扮柔弱，几次三番话到嘴边都咽了回去。她还没学会“示弱”，总觉得和自己有些格格不入。她不好意思地笑笑：“真是对不起，不过可以把机会留到下一次。”言下之意，她很期待与他再来一次横穿整个上海的浪漫步行。

“Sure.”徐泽凯是聪明人，自然听得懂弦外之音。他伸手从西装口袋里拿出一个小纸袋，递给洛可可说，“作为奖励，我准备了一份小礼物。”

她惊讶地看了看他，诚如徐泽凯预测的那样，惊喜写在她的脸上。礼物名贵与否对有些女人来说并不重要，心意最为难得。洛可可接过去，仅凭分量委实猜不出里面究竟是何物，犹豫该不该当场拆开。

“看看喜欢吗？”徐泽凯鼓励道。

她嫣然一笑，放下心头的忐忑，也有了开玩笑的兴致。“不喜欢难道还能退货？”一边说着，一边拆开袋口的封条，将袋子里的东西倒在手心——徐泽凯送给她的礼物竟是一支唇膏。

他得意地笑着，笑容里有三分玩味、三分认真以及似是而非的深情说道：“我希望下一次，能尝到它的味道。”

洛可可听懂了他的暗示，瞬间全身上下都像是浸到了热水里。“天啊，你真是个欲求不满的女人！”羞耻心大声咆哮道，但另一个声音则冷嘲热讽地说着“根本从来都没满足过”，令她的罪恶感迅速降低为零。

她抬头看他，眼神迷离，完全不似他见过的神情，徐泽凯突然就有了一种预感。他不说话，只是默默凝视着她。

洛可可的声音听上去仿佛绷紧的琴弦，稍稍再用点力就会断裂一般尖锐地说：“如果我说没必要等到下一次呢？”话音未落，她的嘴唇已落到他的唇上。

徐泽凯的预感没有出错。

10月14日早上，洛可可醒来的时候，宛若新生。

手指摩挲嘴唇，记忆也回到凌晨时分的亲吻。她捂住脸，不敢想象居然是自己主动亲了徐泽凯。

一开始，徐泽凯像是受了惊吓，有一点点不知所措。但几乎是下一秒钟，他立刻接过主导权，抬手环住洛可可的腰将她拉进怀抱，同时叩开她的齿关。

在接吻这件事上，尽管次数仍旧寥寥无几，但洛可可也已不能算纯粹的新手，不过她还是没预料到徐泽凯的接吻技术竟然比卓远更高明，成功地挑起了她的欲望。

她差一点，真的只差一点就开口邀请他上楼共度良宵，倘若不是某辆停放在附近的汽车警报器大煞风景地响起。那时她已经意乱情迷，在他令人窒息的亲吻中喘不过气。下半身暧昧地紧贴着，洛可可敏锐地感觉到徐泽凯身体某个部位的变化，相应的则是她自己也有了反应。

如同沙漠里行走了很久的旅人对水的饥渴，她的身体也渴望滋润，迫切程度令她汗颜不已。卓远没有说错，有时候我们需要性，仅仅是因为身体寂寞了。

汽车警报器响起的同时，洛可可也逃离了徐泽凯制造的欲望风暴。她推开他，用力之猛活像被强迫似的，脸上的表情又仿佛偷情被抓了现行，足够慌乱。

“Sorry.”徐泽凯举高双手做投降状，抢先一步将过错揽上身，“我一时忘情，没顾及到你的感受。”

这才是真正的绅士！洛可可这样告诉自己，因此内心更为羞愧。她垂下头不敢看他，期期艾艾道："对不起，我还没准备好。"她沮丧极了，自觉与"成熟、淡定、优雅、从容"这些美好的词语完全沾不上边，十几岁的小女生或许都能比她处理得老练。

"放心，我会等你。"他牵起她的手，在手背留下浅浅一吻。"上楼吧，我看着你上去。"抬起头时，徐泽凯已恢复平静，似乎什么都没发生过。

被他握在掌心的手，微微颤抖起来。

10月14日这一天清晨，空气清新怡人，晨光美好得犹如初恋。洛可可哼着轻快的旋律下床洗漱，顺手还化了淡妆。星期五本就是一周最令人神经放松的日子，何况昨晚和徐泽凯这一出差点"擦枪走火"的戏码，毫无疑问将推动两人的关系更进一步发展，她当然心情灿烂得不得了。

恋爱初级阶段的女人，仿佛头上笼罩天使的光环，轻易就能辨认。当洛可可笑容满面踏进办公室，人还没在椅子上坐稳，余佳琪已拖着转椅坐到她身旁开始八卦："Coco姐，你就承认吧，今天一定是约会！"小女生斩钉截铁的口吻和坚定的表情相当滑稽，洛可可不由得笑出了声，假装不满的抗议："难道我平时的状态很差吗？"

"No, no, no."余佳琪赶紧否认，"今天的状态是完全不一样的。你知道吗，谈恋爱的人身上会散发一种甜甜的气息，我闻得出来。"她神秘兮兮地笑笑，既骄傲又得意。

洛可可按下笔记本电源键，半真半假回道："照你这么说，我否认也没有用喽？"

"是吧，是吧，就说我从来没猜错过。"余佳琪万分兴奋，眼睛睁得更大，盯着洛可可一个劲儿追问，"Coco姐，你的男朋友帅不帅呀？"

他说过"我的女朋友洛可可"，他们应该算是正式确定男女朋友关系了吧？一想到能用"男友"这两个字定义徐泽凯，洛可可的心头自然而然泛起一缕甜蜜，正如余佳琪形容的那样——甜甜的气息。"嗯。"她含糊地回应道，抬手将意犹未尽仍想发掘八卦的余佳琪推转一个方向，"好了，gossip girl，该上班了。"

"Coco姐……"余佳琪拖长音调试图打动她，不过眼看洛可可恢复到平常正儿八经的"工作模式"，也明白谈话到此为止，她又折回来说了最后一句话，"要幸福哦！”顺便附送握拳加油的手势。

不管那些惦念她到底有没有男朋友为何不结婚的人出于什么心态，他们给予自己的祝福却都发自真诚。洛可可感动地想着，觉得世界真美好。

期待的短信在好几个银行、商铺群发的垃圾信息之后如约而至，昨晚亲吻她的男人发来一颗“心”。他的问候简单别致，成功博取了洛可可的欢心。

令人幸福的爱情都是相似的，当你想到这个人的时候，你会情不自禁地微笑。

洛可可完全没有再想起卓远。原来，忘记一个人最好的办法，果真是对另一个人心动。

10月14日，卓远站在额济纳八道桥的沙丘等待日出。当远方的天空被将要升起的太阳印染上鲜艳的橙与红，晨光美好得宛如再度恋上一个人。

太阳跃出地平线，等待的人群爆发出欢呼。

风卷起沙粒，刮在脸上有极轻微的刺痛感，然而这一刻已没有人在乎这件小事。那个圆如斯完美、和谐，金光灿灿，它值得一切等待。

奇怪的是，很少有人会在自己生活的城市刻意等待一次日出，哪怕它同样寓意“希望”与“光明”。也许人生往往如此，我们总是忽略触手可及的，追求着不能轻易得到的。

脚下的沙子在朝阳的照耀下呈现出漂亮的金红色，风吹出一道道酷似海浪的波纹，令人顿生恍惚究竟置身何处。卓远朝后退了一步，方才站立的位置留下两道深深的脚印。

他的脚印亦是孤独的，向着远方，以独行的姿态。

范海星踢着沙子走了过来，发现了他的“作品”。她莞尔一笑，上前一步，就在他的脚印旁边，用力踏出自己的印痕。

“喂，卓远，你有没有觉得旁边多一个人的脚印，就没那么寂寞了？”她跳开，让他观赏最终的“完成品”。

一大一小、花纹不一样的两对脚印并排在一起，一同走向远方的姿态。

“找个人陪你一起走完这条路吧。”她认真地说道，“没有人是注定孤独的。”

第七章

卓远的梦中情人

卓远回到上海的时间距离洛可可与徐泽凯的“定情之吻”刚好一周。他走出火车站，抬头望向上方的天空，与西北地区澄澈浓郁的蓝色截然不同的灰暗天幕真真切切地告诉他已回到了故乡。

回来还意味着他必须再一次面对洛可可，尽管后者在离开之前神态自若，但他没办法说服自己安心。此外，还有一个更加隐秘自私的想法藏在卓远内心深处——他不甘心就此从洛可可的生活中退场。

卓远的心态可以用“怪异”来形容。他喜欢洛可可，甚至于还有点“爱”的成分在里面，不过一想到两人在一起就必须负担另一个人的期望，卓远就打起了退堂鼓。和偶尔的寂寞相比，他更向往不用负责任的自由。

放弃是那么轻易的一件事，简单得如同一个转身。只是谁都不知道，这一次转身会不会等于一辈子的错过。很多时候，我们总是放弃得太早，却坚持了不该坚持的。

卓远无法预见未来，所以这一刻他听从自己的心，选择潇洒地放手。

他在地铁站稍稍犹豫了一会儿，最终还是放弃了去父母家蹭饭的念头。在父亲看来，他没一份正经工作还成天想着旅游这件费钱的事儿，简直是不知所谓。如果去，瞧见自己这一身外出归来的装扮，免不了被卓文斌数落。他又没有挨骂的嗜好，想想还是回自个儿那一亩三分地自在些。

卓远发短信告诉Simon自己回来了，不知道好友会不会原谅他的肆意妄为。他说走就走，到了火车站才给Simon打电话请假，还是归期未定的那种“请假”，当即让Simon在电话里爆了粗口。

他确实太过分了，正如Simon不留情面指责的那样，他已经由自暴自弃蜕变为严重缺乏责任感的男人。

短信铃声响起，是来自Simon的回复：“没死没残没破相，就赶紧给老子滚回来！”

他读着短信不由得莞尔一笑，心想Simon这个朋友够大度，居然就这样既往不咎了。然而这天晚上，卓远才知道Simon谅解背后的“故事”。

“大姐特意来道过歉，她说这次旅行完全是她的主意，你是被她硬拖着去了西北。至于为什么她早回来那么多天，她说因为工作出了问题她不得不中断行程。原先你想跟她一起回来，是她劝你不要浪费机票。”Simon语气平淡得听不出任何波澜，可是看着卓远的表情与平时却截然不同，那是一种非常不认同近乎谴责的神色。

卓远被听到的真相惊呆了，脑海里各种想法如万马奔腾，一下子不知该怎么办。只听Simon继续说道：“你不觉得，要一个女人替你说‘对不起’，太差劲了吗？如果这份工作对你来说可有可无的话，我不强求你留下，说实话我并不需要毫无责任心的员工。”

Simon尖锐的批评起到了当头棒喝的效果，他从卓远脸上看到了惭愧。“对不起，Simon，这次是我太随意了。不管你准备怎么处罚，我都OK。”他诚恳地道歉，希望两人之间的友情不会受此影响。

“这次看在大姐的分儿上，我就不追究了。”撂下那几句狠话之后，Simon仍旧板着脸，可想而知卓远此次翘班事件的严重性。“还有一件事，以你目前这种不负责任的心态，我警告你别再对洛可可有非分之想。”他用上了最强烈的措辞，毫不顾忌是否会伤害到面前男人的自尊心，“你配不上她！”

卓远沉默不语，黯然退出Simon的办公室。“没错，我配不上洛可可。”卓远这样对自己说，同时暗暗发誓绝不再去招惹她。洛可可不但原谅了他在沙漠里差劲的表现，甚至还主动帮忙收拾他随心所欲留下的烂摊子，从这件事可以看出他们完全不是同一类型的人。她比他有责任感，比他考虑周全，比起他更应该得到幸福。

卓远给不了洛可可幸福，可最起码他能打个电话向她说一声“谢谢”。

他拨打洛可可的手机，却一遍遍得到“您好，您拨打的电话正在通话中”的提示音。通常情况下有两种可能：一、洛可可现在很忙，没办法接听；二、她不想再听到他的消息。

第二种可能性深深地打击了卓远，那种感觉就像当初蒋彩妍离开他，有一种把心脏撕裂成两半的疼痛。

卓远猜错了，洛可可挂断他电话的原因恰恰是第一种可能性。她正陪着徐泽凯在茉莉餐厅挑战超大汉堡，忙着给他鼓劲，没工夫搭理卓远。

她在开会中途接到徐泽凯的电话。其实这一周他们已经约了三次，但好像还远远不够，总是在分开的下一秒开始想念，开始期待下一次见面。洛可可活到31岁，第一次进入“热恋”的状态。

徐泽凯的表现同样对得起她投入的感情，三次约会主题各不相同，足可见他的用心程度。对比洛可可之前通过相亲结识并短暂交往过的那些男人例行公事般地见面吃饭，徐泽凯让她充分感受到被追求的乐趣。当一个男人既愿意花时间又愿意花心思在她身上，她不能要求更多了。

她曾经半开玩笑地埋怨徐泽凯将自己设定的男朋友及格标准生生拔高了不止一个档次。说这些话的时候洛可可面上含笑，心底却有几分隐忧：若将来不得不再找下一个，是以他为准绳还是将就呢？

徐泽凯的笑容，在洛可可看来介于得意与猖狂之间。很明显，这个男人对自己有着绝对的信心，特别是在女人这件事上。他亲吻她的耳垂，在她耳边动人地宣示所有权：“是啊，我的目的就是宠坏你，那就没有其他人跟我抢了。”

洛可可曾经以为自己的心是铜墙铁壁，不可能被甜言蜜语打败，事实证明只不过是从前没有人对她说过情话罢了。她和普天下大部分的女人一样，需要有人关爱。这份渴望以前被她强行压制在角落里，因为不仅是周围的人，连洛可可都把自己当成男人看待，她从没想到会有一个男人对她情意绵绵，仿佛她好得天下无双。

虚荣的女孩，你需要用物质去满足她；而坚强的女人，打动她们的只能是感情。深谙此道的徐泽凯几乎不曾失过手，眼看洛可可也即将被他攻克。虽说目前她仍旧坚守着最后的底线，甚至于为了避免失控特意搬回父母家，但徐泽凯相信她逃不过自己布下的情网。

洛可可的抵抗，或多或少为游戏的过程增添了一些乐趣。一帆风顺的猎艳次数多了难免觉得乏味，徐泽凯能够接受女人小小的欲拒还迎，然而他的耐心最多维持三个月。换言之，三个月以内，他有自信让所有贞节烈女都躺倒在身下。超过三个月？恕他没时间奉陪！

在现实的世界里，每个人都目标明确：为了性，或者为了一张结婚证书。

那些用一辈子的时间谈一场此情不渝恋爱的故事，多半不属于三次元空间。

徐泽凯擅长制造惊喜，譬如卓远回到上海这一天的约会。接到徐泽凯电话的时候，洛可可正在会议室向潜在客户介绍解决方案，在座诸人目睹她从干练冷静的职业女性化身为温柔小女人的一刻，只听她用柔得能滴出水似的声音说道："不好意思，我现在开会，一会儿打给你。"尽管听不到对方的声音，但所有人都认为手机那一头必定是个男人。

之前就有传言说洛可可有了追求者，如今看来确非无中生有。恋爱中的女人是美丽的，洛可可自青春期伊始就被掩埋的妩媚、甜美一一呈现于世，恍似毛毛虫终于破茧成蝶。一个好的伴侣能令女人更加优秀，果不其然。

徐泽凯约洛可可下班后去挑战超大汉堡。早上在电梯里有几个其他楼层的美女在谈论这家名为"茉莉"的餐厅，直至其中一位说自己在两小时内吃掉了八百克的牛肉饼，电梯里所有假装目不斜视的男性生物再也忍不住，纷纷投之以注目礼。徐泽凯就在那时决定了当天与洛可可约会的主题。

他和她在一起，找回了几分大学时代谈恋爱的感觉。那时候，没有算计也不怕受伤，爱着的每一分钟都是真实的。

徐泽凯确定自己喜欢洛可可。是谁说过，喜欢就是淡淡的爱？

徐泽凯最后仍然没有挑战成功，这份超大汉堡原来不止800克的牛肉饼，还包括600克的面包加上三个煎鸡蛋，他几乎在第一眼看到的时候就丧失了"吃完"的信念，碍于洛可可在一旁真诚地加油，徐泽凯勉强自己坐到吧台吃了一个半小时，然后堂堂正正地宣布失败。

他要了一瓶红酒，与洛可可面对面坐在落地玻璃窗旁边的位子。透明杯子里烛火幽幽，浪漫旖旎的气氛将两人重重包围。她的酒量尚可，瓶中酒还剩下三分之二，却俨然已有一丝微醺感。真是酒不醉人人自醉。

她的视线落在那两片性感的薄唇上，徐泽凯低沉的声音像风一样掠过耳郭，她一个字都没听进去。她想吻他，这是脑海中唯一浮现的念头。

趁着微醉的酒意，洛可可的胆子也大了起来。她站起身，笑盈盈地看着他。

烛光倒映在乌黑的瞳仁里，她的眼睛看起来既闪亮又神秘。徐泽凯还没搞明白洛可可打算干什么，她已走到他身旁，轻巧地坐下。

洛可可抬手按住徐泽凯的肩膀，温暖的嘴唇旋即送上。情到浓时，再羞涩的女人也会主动出击，何况狮子座的女生天生就拥有王者的霸气。在偶尔的春梦里，洛可可试验过种种挑逗男人的方式，可惜梦境终究不同于现实，每每让她醒来后怅然若失。如今总算有了机会，且对方明显是此中高手，她颇有兴趣一一付诸实施。

一个身心成熟的女人，有欲望并不可耻，遮遮掩掩反而显得虚伪。洛可可曾想当然地认为第一次必须留待洞房花烛夜，然而卓琳以过来人的身份告诉她提前“验货”很重要，“性”福指数与婚姻能否和谐稳定密切相关。

徐泽凯对女伴的主动献吻举双手欢迎，他配合着她的节奏，与她香软的舌热情共舞。吻是绝佳的催情剂，就算她的技术仍显稚嫩，已足够挑起他的情欲。

意乱情迷之际，他在她耳畔低声道：“今晚去你家，好不好？”蔡雅婷出差半月，他享有充分的自由，只是尚未收起她的洗漱用品，贸贸然带洛可可回家势必穿帮。

洛可可犹豫不决，差点想抛硬币决定是否今晚“破处”。她不确定徐泽凯知道自己还保留着初夜之后会作何反应，这年头连初中生都勇尝“禁果”了，31岁的处女实在有些难以启齿。正当她左右为难，手机铃声及时响起让她松了口气，可以暂时不用回答徐泽凯的邀约了。

来电显示的名字与今晚未接的十个电话一样，来自卓远。洛可可有些疑惑，不明白卓远急着找自己所为何事。她的第一反应是他在西北那边遇到了无法应付的麻烦，等着自己江湖救急。在徐泽凯的注视下，她接通了电话。

“大姐，我回来了。”幸好第一句话他报了平安，令她彻底放心，“谢谢你帮我保住了这份工作，Simon本来不打算原谅我。”他打电话给她主要目的是为了道谢，第二句话自然围绕着这件事。

若非他提起，洛可可几乎忘了此事。她回到上海的那一天，对卓远尚存留几分又爱又恨的复杂感情，鬼使神差就去了他工作的酒吧。Simon像平时那样对她笑脸相迎，可是在她提起卓远时毫不客气地翻脸，她才知道卓远竟和自己一样是在火车上请的假。

她的老板谅解了她唯一一次的任性，洛可可希望Simon也能再给卓远一次机会。当时她这样说："我习惯人生的每一步都预先设计，计划之外的事情不敢想更不敢做。因为有小远做我的后盾，让我觉得如果不尝试一次脱轨，人生就太遗憾了。"

现在再度回想自己说过的话不禁感觉有些肉麻，但当日确是她的肺腑之言。洛可可微微一笑，避重就轻以玩笑回应道："你几时学会客气了？真不习惯欸！"她不希望卓远为了这件事对自己产生亏欠感，他们的恩怨在走出沙漠那一刻已经一笔勾销，她会以最平常的心态面对他的归来。

能让人真正放手的，从来都是因为有了另一个人。

卓远沉默了好一会儿，似乎没想到她会开玩笑。在双方保持静默的十几秒内，他听到对面隐约传出的音乐声，遂试探地问道："你在外面？"

"嗯，和朋友吃饭。"她依旧淡然，连语气都是漫不经心的，卓远明显察觉有些事情不一样了。不管洛可可怎么对他，今日之局面完全归咎于他的怯懦自私，他无话可说。

结束了与洛可可的通话，卓远下意识地拿出了香烟。他站在酒吧的后门，巷子一头通往霓虹闪烁热闹非凡的大街，他却有一种冷眼看苍生的漠然与疏离。他总认为自己清醒地明白想要什么，因此拒绝了其他可能，等到他想要改变时，最好的时机已错过。

吐出的烟圈缓缓上升，他的寂寞无处逃离。

卓远的电话缓解了洛可可的尴尬，在她放下手机之后徐泽凯没再追问过夜与否的问题，令她彻底放下了忐忑。

洛可可还没准备好与徐泽凯"坦诚相见"，让她纠结的是自己都不知道什么时候才算"准备好了"。要么再做一回伴娘，再来一次酒醉，或许就顺水推舟成了好事。

酒为色媒人，古人早有名言在前。想到此，洛可可再一次端起酒杯猛饮一大口，似乎坚定了今夜"献身"的决心。但是当她打算继续倒酒时，听到了心里在不断抗议的声音：不，不行，一定要慢慢来！

女人最重视的“第一次”，即使不是以领了结婚证为前提的“洞房花烛”，终究希望以爱为名。她迟迟下不了决定，皆因无法确认徐泽凯的感情——他还没说“我爱你”。

“我爱你”这三个字即使现阶段已有越来越廉价的趋势，但依然有人将之视为神圣古老的通关密语，譬如洛可可。她在感情方面有自己的坚持，唯一令她失控的人是卓远，可惜他把故事写成了bad ending。

徐泽凯抬起手盖住了杯口，温柔地低语：“可可，你喝得太快了。”眼底有一抹担忧，估计他压根没料到她欲借酒行“凶”的心思，当真在担心她。“刚才的电话让你心情不好？”他借口去洗手间给她私人空间接听电话，并不知晓何许人来电。

洛可可摇了摇头，心想姑且不论这个男人好看的外表，就凭这份致命的温柔体贴，自己到哪里能找到比他更好的呢？当公司男同事甚至客户方的男性成员不再叫她“Coco姐”，而以“洛爷”代称，难得有一个男人还把她当成异性，简直立刻就能嫁了。

她悄悄咽口唾沫，放在桌下的手指纠结地卷住衣角，接下去要说的话实在有些难以启齿，需要莫大的勇气。她是简单直接的女子，喜怒哀乐从脸上就能看得分明，她的尴尬被徐泽凯尽收眼底。

“我希望打电话过来的那个人不是准备横刀夺爱，”他耸耸肩，轻快地笑笑，“你的表情像是马上就要说‘我们分手吧’。”

“当然不是！”洛可可迅速否定了他的猜测，语气斩钉截铁。徐泽凯心中微微一动，等她接着往下说。

她先是支支吾吾不知所云半天，好不容易才算说到了正题：“我觉得，有些事情还是早点说清楚比较好。我们认识才一个月，我好像还没做好亲密行为的心理建设。”说完后，洛可可就直接低下了头，无法面对他的目光。

“你一直以交往时间的长短来判断是不是能更进一步？”徐泽凯的态度和语气绝对称不上“赞同”，话语中甚至带上了轻微的嘲讽。“Sex应该是水到渠成的一件事，这是我的观点。”

他的话听上去颇有道理，洛可可几乎要动摇了。就在她将要被徐泽凯收服的紧要关头，卓远的声音突然在脑海深处响起，他说：“记住绝不能很快上床。徐泽凯这一类型的男人最不愿错过会玩这种欲擒故纵把戏的女人。”是的，完全没必要那么着急，真爱永远值得等待。

她暗中吐了口气稳定心神，嫣然一笑，悠悠问道：“假如我想慢慢来，你愿意陪我吗？”凝视着她的眼睛妩媚多情，盛满比红酒更醉人的温柔，他忽然意识到现在的洛可可和最初相遇的那个紧绷冷硬的女人完全不一样了，虽然还未到风情万种的地步，但至少学会了用眼神勾人。

徐泽凯一刹那百感交集，那种感觉类似初中时班主任好不容易把一群不省心的小鬼拉扯成有担当的少年，却不得不把他们送走，她散发的女人味丝丝毫毫皆因为他，可难保到最后会不会成全了他人。

他的心跳骤然加速，发现自己竟然开始嫉妒起那个目前还不知道在何处游荡的Mr. Right。本性风流的徐泽凯绝非理想的结婚人选，但和他交往过的女人多数都会变得更美丽更光彩照人，所以他素来以好情人自居，唯一的缺点或许就是面对同一个女人时会习惯性地厌倦罢了。

他看着洛可可，犹如看到过去岁月里无数个前女友的缩影，她们走马灯一样出现又消失，散落天涯各自为安。徐泽凯是她们生命中的匆匆过客，没有人会念念不忘。他无声地叹了口气，心头泛起一丝伤感，为眼前这个终将失去的女人。

牵起她的手，低头印下轻柔一吻：“你放心，我有足够的耐心。”他这样说道，脸上满满的笑容，毫无芥蒂的样子。

所谓Mr. Right，就是经受种种考验之后仍旧属于你的那个人。也许，这一次我真的找到了。洛可可如此想着，开心地笑了起来。

这一周的最后一天，洛可可从父母那里又搬回到卓远的楼上。她不再固执地认为“破处”的时间非得在领证之后，既然徐泽凯答应她“慢慢来”，万一哪天他们慢慢来的步调刚好赶上了激情难耐的时刻，还是自个儿住比较方便。怀着如此不可告人的心思，洛可可找了各种理由回到了自己的小窝。

回家途中她经过街角的咖啡店，想起上一次坐在这里check代码还是一个月之前的事，便走进去点了一杯摩卡。

那个恬静的女孩子认出了洛可可，嘴角浮现一个浅浅的微笑，开口说道：“好久不见！”她很少如此主动，洛可可不免有些受宠若惊，心想莫非男人缘转运之后女人缘也会跟着好起来吗？她正胡思乱想，冷不防听到对方提及“关门”二字，原来这家店竟只剩下最后一个月时间。

洛可可顿时茫然，好像失去了一位结识许久的老友。她在这里度过了很多个与代码相伴的周末，音乐和咖啡是无趣人生的幸福点缀，虽然她也曾怀疑过如此冷清的生意究竟能维持到几时，却没料到会有实实在在与它告别的这一天。

“太突然了。”洛可可感慨万分，能说出口的也就这几个字。

女孩摇摇头，笑容依旧淡淡地说：“我记得有本小说提到每个女生都有一个开咖啡店或者花店的梦想，但没有人实际了解每年有多少家店倒掉。”她耸耸肩，脸上有一份释然，“至少，我为自己的梦想努力过了。”

女孩看起来20岁刚出头的模样，令洛可可不由自主联想到与她差不多年纪的余佳琪、范海星。她们正年轻，随时有勇气重新开始。

“我很喜欢你的店。”她想起自己从未当面表示过赞赏，即便现在说这些为时已晚，也总好过什么都不说，“以前我一个人无处可去的时候，这里的咖啡很好地安慰过我。”

简单的几句话令女孩笑逐颜开，她放下手中的咖啡杯弯腰致谢道：“谢谢，非常感谢，你很好地安慰了我。”

这个午后，温暖的阳光洒向店门前的木走廊，初秋最早绽放的花儿在微风中翩翩起舞，洛可可不无遗憾地想，应该带徐泽凯来这里约会一次，他一定会喜欢。这家倾注了主人无数心血的咖啡店，无奈欣赏者寥寥无几。就像此刻，它并未因即将歇业而迎来大量依依不舍的老顾客，整个店堂内只有洛可可一名客人。

女孩索性也为自己做了一杯咖啡，和洛可可一起坐到外面晒着太阳聊天。

“今后有什么打算？”平时洛可可绝不会如此多管闲事，或许因为大家并不能算是完全的陌生人，她想着若是需要介绍工作，自己尽量帮忙留意一下。

“有个摄影师朋友，上次来的时候说工作室缺人手，问我有没有兴趣过去帮忙。”女孩清秀的脸庞掠过可疑的红晕，显然是为她口中的“摄影师”。洛可可在这方面缺乏敏感性，她还以为是咖啡的热气所致。

几个月后她才知道，女孩所说的“摄影师”就是卓远。在“后来”那个日子里，洛可可恍惚回想起午后的这杯咖啡，由衷地觉得世界真他妈的太小了。

她们钟情了同一个男人，而他选择的女人和她们完全不一样。

那个女人，叫霍梓乔。

如果说每个人都曾有过梦中情人的话，那么霍梓乔无疑正是卓远梦中情人的现实版。他理想中的女人有一头微卷的长发、高颧骨、丰润的嘴唇，最特别的是眼角下方要有一颗风情万种的美人痣。当他第一眼看到霍梓乔的时候，差点以为自己还没睡醒。

卓远临时起意的旅行扰乱了工作室的摄影安排，秋高气爽的10月向来是婚纱摄影的热门时段，每个双休日都排满了预约，他这一走至少让七八组的预定开了空窗。为避免违约损失，老板赵振伟不得不四处找摄影师救急，便有人向他推荐了霍梓乔。她过来只拍了一天，赵振伟就决定请她长期兼职，打算炒掉不负责任的卓远。

幸好有Simon的教训在前，卓远回头就去了工作室负荆请罪。看在他的确有才华兼认错态度诚恳的份儿上，赵振伟勉强接受了他的道歉，当然又顺便将他的兼职费降了一个百分点以示小小的惩戒。卓远嘀咕了两句“无商不奸”，同意了不平等条约。

若当时他拂袖而去，必定错过了与霍梓乔相识的机会。人生往往如此，一念之间，天差地别。

霍梓乔在卓远生命中的第一次出场略显平淡，他到工作室为当天的拍摄做准备工作，刚打开门就瞧见一个女人正盘腿坐在地板上整理照片。听到门口传来的动静，她抬起头懒洋洋地扫了他一眼。

就这一眼，已足够看清楚她的外貌。卓远恍若被雷电击中，顿时有呼吸困难之感。他掐了掐右手的虎口，确认自己没在做梦。

嘴角微微一挑，迷人的笑容完美呈现。他走上前，殷勤地做自我介绍：“你好，我叫卓远。”

她完全不感兴趣的样子，目光只专注于搁在腿上的笔记本屏幕，随口应道：“霍梓乔。如果我没记错名字，你就是那个让老赵又爱又恨翘班的家伙吧？”

他哈哈大笑，顺势在她身旁坐下，像她那样盘腿而坐道：“要是知道替我顶班的是一个这么有趣的女人，我一定会早点回来。”半真半假的调侃，留下了足够的想象空间。

霍梓乔对他放出的暧昧信号视而不见，连眼角的余光都不屑给他，一副拒人于千里之外的姿态。卓远讨了个没趣，不免有几分悻悻然，难得有一个外表完全符合他梦想的女人出现，却冷冰冰的难以接近，果然世上绝没有十全十美。

卓远没兴趣挑战高难度，他一度产生过类似“征服霍梓乔说不定是一件挺有意思的事”这样的念头，可随即便消失于无形。暧昧和追求从来是两个概念，前者意味着不用负责，而后者或多或少需要交付一点真心实意。他自嘲地笑笑，承认自己是个差劲的男人。

他站起身走到房间另一头，找了把椅子坐下擦拭镜头，结束了和霍梓乔的第一次接触。在当天的晚些时候，当卓远结束这一天的外景任务回到工作室想完成收尾工作时，他发现霍梓乔居然还没走。

“你这么敬业，怪不得老赵有底气扣我的时薪。”他的玩笑里有淡淡的讽刺。室内只有他俩，卓远公然违反禁烟令，从口袋里掏出了香烟，意外地看到对面的女人示意给她一支。

他替霍梓乔点燃香烟，安静地欣赏她吞云吐雾的样子。她抽烟时的表情有几分落寞、疏离，隔着袅袅轻烟却也极美，尤其左眼下方妩媚的美人痣，散发着强烈的魅惑气息。卓远忽然口干舌燥，冷若冰霜的女人不对他的胃口，而眼前这种“空虚寂寞冷”的表情则正中他的死穴，何况她还长了一张他梦中情人的脸。卓远警告自己：不想再招惹另一个类似洛可可的麻烦就赶紧转身走人方为上策。

“我刚才试穿了婚纱，想拍一套照片留作纪念。”霍梓乔的声音让卓远停下了脚步，他回过头，仿佛受到蛊惑一般，不自觉地问出口：“纪念什么？”

她的嘴角泛起一抹微笑，幽幽怨怨，凄美无比。在卓远眼中，此时此刻她拿烟的手、她的表情、她的脸，无一不是诱惑。这个年纪和他差不多的女人复杂得足够挑起他的好奇心以及征服欲。他径直向她走过去，在靠近她的前一秒说道：“You can say no.”不过他的表情证明这句话俨然随便说说的客套。

“No.”霍梓乔干脆利落地拒绝道。粉红的舌尖刷过丰润的嘴唇，她用这个小动作证明自己说的“No”不过是欲拒还迎的调情。

卓远的眼神变得热切而危险，轻轻一笑，他抬手扣住她的腰揽入怀中。“I refuse your no.”嘴唇的距离瞬间缩短为零，她的拒绝被他送回口中。

香烟落地，霍梓乔的手环上卓远的颈项。这个女人妖媚如蛇，和白天那一个判若两人。

那天晚上，卓远为霍梓乔拍摄一个人的婚纱照。她选了一款长拖尾的婚纱，礼服上层层的钉珠刺绣华美至极，是工作室造价最昂贵的一件，他不得不佩服女人在性价比方面精准的判断力。

霍梓乔当着卓远的面从容更衣，他一边删除监控录像的记录，一边饱览春色无边。看到她仅着黑色的内衣站在面前，他差一点冲动地将她推倒在那堆婚纱上，尽管他们才刚刚结束一次鱼水之欢。

她半转身，招手让他过去帮忙系背后的绑带。卓远挣扎了几秒钟，遵命地走上前。

他的手滑过她的后背，从腋下探到胸前。既然她如此盛情相邀，他也毫不客气地享受该有的福利。霍梓乔回头，嗔怪地瞟了卓远一眼，索性转过来拥住他热吻。

他搂着一个半裸的女子，她穿着美丽的婚纱，恍惚间竟有一种洞房花烛的错觉。卓远猛地打了个寒战，推开了霍梓乔。

“我们，先搞定正事吧。”他迅速恢复到工作状态，低下头心无杂念地帮她整理衣裙。

霍梓乔轻轻叹息一声，低声说道：“我抢了别人的老公，是不是很无耻？”

卓远的手指停了一下，接着若无其事地继续替她收紧腰身。霍梓乔被勒得表情痛苦，皱皱眉头忍了下来。他的声音从背后传到前面，有几分不真实。“为什么是我？”他没明说，她亦明白他想问什么。

“因为你的长相符合我的审美。”她的答案简单、诚实，毫无不必要的粉饰，“还有就是，今天是我跟他的结婚纪念日。”

“他在上海？”霍梓乔的普通话带有北方城市独特的韵味，卓远不清楚她究竟是为了逃离不伦之恋才来到这座城市，抑或是为了追随某个人而至。

她摇头，否定了卓远的猜测：“我离开了他，但是走到哪里都忘不了。”

卓远不再说话，默默地绑完长长的缎带。霍梓乔也不再作声，凝望着镜子里穿婚纱的女人，看着她的腰越来越纤细，看着她的胸部越来越高耸……这条裙子把她的身材衬托得曼妙无比。他回到她面前，将白色的头纱覆上她的发。

镜子里，她美得就像一个永不会醒来的梦。

这辈子，有没有机会为我最爱的人披上婚纱？卓远扪心自问。脑海里本是一片空白，慢慢地浮现出一张表情倔倔的脸，令他不得安生。

“所谓一生最爱，往往是失去以后才懂得。”他不记得在何处听谁说过，如今想来冥冥中早已印证了他的命运。

洛可可在卓远心里打了一个死结，没有人能解开，包括他自己。

“我爱着一个女人，她又坚强又独立，把自己照顾得很好，像是根本不需要男人一样。”这是卓远第一次承认对洛可可的感情。有些人即便同床共枕一辈子也未必互相了解，他和霍梓乔只能算一夜情的陌生人，却不可思议地认定她能理解自己。“可是我在重新遇见她的那一天，就鬼迷心窍地想成为能被她依赖、信任的那个人。”是的，爱情发生就是发生了，和生活无关，和理智无关，和结果更没有关系。

“And then？”霍梓乔在他停下来的时候追问道。

他笑了笑，视线转向放在一旁的相机。卓远删除了蒋彩妍的倩影，取而代之占据“不可删除”地位的照片是他在火车上为洛可可拍摄的那一张。他带她去了远方，最后仍然回到现实。“我是不婚主义者，而她不是。”他和她，注定分道扬镳。

霍梓乔掀开了头纱，走到化妆台拿起鲜红色的唇膏。她涂得很认真，宛若今天就要出嫁。他透过镜子看到她的妆容，烈焰红唇和雪白的脸色形成对比，美得惊心动魄。

她转身看着他，伸出手，以邀请的姿势道：“卓远，请你做我今晚的新郎。”

霍梓乔一个人的婚纱照有了男主角。他们在镜头前幸福地微笑，和经两人之手拍摄过的所有准新人一模一样的标准笑容。

笑容背后，各自情有独钟。

第八章

男人浑蛋起来一样可恶

临近10月底，洛可可负责的项目进入系统全面测试阶段，她也随即开启了“加班模式”，晚归成为家常便饭，更准确的说法是“凌三朝十”——意思是凌晨3点到家，上午10点又回到公司继续奋斗。

她与徐泽凯的约会进程被打断，洛可可不是为了爱情奋不顾身到宁愿不要工作的人，相反她始终相信唯有事业不会背叛自己，即使将来嫁了“金龟婿”也一定要坚持工作，更何况眼下这只“金龟”还未必就是她的呢。

某一天晚归，洛可可理所当然地遇上了从酒吧收工回家的卓远。他们同时在小区门口下了出租车，关上车门头刚抬起就看到了对方。自那通电话之后，这还是他们第一次碰面。其实并非彼此有意回避，但就是遇不上，也没有刻意地等。

狭路相逢，千言万语终究只化作了轻轻一笑，卓远甚至拿她的晚归开起了玩笑：“这么晚，有约会啊？”

洛可可累得只想倒头就睡，连翻白眼的力气都没了。她走在他身侧，短短两分钟的路程不停地打哈欠，止不住眼泪泛滥道：“苦命的IT民工，这个点回家的都是在加班。”好不容易趁着哈欠暂停的空当，她赶紧发表声明。

卓远转头看看洛可可，淡淡的月光洒在她脸上，素白得过分。好吧，双眼裸视都在1.5以上的他轻易就发现了她的黑眼圈、厚眼袋，还有眼角细细的小皱纹。卓远脱口而出："你别这么拼命，大姐！女人经常晚上超过12点不睡觉，用多少保养品都补不回这张脸，何况你还不用！"听他的语气，活像是洛可可在摧残她的脸。

"你怎么知道我不用？"洛可可兀自硬撑，抬起下巴拿那张"素颜"对着卓远，拽拽地反问。

卓远"嘿嘿"冷笑两声，对她的负隅顽抗不屑一顾。他掏出钥匙开了楼下的大铁门，极有绅士风度地侧身请她先进门。

两人一前一后走上楼梯，声控灯随着脚步声亮起，照亮了回家的路。以往加班回家她总是提心吊胆地走过小区出入口到家楼下这段路，锁上铁门后又一口气跑上楼，唯恐新闻里常常报道的变态杀人凶手埋伏在哪个拐角冲出来给自己致命一击，虽说真发生此种状况还指不定谁能打赢谁，但她仍克制不了恐惧心。而今天就不同了，卓远在她身后半步之遥，令她莫名地安心。一种新奇的感觉在洛可可心底滋生，她想了一会儿明白过来那就是所谓的"安全感"。

其实，有个蓝颜知己或者弟弟貌似也不错。洛可可因过度加班搅成一团糨糊的脑袋里闪过这个念头，自认为能够完美解决彼此的相处模式，于是低了头笑给自己看。

卓远住四楼，她走过他的房门口，回头向他挥手说"再见"。卓远停下了步子，右手食指套着的钥匙圈不断旋转，却没见他有开门的意思。

"要有什么事就叫我，我等你到家。"他轻描淡写地说了一句，没看洛可可，眼睛只盯着转个不停的钥匙。

"哦。"洛可可朝前走了两步，突然又回过头，灿灿笑着道，"小远，谢谢你！"

他看着她走上楼梯，听到她的脚步声在上方相同位置处停下，然后是开门、关门的声音。卓远长长地叹口气，打开了倚靠着的这扇门。

上天作证，他用了所有的意志力克制自己将洛可可拖进这扇门里的冲动。她走在他前面，只要伸出手就能触碰到的距离，那么近，却又遥不可及。

卓远进了房间，几乎听不到楼上有任何动静。想来洛可可委实工作辛苦，以她的风格十有八九倒头就睡，不过就他方才一瞥所见她那张脸似乎也不存在卸妆的必要，简直"素得不能再素"了。这个女人，大多数时间没半分女人该有的样子，可是他偏偏莫名其妙地动了心。

他苦笑着摇头，叹息生命中这场措手不及的意外。假若时光能够倒流，卓远一定会在堂姐婚礼那一天严词拒绝送洛可可回家的提议，在一切麻烦诞生之初斩断所有可能。

他和她，本不该产生如此多的纠缠。

卓远忽然想起了霍梓乔，这个同样不想要爱情只需要性的女人曾经提出过同居的建议。他们有着相似的孤独感，以及在“性”这件事上的高度契合。

“也许，是时候找个固定的‘床伴’了。”他抬眼望了望天花板，对自己说道。

洛可可工作起来一向犹如拼命三郎，这也是同事和一些客户公司的项目组成员以“洛爷”称呼她的原因：一方面固然是尊重她的敬业精神；另一方面或多或少有些调侃她是“女汉子”的意思。

可是再强的“女汉子”毕竟也不是铁打的人，在连续一周的过度加班后，洛可可病倒了。首先是胃痛，接着上吐下泻，最后送进医院被诊断为急性肠胃炎。

半夜12点的急诊室热闹得超乎洛可可的想象，输液室内更是人满为患。经济不景气的年头，唯独生老病死是避免不了的消费。把洛可可送来医院的同事是被她留下修bug的开发员王仕鹏，他在室内晃了半天好不容易才找到一个空位。等到护士配完药水替她挂上输液瓶，已经快一点了。

洛可可抬头看看一脸睡眠不足的王仕鹏，实在不忍心也不好意思再让他回公司继续工作。“Sky，太晚了，你回家休息吧。”她有气无力地说道。

“哦。”王仕鹏应了一声，想想留她一个人不放心，便问道，“老大，需要通知你家里人来接你吗？”

三更半夜，父母肯定早已入睡，卓琳结婚了自然不能去骚扰她……洛可可还在考虑该麻烦谁，王仕鹏先给出了提示，他说：“老大，通知你男朋友吧，现在就是享受谈恋爱福利的最好机会。”其实他们整组人都私下八卦过洛可可的另一半到底是何方神圣，虽然有个别意见认为她迟迟不带出来见大家的理由说不定对方的性别为“女”。不过现在是开放的时代，只要洛可可找到幸福别再爱岗敬业得那么拼命，他们根本不介意她爱的是男是女还是电脑。

通知……徐泽凯？洛可可有些迟疑，不知道这个时候打电话过去打扰他休息是否合适，毕竟他们还只停留在交往的初级阶段。“这么晚，不好吧？”

“有什么好不好的？他是你男朋友，照顾你是应该的。”王仕鹏理直气壮的一番话打消了洛可可的顾虑，她拿出手机，找到徐泽凯的号码按了呼叫。徐泽凯是一个奇怪的人，他不使用任何社交网络工具，要找到他除了短信只能打电话。

铃声响了很久才有人接听，有一刹那洛可可胡乱地联想到若是听到女人的声音自己就立刻拔下吊针拔足狂奔去找徐泽凯算账，接着又想起似乎不知道他住在哪里……幸好，是他本人接通了电话。

“不好意思，刚洗完澡。”徐泽凯为自己没能及时接她的电话道歉。他在女人面前永远风度翩翩，任何过错都率先揽上身，压根不提她半夜扰民完全可以拉入黑名单。“加完班找我宵夜？”他被她冷落了一个多星期，难免有小小的抱怨，谨记绅士风度之余亦不忘稍加调侃。

“我……病了，在医院。”洛可可非常非常尴尬，声音细小得像蚊子哼唧。这一个多星期她没主动给徐泽凯打过电话发过短信，接到他的来电也是敷衍几句就匆匆挂断。她总是用“工作忙”自我开脱，同时觉得他必定能理解，如今回想自己的所作所为真是活该和工作谈十年“恋爱”。“对不起，这么晚打扰你。”她低声说道，低着头像是在对电话里的他认错。

“你的打扰，我求之不得。”这是徐泽凯的真心话，试问哪个女人不是在生病的时候心理防线最薄弱？这正是他梦寐以求的良机。他从沙发上拿起外套，一边问她医院的名字及位置，一边朝门口走，“你等我，20分钟之内我一定到。”

挂断电话，洛可可转向一直竖着耳朵听八卦的王仕鹏，虚弱地笑笑说：“放心，我朋友说一会儿就到，你回去吧。”

她满心欢喜地等着徐泽凯，他也果真没有食言，15分钟后出现在输液室门口。洛可可看到徐泽凯站在那里东张西望，本想抬起另一只手打个招呼，但突然害羞起来，生怕旁人笑话她表现得过于热情。她假装盯着手机刷新微博，偷偷地用眼角的余光观察他有没有走过来。

徐泽凯扫视了一圈输液室，很快就发现了洛可可的身影。他快步向她走去，脸上带着适度的焦急、担心说：“可可，我来了。”他走到她面前，在她回应之前先查看输液瓶里还剩下多少液体。洛可可抬头，刚好看到这一幕，心里甜得仿佛打翻了蜜糖罐。

徐泽凯弯下腰，伸出手在她的脸颊旁比了比，看着双手量出的尺寸若有所思道："瘦了，等你好了一定要带你去吃点好的，不补回来不行。"

她不能不笑，有这样贴心的男朋友，哪个女人不羡慕？握住他的手轻轻摆在心口处，她的心跳通过他的掌，传到了他的心里。

在这间完全不符合徐泽凯对"浪漫"定义的输液室，他感受到了非同一般的心动。生老病死轮回之地，轻易就让你明白"珍惜眼前人"这一真理。他想起在圣托里尼梦见洛兰的那个晚上，面对风起云涌的爱琴海，他想念的是眼前这个面有病容却仍在微笑的女子。

这是爱情吗？当太多女人前仆后继倒在他求证的道路之后，爱与性的界限已模糊不清，他不知道加速的心跳是出于感情，还是原始的本能，尤其是这个女人正把他的手放在如此令人想入非非的敏感部位。

怀着疑惑，徐泽凯将输完液的洛可可送回了家，这是他第一次获准踏入她的房间。徐泽凯能感觉到洛可可的紧张，开门的时候她甚至拿错了钥匙，插了半天才发现不对。

房间不大，但很整洁。会做家事的女人能加不少分，至少讨他的欢心。他转过头，看了一眼局促不安仿佛突然患上呼吸困难症的洛可可，嘴角勾起邪恶的微笑，慢条斯理地宣布："今晚，我就住下了。"

洛可可一个趔趄，脸瞬间涨得通红道："你，你……"她期期艾艾半天仍旧没有下文，惊吓到语言功能暂时失灵。

徐泽凯不由得大笑，出手如电扣住她的手腕。接下来上演的是一场男女间的暗暗角力，最后他硬拖着不肯挪步的她走进卧室，成功地将她推倒在床上。此刻，洛可可切身体会到男人和女人在体力方面的悬殊差异，她根本不是徐泽凯的对手。她咽了口唾沫，心想那就今天吧，反正这事迟早会发生。

"放心睡觉吧，小傻瓜。"他替她拉开被子盖上，笑得既不怀好意又那么温暖，"虽然我很乐意进行你胡思乱想的那些事情，但不是现在。"

洛可可松了口气，一脸的如释重负。清醒状态下的她对"初夜"的心理格外复杂，有期待，更多的则是不安。或许当它真的发生时也就发生了，然而在此之前的各种想象实在令人无比忐忑纠结。

"柜子里有毛毯。"她看了看身旁空出来的半张床，脸孔再度有"发烧"的趋势。"万一……假如……沙发不舒服，我不介意……"

他无比温柔地笑了笑："你不用担心我，顾好自己才是。晚上要是不舒服，随时叫我。"缓缓低下头，性感的薄唇落在她的前额，温润的触感。"Good night, my girl."

她喜欢他叫她"小傻瓜"时满满的宠溺，喜欢这一声"my girl"的专属意味。在他面前，她心甘情愿变成爱情的俘虏，心甘情愿成为他的"小女人"。

"晚安！"她闭上眼睛，轻声说道。洛可可在同学转发的微博上看到过这样的说法："晚安"就是在说"我爱你"。当初她认为穿凿附会，而此时却觉得再没有比这更含蓄的表达方式了，如果他懂得。

爱情游戏中所有的小花招小心计以及暧昧的小暗示，徐泽凯全都明白。他的经验比她想象的更丰富，只是有时候他会假装不懂以避免麻烦。他自然知道"晚安"的含义，倒是以为洛可可或许不清楚，出于虚荣心，他就当成她是在表白。

徐泽凯退出她的卧室，为了表示自己决不会乘人之危，他体贴地关上了房门。她倾听外面的动静，确认他并未离去后安心入睡。生病的单身女人心理脆弱，洛可可在这一夜开始学习信任、依靠某个男人。

洛可可安心地睡到被手机闹钟唤醒。像平时一样，她半闭着眼睛摸到枕边的手机，手指熟练地滑过屏幕关掉了闹钟。在床上扭着身子伸了个懒腰，忽然想起睡在客厅的徐泽凯，她顿时清醒过来。

她连忙起床，走到门口准备拧开把手出去的时候反而犹豫不决。万一徐泽凯已经起来看到自己蓬头垢面的样子，这可如何是好？

洛可可咬着嘴唇站了几分钟，思来想去总不能一直躲到他去上班，便鼓起勇气开了一条门缝偷偷朝外面张望。从卧室的位置看不到沙发那里有没有人，她不得不打开房门，勇敢走出去面对未知的命运。当时，洛可可确实认为这是决定未来的时刻。

沙发上只有折叠整齐的毯子，倒是厨房传来隐约的水流声音。难道，他在准备早餐？想到这一可能性，洛可可顾不上纠结洗漱前的样子好不好看，径直走向了厨房。

她的厨房迎来了父亲之外的第二位男性，英俊的男人挽起袖子正在淘米。洛可可斜倚着玻璃门，满怀感动地凝望他的背影，有一种"Yes, he is the one"的感觉。

徐泽凯转身，看见了她忙问："这么早起来干吗？"从他的语气听得出几分担心，另有一分轻微的责怪，"你就是休息不够才会病倒，还不吸取教训！"

洛可可掩嘴轻笑，若是坦白他说的话听起来就像老爸的口吻不知会不会被扁？

想了想，她决定还是不要冒这个险了。“没办法，我要养家糊口，不拼命不行。”她半真半假地感慨道。

“我养你啊。”徐泽凯一脸理所当然的表情，冲着她微笑。

洛可可受到了巨大的冲击，一下子百感交集，热泪盈眶。她活到31岁，第一次听到一个男人对自己说“我养你”，内心掀起狂喜的海啸，把理智全都拍死在海岸上。

“是他了，没错，就是他了！”她对自己说道，心里再也没有反对的声音。

洛可可走上前，抱住了徐泽凯。她的脸埋在他胸前，他身上沐浴露的味道和她的一样，如同一家人幸福生活在一起的味道。“Ken，很幸运能够遇见你。”

他抱着她，嘴角勾起含有胜利意味的浅笑。徐泽凯百分之百确信自己已攻占了洛可可的心房，接下来的事情，那只不过是时间问题。

当洛可可和徐泽凯的关系突飞猛进之际，令人意想不到的是卓远又一次出现在属于他们的舞台上，并且被命运之神分配了一个角色。卓远原已有所觉悟，他自认这辈子安定下来和某个女人厮守终身的可能性微乎其微，遂竭力说服自己看淡与洛可可之间的“化学反应”以免误人误己，但想不到徐泽凯有意无意地破坏了卓远给自己的约定。

徐泽凯留在洛可可家照顾她的那一天，他在楼下遇到卓远。当时是下午一点半，徐泽凯提着超市购物袋回来，刚巧卓远在他前面准备开门。

看到徐泽凯的第一眼，卓远内心可用“震惊”来形容，尽管表面上不动声色。他朝后者点点头当作打招呼，开了门请他先进去。

徐泽凯与卓远擦肩而过，回头看着他，淡淡笑问：“你也住这里？”或许，他需要重新评估洛可可和卓远的“关系”了。

卓远本不想搭理徐泽凯，对方在工作时间出现于此地，无疑宣告他与洛可可进展到了“登堂入室”的程度，说不定业已“赤诚相见”过了。一想到洛可可的“初夜”对象是面前这家伙，卓远恍似吞了苍蝇那么恶心，心情down到了谷底。他避而不答徐泽凯的问题，反问道：“怎么，今天大姐不上班？”

“嗯，昨晚她没睡好，在午睡呢。”徐泽凯故意说得暧昧至极，再配合他玩味的微笑，给足卓远想象的空间。

"你……"和徐泽凯相比，卓远的"江湖经验"显然略逊一筹，况且对于洛可可他另有情结。所谓"关心则乱"，这场战役还没开打他就居于劣势。徐泽凯的解释严重误导了卓远，他自以为原先的揣测都是真的，只能强忍心酸接受现实。"徐泽凯，你要是敢辜负大姐，我决不会放过你！"他上前半步抓住徐泽凯的衣领，恶狠狠地警告道。

徐泽凯轻笑，拨开卓远的手，潇洒地转身，大步朝楼上走。"卓小弟是吧，今后请多多指教了，很期待和你成为楼上楼下的邻居呢。"他一边说，一边得意地大笑。

卓远在他背后，英俊的脸被阴云笼罩，眼睛里闪过一道凌厉的光。若是徐泽凯搬过来和洛可可同居，光是想象他们的日常就能把他逼到抓狂，他现在绝对没有办法笑着祝福洛可可和另一个男人在一起。当这件事确确实实将要发生的时候，卓远才恍然大悟自己远远没有预想的那样洒脱。

徐泽凯挑衅的姿态更是惹怒了卓远，他的脑海里盘旋着一个极其危险的想法，嫉妒的火焰将他的理智烧成片片灰烬，他任由内心狰狞的欲望失去控制。卓远从来不以正人君子自诩，面对徐泽凯主动挑起的战争，他岂能不战而降？

卓远慢吞吞地走上楼，午后的楼道过于安静了，他还是不可避免地听到徐泽凯拿钥匙开门的声音。他自我催眠这没有什么大不了，但那种像被蚂蚁噬咬疼入骨髓的刺痛感欺骗不了自己，他的心受伤了。

他站在楼梯口，一脸沮丧的表情，对命运的反复无常满腔愤怒而又无可奈何。当洛可可把手伸给他的时候，他假装没有看见。现在，她投入别人的怀抱，而他却要张开双臂拥抱她。

他们的timing（时机），从以前到现在，总是在错过。

卓远意兴阑珊，认定洛可可这场"寻爱"大戏即将落幕。然而冥冥中操控众人命运的那只手又轻轻一转，翻云覆雨。

进入11月，按项目schedule向客户提交了内测版本之后，洛可可请全组人聚餐犒劳大家的辛苦加班。她不是抠门的人，且深谙职场人情，明白作为上司应经常体恤下属才能创造团队和谐愉快的工作氛围，这也是她身为女人却颇能得到男下属衷心拥戴的理由之一。

走出饭店，最年轻的余佳琪兴致勃勃地提议去酒吧续第二摊。“明天是周六不用上班，Coco姐，去吧去吧。”她亲昵地倚着洛可可，拽着她的手臂撒娇道。

洛可可心知余佳琪只是代其他人提出诉求，她装模作样地考虑了一小会儿才答应下来。看着大家像是中了彩票似的兴奋劲头，她的心情也格外愉快。当王仕鹏和另一名程序开发员胡翔用手机搜索附近的酒吧时，她自然而然想到了Simon的酒吧，也一并想起了卓远。

作为楼上楼下的邻居，那一夜偶遇之后，他们又数十日未曾谋面。卓琳曾经为某一次失败的相亲作过总结，她说：“如果一个男人有你的电话号码但从不主动联系你，那只说明他并没有那么喜欢你。”洛可可的手机里保存着卓远的电话，卓远也有她的号码，他们却默契地不再联系了，或许正如卓琳所说因为彼此都没有那么喜欢对方。

有时候，洛可可会情不自禁地怀念最初的那段日子：那个拉着她参加相亲活动的卓远，那个陪她逛街买衣服的卓远，那个会煮泡面给她吃的卓远……如果他没有带她去巴丹吉林，说不定简单快乐的日子能长久地维持下去。他们没谈过一天恋爱，结局倒是和那些分手的情侣一样，成为熟悉的陌生人。

她提议去“一个朋友开的酒吧”度过周五的happy hour，虽说除余佳琪之外，他们三个皆是手提肩扛电脑包的苦逼IT民工相，但洛可可本意也并非为了所谓的“艳遇”才去泡吧。上次见到Simon是为卓远求情，不管卓远与她眼下的关系如何，她总归欠了Simon一个小小的人情，一样是泡吧，自然优先考虑关照他的生意。

他们到达酒吧门口时刚好10点，发现居然要等位才能入场。洛可可先联系Simon，彩铃音乐听了很久无人接听，不得已她只能打给卓远。

卓远立刻就接通了电话，他的声音背景是一片嘈杂。洛可可提高音量快速说明他们被堵在门外的情况，卓远让她再等一分钟，他马上出来接他们。

卓远出现的时候，洛可可清楚地听到身旁的余佳琪发出“哇哦”的赞叹声。当她第一次看到身着酒保制服的卓远时，她的反应和余佳琪一样。而现在，她依然觉得卓远帅得过分，可是心跳如常。

喜欢一个人，原来真的有期限。

卓远将一行四人带进酒吧，Simon把预留的VIP卡座给了他们。众人都想不到看上去和夜生活这种事完全不沾边的洛可可竟然还认识开酒吧的朋友，且一来就是两个不同类型的帅哥，顿时对她刮目相看。

她上次急性肠胃炎入院，间接向王仕鹏承认有了男朋友，第二天更是破天荒地在项目最忙的阶段请假休息，如今又看到两名帅哥争相献殷勤的场面，不由得令同行三人大为感慨：大龄剩女的春天终于来了！

Simon亲自为他们服务，先送上一打啤酒，招呼他们尽量喝不用客气。他冲着洛可可眨眨眼睛，神秘地笑笑说：“反正我统统会算在Rex账上，从他的人工里扣。”

她莞尔道：“那，长岛冰茶先一个round。”

两人默契的互动引发了旁观者的无数猜想，余下三人互相看了一眼，心照不宣地偷笑。待Simon离开，作为“八卦党”的代表，余佳琪当仁不让地承担起刨根问底的重任：“Coco姐，调酒师和老板都很帅，到底哪个才是你男朋友呀？”

洛可可随手拿起一瓶啤酒，微微一笑道：“拜托，两个都比我小好几岁，我没那么前卫玩姐弟恋。”

“那，调酒师有女朋友吗？”余佳琪急切地追问，全然不顾及在座两名单身IT男的心情。洛可可注视着余佳琪，心里琢磨自己是否应当告诫女孩卓远并非可靠的交往对象。再者，她自认目前还没大方到替他介绍女朋友的程度。

“嗯，你指哪一种女朋友？”洛可可隐晦地提醒。无奈她的暗示过于含蓄，抑或余佳琪假装不明白，总之小妮子依然保持着浓厚的兴趣，一副跃跃欲试的模样。洛可可暗自叹气，意识到再如何苦口婆心也抵挡不住“男色”魅力，一定要等当事人自己碰了壁才会幡然醒悟，那就由着她去挑战高难度吧。

余佳琪站起身，自告奋勇地举手说道：“我帮大家去拿酒。”见状，王仕鹏和胡翔相互使了个眼色，同时站起来表示要做护花使者。洛可可忍不住要翻白眼，心想才四杯鸡尾酒，有必要出动三个人力吗？她的情商指数近阶段飙升迅猛，对他们三个人的心思一目了然，身为PM（项目经理）免不了要评估余佳琪会不会给项目团队带来不稳定因素。不过现在是下班时间，她没权力干涉下属的私生活，便挥挥手示意他们自便。

洛可可一个人坐着，默默地喝酒。她的位子正对舞台，今晚表演的不是Eva那一组人，而是一个黑人乐队。他们的音乐充满激情，洛可可找不到词汇正确表达自己的感受，她只是忍不住晃动身体跟着节奏摇摆起来，脚趾痒痒得想跳舞。这个时候，她看了看身旁的空位，某个人的样子清晰地浮现在眼前。

拿着手机，洛可可找到徐泽凯的电话号码，直接拨打。

铃响两声，接着变成“您好，您所拨打的电话正在通话中”的语音提示。再打，依旧如此。

洛可可的心里升起疑云，很明显徐泽凯拒接了她的电话。她不得不怀疑，此时此刻他究竟在哪里，和谁在一起？

她又打开了一瓶啤酒，自嘲地笑笑，也许找帅哥做男朋友的代价就是得提心吊胆地过日子。每个女人都爱幻想自己是帅哥猎艳生涯的终结者，但何处是真正的终点恐怕没有人能够预见。洛可可凝视着黑屏的手机，情绪低落，满心惆怅，不知不觉加快了灌酒的速度。

当另外三人端着鸡尾酒回来时，他们惊讶地发现顶头上司居然已将桌面上大半的啤酒消灭殆尽。三个人面面相觑还没反应过来，洛可可又一把抢过胡翔手上的长岛冰茶，咕嘟嘟一口气喝下了半杯。

“老大，你没事吧？”王仕鹏打赌他们走开的十几分钟时间一定发生了什么事，否则洛可可不会有如此反常的举动，他的疑问得到的答复却是一句“我会有什么事？”的反问。她看起来神志清醒，不像是被下了药的样子。

余佳琪也看出了不对劲的地方，连忙上前欲夺下她的杯子说：“Coco姐，有什么不开心的事就说出来吧，这么喝酒对身体不好。”

洛可可笑嘻嘻地举高杯子，和余佳琪玩起了“躲猫猫”的游戏，口中说着：“有你们帮我按时完成项目，我怎么可能不开心？”一扭头，趁机又灌下一口，一边嚷嚷道，“唉呀，你们不用那么担心，我没喝醉！”

他们几时见过这般胡搅蛮缠的洛可可？说她没醉，保证全公司的人都不相信。

胡翔将王仕鹏拉到一旁，望着和余佳琪缠斗的洛可可，摇头说道：“不行，老大已经失控了，我们赶紧送她回家。”

“你知道老大住哪里？”王仕鹏一句话问得胡翔哑口无言，所幸他立刻想到解决方案。“老板和调酒师是老大的朋友，他们或许知道。”话音未落，他拔腿就往吧台的方向走，临走还不忘嘱咐余下两人看住洛可可，千万别再让她喝酒了。

胡翔直奔吧台找到卓远，当他将洛可可醉酒的情况简单说明后，亲眼见到这个方才对余佳琪爱理不理的酷哥神色突变。再联想到洛可可的失态，说不定同余佳琪对卓远感兴趣这件事有关，胡翔猜想他们之间肯定有不寻常的关系。

卓远向其他同事交代了一句，跟着胡翔来到他们的卡座。看着桌上空空的两个柯林杯，他和胡翔都面色难看，余佳琪、王仕鹏无奈地指向霸占了另两杯长岛冰茶的洛可可，异口同声为自己辩解："没办法，她是老大。"

卓远弯下腰，试图从洛可可臂弯中拿走杯子。"大姐，别喝了，OK？我送你回去。"

"不要！"她收拢手臂，坚决不肯交还。

他抓抓头发，有些束手无策的样子。看到她放在身旁的电脑包，卓远心生一计。"大姐，客户刚才打电话找他，"随手指着王仕鹏，继续说道，"系统报bug了。"

"What's up？"这一招对症下药果然到位，洛可可立刻忘了半分钟前"守护"的酒杯，转向王仕鹏。大家趁机撤走所有酒精饮料，她也浑然不觉。

"我解释清楚了，是他们操作顺序不正确，和系统没关系。"王仕鹏硬着头皮圆谎，没想到喝醉酒的洛可可眼神凶悍得要命，可怜竟是自己被推到了枪口上。

"OK，那就好！"洛可可满意地点了点头，这才发现啤酒都不见了，她气愤地站起来质问，"我的酒呢？"这一下起立过猛，顿时使得酒意翻涌。她只觉得头脑里好像有个飞碟在倾斜着旋转，人也随之站立不稳。

卓远及时架住洛可可。时间仿佛回到9月卓琳婚礼的那一天，他面对同样一个喝醉了的女人。一瞬间，所有发生过的事情走马灯一般交替着画面，他的心脏被欲望的细针不断戳刺，理智的弦越绷越紧，濒于崩溃边缘。

洛可可什么都不知道，拽着卓远的胳膊把他当成徐泽凯。"Ken，Ken，你为什么不接我的电话？"她委屈地呢喃着，声音很低，却刚刚好让他听到。

那根弦，彻底断了。

卓远低下了头，因此没有人看到他充满嫉妒的眼神，包括他自己。他拍了拍洛可可的手，轻佻地说道："我不是来接你了嘛，可可。"他的声音不大，也只有她听得见。如果洛可可神志还清醒着，她一定能听出他声音里含着的恶意，然而此刻她的脑袋就是一团糨糊。

她嫣然而笑，甜蜜得就像他们是一对热恋中的情人。

洛可可酒醒的时候，她正被卓远按在门上狂吻。房间里没开灯，一片黑暗中她压根看不清楚亲吻自己的那个男人是谁，恐慌地以为是某个陌生人乘虚而入把自己拐来开房，于是开始奋力挣扎。手腕被对方紧紧扣住，他的整个身体也与她密密贴合，根本不能施展诸如“攻击要害部位”这类防身招式，洛可可只能靠不断转头先躲避他的嘴唇侵袭。

她的不合作惹恼了卓远，他将她的双手拉高，用单手扣住牢牢固定在上方，嘴唇沿着她的脖颈向下探索，另一只手同时解开她的衬衣扣。他无声地宣告占有的决心，不容她逃开。

起初洛可可惊得不知如何是好，记忆缺失的部分恰好从卓远出现开始，她始终以为压在身上的男人是酒吧内搭讪来的对象。当他的嘴唇在她的锁骨留下烙印，洛可可不由得倒吸一口气，罢工的脑袋重新运转。“对，对不起，麻烦你停下来听我说，我们之间可能有些误会，我没有for one night的想法。”她乐观地认为，一旦表明自己不想和他发生性行为的立场，对方肯定会就此撒手。

卓远置若罔闻，他的嘴唇再度回到洛可可的唇瓣，用令人窒息的热吻封住她的所有抗议。那只“罪恶”的手探入衣襟，弯到后面灵巧地解开内衣扣。束缚被解开时，她能感受到胸部自由呼吸的畅快，与之成对比的则是她足底泛起的凉意。

他的手掌覆上她的胸脯，时轻时重的揉捏不断刺激着洛可可脆弱的神经。黑暗，令各种感官更为敏感，他放肆的挑逗让她全身都颤抖起来。

“停，停下！”洛可可明白必须阻止对方，否则她会被欲火烧穿理智，不顾一切地跟他滚床单。她的声音虽然在发抖，依然能听出坚定。

“就一晚，洛可可，我只要你陪我这一晚。”熟悉的声音在耳边响起，那种低沉性感的音质是别人无法模仿的。她终于知道他是谁了，用尽气力吼出那个可恶至极的名字：“卓远，你这个浑蛋！”

灯光亮起，是他按下了电灯开关。她望着面前的男子，被他阴沉的表情吓住了。

“别拿你那套结婚才能上床的理论来吓唬我，你可以和徐泽凯做，为什么我不行？”卓远冷笑，还一副理所应当的表情。

听了这番话，洛可可想都没想，结结实实赏了早该给他的那一巴掌。“你简直不可理喻！”她气极，整理衣服的手指直打哆嗦，差点扣错了衬衣扣子。

卓远被她打得偏过了头，转回来时脸上有五道鲜明的指印，可见她确实用了大力气。“破坏原则的是你，洛可可！你没上班的那天，我在楼下碰到徐泽凯，你还想说这不代表什么？”他终究还是难免妒忌能和她在一起的人。

“我休假是因为前一天急性肠胃炎，徐泽凯照顾了我一晚上。不管你信不信，我们还没那种关系。”洛可可本不愿解释，可是一口气憋在心头迟早伤身体，“不过多谢你今晚的表现，总算让我明白了谁更可靠。”

听了前几句话，卓远本已打算认错求原谅，没想到最后那一句又令他反弹了。“他可靠就不会不接你的电话！”他不屑地冷哼，极尽挖苦之能事。

他的冷嘲热讽触怒了洛可可，她不禁提高音量质问：“你处处针对他，why？”

“因为他给不了你幸福。”卓远从最开始就认定徐泽凯不是好男人，现在仍然持同样的观点。

“他给不了，难道你能给？”洛可可冲口而出的一句反问，问蒙了卓远。他神色仓皇地连退两步，活像眼前突然冲出了毒蛇猛兽。

洛可可扫了他一眼，对他的自私失望透顶。从来都是这个男人先放的手，到头来却好像是她做了对不起他的事似的，无语问苍天啊！

“我本来以为至少能和平共处，看来是我太天真。”深吸口气，洛可可平静地下了最后判决，“卓远，我们做不成朋友了。”

相比卓远，徐泽凯最大的优点恰恰是他的勇于承认错误，譬如说在消失了一个周末之后，他会第一时间赔礼道歉解释清楚，而他每一次的理由都合情合理得令人无从辩驳。

洛可可和卓琳聊天时曾经谈到过徐泽凯的忽冷忽热，在她看来他们的关系已进展到热恋的阶段，本该是“一日不见，如隔三秋”，哪像这样一声不吭就玩人间蒸发。洛可可连珠炮似的抱怨完，末了感叹道：“唉，想来想去还是一个人的日子比较开心。”

卓琳立刻叫了起来：“女人，抱着这种想法你就绝对嫁不出去了！”在得到洛可可信誓旦旦地保证再也不乱说话之后，她才缓和了语气，开始以过来人的身份循循善诱道，“可可，单身的人总喜欢说要对自己好一点，多爱自己一些，单身时间越久，就会变得越以自我为中心，对别人就少了体贴和耐心，很多时候我们应该反过来看看自己有没有问题。”

卓琳的忠告在洛可可听来更像是指责，她本意是要“求安慰”，不想听责备。她问道：“你的意思是我只考虑自己，太自私了？”

“我的意思是让你抓紧这只绩优股，别等到涨停，想买都买不到。”卓琳轻轻叹气，抬手指向前后左右让洛可可看清楚多少女人独自坐着喝下午茶，“这年头，一个有车有房有稳定收入，长得帅又不是gay的男人，你得用抢的！”

想起那次被卓远拖去参加得相亲联谊活动，洛可可刚冒头的火气瞬间熄灭。她无言以对，只好端起咖啡杯继续听卓琳的长篇大论。

“他不主动，那是因为他明白自己有的是资本挑挑拣拣。一个30多岁的男人，他合适的结婚对象年龄可以从20岁直到同龄。但30多岁的女人完全不一样，往上，大多数正常的男人都结婚生子甚至已经二婚、三婚，剩下的要么不想结婚，要么就是极品得没有女人肯嫁给他；往下，还要看男人能不能接受姐弟恋。别跟我扯麦当娜，黛咪·摩尔找的那些小男友，我们没那么多钱打美容针保持青春。”卓琳点出的严酷事实令洛可可表情凝重起来，一如她希望收到的效果。她拍拍好友的手，转而走起“安慰”路线，说道，“也不用太担心，他要是喜欢你，肯定跑不掉。我就提醒你一句，该出手时千万不要犹豫，好男人都是抢手货。”

洛可可摸着下巴若有所思，她直觉卓琳把一切问题都归结为“尚未同徐泽凯发生更进一步的亲密关系”这一点有失偏颇，但对方是成功“脱单”人士，她这个还在单身的汪洋大海里捕漏网之鱼的人根本没立场反驳。她不得不咽下质疑，接受卓琳的建议。其实经过上次生病得到徐泽凯悉心照料一事之后，洛可可从心底认可了他，甚至于当天如果他提出要求她肯定欣然同意。她已经越过了最大的心理障碍，剩下的只是时机问题，总不能要她模仿《东京爱情故事》里莉香对完治那样直接宣布“我们做爱吧”，这种话怎么可能说得出口？

“有机会我们四个一起去短途游，顺便我和家成也能帮你考察一下。”卓琳如是提议，“长途旅行一次基本就能确定这个男人是不是可以嫁，可惜你不肯休假。”说到这里，卓琳忽然想起了洛可可与自家堂弟的西北行。当她从电话里得知除非出差决不出门的洛可可竟然去旅行了，惊得差一点摔了手机。为此，卓琳素来觉得洛可可与卓远之间有些什么，不过两个当事人一口咬定她想多了，她也不便深究。

洛可可同样回想起糟糕的西北之行。她挥挥手，像驱赶讨厌的苍蝇似的，绕过这段不好的记忆。“那就麻烦你安排了。你知道，”她耸耸肩，无奈地摊手，“公司出去一向跟团，我对旅游这种事不在行。”

自己的提议得到好友首肯，卓琳喜笑颜开，拍胸脯保证道：“没问题，我办事你放心！”她真心希望洛可可能早日找到Mr. Right，与其浪费时间精力之后才发现对方根本不适合结婚，还不如趁早让他们这些旁观者帮忙看个清楚。

“呃，我们会在外面过夜吗？”卓琳并未明说过夜与否，洛可可犹豫半天觉得还是有必要确认。她心想若是万一和徐泽凯共处一夜，自己好歹得准备一套足够诱人的性感内衣以应对风流韵事的可能。

“看情况吧。”卓琳模棱两可地回答。若是白天相处发现徐泽凯并非值得托付终身之人选，她可不会眼睁睁地看着洛可可往火坑里跳。

卓琳暗中拿定主意，到时候邀请卓远一同出行。即便不得已在外住宿，也能合情合理地拆开洛可可与徐泽凯，倘若真有必要的话。

卓琳的办事效率堪称一流，仅仅用了一个周末就规划好了目的地、行程路线、住宿、餐饮等种种旅行必备要素，周日晚上一份Excel附件安静地躺在洛可可的私人邮箱里。卓琳给她发了条短信，让她有空的时候登录邮箱查看，她回复一句“收到”，却拖延症发作直到卓远闹出了侵犯未遂事件，洛可可这才痛下决心将徐泽凯列为“初夜”的唯一指定人选。有比较方知好坏，卓远伤透了她的心，她对他再也不抱丝毫幻想。

周一，洛可可在接到徐泽凯的道歉电话后打开了卓琳几周前发来的邮件，她找了上海周边的西塘古镇作为他们短途游的目的地。洛可可没有任何反对意见，顺手转发给徐泽凯，她在邮件正文说明缘由，询问他是否有时间一起去。邮件发送完毕，她看着电脑屏幕忽然后悔，觉得措辞仍旧过于正式，应该轻描淡写一些才是。

徐泽凯在她发送邮件五分钟之后再度打来电话，他表现出了极大的兴趣和热忱，令洛可可悬了半天的心彻底放下。不过她也没被兴奋冲昏头脑，想起之前好几个周末他无端失去联系的事，便拿来揶揄道：“不会耽误你的私事吧？”

徐泽凯是绝顶聪明的人物，立刻听出她的言下之意。他呵呵一笑，回道：“我的私事现在只有你，其他的都不重要。”甜言蜜语随口就来，他算准女人都爱听，哪怕不切实际。

过去的洛可可或许对此不屑一顾，但今时不同往日，她已品尝到恋爱的甜蜜滋味，她的心也不再冷硬如铁。徐泽凯发送的“糖衣炮弹”恰到好处地击中了洛可可心房的缺口，并再一次摧毁了部分重新窜头出来名为“抵抗”的嫩芽。

徐泽凯挂断电话，视线停留在打开的电子邮件上。洛可可言简意赅地说明了旅行目的地、同伴身份，而他几乎在看到内容的第一时间就明白此行所为何事。

手指撑着下巴，他陷入沉思。原本仅是一时兴起的猎艳，究竟从哪里开始走向偏差，逐渐变得越来越像“以结婚为前提”的交往了？也许在他尚未意识到的时候，心已经选择了洛可可，认定她就是可以相伴终生特别的“那一个”？所以为了她，他心甘情愿地舍弃了其他女人。

扯扯嘴角，破皮的地方疼痛感强烈，徐泽凯的笑容可以用无奈来形容。在他失去联系的那两天，他向蔡雅婷提出了分手，少不得陪着看了一场一哭二闹三上吊的戏，同时被附赠若干玉爪粉拳，脸上自然留下了些许伤痕作为此段感情终结的纪念品。

徐泽凯和蔡雅婷爆发战争的导火索便是洛可可的来电。他新换了手机，蔡雅婷正拿着他的手机玩游戏，可碰巧洛可可打来了电话。

若在平时，蔡雅婷肯定就将手机还给徐泽凯了，但她看到来电显示的名字时忽然打了个寒战，心里翻涌起强烈的不安感。她根本不敢求证，索性直接拒绝接听。

徐泽凯听到铃响，抬起头就见到蔡雅婷的手指从右向左划过屏幕。他当然明白这个动作代表何意，不由得有些恼怒，一边假意问道：“是骚扰电话吗？”一边伸手想取回手机。

蔡雅婷不肯放，把手机紧紧攥在手里。铃声又响起，仍旧是刺眼的“可可”二字，她再一次挂断了对方的来电。

目睹这一幕，徐泽凯真的生气了。他一个箭步上前，态度强硬地要求她立刻归还手机。蔡雅婷像是着了魔一般执拗地探寻究竟，她拿着手机朝后倒退避开徐泽凯的靠近，同时点开可可名字下方的短信图标，将两人互相来往的短信记录飞快地看了一遍。

她假装不知道他在外面的花花草草，反正从没当面证实过，因而尚能欺骗自己他最重视的那个人始终是她。但忍耐终究有限度，蔡雅婷的耐心在这一刻终于耗尽。

“可可是谁？”他的手机通信录里一直就有许多一眼看上去便能猜到对方性别为“女”的名字，单单这一个省略了姓。这种保存方式蔡雅婷再熟悉不过，交往之初徐泽凯还没用“老婆”这两个字作为她的来电显示时，他直接用名字保存以示关系亲近。习惯，永远是第一个出卖我们的。

他望着她，一脸无可奈何地说：“你那么聪明，根本不需要我的解释。”任何借口在事实面前都是多余的，徐泽凯索性不作辩解。当一段感情令他厌倦的时候，他从来都不屑于用谎言粉饰太平。女人们爱他的温柔体贴，也必须接受他放手时的冷酷自私。

真相揭晓的瞬间，感觉犹如晴天霹雳。蔡雅婷在沙发上坐了下来，脑袋里像是万马奔腾乱成一团。她一会儿想冲出去找那个名叫“可可”的小三拼命，一会儿想到最该死的是出轨的男人，不如跟他同归于尽，再想想又觉得这么死了太不值得。她抬起头直视他的眼问：“你还爱我吗？”

“你可以假装今天的事没有发生过吗？”他靠着电视机柜后面那一堵照片墙，态度从容地反问道。英俊的脸旁边是他们在希腊旅行的甜蜜见证，当日两人共同决定设计成心形图案，如今俨然成为莫大的嘲讽。

徐泽凯的反诘在蔡雅婷听来简直可用无耻至极来定义。她站起身冲到他面前，举起手想给他一巴掌，却被他抢先一步扣住了手腕。

“我们分开一段时间，各自冷静一下。”徐泽凯回避正面说出“分手”，采用了流行的外交辞令。彼此都在情场上浮沉多年，自然明白所谓的“一段时间”即是永远，爱情也决不会在冷静之后重新燃烧。

蔡雅婷另一只涂了鲜亮指甲油的手甩上那张一刻钟之前还令她百看不厌的脸，玉指如钩，长长的指甲划破了徐泽凯的嘴角。

周一，太阳照样升起，地球不会因为有人失恋而停止转动。他从高高的楼层俯瞰众生，猜想脚下经过的人群中有多少人在刚刚过去的那个周末失去了爱情，又有多少人准备即刻出发重新开始，他很快就翻过了蔡雅婷这一页。

徐泽凯的心里有一道伤疤，在他每一段感情生活的最后开始发炎、溃烂，周而复始不得安生。

他不知道何时才能真正治愈自己。

假如洛可可能够了解徐泽凯和卓远一样属于承诺困难症患者，她一定会为自己招惹“烂桃花”的特殊体质哭笑不得。遗憾的是，她却对此一无所知。

整整一周，洛可可处于旁人一眼就能看出而不自知的亢奋状态中。她情绪高涨干劲十足，说话的声音较之平时提高了不止一两度。在全面排除近期洛可可并无明显升职加薪，以及项目组发放巨额奖金的可能性之后，余佳琪信誓旦旦地向同事们保证洛可可肯定是准备去见家长了。

余佳琪当仁不让地再度负起打探的重任，同时她自己还怀有小小的私心，希望借此机会顺便问问卓远的情况。

周五中午，余佳琪特意等洛可可忙完手头的工作一起去吃午餐。两人去了当初洛可可带徐泽凯去过的那家牛肉面馆，生意一如既往地好，她们等了十几分钟才坐到位子。

甫一坐下，余佳琪抓紧时间进入正题，神秘兮兮地问道：“可可姐，这个礼拜你看上去心情好好的样子，我们要发奖金吗？”

洛可可嫣然一笑道：“这个问题你该暗示Jonny，而不是我。”

“那，一定就是恋爱顺利，所以心情愉快了。”余佳琪眉开眼笑，仿佛自己正在蜜运中那么高兴，“可可姐，是不是要去见家长了啊？”

她才不会笨到招供自己是在期待即将献出的“第一次”，语焉不详地回应道：“哪有这么快？才认识没多久。”

“可可姐，”余佳琪拖长声调表示不赞同，“现在流行闪婚好不好？谁有那么多时间慢慢谈恋爱啊，感觉对了就结婚吧。反正爱情只有三个月的新鲜感，后面就是习惯了，早习惯晚习惯还不一样嘛！”

洛可可在心里摇头苦笑，觉得现在的小女孩简直各个堪比情感专家。自己在这般年纪的时候到底在忙些什么，以至于如今没有任何实际经验可以理直气壮地反驳。她只能打着哈哈，用轻快的语气结束这个话题：“OK，我会参考你的意见，尽快修复bug。”

余佳琪开心得直点头，代表全体组员送上真诚的祝福：“老大，我们都希望你幸福哦。”那几个大男人万万说不出这种肉麻话，自然得由她代劳。

“谢谢大家对我的关心。”余佳琪的深情“告白”搞得洛可可又肉麻又感动。回想职业生涯的每一阶段，个人简历记录的仅仅是若干个成功项目，而其中同甘共苦一起奋斗的伙伴情谊却是比个人成就更为弥足珍贵的财富。尤其对于项目经理，管理“人”永远是最大的难题。直至此刻，洛可可才认为自己勉强算得上成功。

“可可姐，我还有一个小小的问题。”余佳琪伸出小手指比了比上端以示自己的问题真心“小”到可以忽略不计。在接到洛可可点头示意她继续的信号之后，她接着说道，“那个，调酒师哥哥到底有没有女朋友啊？”

她提起了卓远，洛可可差点被自己的口水噎到。她挺直了腰，一脸严肃看着余佳琪问：“你喜欢他？”

“嗯，有一点点好感。”余佳琪又比了比小手指指甲的上端，“不过他那么帅，没有女朋友才不正常吧。”她不敢告诉洛可可自己又去过两三次酒吧，亲眼所见卓远和不同的女生暧昧纠缠。深受各种言情小说的影响，余佳琪偏执地认定花心的男人只是还没找到真爱，而非本性恶劣。

余佳琪结识卓远的那一夜，恰恰是洛可可不堪回首的记忆，她和他互相将对方推下厌恶的万丈深渊，并且彼此深怀恨意。洛可可相信卓远也不愿意再看到自己，她楼下的那间屋子似乎失去了生气，她再没有见过他。排除他们的时间巧合得完全错开的可能性，那就是卓远彻底避开了她。

“我和卓远，其实没那么熟。”洛可可神色自若撇清关系，别人绝对发现不了她其实心虚得手心在出汗，“据我所知，他貌似还没固定的女朋友。”眼看余佳琪的表情迅速转变为喜悦，她又觉得自己像是在把对方往火坑里送，“By the way，个人认为卓远并不是很好的交往对象。”她终究于心不忍，不希望余佳琪成为下一个被他伤了心的人。

“为什么？”余佳琪免不了追问缘由。幸好洛可可已经想好了如何应对，先不慌不忙地喝了口面汤，才抬起头回答道，“跟他在一起，不会有结果。”

闻听此言，余佳琪明显松了口气，灿然一笑道：“我还以为可可姐你要说他其实只对男人感兴趣呢，吓了一大跳。我不在乎有没有结果，过程美好就够了。”

洛可可长叹了口气，一脸无可奈何地说：“既然你这样想，那就当我什么都没说过吧。”她真真切切地看到了时光碾过留下的痕迹——她已经老得不敢尝试没有结果的冒险了。

所以，洛可可和卓远，永远不可能有开始。

第九章

第一次亲密接触

卓琳组织的西塘之旅如期进行，在集合地点碰面时，洛可可惊讶地发现卓远竟然也在。不过他并非独自前来，他的身边站着一个相当有韵味的女人。

她朝他们走过去，卓远淡定地站着，若无其事看她一步步走近。忙打招呼道："大姐，好久不见。"瞥了一眼走在她身侧的徐泽凯，卓远的笑容显得有几分嘲讽，至少在洛可可看来如此。"Hey Ken，也好久不见了。"

"你们见过？"卓琳从堂弟的寒暄中听出端倪，接着他的话问道。洛可可的男朋友比她想象中更为出色，相比之下她的老公未免相形见绌，卓琳内心深处不自觉泛起几丝酸涩。"成功出嫁"本是她唯一能胜过死党的地方，想不到洛可可竟然在价值指数逐年下跌的形势下，竟能捡到如此一只"绩优股"，让人情何以堪。幸而负面情绪仅存了几秒钟，卓琳为洛可可的幸运真诚地高兴起来。

"仅有数面之缘，不过印象深刻。"徐泽凯先彬彬有礼地回答卓琳的提问，接着向在场的陌生人作自我介绍"徐泽凯，凯旋的'凯'，可可的朋友"，最后才回复卓远不甚友好的"招呼"。他的风度无懈可击，即便与卓远同一阵营戴着有色眼镜的霍梓乔，也不得不认同这个男人确实有成为lady killer的本钱，欠缺绅士的时代本就物以稀为贵，况且他还外表不俗。

霍梓乔的视线很快离开徐泽凯，转向了洛可可。回想起上周六凌晨打开房门时看到的卓远，那一刻的他完全被击垮了。尽管依霍梓乔的观点卓远纯属自讨苦吃，但她仍旧在叹服爱情杀伤力的同时，对他所爱的女人产生了强烈的好奇心。

初次见面，霍梓乔实在感受不到洛可可有任何能让卓远神魂颠倒的魅力。她的长相并不是那种能引起男人保护欲望的柔弱美女，霍梓乔猜测或许如卓远这般玩世不恭的男人，强势的女人方是他的“死穴”。她正在胡思乱想之际，冷不防听到自己的名字。

“霍梓乔，洛可可。”卓远为她们互作介绍，像是漫不经心的补充，“我们正在交往。”此言一出，不止洛可可，就连霍梓乔本人也大吃一惊。她和他维持着不谈感情不问承诺的sex relationship，这样轻松的关系完全符合两人现阶段的需求，她本以为至少在自己离开这座城市之前不会有任何改变，所以才在听到他说“交往”时万分震惊。霍梓乔还没做好发展长久稳定关系的思想准备，不过等到她看清楚卓远的表情时，她才恍然大悟是自己想多了。

所谓“交往”，只是这个男人在洛可可面前挽救自尊的借口而已。

洛可可迅速恢复了镇定，尽管她从时间节点上联想到他说谎的可能性，可是她告诫自己绝不要再深究。就这样吧，他们各有各的人生，从此互不相干。她笑了笑，态度自然地和霍梓乔打了个招呼。

“OK，大家都认识了，那我们愉快地出发吧。”卓琳效仿导游，拍拍手集中大家的注意力，“三位男同学都是开车过来的，不太方便统一行动，所以上了高速我们要保持电话联系哦。”

众人纷纷点头表示收到领队的指示，于是各自回到车上，出发奔赴目的地。

西塘位于浙江省嘉善县，因为汤姆·克鲁斯的《碟中谍3》在此取景蜚声中外。当一行人在高速公路收费口前短暂会合时，旁边巨幅的广告牌用“生活着的千年古镇”来定义他们将要去的地方。徐泽凯抬头看着广告牌上的江南水乡，脑海里飘过曾经看到的一句话——择一城终老，遇一人白首。

他瞟了一眼邻座的洛可可，发现她同样在看那块广告牌。徐泽凯再次意识到洛可可与其他女人的不同之处，她是唯一让他有安定下来念头的人，这种事在以前简直匪夷所思。另一种可能也许无关人选，她出现的时机恰好是他想要安定下来的时候。

她转过头，眉头微皱，一副正在思考的模样。“我刚确定从没看过《碟中谍3》，阿汤哥在房顶上跳来跳去的镜头我一点印象都没有。”他们曾经有一次聊起过系列电影的话题，其中便有《碟中谍》系列，还相约等第四部在国内上映时一起去看。

说者无意听者有心，徐泽凯暗暗记下洛可可传达的信息，同时构思完成下一次约会的主题及内容。他笑笑，用玩笑的口吻回答道：“I got it.我一定会带你去看《碟中谍4》首映，不让你错过阿汤哥的英姿。”

洛可可莞尔，手指放在唇上轻轻一按，再伸到徐泽凯面前按上他的薄唇。“So sweet，给你的奖励。”若照以前，她必定会辩白他误会了自己的意思，但卓琳说过男人都是自以为是的生物，随意打击会伤害他们的自尊心，所以就由着他曲解吧，反正她没有任何损失。

他握住她的手，亲吻她的手心。洛可可怕痒欲缩回来，他紧紧握着不让她离开。“开车啦，Ken，卓琳和小远都已经过收费站了。你再不开车，我们要被人追杀了！”她无奈地转头看看后面，语气像哄小孩。

“我们去其他地方吧，就我和你。”徐泽凯注视着她，深沉热情的眼神仿佛在蛊惑她一起私奔。被这样一个英俊的男人如此热切地看着，洛可可心跳加速呼吸急促起来，她甚至有下一秒他就会求婚的错觉。

排在他们后面等着过收费站的汽车，可没那么好的耐性等待他们缠缠绵绵你侬我侬，“嘀嘀嘀”的喇叭声唤回洛可可的神志，她叹口气摇摇头，极为艰难地拒绝他的提议：“Ken，这样不太好，我们还是按原计划吧。”

洛可可的拒绝其实在徐泽凯意料之中。也许是项目经理的职业使然，他相信她不是乐意接受超出计划外事物的那种人。他微微一笑说：“下一次，就我们俩，这是约定。”待她点头应允，他才心满意足地发动汽车。

小小的插曲为旅程定下了基调，洛可可整整一天都沉浸在兴奋与期待之中，其他人和事都像过眼云烟，没办法在她心里停留。西塘的桥有多少，烟雨长廊的美人靠琢刻了几多时光，石皮弄窄得只容一人通行的巷子，她完全没有印象。

洛可可只记得那一晚，她怀着怎样忐忑的心情等待徐泽凯从浴室出来。“哗哗”的流水声像定时炸弹的倒计时，不断提醒她时间所剩无几——保留至今的初夜，她将要与它作别。

她下定决心在这一夜把自己交给徐泽凯。若将人生比作一个耗费时日的项目，毫无疑问洛可可交付“第一次”的时间节点已delay许久，从而导致结婚生子各项事务全面推迟。今夜，她的人生必须有所突破，不管将来是否会后悔，洛可可已做了决定。

她不断给自己做心理建设，然而在看到徐泽凯仅仅用一条浴巾围着要害部位迈出浴室的一瞬间，她不争气地打起了哆嗦。往日见面他都穿衬衣西装，洛可可只能确定他身形瘦长属于天生的衣架子，想不到脱去衣物之后呈现在她面前的竟是一具健美性感的身躯。这时候，洛可可早把孔夫子“非礼勿视”的戒条抛到了九霄云外，她的视线沿着那两条深深的人鱼线一直往下，止于浴巾裹住的某个部位。

小小的浴巾勉强在他腰间打了一个结，松垮程度堪称惊险，仿佛随时会整条掉落下来。她看得喉咙发紧嘴唇发干，心里想的是淑女不该这么直勾勾地盯着一个半裸的男人看，眼光却像是被502胶水牢牢粘在了他的身上，移不开分毫。他倒好，闲庭信步般向她走来，笑得不怀好意。

“呃，我去洗……”她好不容易挤出来的声音迅速消失在他火热的唇瓣，被含糊不清的呻吟替代。接下去，当这个男人握住她的手隔着毛巾试探地触摸时，洛可可直接大脑当机，呼吸困难了。

他轻舔她的耳垂问：“So，你还满意吗？”低沉沙哑的声音足够情色，她羞愧地察觉到下半身一波又一波不受理智约束的热流。微弱的好胜心偏生在此刻逐渐苏醒，她不甘心由他一手操控，显得自己像个初出茅庐的菜鸟一样。

洛可可深吸一口气，假装淡定地说道：“满意不满意，得看你的表现。”她抽出手，仰起头，挑衅地给了他一个轻吻，“等我洗完澡再研究，OK？”

“Sure，我们有的是时间。”他笑眯眯地收下“战书”。修长的手指勾起她的下巴，他用近乎邪恶的口吻宣布，“我会努力让你下不了床。”

这句充满无限暗示的宣言使得洛可可再度纠结，这次的重点上升为自身安全问题。一想到会不会痛，她就忍不住抱着脑袋哀号“天啊！”，并且又一次想逃跑。

思想斗争老半天，洛可可终于把心一横，心想大不了就生不如死一回，今天无论如何都要把“破处”这件事进行到底。有了这番觉悟，她立刻关掉水龙头，飞快地擦干身体，穿上当初诱惑了卓远的那件睡衣。

“加油！”她双手握拳给自己鼓劲，抱着“不成功便成仁”的悲壮念头，勇敢地打开了浴室的门。

徐泽凯站在门外迎接她。他伸出手，在洛可可尚未搞清状况前人已离开了地面，被他用公主抱的方式抱了起来。她第一次体验公主抱的滋味，原来看似简单的动作包含了男人作为征服者的力量，以及对这个女人的宠爱。

感知到这份宠爱的洛可可抬起了手，勾住徐泽凯的脖子，靠着他的耳畔轻言细语：“今晚，我是你的！”说完这句话，她的脸颊热烫得像是发高烧。洛可可压根没想过如此自然就把调情的话说了出来，自我嘲讽果然是饥渴过度。不过事到如今，与其装模作样不如好好享受欢愉，既然大多数男人都不乐意女人像一块木头，那她也就放大胆子努力表现得不那么矜持了。

尽管洛可可拼命地咬着牙忍耐，徐泽凯依旧听到了意料之外的呼痛声。他立刻停下了动作，眼神惊讶表情诡异，似乎从未想到她是第一次。

洛可可的感情经历，比他预估得更如一张白纸。

“你应该早点告诉我，我可以温柔一些。”他亲吻她的嘴唇，希望借此转移她对下半身痛楚的注意力，“对不起，弄疼了你。”

徐泽凯的体贴大大舒缓了洛可可的紧张情绪，她放松下来，隐约觉得疼痛减轻了许多。与此同时，另一个既成事实更令她百感交集，她终于在这一刻完成了由女孩到女人的蜕变。她用湿漉漉的双眼凝视他的脸，轻声感慨：“Ken，我很高兴你是我第一个男人。”

第一次，徐泽凯真心实意地回应道：“可可，我不止想要‘第一’，我还要求一个‘最后’，成为你最后一个男人。”

洛可可伸出双手攀住徐泽凯的肩膀，拉下他的身体与自己紧密贴合。她体会到了卓琳形容过的充实，没有爱情的人生并不失败，但生命会因此缺少另一个人的温度。

比起洛可可房间的春色无边，卓远与霍梓乔那里则显得气氛凝重。他靠坐床头，手上拿着遥控器，每隔几秒钟就换台，仿佛频繁切换画面能取代脑海里的胡思乱想，能让自己不在意隔壁的隔壁会发生什么。

霍梓乔默默观察了好几分钟，在他第五次将所有能接收到的频道按了一遍之后，她忍无可忍地关了电视机。

卓远抬起头，哀怨地看着她。霍梓乔大步走过来，戳着他的肩膀说道：“Rex，我和你放了老赵鸽子让所有预约开天窗到西塘来，不是为了看无聊的电视节目。洛可可在房间里，不管她正在做什么或者做了什么，你得过去告诉她真实的想法，这才是我们来这里的目的！”她戳得相当用力，可见恨铁不成钢的程度之深。

他握住她的手，无奈地回答道：“我做不到，Joyce。我搞砸了我们的关系，今天一整天她没主动跟我讲过一句话。”

回想当日所见，的确如卓远说得那样，洛可可没怎么搭理他。不管是吃饭，还是坐游船放许愿灯，她和徐泽凯形影不离，简直能用“如胶似漆”来形容。旁若无人的亲密落在卓琳姐弟俩眼里有着截然不同的效应，卓琳是喜不自胜地觉得死党终有望披上婚纱，卓远却是各种羡慕嫉妒如五味杂陈。

他无比懊恼当初拖洛可可参加相亲联谊会的举动，若非如此她不可能遇见徐泽凯。卓远觉得假如洛可可倾心的是一个忠厚老实看上去很靠谱的男人，他不至于牵肠挂肚放不下她，肯定会像祝福自家姐姐那样祝贺她找到真正的Mr.Right。然而她偏偏爱上一个与他一样游戏人间的徐泽凯，怎不让人耿耿于怀？

他拱手让出男主角，绝不是为了让别人继续主演这部伤心的电影。若注定是一场曲终人散的短暂狂欢，为何不能是他陪她看尽烟花？

西塘，这个宛如梦境一般的江南古镇在洛可可的人生占据着浓墨重彩的一章。姑且不论结局如何，她一生中某个最特别最重要的夜晚在此地度过，和当时最爱的那个人。

不管洛可可曾经幻想过多少次“初夜”后的第二天早晨该如何冷静面对同床共枕的男人，当这个男人真实存在于枕边之际，她发现压根儿没法淡定。张开眼睛的第一分钟，她倾听耳畔均匀的鼻息，确定徐泽凯仍旧在熟睡中，这才蹑手蹑脚地掀开被子，悄悄下床捡起衣物直奔浴室。

定下神，洛可可才觉察到下半身轻微的不适。体谅她是第一次，昨晚徐泽凯的动作极其温柔，甚至于经验值为零的她都能感觉到身上的男人并未真正彻底地释放自己。徐泽凯的体贴打动了洛可可，她暗下决心今后一定要好好补偿他，怎么说“性福”这件事都得男女双方共同努力才行。

她洗完澡穿戴整齐，回到房间发现徐泽凯还在睡梦中。眼看时间已近8点半，洛可可遂走到窗前猛地拉开窗帘，放入一室阳光。

突然的明亮刺激了床上的男人，他把脸埋进柔软的被褥，嘟嘟哝哝地讨价还价道：“再，再五分，不，十分钟。”

洛可可忍俊不禁，整个人被浓浓的幸福感包围着。卓琳曾经说过：“迈出第一步，才会有接下去的第二、三步，才能越走越远。”如今想来，她由衷地觉得好友所言极是。没有昨夜的缱绻缠绵，今天又怎能目睹他孩子气的这一面？收获，从来都需要先付出。

她微笑着走过去，俯下身轻拍他露在外面的半边肩膀。肌肤相触的一刹那，她不免心荡神驰，又回想起夜里身体交缠耳鬓厮磨的情形，顿时一股燥热流窜于四肢百骸。洛可可赶紧缩回手，默默反省自己丢人的反应。

冷不防，一双温暖的手抓住了洛可可的双腕。她抬起眼帘，对上徐泽凯含笑的眼眸。“早安，可可。”呼唤她名字的声音，温柔如水。

洛可可忽然羞涩起来，结结巴巴回了一句“早上好”，继续懊恼自己和成熟冷静差距甚远。他笑笑，将她的手拉到唇边，从手指一路细吻到手腕处的静脉，情话绵绵：“可可，我很高兴你为我心跳加快。”

洛可可的脸更红，低声应道：“好了啦，再不起来我们就要错过卓琳定下的早餐集合时间了。”她可不想日后被好友讥笑为纵欲过度起不了床，连哄带劝也要把赖床的男人拖下来，甚至打算动手掀他的被子。他两手一摊，大大方方腾出让她施展身手的空间，只是慢吞吞地补充说明：“You know，我什么都没穿。”

一句话唬得洛可可弹开三步，她尴尬地转头，假装嗓子不舒服地咳了两声说：“你，你先穿衣服吧。”

明白这是初经人事的她必然的害羞，徐泽凯也收起玩笑之心，合作地起身下床。在这个用手机就能摇出一夜情对象的时代，像洛可可这般“不随便”的女人委实少见。抬手擦去镜子上氤氲的水汽，徐泽凯看到镜子里自己的脸，表情足够复杂。对洛可可，他有一种从未体验过的珍惜，但这份珍惜能否化作天长地久的关系，徐泽凯并无把握。

顺其自然吧，他只能这样告诉自己。

洛可可面对卓琳、卓远两姐弟的第一反应是尴尬，这两个人知晓她的“初夜”

秘密，必定会想象她与徐泽凯同处一室时会发生哪些事。正因为大家都是成年人，所以她连若无其事的可能性都没有。

卓琳的开心是写在脸上的，仿似成功在即就等着喝她的喜酒了。当然作为洛可可无话不谈的闺蜜且有经验的过来人，卓琳还额外关注了徐泽凯在床上的“表现”，毕竟能嫁出去不等于能嫁得好，她同样在意好友未来的人生“性”福。

卓琳故意拉着洛可可落在众人后面，悄声问她：“老实交代，昨晚怎么样？”

洛可可举起手，在卓琳胳膊上拍了一下以示抗议，嗔道：“你真八卦！”她飞快地抬头看看前后左右，一脸心虚。洛可可还没做好心理准备和别人分享两性方面的体验，哪怕对方是多年的死党。

“受不了哦，年纪一把还玩害羞，我鸡皮疙瘩都起来了。”卓琳翻翻白眼，“OK, OK，我不问细节了，”音调陡然降低，几乎是耳语的音量，她问道，“你有没有不舒服？我第二天可是差点下不了床。”

洛可可惊诧地看了一眼卓琳，不知这个问题的答案究竟是体质差异，还是激烈程度不同。她咽口唾沫，尴尬地回答：“呃，我还好，没什么大问题。”继续左顾右盼，只觉得擦肩而过的每个人似乎都听到了她们的对话，各个表情耐人寻味。洛可可暗暗祈祷卓琳别再追问下去，或者能有谁来解救自己逃离这场拷问，她实在接受不了大庭广众之下讨论隐私问题。

许是有心灵感应，徐泽凯出现在两人面前，含笑微微道：“不好意思，我要领回我的女朋友了。”他自然地牵起洛可可的手，紧紧握住。

“OK , OK，电灯泡自动退场。”卓琳的笑容无比灿烂，仿佛股票解套那般心情舒畅。她快步走向在前方等待自己的李家成，深信每个人都有一个命中注定在或远或近的地方默默守候，只是遇见的时间问题。

卓远和霍梓乔走在最前面，刻意与洛可可、徐泽凯拉开距离。早晨在旅馆古色古香的客堂前集合后，卓远含糊地冲诸人打了个招呼就拉着霍梓乔一马当先走得飞快，活像饿死鬼赶着去投胎似的。

“胆小鬼。”霍梓乔轻蔑地评价，一脸不赞同。昨晚两人的谈话最终以“滚床单”结束，虽说卓远受到刺激后的表现令人满意，但她在获得生理满足的同时，也感受到了巨大的心理不平衡。

不管是备胎还是替身，没有人会心甘情愿就此天荒地老。霍梓乔原本以为自己对任何男人都能做到心如止水，所以她十分满意这段friends with benefits的关系。然而事实却是在一次次的身体沉沦之后，她的心里渐渐有了他的一席之地。

曾经有一个夜晚，卓远抱着她说："说起来有些奇妙，我的梦中情人和你几乎一模一样。要是我们能早一点相遇，也许都能幸福。"

霍梓乔当时不在意，皆因未动心。当亲眼看到卓远因为魂牵梦萦的女子和别人卿卿我我而失魂落魄的样子之后，她对他突然有了感觉。她以前不理解任盈盈为何明知令狐冲对小师妹一往情深还能爱上他，原来每个女人都渴望被人视若至宝，羡慕会成为爱情的诱因。

卓远耸耸肩，对她的嘲讽无动于衷。他望着河对岸某家客栈窗下的红灯笼，淡淡地说道："以前我认为是ex抛弃了我，其实我才是先抛弃她的人。有些人注定一生孤独，他们从来不懂得珍惜人和人之间的关系。"

霍梓乔凝视着眼前这名男子，他有好看迷人的侧脸——这半张脸，写满伤感。她的心微微抽痛，为自己，部分也为他。

她伸出手，抓起卓远搁在桥栏上的手。在他诧异的目光中，她与他十指紧扣，那是恋人最爱用的牵手方式。

"没关系的，我会一直陪着你。"霍梓乔仰起脸说道。阳光耀眼，她眯着眼睛笑容明朗，那颗风情万种的美人痣在眼角下方魅惑动人。

卓远回想起额济纳八道桥日出时分听过的一句话："没有人是注定孤独的。"他的心里忽然漏进了一道阳光，照亮了最阴暗的角落。

他看着她，沉默不语。与霍梓乔相扣的手指出卖了卓远的内心，他握得那么紧，仿佛她是最后的救赎。

"等房租到期，就搬到我那里吧。"话说出口的时候，卓远内心充满忐忑。他并不能确定自己是否已做好和第二个女人保持长久稳定关系的准备，同时也不指望霍梓乔一定会欢天喜地欣然接受。她是一个难以捉摸的女人，从认识之初到现在，卓远永远预测不到霍梓乔下一步会做什么。

他们是将人生真正视作"体验"的同一类人，但偏偏吸引卓远的从来都是那些有目标有野心的女人，譬如蒋彩妍，譬如洛可可。

霍梓乔回头望向身后，洛可可与徐泽凯手牵着手旁若无人地show甜蜜。无从判断卓远的提议究竟有几分出自这一对的直接刺激。But so what？她对自己说道，率性地甩了甩头发，她立刻给了他答复："谢谢你替我省钱！"声音落地，她的吻也留在了他的唇上，如同订下契约。

不管爱与不爱，卓远向寂寞投降了。

从西塘回来后，洛可可与徐泽凯的关系进入稳定发展阶段，所有的迹象都表明这段感情大有开花结果的趋势，她摘掉"剩女"帽子指日可待。但是生活显然不想让洛可可过得太舒心，当她在情场上好不容易顺利了一回，却遭遇了事业的挫折。

缘起于公司新上任的销售总监叶鸿伟（Chuck）。在洛可可目前就职的公司中，她是唯一的女性PM。之前的销售主管并无明显的偏向，差不多每个项目团队都有活儿干。偏偏这位"叶总监"有性别歧视，洛可可上一个项目结束近三周时间还没接到新的任务，甚至连陪同销售前往潜在客户处做演示的机会都没有，这不得不让人怀疑这一切都是故意为之。

无所事事就意味着年终项目的提成会大幅缩水，与收入直接挂钩的事儿搁哪里都是头等大事。洛可可空闲了三周，在第四周的周一例会结束后径直走进叶鸿伟的单间，客气地询问自己的表现是否令他不满意。

"Chuck，我负责的每一个项目都能按时收款，尾款基本在试运行三个月之内全部结清，项目周期从不超过schedule。我不清楚哪一点令你对我的能力表示怀疑？"她坐在他对面，为自己和团队争取机会。

她面前的男子眼神锐利，嘴角微微一扯就算是友善的微笑了。她没和他合作过，不知道面对客户他是不是也是这副拽得要死的模样，不过更大的可能是在客户面前低声下气，所以回来就不给自己人好脸色看以求得心理平衡。洛可可偷偷摸摸腹诽，面上还得做出"聆听教诲"的样子。

"你不记得我了，是吗？"叶鸿伟表情淡漠，话里的内涵吓了洛可可一大跳。她看着他，大脑飞快地寻找相似的面貌身形——一米八二的高度，光头，穿西装有男模风范——她从来没遇到过这么帅的相亲对象，因此绝对不存在本人不知晓的情感纠葛。

"Sorry，确实没印象。"她诚实地回答道。

叶鸿伟又是淡淡一笑，极为随意地说了一家500强企业的名字。"当时我是甲方。"他补充道。

洛可可恍然想起多年前曾经参与过该客户的招投标，但不记得当时现场有没有他。那一次她初出茅庐，再加上与她合作的销售本身就抱着“陪标”的心态，导致客户需求的重点完全理解错误，宣讲会的表现只可用“一塌糊涂”形容。想到此，她隐约有些明白他的歧视根源了。

洛可可深吸口气，告诫自己冷静。“你不能因为我过去的一次失败就否定我之后的努力，对我以及我的团队都不公平。”

“我不care。”手指轻弹桌面，他的神情依旧淡漠。“我不相信女人能做好PM，仅此而已。”

明显的歧视！洛可可站了起来，用力咬住嘴唇克制怒气。愤怒只会让人失去理智，聪明的做法是想办法战胜他的偏见。

“对不起，打扰了！”她不温不火地说完，沉着冷静地步出他的办公室，一路面带笑容走到洗手间才卸下伪装的面具，紧握拳头狠狠捶了好几下墙壁发泄愤懑。

洛可可的不甘心只能说给徐泽凯一人听。办公室人多嘴杂，何况目前她与叶鸿伟尚未到公开决裂的地步，自己遭受的不公正待遇，还是越少人知晓越好。此时有男朋友的另一个好处由此凸现，他可以充当情绪的“回收站”，并且允许她整晚重复进行还原后再删除。

“确实，相当过分。”当洛可可第N次痛斥叶鸿伟的性别歧视，徐泽凯第N次发表相同的谴责言辞。按照大部分男人的思路，肯定觉得女人的抱怨完全属于无用功，既不能解决问题，还浪费了口水。不过徐泽凯深刻明白女人需求的优先级首先是情感上的共鸣，只有先安慰她们受到伤害的心灵，方才到提出解决方案的时间。

他们坐在沙发上吃饭后水果，洛可可靠着徐泽凯的肩膀，悠悠叹息道：“赢不了，我就只能辞职不干了。最近股市不错，要不干脆在家炒股算了。”她本来对股票没有深入研究，和徐泽凯交往之后在他的建议下买入几只股票并且小赚了一笔，如今一想倒也是一条退路。

他笑笑，提出女人都爱听的解决方案：“没关系，我养你！”这句话堪称哄女人的必杀技，他犹记得上次说了之后她的反应，和别人一样感动的表情。

简简单单的三个字，代表了男人的责任感，以及他对自身赚钱能力的信心。卓琳曾和洛可可说起过自己的某一任男友，当她开玩笑地表示将来想做全职主妇时，此人忙不迭地否定她的想法，后来他们果然因为钱财方面的问题分道扬镳。爱情可以和金钱无关，但生活永远现实。

“谢谢，”她亲亲他的脸以示对他声援的谢意，“不过我没打算做全职太太。”

室内有片刻的安静，这是他们第一次谈论牵涉到未来的话题，虽然包含有调侃的成分。徐泽凯主演的每一部爱情电影里其实都有相似的桥段，只是出现时间的早晚而已。他从果盘里拿了一片橙子，借此平复突然的冲击感。

很久以前，他偶尔会想象有妻有子的家庭生活，来自于父母不幸婚姻的记忆总是随之复苏，令他整个人都陷入不愉快的情绪中。徐泽凯认定自己对世俗认定的正常家庭模式无能为力，即使有一天他愿意尝试婚姻，他也希望能与伴侣达成不要孩子的共识。万一他们的努力失败，就不会留下另一个不幸福的灵魂。

至目前为止，尚未有任何女人和他走到真正讨论未来的那一步。她们就像屡战屡败的中国男足，总是倒在临门前一脚。

洛可可呢？尽管徐泽凯承认她有一些特别，可是还不能强大到战胜他心底的恐惧。

“Anyway，我赞成女人要有自己的事业。”总算，徐泽凯想到该如何接她的话避免继续冷场，“当你累的时候，我不介意你休息多久。”他自认回应得无懈可击，半转身将橙子送到她的嘴边。

洛可可其实并没有试探的意思，按照她的想法至少交往一年以上才能谈婚论嫁。了解一个人需要时间，况且婚姻毕竟是一辈子的事，谁都不是冲着离婚而结婚的！她当时未经考虑便脱口而出“全职太太”那四个字，又想不到适当的补救话语，不禁感谢徐泽凯出手把这一页不露痕迹地翻了过去。

她笑了笑，张口咬住他献上的殷勤，心想眼下还是先享受恋爱的甜蜜吧。他们相识四个月，相恋的时间不足两月，若他此刻承诺天长地久，洛可可肯定第一个质疑其真实性。十年前那个对卓远的早恋不屑一顾的女孩说过“天长地久此情不渝，全都是骗人的鬼话”，如今理性犹在，只是被她隐藏在深深的角落里，轻易不出面动摇军心。

不信任别人，怎么有勇气在幸福路过的时候打开门？

卓远是另一个听到幸福敲门声音的人。12月18日是他的26周岁生日，陈爱华提前一周就打电话让他带女朋友回家一起吃饭。自从霍梓乔公开亮相西塘，卓琳就把她当作卓远的正印女友告诉了双亲，又借父母之口传到卓文斌、陈爱华那里，作为家长必然做不到无动于衷。另一方面，他们心里未尝不希望“成家立业”的念头能早日让自家不成材的儿子回到正轨。

卓远不置可否，假如对母亲明说霍梓乔和他仅限于“炮友”的关系，保准能把陈爱华吓出心脏病来。不管内心有多不情愿，他还是把父母的意思准确传达给了霍梓乔，顺便提及那天是自己的生日。

“你要不要和我回去见家长？”他支起手肘托着腮帮侧卧在她身边，脸上挂着慵懒的笑容，漫不经心地发出邀请。

他的表情和真诚无关，可是霍梓乔仍旧满心欢喜地说：“好啊。”她开心地回应着，笑弯了眼睛。

卓远平躺下来，眼望着天花板嘟哝道：“真奇怪，你现在和第一次看到的时候完全不一样了。”翻上霍梓乔的身体，他盯着她的脸，用拷问的语气说道：“老实交代，你是不是故意引我上钩？”

她用力摇头，微卷的长发散乱地披在枕上，像疯长的藤蔓。他低下头，从她的发际、肌肤，闻到与自己身上相同的沐浴乳的味道，他们已如此亲密。

“霍梓乔，”他喜欢连名带姓地叫她，“友情提醒，我爸妈可不好对付。”至此，他才略略把陈爱华的邀约当成正儿八经的一件事对待。卓远心里其实有些紧张，他从未带女人见过家长，严重缺乏经验。况且他和霍梓乔属于非正常的“男女朋友”关系，万一父母问起他们有无结婚的打算，他担心她会不会说错话。

卓远为这事连着好几天心不在焉，懊恼自己多此一举。当初他应该一口回绝母亲或干脆瞒着霍梓乔，也就免去了诸多麻烦。

他仿佛夹心饼干的中间层，两头不知他懊悔情绪的“饼干”，都在为即将到来的会面忙碌着。霍梓乔将紫红色挑染的头发重新染回黑色，若非卓远阻止，她甚至想把头发拉直以期给卓远的父母留下清纯的好印象。

他对此不屑一顾。“霍梓乔，你过于认真了。”卓远这样评价道。

卓远的态度对心理脆弱的女生绝对是一大打击，不过霍梓乔早有了免疫力。不管是从前还是现在，她喜欢的男人总会伤她的心，有时候霍梓乔免不了自嘲挑选男人的眼光真心需要改进。

她微笑的脸在阳光下十分生动，“你不会以为我认真的理由是想要嫁给你吧？”她索性揭穿他的心事，将他一军。

卓远哑口无言的模样，绝对能令平时被他毒舌所伤的人拍手称快。他悻悻地走开，不再过问霍梓乔的准备情况。

12月18日，星期四，卓远如常开工。他与霍梓乔白天各有拍摄任务，约好收工后在公司会合一同前往父母家中吃饭。背着摄影包下楼时，卓远在走廊上碰到了洛可可。

她的手里提着早餐，是之前某一天请他品尝过的生煎、油条和豆浆。卓远笑笑，恍惚觉得那已是比十年更长远的时间了。他注意到她买了两份早餐，脑海里顿时生成各种画面，每一幅画面里都有令他讨厌的徐泽凯，心情立刻不好了。

洛可可似乎也想起了那一天，有一瞬间的走神，不过很快恢复了正常。她看看他的装备，笑着问道：“今天还要工作？”当初订火车票时输入过他的身份证，她记得中间几个数字是19881218，今天是他的生日。数字方面的记性，洛可可出奇地好。

卓远不明所以，探头望望窗外的天色，回道：“天气晴好，尽管冷但是要出嫁的女人都有颗火热的心，她们感觉不到的。”他现在唯一的希望是今天的准新人都能配合一些，好让他和霍梓乔早点收工回家。

洛可可轻轻咬着嘴唇，犹豫着该不该祝他生日快乐。她不是记仇的人，先前信誓旦旦地说做不成朋友纯属一时气话，想想她没任何损失，那点恩怨也就一笑置之了。谁没有过酒后冲动的时候呢？尽管那天她不记得同他喝过酒。

卓远和她道别，洛可可惊觉自己又走神了。眼看他走下了楼，她来不及细想，祝福的话已冲口而出：“卓小弟，生日快乐！”

他猛然回头，望着几级阶梯之上的洛可可。卓远万万没有想到，她竟然知道今天是他的生日。他心潮澎湃，然而千言万语到嘴边却变成最普通不过的“谢谢”二字。

她点点头，微微一笑转身上楼。卓远目送洛可可的身影消失，转回头继续自己的上班之路。他哼着歌下楼，觉得今天已收到最棒的礼物。他不能再奢求更多了，只要她不再视他如陌路，只要她还会以“卓小弟”来称呼他，他甚至可以接受她和其他人在一起的事实。

有一种幸福，是看着所爱的人得到它。卓远用这个理论说服了自己。

霍梓乔同卓远父母的会面为他的生日画上了完美的句号，比他预想到的更融洽。时代在变，父母的观念也在变，从以前坚持只要上海媳妇到现在接受他找一个外地的女朋友，卓远大致能推测出父母转变的心路历程。

父亲借出爱车给他送霍梓乔回家，周日晚上9点的高架一路畅通，很快到达目的地。她没有立刻下车，而是坐在副驾的位子上，悠然自得地哼着歌。

卓远也不说话。他放下车窗，点起一支烟，静静地听她哼的歌。出乎他意料之外的是，她的英文歌唱得韵味十足，让人刮目相看。

"我是不是从没带你去KTV唱过歌？"他忽然问道，打断了她的歌声。

霍梓乔看了看他，不禁怀疑他是不是明知故问。他们的关系比较复杂，跳过一垒、二垒直接上到三垒，自然不像正常谈恋爱的男女那样有循序渐进的交往过程。大多数时候，他们见面的目的就是为了上床。

她以前从没觉得这样的关系有何不妥，并非所有曾经沧海的人都有能力重新经营另一段感情。如果没有办法同时满足心灵和肉体，那只能优先考虑要求较低的一项。反正无论身处何方，可以上床的男人比比皆是。

卓远的问题使得霍梓乔陷入沉思。她深爱过的男人是有妇之夫，禁忌的关系注定他们没办法正大光明，印象中他们从未手牵手逛过街、看电影、唱KTV……情侣间最普通的约会内容统统与她无关。女人通常是选择了什么样的男人，便拥有什么样的生活，现实公正无私。

她的头左右晃了晃，算是回答了他的提问。在他张口欲言之前，霍梓乔灿然一笑，语带嘲讽道："Come on，别告诉我你突然对俗气老套的约会游戏感兴趣了？我可不奉陪！"

卓远凝视着她的眼睛，似乎想从她脸上看出真伪。霍梓乔一脸坦然，倒显得他自讨没趣了。"说得也是，"指尖轻弹，剩下的半支烟飞出车窗，他转头目视橘红色星芒坠落的轨迹，接着说道，"你和别人不一样。"

霍梓乔默然，她多想冲他喊叫承认，自己和其他女人一样需要一个可以依赖，并且共同规划未来的男朋友，可是那样做的后果绝对会让卓远逃之夭夭。他仿佛是异性版本的她，于是她能看见他的孤独、迷茫以及恐惧。

他们如此相像，注定无法互相救赎。卓远想要的女人，永远不会是她。

霍梓乔移动身体，靠上他的肩膀说："我和房东说了，到期后不再续租。所以你上次的提议，还有效吗？”

留宿和同居，含义大不同。西塘回来后卓远绝口不再提同居之事，霍梓乔原以为他反悔了，想不到竟得到了他的欣然回应：“随时欢迎！”

卓远的表态委实发自肺腑。他的楼上住着洛可可，再加上一个不知何时会来串门的徐泽凯，他迫切需要一个同居者来分散自己的关注点。否则，胡思乱想的滋味可不好受。他在心里长长叹了口气，对再一次将霍梓乔当作挡箭牌的自己充满愤怒，但，无可奈何。

她笑得花枝招展，眉眼弯出好看的弧度。“那么，作为答谢，我请你上楼喝杯酒。”偶尔，她喜欢用“含蓄”这一招。

卓远没有犹豫，即刻决定接受这份生日礼物。“喝了酒我就不能开车回去了。”他修长的手指滑过她的脸，轻轻描摹她的唇，他的回答也是一本正经。

红唇微启，咬住他手指的女人吃吃笑道：“正合我意。”

有时候，卓远不得不承认霍梓乔远比洛可可更适合自己。偏偏他想要得并不是合拍的伴侣，而是一场奋不顾身的爱情——哪怕可以预见惨烈的结局，依旧会为那个女人痴狂。

第十章

2014年的最后一天

2014年12月31日，大部分人用“不在状态”消磨节前最后一个换休的工作日，并期待连续三天小长假的日子，洛可可抱着笔记本电脑走进叶鸿伟的办公室，打算为自己在这家公司的发展前景作一番努力。

“我相信你不是来和我说Happy New Year的。”叶鸿伟的视线从笔记本屏幕移到洛可可脸上，对她的突然造访丝毫不感到惊讶。

她一脸坦然，反正最糟糕的情况已经是“雪藏”，即使他再误解也坏不到哪里去了。“我问过你的助理，她说今天你没安排，耽误你15分钟，可以吗？”

他做了个手势，示意她坐下：“Please，需要咖啡吗？”

“不了，谢谢！”她委婉谢绝他的好意，落座后即刻将笔记本屏幕转向他，手指划过控制板打开PPT，先给他看目录页。“这是针对我在公司所参与项目的汇总。每个项目的需求重点、实施阶段的技术难点、项目各阶段的收款时间表，全部都作了总结。”Slide一张张切换，叶鸿伟却只是看着，不提问也不发表任何意见。

他的反应超出了洛可可的设想，好在她以前也遇到过一言不发玩深沉的客户，心理素质早已磨炼得非比寻常。“我希望这份PPT能改变我曾经留给你的坏印象……”洛可可话才说了一半，叶鸿伟终于出声打断了她：“以你的经验和资历，其实不需要强求转变我的看法，外面想挖角的公司不在少数。Why？”

她看着他说：“你做销售这一行，应该比我更有体会：总有我们拿不下来的客户，但是不试一下，没办法说服自己。”洛可可顿了顿，继续说道，“不行的话，才到了离开的时间。”她默认他所言非虚——对她有兴趣的公司不少，她不愁找不到下家。

“我承认，你的这份自我介绍能够充分证明我的偏见。不过我这里也有一份数据，想给你看一下。”他打开一份报表，将屏幕转向她，一脸从容地说，“我统计了公司最近三年项目的后续情况，你负责的项目很少有二期，或者三期。没错，你或许是一个出色的PM，能够按时交付高质量的项目并且完成收款，可惜你欠缺将客户变成长期合作伙伴的能力。这，才是我不满意的地方。”

叶鸿伟一席话将洛可可说得哑口无言。他展现的统计报表她根本不用看，心里清楚事实如此。他不理她难堪的沉默，接着说下去：“其实很多单子都不是工作时间谈下来的，做IT这行大多数是男人，所以我们能充分利用抽烟喝酒谈论女人的时间和客户建立感情，但你做不到。”他打量着她，从发型到脸上的妆容，再到上半身的西装，一边摇头，一边无奈地叹气，“你的专业能力在公司数一数二，续航性能的不足可以通过发挥自身的性别优势弥补。”他笑了笑，直言不讳道，“男人都爱美女，中性打扮只会减分，你至少应该从视觉上满足一下客户的需求。”

洛可可觉得叶鸿伟的理论荒谬至极，然而她一句反驳的话都说不出口，兀自闷闷地生气。最令人不爽的部分莫过于他对她外表的否定，在这一点上洛可可如今的反应与其他女人并无二致，而在以前她完全不介意异性会如何看待自己。

洛可可将心态的转变归因于生命中插入的意外——徐泽凯，同时反省自从两人确立恋爱关系之后自己确实产生了懈怠感，那些一度被勤快使用的化妆品再一次被束之高阁。如此想来叶鸿伟对她的批评尚可接受，最多从今往后把他归入只注重外表的肤浅男人一类就是了。

“你的意思是让我改变形象？”冷场半天，洛可可总算憋出一个问题。听到她的声音，叶鸿伟的视线离开笔记本屏幕，重新回到她身上。

“我很期待与你的合作。”他给了她一个模棱两可的回答。

洛可可挫败地离开叶鸿伟的办公室，坐在她身后房间里的那个男人高深莫测，她完全揣摩不出他的真实心意。

也许，洛可可郁闷地想到，是时候问问徐泽凯愿不愿意“包养”她了。

新年前的最后一天，徐泽凯陷入了恐慌的情绪中。逢年过节，他交往过的女人几乎人人会提同样的要求——去我父母家吃饭吧，于是顺理成章地将他拖去见了家长。当他看到为人父母者脸上真诚的笑容，联想到今后势必要变成失望无奈之色，同时还要担心被甩的女儿，罪恶感油然而生。皆因这一丝微末的愧疚，徐泽凯自认不能算彻头彻尾的坏人。

洛可可对他提了相同的要求。当时她满脸期待，而刚刚与她共赴巫山的他实在说不出拒绝的话，就这么愉快地决定2015年第二天去她父母家吃饭庆祝新年。

所有惊天动地的爱情最终也会落下尘埃，回到世俗认可的道路上，徐泽凯如此说服自己。其实从一开始他就明白洛可可是奔着“结婚”这一终极目的而去，奈何追逐的天性令他选择了遗忘，再加上过往数次全身而退的经验，徐泽凯并不惧怕招惹恨嫁心切的“剩女”，反而觉得与这一类女人交往能更快得手。

随着见家长之日一步步逼近，徐泽凯的犹豫越发明显。征服洛可可带来的新鲜感一旦消退，抵触情绪逐渐占据上风，此前误导他以为她是命中注定之人的种种感觉皆被统一定义为“错觉”，更像是头脑发热荷尔蒙作祟开了一个国际玩笑，如今回归正常而已。

他开着车，在街上漫无目的地行进。短信提示铃声不断响起，起初他还颇有兴趣地看了几条，但这年头最惦记你的人通常只会是银行、保险公司和中国移动，准点发送永远不会让你觉得被遗忘，他很快就对即将到来的2015年意兴阑珊了。

等红灯的间隙，短信提示音再度响起。这个红灯稍许长了一些，出于无聊徐泽凯拿起了手机，想看看究竟是哪个号码发来的新年祝福，视线扫过屏幕，他的神情立刻从漫不经心变为专注。

短信来自蔡雅婷，他的前女友。

蔡雅婷的问候仅有四个字——新年快乐，淡然得就像普通朋友之间打招呼那样。但徐泽凯偏偏从这简简单单的四个字背后解读出了千回百转，他想象着蔡雅婷如何写了删除、删除了再重新编辑，周而复始，到最后终于发送到他手机屏幕上的是最简单也最复杂的四个字。一时间，这个被他抛弃的女人在徐泽凯的记忆里重新鲜活起来，比他们在一起的时候更加楚楚动人。

失去的，得不到的，总是最好的。

他将车停靠在路边，字斟句酌回了一条短信给她。前女友的再度联系可以理解为冰释前嫌，更进一步的话不排除鸳梦重温的可能性，所以无论分手时听到多少恶毒的诅咒和怒斥，徐泽凯都会以宽容之心对待前女友们，毕竟导致她们歇斯底里的根本原因在于爱他。

蔡雅婷的回复速度比他想象中更快，仿佛她在一直守着手机等他的消息。徐泽凯觉得蔡雅婷的问候绝非表面上那么简单，他的预感向来准确。

30分钟后，徐泽凯的车停在蔡雅婷入住的酒店停车场。下车前他少许犹豫了一小会儿，终于没能抵挡住诱惑，还自我安慰仅仅是为确认她过得好不好。

蔡雅婷发给他的最后一条信息是房间号码，他把四个数字牢牢记在心里，删除了与她的全部对话。虽说洛可可不是那种喜欢查看男友手机的女人，但谁能保证哪一天她不会心血来潮，就像曾经的蔡雅婷。再者，他难免做贼心虚。

酒店的长廊静谧至极，徐泽凯踩着厚实的地毯按标识的箭头走向蔡雅婷所在的房间。他站在门外，抬手按门铃时眼前浮现出洛可可的脸，一瞬间闪过转身离开的念头。

可是，来不及了。蔡雅婷打开了门，神情一如当日他推着行李车走出到达通道在接机的人群中看见的她，很多很多的回忆突然间汹涌而至，迅速吞没了徐泽凯。那种感觉就像久别重逢，隔着时光的帘幕重温往昔，所有爱恨恩怨都蒙上了唯美的面纱。

徐泽凯似乎忘了，当初正是他先离开的蔡雅婷。

他上前一步，伸出手，将她拥入怀中。她的头发和她的身体，都有他熟悉的味道。

蔡雅婷仰起脸，微红的眼眶、颤抖的唇都证明她的情绪无比激动。她准确地找到了徐泽凯的嘴唇，馥郁芬芳的玫瑰香气侵袭着他的鼻腔，他没有拒绝带着温度的柔软，这一刻他完全把洛可可抛在了脑后。

别后重逢的这一吻，千言万语，尽在其中。

在叶鸿伟那里并没有得到预期效果的洛可可提早下班回家了，离开公司前她给徐泽凯发了一条消息，问他晚上是打算出去吃跨年饭还是留在家里。徐泽凯没有回复，她便默认他想在家共度二人世界，毕竟12月31日晚上的饭店人满为患，几乎没有不需要等位的餐厅。

她走到卓远那一层楼，意外地看到霍梓乔靠坐在一个硕大的行李箱上，在卓远房门外玩手机游戏。她的心情颇为微妙，她明白霍梓乔带着行李入住的背后含义，瞬间有一种“这个男人终于属于别人”的感受，即使卓远从未属于过她。

“Hi！”洛可可率先打了个招呼。

听到声音的霍梓乔抬起头，发现是洛可可时，嘴角勾起了浅笑。她从行李箱上跳下来，把手机随兴地插到牛仔裤袋里，顺势再做两个伸展动作，一边寒暄道：“Coco姐，你这么早就下班了？”

以她们并不熟稔的关系，洛可可自然不会坦承心情不好所以给自己放假。她“嗯”了一声当作回应，将焦点转回到霍梓乔身上，她瞄一眼对方的箱子，假装好奇实则求证性质地询问道：“你以后搬过来住？”

霍梓乔大大方方地点头，笑眯眯地说道：“嗯，卓远说没必要付两份房租，所以我就搬来和他一起分摊房租。”同居一事经她这般描述，顿时显得意义非凡。

“哦。可是，难道小远不知道你今天过来？他没给你钥匙？”洛可可对霍梓乔被堵在门外的现状颇为在意，当她意识到卓远尚未把钥匙交给眼前这名女子时，竟然兴起一丝窃喜。曾经，他在搬来的第一天就给了她一把钥匙，虽然名义上仅仅是“备用”，但当时却也让洛可可暗暗高兴过一阵子，仿佛自己比其他女人更接近了他一步。

霍梓乔跺了跺脚驱散寒气，笑着说道：“我想给他一个惊喜呀，新的一年新的开始。”洛可可从对方脸上发现了恋爱中女人独有的甜蜜，不由自主地想要给她浇上一盆冷水，于是开口道：“今天是跨年夜，酒吧一定会通宵营业，你就准备坐在这里一直等他？”洛可可理性的分析，暗示霍梓乔浪漫过头的想法不切实际。

霍梓乔一脸“完全没想到”的shock表情，她抿着嘴巴沉思了一会儿，似乎在考虑接下来的十个小时该何去何从。目睹对方不知所措的样子，洛可可血液里的善良因子占了上风，她在心底悠悠叹了口气，有一些遗憾、羡慕，以及不甚明了的其他情绪在翻腾，洛可可选择无视它们。她打开背包，掏出一串钥匙，低着头一边找，一边说：“小远给过我一把备用钥匙，我先帮你开门吧。”

霍梓乔的脸上迅速掠过一抹怀疑，不过她聪明地保持了沉默。等到洛可可打开房门，用脚撑着招呼她赶紧把行李箱拖进去，方才盈盈笑道：“Coco姐，我一会儿打算出去买些菜回来，钥匙就先放我这里，行吗？”

洛可可原本没想好接下来钥匙的归属，听霍梓乔这么一说，一时间反应不过来，下意识“啊”了一声。她很快明白霍梓乔的用意，暗暗心想自己真是多管闲事弄巧成拙，接下来到底该不该给她钥匙呢？

“嗯，那这把钥匙就交给你了，我相信小远也是这么想的。”古铜色的钥匙从她手中滑至另一个女人的手心，犹如完成一项神圣的交接仪式。从此，卓远和她没有关系了，洛可可终究还是放了手。

她垂着头，闷闷不乐地上楼回家，整个人被一层古怪的失落感包围。当发现自己得不到的男人被另一个女人标下所有权，除了嫉妒之外，挫败亦是正常不过的反应，哪怕此时此刻她身边已有了伴侣。

这是令人沮丧的打击：原来他不是不会爱人，只是爱的不是你。

不知从何时开始，上海也刮起了“跨年夜”的流行风，大多数年轻人更倾向于在外度过新旧交替的那一刻，挤在人堆里和素不相识的陌生人一起为新年倒计时成了时尚。

酒吧街的各家店主也和百货公司一样铆足了劲争抢生意，Simon提早两个月就做好了化装晚会的策划，再加上圣诞节做足了预热和铺垫，12月31日推出的狂欢主题party受到热烈追捧，一晚上酒吧内挤满了僵尸、吸血鬼以及各种千奇百怪装扮的人，活像一场盛大的cosplay秀。卓远也不能幸免，被老板强制要求打扮成了《加勒比海盗》中的杰克船长。即便他满心不乐意，但以现场效果来看，这身造型绝对让人眼前一亮。

新年倒计时是当晚的高潮，每个人都伸出手臂与全场同声高呼“十、九、八、七、六、五、四、三、二、一，新年快乐！”那一刻，卓远靠着酒柜，拿出手机发送了一早就保存在草稿箱内的短信——“2015，新年快乐！”

收件人是洛可可。

不管她与谁在一起，2015年他最想祝福的人依旧是她。

洛可可没有回复，卓远勾起嘴角笑了笑，把手机放回衣袋。他的眼前是欢乐舞动的人群，无论现实生活中有多少烦恼痛苦，新的一年总会给人新的希望。他站在那里，漠然的表情仿佛在旁观一出无聊的闹剧，欠奉热情。

确实，卓远对自己的人生、对未来都抱着无所谓的心态，他与洛可可是截然相反的两类人。她目标明确，执行力超强，而且愿意为达成目标全力以赴。假若他们在一起，将来总有一天会因为三观不合而分开，卓远理性的一面看得异常透彻。

然而爱情产生的时候，总是感性那一面战胜了理性。

“Captain Jack叔叔，今天很帅哦。”打扮成二次元美少女模样的Eva回到吧台前把空杯子递给卓远讨酒喝，他记得已经给过她两杯鸡尾酒了，摇摇头拒绝再提供酒精饮料。“你夸我帅得天地变色也没用，小女生喝醉了会被坏人欺负，叔叔要保证你的安全。”

“叔叔你假正经的样子好好笑哦。”Eva笑嘻嘻地说道，看起来天真无邪，眼睛里却有一抹与外表、年龄不相符的沧桑，像是藏了许多心事。“叔叔，我们的乐队解散了，Ruby说她厌倦上海的一切，她要离开这里。”她收起笑容，声音里透着淡淡的忧伤，“她不在，就没有意义了。”

洛可可曾经说过自己和相差五岁的卓远已不是同一时代的人，卓远在2015年的第一个凌晨同样感受到相似的挫败感——总有更年轻的一代让你羡慕他们的自由。他欣赏Ruby的率性，同时也理解被留下之人的心酸。

任何安慰性质的话语皆是苍白，卓远待她说完之后，拿起酒杯做了一杯“自由古巴”推给Eva。“万一喝醉了，叔叔送你回去。”

“叔叔，你是我见过的三次元世界里最别扭的男人欸！看起来什么都不care，其实最容易心软。”Eva摇摇手指，一副过来人经验之谈的模样。“So bad，你这样会让很多好姑娘伤心的。”她一边看卓远调酒，一边扳指头算酒吧常客里有多少被他冷酷拒绝或者“始乱终弃”的女人，最后点到的名字是洛可可。“哇，被叔叔你伤过心的女人真不少，两只手都数不过来。”喝一口酒，她发表总结陈词。

卓远满不在乎地听着她嘴里蹦出的那一个个或熟悉或陌生的名字，只在“洛可可”三个字出现时脸上有了些微表情变化。已成过去的2014年有太多难以忘怀的回忆，她在其中占据了大半篇章，他一直不曾真正放下她。

可是放不下，又能怎么样？洛可可之于卓远，就如同那海上的波涛，虽与顽石碰撞出了最壮观的浪花，但依然避免不了粉身碎骨的结局。

2014年的最后一夜，徐泽凯没有和洛可可一起度过。他和蔡雅婷在酒店的西餐厅共进浪漫晚餐，落地玻璃窗外的黄浦江两岸流光璀璨，谱写出一曲盛世狂欢之歌。

蔡雅婷换了一条红色的长裙，贴身剪裁勾勒出她美好的身段，一走进餐厅便引来无数注目礼。身为她的男伴，徐泽凯的虚荣心得到了最大限度的满足，这是洛可可不曾带给他的荣耀。男人对美女的追求不仅仅为了愉悦身心，可在同性面前炫耀亦是其一。

他殷勤地拉开椅子，扶着蔡雅婷的肩膀让她坐下，才走回她对面落座。不管什么场合，徐泽凯对待女士始终彬彬有礼，他在所有细枝末节处体贴照顾女人的感受，把她们当作公主一样宠爱，这也是他的猎艳征途无往不利的原因之一。

徐泽凯点了蔡雅婷最喜欢的前菜、汤、主食和甜品，在表现豪爽大方的同时收获她的意外惊喜。他没告诉她其实自己记得每一任女友的喜好，还曾为此建过专门的文件夹。当然几年前娱乐圈爆出“艳照门”之后，出于小心谨慎的考虑，徐泽凯删除了这些隐秘文件，自我开发了一套特殊记忆法。

“新年快乐！”蔡雅婷端起香槟酒杯向他祝酒，“祝贺我们重新开始！”她满怀期待地凝视着徐泽凯，希望他能给出令人满意的回应。

徐泽凯踌躇了，他没料到蔡雅婷竟然会直接进攻要害。他承认与她的性爱体验美妙和谐，但再续前缘这种事却敬谢不敏。偶尔重温旧梦无所谓，一旦他们重新在一起，当初分手的理由势必成为日后争吵的导火索，徐泽凯才不会蠢到选择一个已看透自身花心真面目的女人。

他用沉默回应。蔡雅婷举起的手微微颤抖，她克制住把酒泼向他脸上的冲动，将杯子重重地扣在桌上。当她意识到放下自尊骄傲不惜以色相为代价挽回旧爱的行为，在他看来不过就是一次平常的“约炮”，她的愤怒可想而知，一半是对他，一半是对自己。

气氛瞬间不妙，即使眼前摆满美味佳肴亦是难以下咽。或许徐泽凯要责怪蔡雅婷的过分急切搞砸了本该美好的夜晚，倘若是在餐后酒酣耳热缱绻温存之际听到她“重新开始”的恳请，他说不定就头脑一热应允了她。想着这些有的没的，徐泽凯不禁从心底长叹了口气，为内心虚伪的狡辩感到万分惭愧。他清楚地知道底线在哪里，有些事情他永远不会轻易尝试，譬如，和某个人重新开始。

他用餐巾擦擦手，优雅地摆在酒杯旁，遂起身向她告辞。“我去前台结账，你慢用！”

“不必了！”蔡雅婷声音冷硬，面无表情地望向他侧后方的空间，拒绝再看到他的脸，“我请得起自己。”

一声轻叹，徐泽凯觉得必须说些什么证明自己的确付出过真心：“我始终认为结婚全凭一时冲动，但那时候在圣岛和你结婚的念头，是真的。”他希望蔡雅婷能好过一点，把伤害尽量减到最小。

蔡雅婷双唇紧抿不发一言，他的安慰于事无补。想来也是，这番辩解委实软弱无力。徐泽凯继续无奈地叹气，转身向餐厅外走去。这时，背对他的女子说出了最后的告别：“Ken，像你这样自私的男人从来没真正爱过人，以后也不可能。我祝福你和自己天长地久。”她本欲咒他孤独终老，终究还是说不出口。

徐泽凯回过头想重申自己真的爱过她，转念一想说与不说都无法改变蔡雅婷对他的恨意。他又望了一眼她的背影，勾起嘴角自嘲地一笑：2014年的最后一夜，了结一段旧情缘，算不算最另类的“辞旧迎新”？

徐泽凯走到酒店前台替蔡雅婷预付了前一晚的房费和餐费，刷卡时才想起大衣还留在她房内。幸好车钥匙、手机、信用卡他习惯了随身携带，否则如今还有何颜面走回去请她上楼开门让自己取回物品。他暗叹侥幸，同时告诫自己今后切勿再陷入这般狼狈的境地。

他到停车场取了车，重新回到喧闹沸腾的大街。他驶过一条又一条街，每条街上都有不计其数的情侣或相拥着，或手牵着手迎接新的一年。蔡雅婷哀怨的声音犹在耳边，有那么一小会儿徐泽凯确实惶恐过，仿佛预见了自己孑然一身孤独终老的未来，可是当他想到大部分人都是孤单地来到世间再孤单地告别人世，畏惧感立刻消失了。

烟花在前方的天际绽放，五颜六色散落的火星仿似照亮了全世界。路上行人纷纷驻足观望，高举手机竭尽所能留下这美好的一幕。普天同庆的时刻，没有人会在乎手机像素的高低、留下的影像清晰还是模糊。

2015新年来临的一刻，徐泽凯一个人坐在车里。

有些人，注定是孤独的。

2015年大驾光临地球之前，洛可可已经睡了。徐泽凯发了条短信告诉她被老板拖住参加跨年party要凌晨才能回来，她连一丁点疑心都没有，甚至体贴地叮嘱他喝酒以后别开车。

她是被手机铃声吵醒的。考虑到徐泽凯可能会打电话回来，她没有设置成飞行模式，这会儿临近新年到来，各种祝福信息接踵而至，铃声一阵接一阵响得不亦乐乎。

洛可可从热烘烘的被窝里伸出手，摸索到床头柜的手机。她一把抓住它，飞快地缩回来塞进被子，同时把露在外面的脑袋一并藏了进来。按亮屏幕，洛可可眯着眼睛一条条阅读回复，直到卓远的名字出现在发件人的位置上。

自从上一回闹翻后，洛可可将卓远加入了微信的黑名单，不过他还在她的手机联系人中。她的潜意识有些抗拒同他完全断了联系的念头，她就假装忘了这回事。

洛可可本已点击了输入框打算回复他的祝福，拼音按到中途想起了楼下的霍梓乔，她有些迟疑，总觉得类似卡准点发送信息的事都属于别有用心，以不回应为妙。呼出的热气模糊了手机屏，她又飞快地探出手将它放回原处。

洛可可心里有过卓远，是明知不可能却仍旧喜欢的那种感情。她好几次幻想过不顾一切和他谈一场没有结果的恋爱，只是因为“我爱你”这么简单的理由就可以在一起，犹如回到学生时代她不曾经历过的纯粹爱情。

不过洛可可从没把隐秘的心思告诉过别人，连死党卓琳都不知道她对自己堂弟的觊觎之心。有时候洛可可也会觉得不可思议，自己从小到大都不相信会有“奋不顾身的爱情”存在，偏偏在被现实打磨得更为理性的30岁以后遇见让她有如此冲动的男人，简直像一部令人啼笑皆非的黑色幽默片。

幸好，徐泽凯适时出现了。当一个能够期许未来的男人主动走向洛可可，她明智地放弃了不切实际的念头。完美的爱情，需要happy ending，她对自己说道。

暂时找不回睡意，洛可可索性坐起身，披上外套开始给微信上的亲朋好友一一发送祝福。卓远的名字排在通信录最后一位，她有的是时间慢慢考虑到底要不要给他回复。

通信录跳到Y开头那一栏，叶鸿伟的名字赫然在目。尽管对他缺乏好感，洛可可依然不计前嫌给他发了一条“新年快乐”的短信。他很快回复，简单的两个字——同乐。她耸耸肩，好歹自己尽力表现过了，若这个男人实在看她不顺眼，另谋高就也非难事。虽然不甘心，但洛可可必须承认没办法让所有人都喜欢自己。

她还是给卓远回了短信，在收到他的新年问候半小时以后。当时Eva已经醉了，正扒着他的身体发酒疯，她一会儿要酒，一会儿要和他玩亲亲，搞得卓远疲于应付，万分后悔不该心软又给她调制了两杯鸡尾酒。不管年龄几何，失恋女人的表现大同小异，总是寄望于酒精或者食物能够填补心灵的空洞。但痛苦宛若无底深渊，唯独时间才有力量把记忆变成废墟填满洞穴。

Simon和卓远都不放心让醉醺醺的小女孩独自回去，于是在猜拳输掉之后，护送Eva回学校的任务就落到了卓远身上。他认命地坐进计程车，心想自己送醉酒女人回家的经验还真他妈的丰富。

听到手机短信铃音的卓远分了心，一不留神让Eva偷袭成功，结结实实被吻了个正着。浓郁的酒味直冲鼻腔，卓远忙不迭地推开小女生，忍不住碎碎念道：“都说了别喝那么多酒，小孩子就是不听话，现在知道喝醉了有多麻烦吧。”

Eva嘟了嘟嘴，用平时唱歌才用到过的高音叫道：“你是坏人！”听得卓远和出租车司机同时打了个冷战。

他担心地看了一眼司机，唯恐对方把自己当成诱拐初中生的不良青年。好在司机大哥见怪不怪，任凭后车座闹得不可开交，仍是一路面不改色地将他们送达目的地。

卓远提前打电话通知Ruby到学校正门口接人。他平时与这个酷酷的女生交流不多，在电话里她冷淡地说了一句“知道了”，既不答应也没否决，卓远不得不提前设想，万一在校门口见不到她接下来自己该如何处理。幸好，当他钻出车门四下张望时，Ruby不知从哪个角落忽然走到了他面前，面无表情地看着车内醉得迷迷糊糊的Eva。

“乐队解散，她心情不好。”卓远言简意赅地说明Eva失态的原因。他以为Ruby至少会有些许动容，谁知她却连眼睛都没眨一下，完全置身事外的姿态，当即令他觉得自己说了多余的话。

他钻回车内，轻轻拍了拍Eva的脸，低声唤道：“小朋友，天亮了，醒醒。”小女生努力睁了睁眼看看外面，嘟哝着“叔叔骗人，明明还是晚上”，还是听话地随他一起下了车。双脚落地，直起身的瞬间发现了Ruby，她立刻一声欢呼扑到对方身上，仰起头笑眯眯地说道：“Happy New Year，我最喜欢的人。”

卓远差点被自己的口水呛到，坏心眼地想看看Ruby如何应付女生的告白。可惜他的如意算盘落空了，Ruby压根没给他看戏的机会，架起Eva转身就走。留在原地的卓远只得悻悻然地抬起手，朝她们的背影挥了挥权作告别。

他从大衣口袋里掏出手机看时间，发现了那条未读短信。随手点击进去，发信人居然是洛可可，卓远忙碌一晚上的疲倦烦闷立即一扫而空，顿时变得精神抖擞。他回到车上，心情愉快地说出目的地。

松江大学城远离市区，卓远回到家时已临近3点。他一眼就瞧见徐泽凯的车停在楼下，亮着车厢顶灯。

卓远鬼使神差走上前朝车内张望，原来是徐泽凯坐在驾驶位上抽烟。他敲了敲车窗玻璃，惊醒兀自沉思中的男人。徐泽凯转过头看到外面站着的人是他，遂打开车门请他上车。

“你没和大姐一起庆祝？”甫一落座，卓远即刻追问，气势咄咄逼人。

徐泽凯轻轻一笑，语带讥讽道：“莫非我还需要向你报备行踪？”

卓远被将了一军，一下子语塞。想想也对，又不是他在和徐泽凯交往，有何资格质疑对方？不过，他很快找到了理由为自己的过度关心辩解。“大姐和我堂姐是死党，等于是我另一个姐姐，关心自家姐姐有什么问题？”

徐泽凯一副了然于心的模样，有些事不宜说破，况且此时此刻他也没有“毒舌”的心情。“公司年会，之后和同事续摊，没办法推掉。”他面不改色地说谎，欺负卓远没法求证。

也许新年的欢乐气氛让他们暂时遗忘了互相看不顺眼的事实，徐泽凯和卓远难得地和平共处了，卓远甚至还拿起他的烟盒抽出一支，用他的Zippo点上。

“我曾经认为你和我是同类人，大姐和你在一起不会幸福。”卓远的笑容有些苦涩，他没料到自己会对徐泽凯吐露心声，也许是潜意识认为男人比较能够了解男人的想法。

“一定要有结果才能定义为‘幸福’？”徐泽凯反问了一句。他一度有过安定下来的念头，却在各种有形无形的压力之下，渐渐不再确定。女人指责不想结婚的男人不负责任，那么男人是否可以认为把恋爱等同于结婚的女人太过功利?

卓远轻蔑地冷哼一声，他对婚姻不屑一顾，其实非常赞同徐泽凯想要表达的观点。但是，洛可可是唯一的例外。“除了大姐，她值得一个好结果。”言简意赅，他表明了立场。

徐泽凯放下车窗，抬手一甩，顶着星芒的烟头画了一个优美的橘红色抛物线，消失于枯草丛中。

他不再说话，沉默地等待卓远抽完烟。

2015年的第一个凌晨，徐泽凯相信蔡雅婷拆穿了他的伪装：他的确从没真正爱过什么人。

第十一章

失恋不是世界末日

2015年第一天的上海沉浸在悲恸中，跨年夜外滩发生的严重踩踏事件最终造成36人死亡49人受伤。虽然伤亡者中并没有洛可可和徐泽凯的熟人，但一想到世事如此无常，谁都不知道意外和明天哪一个会先来，两人的心情或多或少都有些沉重。

“不如换个时间再去拜访伯父伯母？发生了这种事，明显不是好兆头。”徐泽凯本就犹豫不决，眼下倒是找到了搪塞的借口。

洛可可显然没有他这么“迷信”，也没往深处琢磨他的用意。“就过去吃顿饭，改来改去多麻烦。我爸的意思是不用搞得像正式上门那样隆重，随意就好。”她关了电视机，新闻正在重播关于踩踏事故的报道，触目惊心的画面令人悲痛。“你不觉得更应该珍惜眼前人吗？过去这一年发生的事情，每一次都让人感到生命实在很脆弱，有些事情来不及去做，就再也没机会了。”

望着他的女人眼神坚定，徐泽凯说不出“不”字。

尽管并不情愿，徐泽凯还是随洛可可回家拜会了她的双亲。和他想象中差不多，洛可可的父母恩爱无比，正如托尔斯泰《安娜·卡列尼娜》那句著名的开场白所述：幸福的家庭都是相似的，不幸的家庭各有各的不幸。

令徐泽凯稍感安心的是，洛可可的父母并没有谈起他们准备何时结婚这类敏感话题，倒是对他在国外工作的那段经历颇有兴趣，至少询问了四五个与德国相关的问题。他们无意中给了徐泽凯充分发挥口才的机会，他侃侃而谈的自信模样确实帮助他拿到了近乎满分的形象分。

至于被扣掉的那几分，徐泽凯必定会觉得有冤无处诉，竟然是因他太帅所致。按照洛至诚的观点：太帅的男人比较花心，没有安全感。

洛可可在回家途中将父母的意见反馈给了徐泽凯，她以玩笑的口吻调侃道："我回答老爸，他比你帅多了都没花心，我对你放心得很。"

徐泽凯想到新年前夕与蔡雅婷的春风一度，对于洛可可的信任竟有些许惭愧。他伸手过去摸摸她的头，笑着恭维她的父母感情好得令人羡慕。

洛可可笑了笑，抬眼看向徐泽凯，若有所思的表情。他心头一紧，以为被她看穿了自己做贼心虚，立刻收声。但她不过是在思索有些事情是否该对他言明，在过往岁月里她从未告诉过任何人，连关系最铁的卓琳都不曾探知的秘密。

"我小时候父母经常吵架，有一次我还在桌上看到过他们起草的离婚协议书，所以我从小就不相信天长地久这种事。"谈起心路历程，洛可可的语气有了微妙的变化，当日她鄙夷卓远的早恋，根源正是不足为外人道的家庭阴影。"大学三年级的寒假，妈妈得了一场重病，严重到病危通知书都下过好几次，我爸当时只有一个念头，就是要救我妈。从那时开始，他们像是突然明白过来眼前这个人对自己非常重要，早已成为生命中不可分离的一部分。你现在看到的一切，从前是没有的。"她笑了笑，见他没有接话的意思，便自顾自继续说了下去，"婚姻大概就是这样：一开始只想找个人抱团取暖，最后发现原来那个人才是火炉。"

她说完话，车厢内顿时静了下来。徐泽凯望着前方假装专心地开车，实则他不知道该如何回应她。他的童年同样写满了不愉快的记忆，到最后父母不可避免以离婚结束了一场婚姻，却让他在很长一段时间觉得是因为自己做得不够好，才导致父母分开。他考进大学后再没向父母伸手要过一分钱，而随着双亲分别找到第二春组建新的家庭，他们终于挥别了过去的不幸福，徒留年轻人在漫漫岁月里继续不开心。

他没办法相信别人，更不相信自己。

徐泽凯的沉默令人不安，洛可可将视线转向了车窗外。夜上海是迷人的，特别是从高空俯瞰底下的万家灯火，无论离开抑或归来，总能给她幸福的感觉，因为她知道其中有一盏灯会永远照亮回家的路。可是，她从没听他谈起过自己的父母，甚至于他根本没流露过带她回家见父母的想法。洛可可敏感地意识到，或许对徐泽凯而言，“家庭”并非愉快的字眼。

“想吃冰激凌吗？”他突然将车停靠在一家便利店门前，解开安全带，兴冲冲地问她。洛可可尚未反应过来，他便自作主张地说道，“我知道你的口味，等我。”

徐泽凯径直走入便利店，在明亮的灯光下长舒一口气。车内压抑的氛围令他喘不过气，不得不暂时逃离出来冷静头脑。诚如洛可可所料，家庭、婚姻之于徐泽凯，的确都不是good topic。

等他举着两个“可爱多”蛋筒回到车上，他的心情明显好转。洛可可聪明地闭口不谈他的反常，高高兴兴地接过蛋筒，笑道：“你怎么知道我刚好想吃“可爱多”？这是不是叫作心有灵犀？”

徐泽凯凝视着她的笑靥，他不记得过去是不是有过像今晚这样，让他在面对某个女人时想要卸下伪装坦白“过去”留给自己伤害的时刻。毫无疑问，洛可可做到了徐泽凯所有前任都没达成的事，他想对她倾诉。

“我的父亲是有性格缺陷的人，四个字就能概括：简单粗暴。我母亲与他完全相反，她情感丰富内心细腻，有点文艺女青年的气质。”徐泽凯尽量想用调侃的语气陈述，奈何他整个人都是紧绷的状态，连同声音也显得紧张干涩。“他们两个人最好地诠释了何谓错误的婚姻，到最后他们也没能成为彼此的火炉。”他冷冷哼笑着，对父母的怨怼洞若观火。

洛可可伸手过去，搭住徐泽凯的肩膀，将自己的支持传递给他。“Ken，我们没办法选择父母，但可以决定自己的人生。”她也曾愤世嫉俗过，幸而终于领悟只此一回的人生应该由自己做主。

压抑在心底多年的愤怒被引燃，洛可可的安慰徒劳无功。“如果两个人没有感情，为什么要把我生下来？每次他们吵完架，我只要犯一点点错老爸就对我拳打脚踢，我小时候想过很多次不如死了算了。”徐泽凯面无表情地诉说着，黑眸像无底的深渊，他的彷徨和无助埋在最底下。年少时所受皮肉之苦的记忆复苏了，他的身体似乎再次感觉到火辣辣的疼痛。“所以，我一直抗拒结婚这件事，我不想将来再制造和我一样不快乐的小孩子了。”

听闻此言，洛可可犹如当头一棒顿时被打蒙，一下子不知如何反应，只是机械地将冷饮往嘴里送。她本来满心欢喜，以为见过父母之后，接下来就该规划结婚日程，谁知徐泽凯竟是这番心思。待她稍许缓过神，大脑已自动排列组合各种可能性，每一种都让她觉得披上嫁衣的希望渺茫。

她想起曾经出席过的某一场婚礼，当时的司仪在台上说过的一句话令她印象深刻。他说："婚姻是爱到深处的两个人想要永远在一起所订下的契约。"她认同不能以结婚作为谈恋爱的前提条件，可是若一开始就知道不会开花结果，那还有必要傻傻等待丰收的日子吗？

徐泽凯本是一时情绪过激，却不料说出了肺腑之言。眼看洛可可表情凝重，他立刻意识到说错了话，刚准备说些什么挽回局面，转而一想这不正好是个机会表明立场，是分是合就看洛可可的选择了。至于他自己，其实并不介意谁先提出分手。

最冷酷的现实莫过于：无论结局如何，徐泽凯都立于不败之地。

"呃，你，"洛可可小心翼翼地开口，低垂着眼睛不敢看徐泽凯，唯恐与他对视就丧失了询问的勇气，"你，有没有可能改变主意？"

他沉吟良久，不知不觉消灭了冰激凌，立刻就有一种"逃不掉，必须要表态"的压迫感笼罩在头顶上方。徐泽凯看了看洛可可，虽然她低着头看不到表情，但想来一定是坚决不退缩的。他轻轻叹了口气，再一次说起曾经对好几任前女友说过的话："我真的以为你可以让我改变主意。"

洛可可不傻，瞬间领悟了他的言下之意：你还是不能令我改变主意。她垂着头，用力咬住嘴唇。心脏如同被重锤一击，那种痛苦并不尖锐，却足以令胸口发闷呼吸不畅。今晚早些时候的喜悦幸福就像是讽刺，洛可可在心酸之余更为带给父母的巨大失望而自责，她这辈子头一回感到自己是个彻底的loser。

"我没办法理解女人为什么对结果那么在意，两个人在一起，是否开心才是应该优先考虑的。"徐泽凯的语气中带有几分赌气的意味，洛可可的反应令他心浮气躁，自然而然将她与逼婚的前任们画上了等号。反正她最后一定会逼我结婚，他如此想着，郁闷不已。"而且好像认定结婚是一段感情的唯一结果，分手难道就不叫结果吗？"

"分手"二字触动了洛可可的神经，她终于抬起头，神情凄楚，一字一句问道："徐泽凯，你一直在等这个机会，是吗？"她首先联想到他已不再爱自己，继而怀疑他到底有没有真正爱过自己，最后抱着"赌一把"的念头直接质问。

洛可可这一问，问得徐泽凯哑口无言。他阴沉着脸发动汽车送她回家，一路零交流。

车停在她家楼下，洛可可看了徐泽凯一眼，心想他肯定不会厚着脸皮随自己上楼继续冷战，便先发制人开口道："今晚大家都累了，等哪天都冷静下来再讨论吧。"

他勉强一笑说："也好，这几天我回家住，你自己当心。"即便心里不痛快，徐泽凯的风度还是在的，他特意下车对她说道，"我看着你上楼，到家后给我发条消息。"

洛可可慢吞吞地走上楼，每到一层便通过窗子朝外张望，他果然如约站在车外。她不由得心中酸楚，加快脚步一口气奔上五楼，打开钥匙进了家门。

从皮包里掏出手机，洛可可即刻发了条短信给徐泽凯："我到家了，放心吧。"

他很快回复："晚安！"

洛可可咬着唇，手指飞速移动编辑完下一条信息，按了发送键。她告诉他："小朋友若是生活在有爱的家庭里，一定会快乐的。"

她试图说服徐泽凯——我们拥有和父母完全不同的人生。

这一句，他未作答复。

洛可可与徐泽凯的冷静期持续到第五天时，她开始恐慌。过去的几天里，徐泽凯仿佛人间蒸发一般音信全无，自他们关系确定后从未有过。她愁肠百结，表面还得一如既往地专注于工作，精神负担极重。

周四早晨，叶鸿伟在茶水间截住洛可可说："Coco，下周一上午和我去拜访客户，时间地点一会儿e-mail你。"他的目光一直停留在她的脸上，顿了顿，补充道，"出门前化一下妆，我不希望客户看到一张气色不佳的脸。"

洛可可本来正在为他肯给自己机会而高兴，认为是进入新年后发生的唯一一件好事。但他接下来的后半句话又让她禁不住联想到现状，心头一酸，刺激得眼眶发热。

幸好茶水间只有他俩，洛可可慌忙抬手抹去眼角那一点湿润，勉强笑了笑，说道："你放心，我会做好准备的。另外，我没你想象的那么冥顽不灵。"由于心情糟糕，她回答的语气冲了一些，连自己都有所察觉。不过，她不打算道歉。

叶鸿伟确信自己没有看错，刚才洛可可的确眼泛泪光。他回想说过的话，自认并无不妥之处，况且公司上上下下谁不知道他向来毒舌，她万万不至于脆弱如斯。他又看她一眼，什么都没说，转身走了出去。

洛可可回到座位十分钟之后，收到叶鸿伟发来的邮件。他将客户的公司地址、会面时间以及基本需求写在邮件正文中，最末加了一句："PS，我刚才是无心的，如果冒犯了你，非常抱歉！"

她仰首望着上方的天花板，叶鸿伟这一行"PS"少许改变了她对他的既定印象，似乎没有那么讨人厌了。她轻轻叹了口气，对于男人这一生物，自己实在缺乏了解。罢了罢了，看来只有工作最可靠。洛可可如此想着，把徐泽凯暂时放到一边去了。

工作状态中的洛可可保持百分之百的专注，当她不再思虑与徐泽凯的未来，时间轻易就过去了。她的效率极高，不到下午3点就整理好演示用的PPT并且配置完成虚拟机，拨通了叶鸿伟的内线电话。

"Chuck，接下来有时间吗？我想请你先看看周一演示的内容。"

"OK，我来预定会议室。"他的声音里听不出异样情绪，但是在会议室与洛可可面对面时，叶鸿伟还是表现出了相当程度的赞叹。他说："我希望你要展示的东西和你的高效能成正比。"

这算夸奖吗？洛可可狐疑地看看他，从面前这张符合英俊定义的脸上看不出端倪。她定定神，将电脑连上投影仪，清清嗓子开始模拟演示。

比起上一回她直闯他的办公室，这一次叶鸿伟的态度明显转变，至少在她的整个演示过程中他都保持高度专注。在等待虚拟机启动的间隙，他发表了自己的意见："我建议精简PPT，长度控制在十分钟以内，让客户通过虚拟机直观地了解系统效果更好。另外，customer list（客户名单）只要保留相关行业的客户，我想传递一种非常专业的印象给客户：我们只专注客户所在的行业，所以我们是最好的供应商。"

洛可可面前的男人，仅仅是安静地坐着，就浑身上下都散发着霸气。她之前对叶鸿伟有抵触情绪，横看竖看都觉得此人不顺眼至极，想不到2015年伊始就刷新了对他的认知，洛可可乐观地想象着将来愉快合作的场景。

不止是她，叶鸿伟同样重新认识了洛可可。他对她最早的印象是那次糟糕的演示，当时直接将她与"不专业"画上等号，如今看着这个侃侃而谈的女人，他不由得微笑起来，为彼此天翻地覆的改变。

幸好，大家都在朝好的方向转变。

洛可可非常珍惜事业上的转机，整个周六她都在家忙着修改PPT，在虚拟机中多次模拟操作流程。忙碌令她彻底忘记了徐泽凯，等她意识到这一天又没有他的音信，竟已是日落时分了。

洛可可到厨房给自己煮泡面，虽说度过了数月“非单身”的生活，之前积存的方便面都还在。她想起某位同学转发的微博，大意是女人需要男人有时候只在特定的那几个时刻，当这个时刻他不在，那以后他也不必在了。她看着不锈钢锅里沸腾的水，嘴唇向下弯出苦涩的弧度：感情是多么脆弱的东西，关键时刻的心灰意冷，所有种种便都成了前尘往事。

或许几天的冷静期给了洛可可足够的时间做好思想准备，她的理智既已认定这段关系将以分手为结局，心情也不如之前七上八下时那般难受了。她甚至还能对自己开玩笑：“不失恋一回，人生不完整！”

她不怪徐泽凯，成年人的世界里，有些事是没办法妥协的。每个人都有权利选择自己想要的人生，我们唯一能做的是在茫茫人海中寻找到人生观尽量相近的那一个。很可惜，徐泽凯并不是她要找的人。

找碗筷的时候，洛可可发现了藏在橱柜最里侧的半瓶红酒。她抱着酒瓶想了一会儿，回想起这是卓远入住那一天特意买来以庆祝重获自由。当时没喝完，她就随手一放，后来谁都没想起剩下的这半瓶酒。

她仍旧找不到红酒杯，不得不继续拿Lock&Lock搅拌杯充数。那个曾嘲讽她缺乏情调的男人见状，肯定会大肆取笑她谈了恋爱，还是一如既往的“粗糙”。洛可可一边喝酒吃泡面，一边想着卓远和徐泽凯，头一回发现招惹过自己的这两个男人竟都是不婚主义者。

“Shit！”她不由得恨恨地骂了一句脏话，大半为了自己吸引“烂桃花”的特殊体质。电话铃声适时转移了洛可可的自怨自艾，她满怀希望地拿起手机，来电显示的名字却不是她想看到的“徐泽凯”。

找她的人是卓琳，她喜气洋洋地通知她等着几个月后升级做干妈。卓琳的喜讯让洛可可忘记了忧伤，她连声恭喜好友心想事成生一个“龙宝宝”，顺便开玩笑道：“据说将来中国会有3000万光棍，你一定要加油生个漂亮女儿，到时候替我们出口气。”

卓琳大笑，虽说怀孕之前她也考虑过到底要男孩还是女孩，但真的确定有了孩子时性别问题反而不那么重要了，只是洛可可有感而发的提议引起了她的共鸣，让她觉得生女儿前景一片光明。

笑过之后，卓琳严肃地问起洛可可与徐泽凯的打算。在她看来，30多岁的男女交往三个月并且进行了“知根知底”的了解后就可以走进结婚殿堂，万万不能学年轻人玩什么“爱情长跑”，男人耗得起，女人可等不起！“亲爱的，你要抓紧时间，争取将来我们结个亲家。”她如是说。

洛可可苦笑，奈何电话那头的卓琳看不到，仍然兴致勃勃地畅想若两人生的小孩同性别，或者女大男小该怎么办。她不想破坏卓琳的好心情，便开了扬声器，喝着酒听她滔滔不绝。

卓琳说了半天，终于发现洛可可反常的沉默。她停下来仔细倾听，没听到那一头有其他人的声音。“徐泽凯不在吗？”

洛可可不知如何作答，她和徐泽凯处于“冷战”阶段，算不上真正分手，但这个状态一旦告知卓琳，势必要费一番口舌解释，并且免不了听她教育。如此一想，她决定糊弄过去：“我们今天是各回各家。”

“你们顺利就好。”想想不放心，卓琳又追加叮嘱，“其实我不太赞成同居太久。柴米油盐这些事情就像感情杀手，结了婚的倒还能忍过去，毕竟离婚成本更高，同居关系就没那么高的容忍度了。”

洛可可伤感地想道：我们的问题可比柴米油盐严重多了！不过她没说出口，向卓琳道谢后挂断了电话。

徐泽凯的名字在手机通信录的底部，给洛可可留了足够多的时间考虑要不要打电话给他。她抿了一口酒，下定决心不再浪费时间，纤细的手指在绿色通话键上点击了一下。

铃响半分钟，徐泽凯接通了电话。他的语气并不显得意外，似乎对她会主动联络他这件事胸有成竹。洛可可翻了个白眼，对沉不住气的自己恨得牙痒痒。可是没办法，比较两人的心理状态，的确是她落了下风。

她本想心平气和地问他接下来的打算，但说着说着竟变成了声讨：“你从来不带我去见你的朋友、亲人，或许你根本就没想过要让我进入你的生活。”

“我以为你同意彼此应该拥有私人空间。”徐泽凯为自己寻找理由，反倒显得洛可可成了那种“紧迫盯人”型女友，非得介入他的朋友圈不可。

她本可与他展开辩论一较高下，可就算赢下口舌之争，又能改变什么呢？他的反应令她心灰意冷，摆明他已经放弃了任何挽救的可能性，唯一称得上“体贴”的举动不过是他给她面子先说分手。

因为看穿了徐泽凯的用心，洛可可更加失望。她忽然有种感觉，似乎她从来没有真正认清楚曾经的枕边人。或许对于已经不爱的女人，男人没必要再玩虚情假意那一套把戏，暴露出的才是本性。

“我们，真的要在电话里说‘分手’吗？你连和我面对面的勇气都没有？”洛可可一字一句地质问，声音尖锐得像金属划过玻璃般刺耳，她自己亦能感觉到。这件事给她造成的心理打击其实远远大于预期，当她不得不与之正面对决时，情绪濒临崩溃的边缘。

出于“剩女”的恐慌心理，她抓住了适时出现、各方面条件看上去都像绩优股的徐泽凯。然而事实证明这只股票有退市的风险，理智告诉她现在正是止损的时候，奈何人毕竟不同于股票，爱钱和爱人完全不一样。

徐泽凯叹了口气：“何必呢，可可。”他像初次见面时那般温柔地呼唤她的名字，“我很抱歉无法实现你的愿望，假如你一定要求我当面说‘对不起’，OK，你决定时间吧。”

她一声冷哼，满是不屑地说：“‘对不起’有什么用？能挽回我付出的感情吗？”她细细回想前因后果，越发觉得徐泽凯动机不纯。“我们最开始认识的时候，你就应该明白我想要的结果，可直到上周你才告诉我对结婚这件事没有兴趣，我很难不怀疑你在存心骗我！”洛可可厉声谴责，仿佛借此证明并非智商跌到负值才未能识破他的企图。

“你坚持这么想，我无话可说。”徐泽凯的态度也发生了微妙的变化，他没想到仅仅因为他给不了她婚姻，洛可可竟全盘否定他付出的感情，说女人骨子里是不折不扣的现实主义者一点儿都不过分！

谈话到此为止，两人都一脸气愤地按下“结束通话”键，同样感觉对方不可理喻。洛可可扔掉手机，整个人蜷缩成一团，孤独无助地坐在沙发上喝闷酒。

有人曾经告诫过她远离徐泽凯，当时她头脑发热完全听不进去，还认为那个人是出于嫉妒心理故意诋毁。从来是忠言逆耳良药苦口，可惜当事人几乎各个都是“悔不当初”的代言人。

这时候想起卓远是不合时宜的，洛可可告诉自己。她没忘记他正与霍梓乔同居，对于任何一个有“主”的男人，她非常清醒底线在哪里。她不能依赖卓远解决所有感情问题，徐泽凯既然是她自己选的，就得自个儿承担后果。

她搬来笔记本电脑，打开Mind Manager（思维导图），理智重新接管大脑，她很快厘清了需要与徐泽凯交割的种种事项。瞧，这才是我擅长的领域，把感情量化，问题就变得容易解决多了。洛可可自嘲地笑了笑，又灌下一大口酒，和着一滴从眼角滑落的泪珠。

有些感情终究是无法被量化的。在这个凄冷的1月深夜里，洛可可第一次为了爱情失声痛哭。

她深刻地体会到成为一名“loser”有多么悲伤。

周一上午9点45分，出现在叶鸿伟面前的洛可可差点令他以为认错了人。她穿着一件廓形优美的黑色大衣，同色系高跟长靴，用一条鲜艳的红色羊绒围巾点缀整体造型，显得简洁干练又不沉闷。她换了发型，流行的Bob头，齐眉的刘海儿使得她看起来比实际年龄年轻了不少。在阳光下，她的头发颜色呈现出魅惑的深紫。

更显著的变化来自于她的状态。与上周糟糕的模样相比，洛可可简直能用容光焕发来形容。她的妆容精致，让他无可挑剔。

洛可可从叶鸿伟的目光中读出了欣赏，不成功的恋爱经历带给她的最大收获，也许就是她总算能看懂男人眼神包含的大部分暗示了。此外，叶鸿伟还说了一句听上去几乎能算赞美的话坚定了她的想法，他说：“我希望一会儿的演示也能这么出色。”

好吧，他就是在称赞！洛可可满意地微笑起来，至少周日投资在自己身上的钱没有白花。

她醒来时天已大亮，手机显示的时间为上午11点。洛可可的记忆出现了断片，不是因为喝多了，而是哭得太累以至于直接爬回床倒头就睡，甚至忘记了刷牙洗澡。她下床拉开窗帘，冬日和煦的阳光暖洋洋地照着她，洛可可对自己说：“要振作起来！”

洛可可进行了一场彻底的大扫除，将徐泽凯遗留下来的私人物品整理到一起，打算抽时间快递给他。就像他说的那样，见面也改变不了什么，不如不见。

周日下午，洛可可拿着不知是否还有效的会员卡去美容院做了一次面部护理。她和卓琳同时间办的会员卡，卓琳已经续过两次费，她却连第一次充的值还没用完，想想便知道她对女人最关注的脸面问题有多马虎。洛可可痛下决心，从今往后要善待自己。

离开美容院后她打车去了南京西路，在奢侈品店铺里刷爆信用卡的快感弥补了内心的空虚。尽管这份安慰的代价偏高，但她决定把后悔留到下个月账单寄来的时候，现在就让“节俭”这个词语他妈的见鬼去吧，没爱情只有工作的女人有权败家！

路过发型屋时，洛可可端详了几秒钟玻璃橱窗折射的倒影，毅然推开门走进去。她付出的一切在周一上午获得了期望之外的回报，就在叶鸿伟专注凝望她的那一分钟时间里。

一个英俊男人所行的注目礼，总是能最大限度满足女人的虚荣心。这番情景令她恍惚想起同徐泽凯第二次约会之前，她同样费尽心思置办全新的行头。那一次是为了取悦他人，这一次则是为了自己。

他们一前一后走进电梯，这时候上班高峰时间已过，金碧辉煌的电梯里只有她和他分别站在两侧。洛可可轻轻一笑说：“我一直很好奇，做我们这行最大的理想是跳槽到甲方，你却恰恰相反，竟然从甲方跳到乙方，为什么？”她没有看他，眼睛平视看着前方的电梯门，纯粹闲聊的口吻。

直达30层以上楼层的电梯迅速升空，他还没来得及回答她就被送到了36层。叶鸿伟同样回了洛可可一个微笑，绅士地撑住电梯门请她先行，他在她经过身侧时说道：“拿下这个单子，我再告诉你。”

洛可可的演示非常成功，当她打开PPT介绍自己做过的项目，全场掀起了第一个小高潮。叶鸿伟说得没错，重点介绍一两家行业龙头企业的案例即可完全镇住场面。何谓业界领先？不就是为排名在身后又一心想赶超的“小弟”们树立全方位的榜样，包括选择哪一家供应商嘛！

他们告辞离开的时候，客户方的IT总监一直送到电梯前。他重重地握了握洛可可的手，说过三遍“Bye-bye”以后，又送上热情的一句：“希望有机会和美女一起合作。”

待电梯门合拢将那个男人隔绝在视线之外，密闭空间内再度只剩下他俩时，叶鸿伟脸上的笑容迅速消失，他毫不掩饰自己的厌恶，鄙夷地骂了一句脏话。

相比之下，被骚扰的当事人反而情绪稳定。洛可可甚至有兴致开玩笑说：“要是最后选了其他供应商，我就告他性骚扰，到时候你可是证人哦！”她不想承认，对方程度轻微的骚扰其实并未引起自己的反感，倒还有一丝窃喜：原来，我对男人还有吸引力！

她觉得可悲，但这正是失恋之人心情的真实写照。从自我否定到怀疑一切，失恋最初天天都如世界末日一般黑暗，抓到的任何稻草都能够救命。

“我承认你说冷笑话的水平相当一般。”叶鸿伟扫了她一眼，如实评价道。洛可可耸耸肩不置可否，就当这一页翻了过去。

走出电梯，他抬起手腕看看表说：“快中午了，吃完午饭再回去吧。”接收到她略微诧异的眼神，他今天头一回由衷笑出了声，“怎么？你以为我是超人不用吃饭，还是你当我是虐待狂不让你吃饭？”

只是同事间平常不过的饭局，有什么好大惊小怪的！洛可可质疑自己夸张的反应，欣然答应了他的午餐邀约。

“你有没有忌口？”叶鸿伟进一步追问，头脑里已展开一张周边地区的饭店热点图，只待她的答复做选择题。

她摇头否定的同时，他提出了建议：“附近有一家粤菜馆提供午市商务套餐，你没意见吧？”

洛可可勾起嘴角，笑盈盈地表态：“只要你没有让我填报销单的打算。”

她看不到自己的神态和表情，可是叶鸿伟看得到。他无法确切描述洛可可此时的眼波有多柔媚，多让人心动。这一刻倘若还有人将她当作男人看待，那个人要么是傻子，要么就是瞎子！

叶鸿伟谅解了客户方IT总监的唐突，走在他身边的女人像一颗几经打磨终成传奇的钻石，散发出璀璨的光芒。她自信、优雅、独立，同时具备女性的柔软，令人难以抗拒。

“洛可可，”他没有叫她的英文名字，郑重其事地直呼其名，“我真诚地提出建议，希望你考虑转做售前顾问。我相信和人打交道的乐趣，远胜过写代码。”

叶鸿伟的提议吓了洛可可一跳，毕竟年前她主动找他那一次，他还诸般推诿。哪料到仅仅陪他出去“接了一次客”就获得总监大人青眼有加邀请加入工作相对轻松获利更高的销售团队，怎不叫人受宠若惊？联想到不久前他对她的“教育”，洛可可猛然心花怒放：呀呀呀，这个赞美可有点过火了！

2015年，31岁半的洛可可失恋了。

2015年，31岁半失恋中的洛可可忽然发现自己对男人还有吸引力。

2015年，31岁半失恋中忽然发现自己对男人还有吸引力的洛可可相信总有一天肯定会遇见Mr. Right。

凭啥？狮子座女人的自信而已！

卓远是第一个察觉洛可可和徐泽凯之间可能出了问题的人。以前他经常在楼下看到徐泽凯的车子，有时一停就好几天，而元旦过后却近两个礼拜未出现，不由得他不起疑。换作别人或许会认为徐泽凯出差去了，但卓远从不看好他能修身养性，直觉便是对方终于厌倦了洛可可，开始上演始乱终弃的戏码。

借卓远十个胆子他也不敢亲自去找洛可可求证，只能从各个渠道旁敲侧击。比如，装作不经意地询问霍梓乔最近有没有在楼道遇见徐泽凯；比如，打电话问候堂姐顺便说一句“可可姐准备拍婚纱照的话，我给她八折”；再比如，送一杯饮料给不死心的余佳琪，调侃她“脸色这么难看，是不是大姐心情不好骂你了”……由于他的打探不露痕迹，没有引起任何怀疑。

除了霍梓乔间接证实徐泽凯确实好久不见，其他人几乎没给他什么有用的信息，倒是余佳琪说起的一桩公事勉强能算新闻。她说：“Coco姐心情才好呢，以前不对盘的销售总监现在认可了她，据说还向老板提议让Coco姐转做售前顾问，要是真的就不用熬夜加班了。”余佳琪一脸羡慕，“而且和帅哥一起工作，想想就很愉快。”她的梦幻表情让人确信后半句才是重点。

当卓远在不久以后回想起第一次听说那个男人的场合，他恨不能有时光穿梭机回到当时，在第一时间切断此人与洛可可的纠葛。然而彼时，他关注的人仅止于徐泽凯。

好奇心以及对洛可可异乎寻常的关心对于卓远不啻为一种折磨，他常常在睡梦中惊醒，有一回梦见的内容是失恋的她要跳楼，从他眼前慢镜头一般坠落。醒来后他后怕地瞅瞅天花板，恍似下一秒洛可可就会从天而降。

其实卓远完全多虑了，十年前告诉他天长地久是童话的女生，从来都没把爱情当作人生最重要的组成部分，所以失恋对她而言就像急速奔跑过程中突然猛摔一跟头，虽然一时半会儿或者背过气去，或者有脑震荡现象，但爬起来又能继续往前跑。

洛可可一直等到徐泽凯签收了快递，再礼尚往来地送还她的私人物品之后，才把两人分手的消息告知父母和死党。她手中把玩着一支不属于自己的唇膏，言简意赅地将分手原因归咎于“他劈腿了”，成功掐灭了刨根问底的萌芽。徐泽凯一定预见到她需要一个能说服别人也能说服自己的借口，于是体贴地送上“罪证”。

洛可可能听出父母言辞中包藏的失望，正是他们脸上日益明显的担忧促使她下决心解决个人问题。以前她总是迷茫困惑，不清楚是不是只为了给父母一个交代才打算找个人陪伴，是徐泽凯使她明白爱上一个人原来能让平淡的生活变得色彩分明，单就过程而言可用“完美”概括，至于不尽如人意的结果，她想通后反而没那么难过了。

如果每一件事都能达成所愿，人生哪还会有如此多的遗憾？洛可可用卓琳的安慰为这段恋爱关系画下句点：总有一天，徐泽凯会后悔错过了一个好女人。

至于他是不是真的后悔，who care?

洛可可将项目方案书交给叶鸿伟的同时，谢绝了他对自己职业生涯规划的建议。“我喜欢代码多过人。”她如是解释。本以为叶鸿伟好歹会再盛情相邀一番，想不到他只简单地回了一句，“OK，我尊重你的决定”便不再提起，倒让她有些悻悻然了。

叶鸿伟的电话几乎没停过，迫使洛可可的方案说明会中断了好几次，到最后，他不得不抱歉地请她重新安排会议时间。洛可可一边说着“没关系，你先忙”，一边想原来他是挺懂礼貌的人呀，以前到底为什么讨厌他，真令人费解。

洛可可回自己座位前去了一趟洗手间，等她走回办公桌打开电脑盖输入密码再度登录系统，叶鸿伟的邮件已经在收件箱里静静地等待着她了。

他在邮件中附上日程表截图，她看到接下来几个工作日他每天要拜访两三家客户，百分之百肯定他没时间留在办公室听她的方案。邮件末尾他提出了可行性建议：“下班后一起吃饭，请将方案打印带至饭店。”

她端着杯子揣摩邮件背后的含义：莫非，这是变相的约会邀请？

坐上销售总监之位的男人手段高超，这样一封任君解读的邮件让洛可可心神不宁了一整天，下班前她甚至偷偷摸摸去洗手间补了一下妆。自从被叶鸿伟批评过缺乏女人味以后，她特别介意在他面前的形象，虽然多半出于争口气的心态，但无可否认他影响了她。

洛可可按他的要求带着方案书来到思南路，这条短而精致的马路与淮海中路、复兴中路相接，路两边矗立着魁梧的法国梧桐和铭刻旧上海印记的老洋房，同样也刻录过属于洛可可的独家记忆。她与徐泽凯交往期间曾在这条路上的某家咖啡馆体验过一次英式下午茶，不菲的价格、怀旧浪漫的情调令人印象深刻。那天，温暖的阳光透过落地的大玻璃窗，她的视线从手中的书转向窗外经过的路人，再转向对面专心致志看书的男子。唱片机缓慢地转着圈，情歌亦是舒缓的调子，声音浓稠如蜜，仿佛时光从未老去。

她停住脚步，抬头看向右手边建筑的门牌号。幸好，叶鸿伟预订的餐厅地址在那家咖啡馆之前，免去了她路过时触景伤情。

餐厅入口的服务生核对了预订人的名字，将她送到包房门口。叶鸿伟还没到，她在路上收到他的短信，大意是在客户那里耽搁了，让她先点菜。

这家新开的餐厅以创意菜为卖点，菜名和价格均超乎洛可可的想象。她拿起手机给他发了一条信息询问何时能到达，很快收到回复："我在门口。"

洛可可猛地回头，发现他真的就站在包房门外，晃着手机对她微笑。

心跳稍微快了一些，失恋的人神经脆弱，风吹草动都能让她联想"他是不是看上我了"？新欢才能替代旧爱，饶是洛可可这般刚刚开窍的姑娘也懂得这一真理，只是潜在的新欢出现时免不了要自我拷问一番：现在是开始的最好时机吗？

这一回，脑袋里没有卓琳的金句，也没有卓远嘲讽的声音，姐弟俩似乎约好了同时消失，留下她孤军奋战。洛可可下意识咽了口唾沫，从紧张的情绪中抽身而退，不就是一顿平常的工作晚餐嘛！

洛可可做心理建设的短短十几秒，叶鸿伟已快步走到她左手边落座。他和她中间隔着两张椅子，分别摆放他和她的大衣、电脑包。嗯，安全距离。洛可可默默地想。

"你还没点菜？"发现点菜本上空白一片，叶鸿伟挑了挑眉，淡淡笑道，"是不是担心我放你鸽子不来买单呀？"

百分之百的玩笑。以前的洛可可会争辩，现在的她则是勾起嘴角浅笑，默认他的说辞。几个月前卓远突击辅导的相亲注意事项中有一条："当你不知道该说什么，就保持沉默吧。微笑，只要微笑就好。"

她灵活运用的效果不错，至少面前的男人表情愉快。叶鸿伟快速翻看菜单，一会儿工夫就点了三道冷菜、四道热炒，外加一条清蒸鱼。眼看服务生在小本本上写得不亦乐乎，他一副“不差钱”的派头，洛可可急急忙忙咽下茶水，张口劝阻道：“太多了，我正在减肥，浪费不好。”

叶鸿伟瞟了她一眼，转头吩咐服务生划去一道冷菜和清蒸鱼。待包房内只剩他二人，他才发表自己的意见：“你这么瘦还嚷嚷着减肥，让胖子情何以堪？”他的目光自她的脸而下，停留于桌沿上方五六厘米的高度那里。

洛可可微微低头，偏下的视线扫过自己胸前，轻微的起伏曲线让她懊恼今天居然没有穿有聚拢效果的Bra。显然她的修行还未到家，只顾着脸面的修饰，偏偏忽略了男人最在意的恰恰是女性独有的体征。为什么广告词要不厌其烦地强调“做一个男人无法一手掌握的女人”，都是真知灼见啊！

她开始胡思乱想了，被开发过的身体与未经人事最显著的差别体现在敏感度有了飞速提高。英俊男子专注地凝视使人意志动摇，进而幻想与他翻云覆雨。作为一名深刻感受到闺房空虚寂寞冷的单身女性，洛可可觉得自己的幻想以及随之产生的反应并不可耻。唯一令她羞愧的是，幻想对象不久前仍是她的死对头。

“Coco，Coco，”叶鸿伟唤了她一声却没有得到预期的反应，只见她半垂着头不知在想什么，捏着杯子的手指因用力过度而发白，像是与它有深仇大恨一般。他不禁奇怪，便提高音量连续叫了好几声，总算让她警醒过来。“别告诉我你是为了赶方案昨晚没睡好，刚才在打瞌睡。”他笑眯眯地调侃，朝她伸出手，“方案呢？”

“哦。”洛可可从脑海中上演的限制级影片中回过神，慌慌张张地打开电脑包取出打印件递给他。“你慢慢看，我先去一趟洗手间。”不等他回复，她站起身径直走出门去，确定四下无人，才放心地长长吐出一口气。

她在洗手间稍作整理，待情绪基本稳定后返回包房，冷菜业已上桌。叶鸿伟正认真看她的方案，抬手向桌面一指：“你随意，不用在意我。”

洛可可落座，镇定地拿起筷子，伸向菜单上名为“爱慕一点红”实则就是西柚拌圣女果生菜黄瓜胡萝卜的色拉。努力吃吧，洛可可！她自我勉励，将注意力放在“吃”上无疑是明智的。

上第一道热菜的时候，叶鸿伟终于放下她的方案书，而洛可可也几乎消灭了大半冷菜。他看看她打扫过的“战场”，举起筷子夹住一片鹅肝，慢悠悠地说了一句：“我欣赏胃口好的人。”

她顿时觉得自己进入了安全地带，估计没几个男人会真诚地热爱大口吃肉大碗喝酒的“女汉子”，做兄弟不在话下，当自个儿的女人带出去恐怕会被视为有gay倾向，所以得找个像爷们儿的女人来充数。

洛可可偷偷瞧了叶鸿伟一眼，认定他属于大多数。

晚餐在越来越坦然越来越放松的氛围中愉快地结束后，叶鸿伟与洛可可前后脚步出餐厅，走进1月冷冽的寒风里。

餐后甜点填满了胃部最后的空隙。那句“女人天生有两个胃，一个专门用来装甜品”的论述看起来并不适合洛可可，至少不是今晚。

她系紧围巾，伸手欲接过他手提的电脑包。虽说Jonny大手笔地将笔记本都换成超薄系列，但左右手各拎一台电脑毕竟累人，再者她也没兴趣在叶鸿伟面前扮柔弱。

叶鸿伟后退了一步躲开她的手说：“我送你！”他开车来的，因此刚才那一餐只给她点了啤酒。

洛可可本想说“从这里走到地铁站最多十分钟，我正好走路消化消化”，话到嘴边硬生生改成了“好啊，麻烦你了”这样矫情的客套。她在发言前的最后一秒钟想起了卓远的警告——别轻易拒绝男人的试探，有时候机会只有一次。

她决定抓住这个机会，看看会得到什么样的结果。

贯通上海的高架宛如一条巨龙盘桓在城市上方，他们的车穿梭于车阵，超过了一辆又一辆。两侧的高楼亮起无数的灯，像是坚定而沉默的守望者。洛可可习惯站在灯光里俯视办公楼下飞驰而过的车流，那一盏盏车灯飞速掠过，在她的眼中拖起一条条“光的尾巴”，她看到了时间的流逝。

现在，身处这条光带中的洛可可，反而觉得时间静止不动，仿佛他和她被困在密闭的车厢里，直达永恒的尽头。

叶鸿伟的声音打破了凝固：“做项目太辛苦了，转售前以后也方便照顾家庭，我听说你快结婚了？”闲聊的语气，她看了他一眼，迅速选择了重点。

‘I’m available.’传达的信息越简单明了，受众就越容易理解。洛可可把最重要的信息告诉了叶鸿伟，接下来就看他如何回应了。

“与其将就，不如单身。”叶鸿伟的总结引起了洛可可强烈的共鸣，心想“将就”两个字真是用得再贴切不过。她热切地看着他，或许因为心理上已将他列入同一阵营，竟然越看越顺眼起来，洛可可第一次注意到他也有好看的侧脸。

她不是HR，没机会看他的简历了解婚姻状况，但既然他有如此深刻的感悟，况且从没见他戴过婚戒，想必同为单身。“你说得太对了！”右手握拳重击左掌，洛可可的兴奋溢于言表，“我一直想不通那些总是关心我结婚没有的人到底什么心态，我努力工作赚钱养家，爱国爱生活，吃得下睡得着身体健康，这些统统都比不上找个男人重要吗？简直无语！”

在她发泄不满的过程中，叶鸿伟始终一副想笑又不能放声大笑的表情，待她话音落下，他终于笑出了声。她正说得兴起，被他这一打岔，被迫停止了谴责：“你应该没我这么惨。相对来说，男人的选择余地更大，而且年龄和机会成正比。”洛可可引用卓琳的理论，试图证明自己的愤慨乃现实所迫。

叶鸿伟点点头，表情从容地补充道：“只有一个前提，你得有钱。”

“不一定。”她斩钉截铁地反驳道，“不是所有的女人都那么现实。”

“看来你属于追求感觉的那一类型。”眉毛一挑，他夸张地表达惊讶，“我好奇地问一句，这么多年你从没遇到感觉对的人？”

其实，洛可可已无法准确界定何为“感觉对”。她面对卓远、徐泽凯时的感觉明显有别于其他男人，然而这两个人都不想结婚，所以她还没搞清楚自己要的究竟是恋爱的“感觉”，还是表明此人可托付终身？

“就算是感觉对了也未必能结婚。婚姻和爱情是两码事。”洛可可模棱两可地回答。车外的街景切换到熟悉的画面，她到家了。分别在即，她不能肯定未来还有没有机会打破同事界限讨论私人问题，她鼓起勇气问道：“你呢，怎么看待婚姻？”有了徐泽凯的前车之鉴，洛可可认为有必要在故事发生以前问清楚对方的婚姻观。

叶鸿伟转过头，凝视着洛可可说：“我将就了一次，不想将就一辈子。”

“所以……你的意思是……”她吞吞吐吐，不敢把“离婚”二字直接说出口。倒是他异常爽快，“我正在办理离婚。”

“哦。”洛可可正在琢磨此处或许应该稍微表示一下遗憾，想不到他接下来的问题让她当场愣怔了，他说：“你会考虑离异人士吗？”

这已不能归类为“试探”，而是直接的“表白”吧！她张张嘴，徒劳地发现只帮助了鼻子呼吸，压根说不出话来。剧情发展的速度大大超过了她的想象，洛可可一时措手不及。

她的反应惹得他再度爆笑，连忙澄清："Sorry，我开玩笑。"他心里明白，有一半是真的，不过他操之过急了，现在还不是时候。

他的解释令她松口气的同时，又有些不是滋味，她转了转眼珠，决定让今晚就到此为止。"谢谢你送我回家，明天公司见，bye-bye！"她忽略他的"玩笑"，相信以他的情商断然不至于纠缠不放。

"明天见！"他朝她挥挥手，重新发动汽车。

出于礼貌，洛可可站在原地目送他的车开走。当银色的宝马消失于视线所及处，她舒了口气，轻松地转身。

身后，霍梓乔站在几步之遥。

"晚上好！"霍梓乔率先打了个招呼。她并没有偷窥的意图，只是刚好在小区门口的大排档吃完炒年糕回家，看到洛可可从一辆眼生的汽车上下来而已。

乍然见到算不上熟悉的霍梓乔站在那里，洛可可一瞬间尴尬万分。她不知道霍梓乔站了多久，会不会有奇怪的联想？"晚上好！"她笑容可掬地回应霍梓乔，借此掩饰心虚。

"那，看上去不像徐泽凯的车。"霍梓乔本来没多少兴趣挖掘八卦，可突然想起前几天卓远打探过徐泽凯的情况，于是她替他关心了。出于私心，霍梓乔希望洛可可与徐泽凯的恋情一帆风顺，好绝了卓远的念头。

"哦，那是我同事，顺路送我回来。"洛可可尽量用轻描淡写的语气陈述。她和叶鸿伟只是坐在车上聊了几分钟，没有任何超越同事关系的举止，偏偏她就是理直气壮不起来。究其原因，还是他那句似真似假的玩笑，被她记在了心里。

霍梓乔不再追问，两人关系泛泛，不可能像闺蜜那样刨根问底。若是目击者换成卓琳，势必连叶鸿伟的星座属性是否与狮子座相配，也会被纳入讨论范围内。如果是卓远呢？洛可可斜瞟了一眼霍梓乔，禁止自己想下去。

到了霍梓乔，不，卓远的房门口，洛可可点点头说了一声"再见"。正准备上楼，听见她在背后问道："好像有一阵子没看到徐泽凯了，你们还好吧？"

霍梓乔相信将来一定会后悔多管闲事的自己，可是白天她看着从噩梦里挣扎醒来脸色苍白的卓远，无力感令她备受煎熬，他在梦中惊慌失措呼唤的名字是"洛可可"！她意识到自从西塘回来，卓远从没真正开心过。他戴起一张微笑的面具，欺骗了所有人，包括他自己。

梦境，终究出卖了他。

徐泽凯的名字依旧像是不可触碰的雷区，洛可可听不得别人提起他。她转身看着霍梓乔，有那么一刹那打算嘲讽对方凭什么关心她的私生活，说得再难听点还可以用上“你算哪根葱”，熊熊燃烧的仇恨烈焰，在瞥见卓远的房门时被一盆冰水当头浇灭，霍梓乔根本不会在意她洛可可是死是活，绝对是因为她在乎的人在意。

洛可可曾经犹豫过要不要通知卓远自己分手的消息，转念一想又不是结婚，何必搞得众人皆知。再说，她总觉得面对卓远会难以启齿，狮子座的骄傲、自尊都在拼命阻止她向他认错。

就交给卓琳吧，反正她从来守不住秘密。一想到死党泄密的本领，淡淡的埋怨便挥之不去，假如那天晚上没有卓琳的来电，她和卓远的关系、和徐泽凯的相遇都会随之改变，所谓“蝴蝶效应”是也。

出乎洛可可意料的是，这一回卓琳竟然学会保密了。也许是肚子里的宝宝让她分了心，也许是她认为堂弟还是别掺和到洛可可的人生更为妥当，总之卓远始终不知道洛可可和徐泽凯的故事已经翻到了完结篇。卓远都不清楚的事，霍梓乔当然更是一无所知。

“他以后应该不会再来了。”洛可可扶着冷冰冰的栏杆，平静地宣布。

霍梓乔差一点脱口而出“节哀顺变”，谁让洛可可的表情就像徐泽凯驾鹤西去一样。想了想，她开口安慰道：“Coco姐，活在这世上，谁心里没有七八个伤口呢？没关系，重新开始就是了。”霍梓乔想到离乡背井的缘由，不免暗自神伤，这句安慰倒有几分说给自己听的意思。

安慰再小，也代表了同情心。洛可可笑了笑，算是对她的慰问表示谢意。“不遇见Mr. Wrong，又怎么能认清Mr. Right？”巴丹吉林那一夜，她和一个男人讨论过与此相关的话题，结果闹得不欢而散，间接导致她加速投向徐泽凯的怀抱。如今想起，恍如隔世。

她告别霍梓乔走到楼上，打开房门，迎接洛可可的是一室冷清。据说每个人一生会遇到2920万人，而两个人相爱的概率只有0.000049。

所以，孤独不可耻。

第十二章

如果你的幸福和我无关

卓远在知晓洛可可失恋之前得到了一个工作机会——某个电视剧组请他春节后去拍摄定妆照。以卓远的资历，这个机会无论如何都轮不到他，偏偏有些事就像命中注定似的，他的某个婚纱照客户是剧组的编剧，对他的摄影技术非常欣赏，极力向制片人推荐。考虑到卓远的要价比较便宜，制片人同意他先去试一试。

吸取前次西北行的教训，卓远还没等工作正式敲定就先同Simon打了招呼。后者在祝贺之余不忘揶揄上一回他的随心所欲，同时隐晦地暗示他此次负责任的表现总算没有辜负洛可可当初的保荐。

最后，Simon来了一句似是而非的感慨："如果当时换成现在的你……"轻轻摇着头，他叹气的模样简直就像在说"可惜你们本来可以成为多好的一对啊"！

对于顶头上司兼好友的自以为是，卓远忍耐了又忍耐，终于忍不住，反唇相讥："拜托，我俩半斤八两，都是和婚姻没缘分的男人，就别再惦记洛可可这种一门心思要结婚生娃的良家妇女了。我已经回头是岸，你也早点醒悟吧。"他索性拉Simon下水，反正早前对洛可可表白不介意成为备胎的人，正是对面装模作样的家伙。

Simon哈哈大笑道："I see, I see，拆穿别人心事总是讨人嫌的。你随意好了。”他走出吧台，留下卓远独自做准备工作。

他接到制片方电话时正躺在床上补眠，铃响了一会儿才伸手抓起手机接听。紧接着，只见他兴奋地一跃而起，被冷空气狠狠刺激后才发现身上什么都没穿，赶紧又再钻回被窝。卓远不断重复“OK”“我知道了”“我明白”这几个短语，声音里有压抑不住的喜悦。

挂断电话，他第一个想通知的人便是洛可可。自始至终，她坚定不移地相信摄影对他有不同的意义，现在他迈出了第一步，理应与她同庆。

洛可可的电话号码他不用查找通信录也能准确输完11个阿拉伯数字，但在按下通话键的那一刻，卓远犹豫了。他想了想，转而拨通了霍梓乔的手机。

她才是我的女朋友！卓远提醒自己。

霍梓乔在电话里一声尖叫，分贝之高令卓远无奈地将手机从耳边拿开了几厘米。“今天你向酒吧请个假，晚上我们出去吃饭庆祝。”她示意摄影助手替新人补妆，走到一旁和他讨论如何庆祝，仿佛他已经获得了巨大成功。

卓远心里暖洋洋的，虽然霍梓乔不是洛可可，但有人替自己欢欣鼓舞的感觉实在好得难以拒绝。“好。”他一口答应，“昨天情人节没出去庆祝，今天正好补上。”

霍梓乔很快发来晚餐的预订信息，她马上要出一趟外景，6点前出现在餐厅的任务就落到了卓远身上。他上网查“大众点评”，发现这家餐厅的人均消费并不低，再想到电话里霍梓乔极力强调今晚由她来买单，莫名有些感动。尤其想到昨天本来打算请她去吃情人节大餐，但她一听价格立刻拒绝了他的提议，两相一对比，她真是处处为他着想。

他们最初在一起时达成了共识：大家只是孤单寂寞时做个伴，绝不牵涉谈情说爱。他生日那天见家长的经历，或许给霍梓乔造成了错觉，让她以为两人有机会能长相厮守。从那天开始，她看他的眼神多了一些不必要的情绪。

卓远无数次想告诉她注定会失望，他没办法爱上一个与自己相似的人。可他说不出口，不是不忍心，而是不想现在就失去她。

“你真是一个浑蛋！”卓远对自己说。

他兀自沉浸于自我厌恶和谴责中，直至一声轰然巨响在头顶炸开。卓远下意识望了望天花板看有没有破洞，下一秒即刻反应过来声音源于洛可可家。今天是春节前换休的工作日，她家里应该没人！

他翻身而起，飞快地套上衣裤，趿拉着拖鞋打开门就往楼上冲。跑了一半忽然想到应该拽一件武器在手上才有威慑感，但又担心回去找武器让偷儿溜走，索性咬咬牙直接杀上去堵门。

卓远三步并作两步来到门口，铁门大大方方地敞开着，他曾踹过一脚的大门也仅仅是虚掩的，他冷冷一笑：看来这小偷胆大包天！

再一次，一脚踹开大门，卓远随手抓起门口的扫帚，像一名见义勇为的英雄那样冲进房间，大喝道："警察来了！"定睛细看，房间里除了洛可可，哪有可疑人物的踪影？倒是她，穿着一件脏兮兮的破旧外套，双臂还戴了一副袖套，一副摩拳擦掌准备大干一场的架势。

洛可可莫名其妙地看着他问："你是来捉小偷吗？"她越想越好笑，"卓小弟，你的想象力太丰富了。"

卓远悻悻地扔了扫帚，抓抓头发抱怨道："大姐，你不好好上班在家搬家具玩，我不以为是小偷光顾才怪呢！"快速扫视起居室，他很快找到刚才造成巨大动静的家具，"这书柜好端端地摆在沙发旁，方便你躺着看书，干吗折腾它？"

"快过年了，换个位置，新年新气象。"洛可可随便找了个借口，不愿意坦白搬动书柜是因为这是徐泽凯最喜欢的角落。她归还了他的私人物品，但眼前依然存在令她想起他的东西，洛可可不可能弃整间屋子于不顾，只能尽力改变布局。

她的理由虽无法让人完全信服，卓远一时半会儿也找不出哪里不对劲。鉴于他自动送上门来充当劳动力，洛可可当仁不让笑纳大礼，嚷嚷着要他帮忙搬书柜。

他嘟嘟哝哝一面抱怨她剥削饿着肚子的劳苦大众，一面合力将撤空的书柜抬起，喊着口号统一步调，一会儿工夫就将书柜从起居室搬迁到卧室里。

"你不觉得空间有点局促吗？"卓远打量她的闺房，有些意外居然没发现属于"男性"的物品，想必洛可可细心地收拾起来了。视线驻留她的背影，他的思绪回到堂姐婚礼那一夜，倘若她当时备有安全套，他和她现在会怎样？往事不堪回首，他只能随便想想。

洛可可回过头，笑着指向窗台附近的电脑桌说："英雄所见略同，既然如此，就麻烦你把它搬到沙发旁边去吧。"

卓远终于确认不对劲的地方在哪里了，这些事，为什么徐泽凯不做？"徐泽凯呢？"他随口问道。

洛可可微微吃惊，没想到卓远直至此刻还不知情。命运最终将决定权交回她手中，由她自行选择要不要告诉他。她表情苦涩，如此简单的一件事竟然让自己联想到“命运”，简直可笑至极！

软弱的人，才会拿命运做借口。

“我们分手了。”洛可可气沉丹田，慢慢地，吐字清晰地说道。有些事，她必须独自面对。

“砰”，卓远扔下刚搬离地面的电脑桌，转过头死死盯着她。他表情严肃，从头到脚都贴着“紧张”的标签，“什么时候的事？”

她仰起头思索，似乎从来没有面对面正式谈过分手，更像是一段过程：先是争执，接着冷战，然后不联系，最后默认就此各安天命。两个人要克服多少困难，磨掉多少棱角方有机会让彼此成为契合的半圆，光想想就有遥不可及之感，遑论去实践了。

“元旦之后。”

他在心里默默算了算时间，“那你现在才说？”卓远气冲冲地质问，对于洛可可将他排除在通知名单之外的事实分外不平衡。幸亏卓远不知道霍梓乔比他早一步知晓，否则绝对更郁闷。

她迟迟不愿承认看走了眼，尤其不愿在卓远面前承认这一点。事到如今，她躲不过去了。“早说晚说，对结局没有任何影响。”她表情淡然，暗示他就此打住别再追问，“就算相爱的两个人，也有很多理由没办法在一起。”

她最后的两句话触动了卓远，他识相地收声，默默抬起电脑桌朝外走。洛可可跟在他身后走出卧室问：“快过年了，你不陪霍梓乔回家吗？”她看着他的后背，压下想抱住他哭一场的念头。不可以太软弱，洛可可！

卓远将电脑桌摆放到她指定的位置，才回答道：“她买了大年夜的机票。”他没用“我们”的意思很明显，他不陪她回家见家长。

他清清楚楚地看到洛可可的唇边泛起一丝微笑，但立刻恢复正常。2月的天色暗得早，下午5点的光景已暮色苍茫，他对自己说：那一定是错觉！

“没什么事的话，大姐，我下去了。”关于她失恋的事儿，洛可可既然不让他追问，卓远也无话可说。千错万错，肯定是徐泽凯的错！卓远义愤填膺，在心里把徐泽凯狠狠痛骂了一百遍。回想新年第一天他和徐泽凯抽烟聊天所谈的话题，那时就隐约有了端倪。早知如此，当时就应该揍他几拳替洛可可出气才是。

“要是今晚你不去酒吧，我请你吃饭，算帮我搬东西的酬谢。”洛可可的声音从背后传来，卓远停下了脚步。

霍梓乔已经定好了位子！他脑海里有一行字浮现，又沉了下去。

“好啊！”卓远听见自己这样回答。

洛可可请卓远去吃重庆九宫格火锅作为答谢。他们到达时只剩下一张空桌，待前台完成确认再回头一看，门外已排起了等候的队伍。

“我同事说这家火锅是正宗的重庆味道。”洛可可解释为何换了两趟地铁来这里吃饭的原因。其实无论她有没有正当理由，卓远都不会提出反对意见。

徐泽凯和洛可可的爱情故事终究未能逃脱卓远一开始就预见的结局，但他并不觉得自己的未卜先知有什么值得夸耀之处，反而产生了些许歉意，活像他们分手完全是因为他不看好甚至小小的妒忌心所致。

放在衣袋里的手机振动起来，卓远拿出来看了一眼，是霍梓乔的短信。离家之前他给她发了消息，大意是今晚酒吧人手不够，Simon不同意他请假。他没点开细看，将手机重新塞回口袋。

落座后，洛可可把菜单递给卓远，笑盈盈地说道：“尽管点，不用客气！”

他以前听说过有些失恋的人就喜欢花钱疗伤，看起来洛可可属于此类。卓远应了一声“哦”，假装专心地翻阅菜单。

她自顾自地在单子上勾选了锅底、牛羊肉、墨鱼滑、毛肚等一些火锅必点食材，接着将单子推到他面前说：“怕你客气，我先点了一些，你看看吧。”

卓远继续以单音节语气词表示收到，他看了看她的选项，发现洛可可尽挑贵的点，好像买单的人是他一样。他想了想，话到嘴边硬是咽了回去，抬手招来服务员，把点好的单子给了对方。

她坐在他对面，一口一口喝着免费赠送的大麦茶，动作与他如出一辙。突然的冷场让两人都坐立不安，偏偏想不出合适的话题打破沉默，只好你看我我看你地一起喝茶。诡异的同步带有荒谬的喜感，卓远首先没忍住，笑出了声。

这一笑，洛可可也放松了。她放下杯子，轻轻叹口气说：“我知道你有很多问题，问吧。”

他同样放下杯子，看着她，问题异常简单："Why？"

她垂下眼睑，他注意到她的黑眼圈和眼周的细纹，不禁有些心疼。卓远放缓语气，摆了摆手说："算了，已经过去的事，再说也没意义。"

"我还是会时不时想起他。"她低低絮语，始终眉眼低垂不敢与他对视，"你用了多长时间摆脱一段失败的感情？"洛可可承认缺乏经验，因而亟需指导。

卓远一怔，没想到她会有此一问。他对蒋彩妍的感情正式成为过去时完全因为被另一个女人夺走了注意力，但是他不能告诉她。他嘿嘿一笑，自嘲道："当一个男人找到了梦中情人，谁还会念念不忘失败的经历？"

洛可可想起去年的西塘行，卓琳曾悄悄和她讨论过霍梓乔。记得当时卓琳的表情带着不可思议，她说起很久以前看过卓远随手涂鸦的人物画像，其中有一个女人的模样和霍梓乔非常相似，特别是眼角下方的美人痣。"这事情太诡异了，我第一眼看到她就觉得眼熟，想了一晚上才发现原来小远以前画过很像的一个女人。你记不记得希腊还是罗马神话里，有个国王给自己雕了一个老婆，然后她活过来的故事，你说这姑娘不会是小远画出来的吧？"当日，卓琳惊恐得连声调都不正常了，被洛可可狠狠嘲笑了几分钟。

卓远的回答算是解开了相似之谜，看来霍梓乔便是他所说的"梦中情人"了。她心里涩涩的，感慨多于羡慕。成为某个人的梦中情人，这得多大的魅力才能做到？在素未谋面的前提下，与某人的梦中情人长相相似并且还遇见了，那只能用"命中注定"来形容了。

洛可可抬起头，目光沉静如水地说："我一个人，其实也没什么。"她一脸想说服他的表情，实则更想说服自己，"你也说过，两个人在一起不开心，还不如一个人，所以我肯定没问题的。"

"我还说过，你值得拥有一个好男人。"他慢吞吞地说道，脸上有不舍。看上去分手这件事，似乎卓远受到的打击比她还要大。

她愣愣地看着他，说不出话来。在服务员送上锅底的同时，他搁在桌上的手机又一次振动起来，洛可可趁卓远接电话的空当，偷偷擦去眼角的湿润。

打电话找他的人是霍梓乔，问他是否打算收工后去吃宵夜。再过两天便是春节，她除夕一早就要飞回家，而他出发去外地拍摄定妆照的日期定在正月初七，再见面或许就得十天以后，临行前她有些依依不舍了。

“我收工晚，你不用等我。”卓远用手挡住口部，不想让洛可可听到谈话内容。他这副鬼鬼祟祟的样子摆明有古怪，洛可可一下子猜到手机那头是何方人士。

她忽然有使坏的冲动，想象自己用柔媚入骨的声音呼唤卓远“快到床上来”会产生什么后果。九宫格里的红油沸腾起来，热气模糊了视线，她颓然地靠向椅背。不，不能破坏别人的幸福，失恋不等于变态！

卓远放下手机，洛可可迅速恢复状态，卖力地将食材填补进每一个空格。她觉得自己的心同样被划分成一个个格子，以前填满了徐泽凯，现在空荡荡的像走进了鬼屋。她夹起一片烫熟的羊肉直接送进嘴里，却被热辣辣的红油烫出了眼泪。

洛可可在卓远面前，无声地哭了。

霍梓乔打电话给卓远时，距离酒吧仅几步之遥。临收工看到他不能一起吃饭的短信，她便决定买个好吃的蛋糕送到酒吧和大家一同庆祝。

她以前来过酒吧，当时以卓远“朋友”的身份，因此Simon第一时间就认出了她。他热络地招呼她到吧台就坐，吩咐当晚顶班的调酒师给她一杯鸡尾酒，对自己超强的记性满怀信心地说：“我记得那天你点的是Tequila sunrise（龙舌兰日出），没错吧？”

就算他记错了，霍梓乔也不会当面拆穿。无足轻重的小事无须争辩，就照顾一下男性的自尊心吧。

“没错，你记性真好。”她笑着说道，眼波柔媚，“Rex不在吗？”

卓远打电话请过假，说洛可可心情不好要陪她聊聊天顺便开解。他是聪明人，知道拿洛可可的名字当挡箭牌百分之百奏效，果然Simon一口答应。有时候卓远觉得Simon应该是喜欢洛可可的，至少有好感确定无疑，只不过他太清醒理智，仅止于“喜欢”。

听到霍梓乔过问卓远的行踪，Simon没有立即回复。他不清楚两人的关系，普通朋友和亲密恋人各有一套标准答案，必须好好斟酌。“Rex父母那边有些事要他帮忙，他今天请假了。”不管哪一套答案，Simon万万不会在一个女人面前提到另一个女人的名字，那可是大忌。

可惜他的深谋远虑在明摆着的事实面前显得苍白无力，霍梓乔微笑依旧，目光中却隐隐透出一丝寒意。能让卓远撒谎的女人，现阶段只可能是洛可可！

她假装若无其事，匆匆喝完杯中鲜艳的液体说："既然他不在，那我先走了。蛋糕留给大家做宵夜吧。"霍梓乔打开钱包想付钱，被Simon制止了："这杯酒可比不上蛋糕值钱，以后经常来玩就是给我面子了。"

她点点头，举步朝门口方向走。刚迈出一步，忽然回头问道："卓远，他，从来没告诉你我和他是什么关系吗？"

Simon被问得哑口无言，心里不住埋怨卓远不提前发布预警。这下可好，他善意的谎言肯定被拆穿了。"我很少过问别人的私事。"他刻意表现出漠然的态度，做兄弟的也只能帮到这里了。

霍梓乔勉强笑了笑，翩然离去。确定她走出了酒吧大门，Simon叹着气拿起手机，给卓远发了一条短信提醒他想好借口。"所以，"Simon自言自语道，"一个人多好。"

手机收到短信发送成功的反馈消息，卓远读过了Simon发来的警告。他看看正努力"化悲愤为食欲"的洛可可，她鼓着腮帮子咀嚼的模样像他曾经养过的小仓鼠，他该死的为何如此迷恋这个女人？

好不容易咽下满口食物，洛可可才发现卓远几乎没动筷子。名义上她请他吃饭，结果却是请客的比被请的人吃得更high，太不像话了！"你不喜欢吃火锅？"

卓远摇头，拿起筷子夹了一个墨鱼丸说："我说正在减肥，你信不信？"

洛可可见过他半裸的样子，身材好得让人流口水。她喝了口凉茶压火，明智地回避有关身材的话题。"反正我只请这一次，吃不吃随便你。"说着，她举起筷子继续开动。

卓远的确没有胃口，他一想到这顿饭的根本原因是为了徐泽凯，就恨不得立刻冲到对方面前暴打他一顿。他面前的啤酒杯重复着倒满、清空、倒满，酒是冷的，即使桌上的红油锅底欢腾地翻滚着，依旧喝得透心凉。

"小远，你的酒喝得太快了。"洛可可终于出声制止，她伸手过去按住他的杯子，表情严肃，像姐姐关心淘气的弟弟。

"如果那天我没有拖你去参加见鬼的相亲联谊会，今天你就不会伤心难过，是我的错。"他低头道歉，犹如当初毫不犹豫地将她的婚姻大事揽上身那般坚定地认为"你的事，就是我的事"。

"不是他，也可能是为了别人。"当事人倒是客观理性得多，尽力安慰他别在意。

他拨开她的手夺回酒杯，一口气喝干杯中酒。“大姐你放心，我一定会帮你找到比这个浑蛋好一百倍的男人！”卓远单手握拳，一股不达目的誓不罢休的劲头。

换作以前，洛可可必定会微微伤感：为什么不能是你？现在，她淡定地微笑，淡定地说道：“好啊。”

真的看不出来，到底是谁失恋了？

那天晚上，洛可可和卓远一起去了外滩，在黄浦江边倾听海关大楼的钟声。对岸的东方明珠交替变换着彩灯的颜色，他问她：“你有没有站在那里看过上海的夜景？”抬手指向上海的地标性建筑物。

洛可可摇头，一脸对著名景点的不屑。“没兴趣。”再加一句附注，“没时间。”

“我去过一次，和前女友。”提到蒋彩妍，卓远已心平气和。“那天晚上晴空万里，我们站在350米高的太空舱，看着对面一盏盏灯亮起来。每亮起一盏灯，我和她都会小小地欢呼，感觉所有的灯都是为我们而点亮的。我跪下来对她说，我要和你永远在一起。”

她不说话，等着他继续说下去。“我曾经那么爱她，现在想起来也就是一段往事而已，要相信人类的自我治愈能力。”卓远感慨万千。也许他认为失恋后的洛可可真正和他成了同病相怜的战友，下意识吐露了心声。

她在他面前哭过，所以没必要骗他说失恋有什么大不了。“有没有烟？”她抬起脸，开口问他。

卓远从外套口袋里拿出烟盒和打火机，递给洛可可。她熟练的点烟动作和吐出的标准烟圈让他颇为意外，脸上自然流露几分讶异。见状，她不禁莞尔一笑，解释道：“我没烟瘾，就加班的时候偶尔抽一两支提神。”

卓远夸张地叹气，扳着手指数落她：“抽烟、喝酒、加班，大姐，你不愧是‘女汉子’。”从她手里抢过烟盒抽出一支，他伸手向她讨要打火机。洛可可连忙将打火机换到另一只手，故意举得又高又远不肯给他，以此表达对“女汉子”称号的强烈抗议。

这位大姐，你几岁了？居然还热衷小孩子的恶作剧！卓远朝着东方明珠翻了个白眼，只敢偷偷腹诽她此刻的幼稚。一个念头忽然划过脑海，他不怀好意地笑了笑，冲着得意扬扬的洛可可前倾身体，低下头侧过脸，烟头精准地贴上她的。

洛可可一惊，第一反应想要退开，但双脚不听使唤停留在原处，上半身更是纹丝不动。她的视线驻留在两支烟的相接处，亲眼看着火星从自己的烟头燃上他的。

浪漫如吻，点燃一支烟。

海关大楼敲响10点的晚钟，一米六四的姑娘偏过头靠上一米八六男生的胸膛，一米八六的男生伸出手环住一米六四姑娘的肩膀，让人倍觉温暖的身高差。

可是，这样的暧昧不属于洛可可与卓远。尽管旁边有好几对情侣互相拥抱着、亲吻着，他和她却只是站在一起默默地抽完这支烟。

他们身后，是浩瀚的灯海。

被黄浦江的冷风吹了半个多小时，洛可可、卓远双双以重感冒迎接热闹的羊年春节。生病本是麻烦事，但想不到因祸得福，出于对病人情绪的照顾，家族聚会时长辈们终于不再提“有男朋友了吗”“什么时候喝你的喜酒”“工作找得怎样”之类令人尴尬又不得不礼貌回答的问题。

除了霍梓乔，诸人均未将两人同时感冒视作另有隐情，天寒地冻生病的人本就多，谁能想到他俩会一起跑到黄浦江边发神经。

洛可可窝在家里改方案，一个人。大年夜家族聚餐时她眼泪鼻涕齐飞的惨况吓退了一众亲戚的邀约，显然大家都不愿在喜庆的日子里冒着被传染的风险请一个“活动病毒”进门做客，纷纷用“你好好休息，改天再聚”安慰洛可可不要对缺席抱憾。她当然配合地摆出遗憾的表情频频点头，顺便再猛打几个喷嚏让那些试图询问“有没有对象”的人知难而退。

自从她最小的表妹出嫁升级为“人妻”，洛可可的家族聚会就演变为各种针对她的关心大会，有劝她降低要求的，有给她介绍相亲对象的，还有个别已婚的兄弟姐妹悄悄对她说婚姻是人生最大的失误，不想生小孩干脆单身到底。

父母倒是心疼她生病，执意要她回家好好休养。洛可可住了两晚，眼看双亲都有了感冒的前期征兆，她不敢再住下去，连忙打包了行李匆匆回到自己的小窝。

路过卓远门口，她停下脚步侧耳倾听，没听到动静，想必他也回家了。她拖着脚步上楼，备感孤单。

她熬了一锅粥，就着酱菜，解决早中晚三餐问题。洛可可有生之年第一次如此凄凉地度过春节假期，可是相比应付亲戚多余的热心，她觉得能清清静静地一个人待着倒是好事。

短信铃声响起，她拿起电脑旁的手机看了一眼，发信人是叶鸿伟。除夕那天她收到他群发的祝福短信，随手转了别人群发给自己的回祝他春节愉快，之后再无联络。今天才正月初三，还没到迎接财神这一除夕之外的第二个短信高发日子，难道他找她有事？她点击阅读，叶鸿伟和QQ上遇到过的大部分男人一样问她：在干吗？

说实话洛可可很讨厌男人这样提问，仿佛强迫她报备行踪似的。她盯着这三个人反反复复看了几分钟，回复道："在喝粥。"

他的电话在短信发出后不到一分钟就接入了，叶鸿伟在电话里笑得十分夸张地问："怎么，你的新年目标是减肥？"

"我感冒了。"洛可可没好气地回应，她的鼻音重到不必明说也听得出来。

叶鸿伟沉吟了十几秒，再度开口道："还走得动路，20分钟后到小区门口等我，我带你去吃大餐补补。"

她抽了张纸巾擦擦鼻涕说："不怕被传染的话，你就来吧。"

现在是春节长假期间，不谈工作不谈同事关系，她和他有志一同将对方当成"朋友"看待。

他爽朗地大笑道："要是被传染了，我正好有借口多请两天假。"

他的好心情感染了她，洛可可放下电话走到窗前观察天气状况，惊讶地发现下雪了。上海的冬天下雪并不多见，春节期间更少，她兴奋地拿着手机想要通知什么人，脑海里首先浮现了卓远的脸。

那天从外滩回来，她和他一路上都在打喷嚏。洛可可相信重感冒不可能只光顾了自己，果然她和卓琳通电话时得知卓远也病倒的消息，心理顿时平衡了。她给他发过消息，群发的拜年段子一类，卓远没回。洛可可不以为然，心想以卓远为人处世的态度，肯定会把群发的短信当作垃圾信息处理，他不回复很正常。算起来自那晚起，卓远一直没给她发过消息，连最基本的"春节愉快"四个字都没有收到。

雪花在空中飞舞盘旋，洛可可还是没把消息发出去。有些事没办法改变，就算了吧。若是卓远能放弃"不婚主义"，那么徐泽凯也一定可以改变；但徐泽凯没有放弃，所以卓远也不可能改变。大脑建立了一个毫无逻辑关联性的等式，洛可可用它来说服自己不要再去挑战mission impossible（不可能完成的任务）。

20分钟后，洛可可和叶鸿伟准时相会。她裹得严严实实地坐上他的车，刚刚坐稳，他便递来一杯饮料。

“热巧克力，治感冒效果最好。”为了这杯热巧克力，叶鸿伟特意绕道去了一趟星巴克，再飞车赶到她这里。

液体的温度透过纸杯直达洛可可手心，再传到四肢百骸，驱散了严冬的寒意。“有没有医学根据？”她假装不相信地问，以掩饰内心的感动。

温柔的笑容绽放在他的脸上，叶鸿伟的眼神让洛可可想起了徐泽凯，曾经那个男人也这样看过她。她举起杯子喝了一口热巧克力，顺便挡住他的视线。

她还没做好准备——接受另一个男人的追求。

叶鸿伟的目的地同样是一家火锅店，按照他的说法感冒病患吃一顿热的保准百病全消。怎么听怎么像庸医！洛可可由着他自说自话，反正她现在吃什么都没滋味，正好刺激一下味蕾。

他一手包办点单事宜，只在交给服务生之前象征性地问了问她的意见。他报出的菜名基本包括了她爱吃的那些，再加上她素来认为点菜是项苦差事，乐得由他全权负责。不过，她同时觉得叶鸿伟的性格过于强势，显然是个很有控制欲望的人。

他点了鸳鸯锅底，一红一白的汤底煞是好看。等锅烧热的几分钟里，洛可可试探性地问道：“你找我，其实是有什么事吧？”

“没事就不能约你吃饭吗？”他笑嘻嘻地反问道。

眼前的男人不是办公室里毒舌的那一个，洛可可一下子无法适应叶鸿伟脸上活泼生动的表情，嘴巴微张成“O”形。难道他人格分裂？

叶鸿伟靠向椅背，双手交握说道：“我可不是人格分裂。”他看穿了她的想法，老神在在地指点迷津，“现在是假期，我们不谈工作，只谈……”稍作停顿，他慢慢地吐出两个字，“风月。”

她万分庆幸自己没在喝饮料，否则非得被呛到。洛可可啊洛可可，作为一个有过感情经历的女人，你这样的表现实在太不像话了！她狠狠自我鄙视了一通，顺便再给自己打打气。想谈就谈呗，who怕who啊！

“You first, I follow.”不拒绝不主动，洛可可坚决贯彻两个“不”字准则。矜持是女人的特权，必须妥善运用。

叶鸿伟用筷子轻敲茶杯，像说书人拍醒木那般将听众的注意力全吸引到自己身上：“从那一天说起吧，话说新年前最后一天，我坐在办公室里喝着咖啡上着网，准备无所事事地迎接2015年，突然有个女人抱着笔记本闯进来打破了宁静……”他也颇有说书人的潜质，声情并茂眉飞色舞，“当日她穿着衬衣长裤，实在没半分女人该有的妩媚样子，也完全不符合我的审美。可是，当她开始一张张slide讲解自己负责的项目时，自信的光彩让我移不开视线了。”

莫非这就是传说中的“表白”？洛可可继续保持O形嘴。这个男人行事出人意料，她完全跟不上他的节奏。

“我当然不会那么笨，直接表示自己非常欣赏她，所以我用毫不留情的批评让她印象深刻。她那么骄傲，一定会不服气，果然如我所愿。今天，我和她坐在一起吃饭，你说我要不要告诉她，其实她是个很棒的女人。”他一本正经地询问她的意见，洛可可简直快缺氧晕过去了。他，他，这是明目张胆的可耻偷袭！

洛可可端起茶杯喝水，握杯的手微微发颤，纯粹是心情激动所致。喝下一口热茶，她的心定了定，开口回应他：“我认为应该暂时保密，一个‘偷偷的仰慕者’会让女人有所期待，一段日子以后再揭晓谜底就水到渠成了。”既然他装模作样，她如法炮制便是。

洛可可巧妙地透露了两个重要信息：第一，现在还不是开始的时候；第二，她不讨厌他。

叶鸿伟心领神会：“果然女人更了解女人的心思，那我就暂时保持‘偷偷仰慕’的状态吧。只希望，”他意味深长地看了她一眼，“她不会狠心让我等很久。”

洛可可嫣然一笑，自从与徐泽凯分手，她第一次真正放松了心情。

有一个男人偷偷仰慕自己，这份虚荣真治愈。

卓远在年初一早晨开车离开了上海，尽管重感冒让他头重脚轻，他却迫不及待地想逃离令人窒息的城市，去一个谁都不认识自己的地方。

酒吧和摄影工作室都在春节期间暂停营业，虽说假期是大好的赚钱机会，但两位老板还是不约而同地选择了人性。卓远出发前打电话给Simon问他有没有兴趣同行，结果被对方嘲笑是不是想找人搞“基”，末了才吐露实话：“让我安安静静地睡足七天，我一步都不准备踏出门。”

于是他孤身上路，对父母用的借口是去采风。节后的商业拍摄任务似乎使父母安了不少心，至少不再觉得他游手好闲不务正业了，卓文斌甚至爽快地借出了爱车。

出游本是卓远兴之所至，他压根儿没计划。原本他琢磨着一路开车去霍梓乔家顺便接她回上海，转念一想如此贸贸然上门，她家里人或许认为他是来提亲的，到时候跳进黄河也洗不清。他一想明白前后因果，立刻打消了念头。

卓远出发时关闭了导航，完全跟着感觉走。他的直觉选择了北方，那是霍梓乔回家的方向。当他意识到这一点时已经到了江苏的地界，卓远在服务区休息间隙思考了一小会儿，将此归咎于“习惯”。他不爱她，但习惯了她的陪伴。

一路向北，卓远经过了一个又一个知名或不知名的城镇。偶尔有一两个小镇年味浓厚，为他的摄影之旅增添了不少素材。然而，欢乐喧闹的背景同时也将他的孤寂落寞无限放大，他一个人在陌生的城市游荡，仿佛被幸福放逐天际。

收到洛可可发来的搞笑段子时，卓远正抱病出席卓家除婚丧嫁娶之外最大规模的聚会，一年一度。卓琳比他早几秒钟收到，迫不及待地当众诵读以博大家一乐。紧接着他也收到了同样内容的短信，卓远不由得翻了个白眼，严重鄙视洛可可的敷衍，哪有人会把一模一样的短信同时发给两姐弟啊，难道是为了表现她一视同仁？简直岂有此理！

所以他没理会，生病中的男人十分小心眼儿，哪怕他是不记仇的射手座。

正月初六清晨，卓远在日照的海边等待日出。海风劲吹，比那夜黄浦江边的风冷多了。他昨天傍晚抵达，在几个渔村转了转。冬天游客稀少，开业的渔家乐不多，好不容易找到一家半开业状态的旅馆。卓远对住宿的要求不高，旅店离海近的地理优势令他果断入住。再说，他也没其他选择。

旅店的男主人以前是渔民，随着日照旅游业的兴起转型经营起了渔家乐。他看卓远孤家寡人可怜兮兮的样子，便招呼他和自家人一起吃晚饭。山东汉子的豪爽热情感染了卓远，他本性又是爱热闹的，一顿饭还没结束就和别人称兄道弟起来，酒自然没少喝。

酒喝多了，卓远反而睡不着。他躺在床上辗转反侧，全身燥热。

闭上眼睛，他看到自己向一个女人俯下身体，火星从她的烟头跳跃到他的，亲密如接吻；睁开眼睛，他看到她的脸在天花板上浮现，红唇妖娆。

她在他的心里，在他的灵魂里，不得安生。

他早早地起床，悄无声息地走出大门。关门的响声不可避免惊扰了渔村的静谧，几声狗吠后，大地复归安宁。

长长的海岸除他以外空无一人，潮起潮落云卷云舒。卓远拿出手机找到洛可可的名字，也不管她是不是还在睡觉，拨了过去。

正东方的天空从深蓝慢慢变成浅红，突然之间似乎上帝之手划了一根火柴，海平线被一线火红点燃。渐渐显露半张笑脸的太阳努力往上再往上升起，终于，金红色的圆球一跃而出，印入卓远的瞳仁。

电话通了，耳边传来洛可可睡意蒙眬的声音：“卓小弟，大清早的，你想干吗？”

卓远打开扬声器，向着大海高高举起。波涛声声，传入她的耳。那个完美的圆还在奋勇向上，海面闪烁着金红色的光芒。

洛可可听到海浪的声音，充满力量感的呐喊，来自于地球。与天地相比，人类渺小如沧海一粟。

“卓远，你在哪里？”怕他听不清，她特意提高了音量。

“山东日照，我在看日出。”一句话，回答了where and doing what.

“你感冒好了吗？又跑海边吹风，当心着凉。”她絮絮叨叨地告诫他应该爱惜身体，别以为年轻就有本钱生病，这年头早死的年轻人多的是。

电视剧演到这种场景，女主角不是应该泪流满面感动于男主角的浪漫无敌吗？哪有人像她这般“实际”？卓远咧开嘴大笑，风中传来的声音合着他的笑声与浪涛共同谱就一曲恢宏的交响乐。

“亲爱的，早安！”风，将这一句轻轻的问候吹散在澎湃的浪声里。

第十三章

翻开新的篇章

所有的长假到了最后一天都会让人产生类似“时光飞逝”的感慨，或许还有不少人会质疑七天的时间到底干了些啥，怎么一眨眼又得去上班了呢?

洛可可对重新开始工作充满期待，不知是火锅还是热巧克力的作用，她的感冒的确从那之后逐渐好转，再加上叶鸿伟特意告诉她年前拜访过的那家客户非常有兴趣与他们合作，她简直迫不及待地想要结束假期回去开工了。

假期最后一天，洛可可与卓琳还有大学室友一起聚会喝下午茶。大学毕业这些年里，她的室友们争先恐后在30岁之前完成结婚生子这两件人生大事。不管生活是否如意，却足以让她们站在“赢家”的高度俯视洛可可和卓琳，哦，随着卓琳踏入准妈妈的行列，大家只能俯视洛可可了。

聚会的话题首先围绕卓琳的孕事，各位妈妈分享了从怀孕到生产到坐月子的种种心得体会，生产过程被描述得惊心动魄，唬得卓琳连声嚷嚷“剖一刀算了”。话音未落，有过剖宫产经历的立马声明恢复期的痛苦也毫不逊色……洛可可心想这场座谈会效果真差，卓琳千万别留下心理阴影才好。

这一波讨论结束后，大家继续从卓琳口味的改变，以及还看不出明显改变的肚子走样。然而，一场“将就”的婚姻做不到心甘情愿，她迟早会怀疑值不值得。

“我是不是很自私？”卓琳叹着气问道。

“是的。”洛可可毫不留情地批评道。她本不该冲着孕妇发火，奈何实在看不下去了，认为自己有必要点醒卓琳。在她领证前几天痛痛快快地大哭一场之后，洛可可曾特意问过她是不是后悔了，卓琳肿着眼睛说李家成是自己所有相亲对象中条件最好的一个，错过他，她可能再也遇不到条件更好或相仿的男人了。

洛可可本能地认为卓琳的想法有偏差，可她缺少令人信服的论点和论据。再者，万一现实诚如卓琳所述，自己万万承担不起破坏她幸福的罪名。于是洛可可不再对卓琳做出的选择发表意见了，每个成年人至少应该对自己的人生负起责任。

出租车到了目的地，两人刚下车还没来得及关车门，李家成已迎了上来，殷勤地接过卓琳的手提包，同时还感谢洛可可将他的宝贝老婆和儿子平安送了回来。

洛可可向卓琳送去意味深长的一瞥，潜台词非常直白：珍惜眼前人。

她想告诉卓琳的是，错过李家成，可能再也找不到对她更好的男人了。这年头，肯付出真心诚意的人已经不多了，男女皆如此。

正月初七，洛可可出门上班时在楼下遇见了以前开咖啡店的女孩。她拖着行李箱正准备按门铃，刚巧洛可可从里面打开了防盗门。

“原来你住这里啊。”女孩认出了她，率先打了个招呼。

“嗯，好久不见了。你也住这儿？”洛可可有点小激动，心想这世界也太小了，楼上楼下居然从没见过。

事实证明她想多了，女孩摇摇头否认，澄清了她的误解：“我上次说过的摄影师住这栋楼里，我现在是他的助理。今天我要陪他去外地拍片，他说太早爬不起来，我负责把他带去机场。”听起来像是埋怨，却有说不清道不明的亲昵感。

摄影师？莫非是卓远？黄浦江边吹冷风那一夜，他貌似提过节后要出去拍外景，时间、事件都对得上，必定是卓远无疑了。洛可可迅速推理得出结论，联想到当日面前的姑娘提起那位“摄影师朋友”脸上的红晕，加之方才她语气中的熟稔和亲密，洛可可酸溜溜地感慨某些人的异性缘就是这么好，这真他妈是个看脸的世界！

她闷闷不乐地挤上地铁，黑乎乎的隧道背景衬着印在车窗玻璃上的脸，那张脸被诡异地拉长、变形，显得狰狞可怖。王家卫借西毒欧阳锋之口道出人性的本质：

任何人都可以变得狠毒，只要你尝试过什么叫嫉妒。

洛可可低下了头，不想看见那张丑陋的脸。她嫉妒的对象名叫“霍梓乔”，那个女人反衬着她的失败，也令她的沮丧成倍放大。

好比竞标失败，发现高高在上的甲方千挑万选的结果是找了一家不入流的公司作为乙方，让人悻悻然之余，难免不抱着几分看热闹的心态祝愿项目实施不成功。谁曾料到，这个项目居然大有成功上线的势头，她若是无动于衷才不正常。

但是她的嫉妒心绝对不会付诸行动，仅限于在脑海里千回百转。洛可可一没那个胆子破坏卓远和霍梓乔的感情，二也过不了自己的道德观。她脸皮不够厚，心眼不够坏，除了自我安慰命里无时莫强求，还能怎么办?

上班，努力工作！洛可可鼓励自己，唯有薪水和奖金不会辜负她的付出。

春节后第一个工作日，部分家在外地的员工尚未返岗，办公室里依旧如节前最后一周那样稍显冷清。回来的人倒是各个都带着些久别重逢的欢喜，争先恐后地汇报春节期间重了多少斤。换作平时，体重绝对是个人隐私，唯独过完年大家都愿意被人看出“长胖”了，似乎不胖就显不出过了一个吃吃睡睡幸福快乐的春节。

洛可可是为数不多“瘦了”的人，和叶鸿伟吃完火锅她又继续顿顿清粥小菜，体重自然不增反减。她解释说是因为感冒导致没有食欲，并非刻意为了减肥。

“你也感冒了？Chuck今天给我打电话，听声音就是重感冒。”同样在茶水间排队等着洗杯子顺便参与到员工闲聊中的Jonny发表了看法，“是不是光顾着迎财神忘了穿外套，所以冻感冒了？”

她本以为他还没进公司，想不到竟然请了病假。洛可可心头有一丝淡淡的失落，她特意早起十分钟化了个淡妆再出门，就为挽回春节期间与叶鸿伟碰面时糟糕的形象，谁知那个想要“悦”的人却没来。

她没理睬Jonny，自顾自走回办公桌。余佳琪的实习在春节前正式结束，洛可可经过她的桌子，看着空空的桌面开始怀念已经看惯的可爱公仔和各种稀奇古怪的办公用品。她一走，洛可可所处的区域立刻就安静了，也少了很多乐趣。

余佳琪来的最后一天请全组人去吃牛肉面，算是对大家几个月以来的帮助和照顾表示谢意。按理说洛可可工作多年早已看淡了人来人往，但这个小女生的告别居然让她伤感起来，她当时想到既然生命中所有的相逢都注定以离别作为结局，那又何必要让人们相遇呢?

洛可可回到座位，电脑开机时提示有几十个更新程序需要安装，她洗完杯子走回来的时间刚刚好完成安装重启。她忽然想起徐泽凯曾经开过的玩笑，当日他的电脑系统崩溃交给她重装，他看着她熟练地安装各个操作软件，半真半假地调侃如果人生也能像电脑那样，随时可以通过重装从头开始，那么不愉快的记忆也就能轻易消除了。此刻，洛可可相信自己已经在徐泽凯消除掉的回忆里了。

他没再给她发过任何消息，当然她也没有。他们变成了陌生人，连普通朋友都不是。

用来缅怀、后悔的时间节点已经过去，是时候move on了。

包括，开始一段新的感情。

既然从Jonny处得知叶鸿伟感冒的消息，洛可可觉得自己于情于理都应该适当表示一下关心。她花了一个上午字斟句酌，洋洋洒洒编辑了一段慰问的文字，既体现了同事间的战斗友情，又微妙地透露出“你是特别的”。

叶鸿伟直到下午才回应她，挺简单的两个字：“谢谢！”正当她感觉他的反应过于稀松平常，自己多此一举说不定还有自作多情之嫌的时候，又收到了新信息。

“我快饿死了，你带我去喝粥。”

她差一点把一口茶水喷出来，盯着那一行字看了三遍确认并非错发的短信。原来他也有这样霸道幼稚的一面。此时在她心里，叶鸿伟已不再是运筹帷幄的销售总监，而是一个不折不扣的大男孩。

“如你所愿。”她回复道，同时给老板发了一封邮件请假。这可是她头一回在上班时间内临时请假，用最普通的“家里有急事”作为借口。本来洛可可还有些担心，万一Jonny追根究底自己该怎么编一个比较像话的理由，结果Jonny只回了她一句“OK”，压根儿没当一回事。

洛可可急匆匆地整理背包，心急火燎的模样倒真像人命关天。她走出去的时候步履生风，耳畔回响着一首欢畅的歌。

叶鸿伟在小区门口等她，她下了计程车就看到他的宝马停在路边。洛可可走上前，敲了敲他这一侧的车窗，待他放下玻璃开口问道：“师傅，去地铁站走不走？”

他眨了眨眼，将计就计笑着回道：“我喜欢拐带美女私奔，你要不要上车？”

洛可可灿然一笑，绕到另一边打开车门，坐上副驾驶的位子说：“我又不是美女，有什么好担心的。”

叶鸿伟侧过头，看着她扣上安全带。“是不是美女，我说了算。”他伸出手，手指滑过她的脸，细腻的触感从指尖传向大脑。她没有闪躲，任由他的手指在脸颊游移。

他收回手，静静地看了她好一会儿。“Shit，该死的感冒！”他狠狠咒骂了一句，发动了汽车，“再不走，我肯定会吻你。”

相比徐泽凯具有策略的循序渐进，叶鸿伟表现得更富有进攻性。他让她感受到了征服者的强大压迫，仿佛下一秒钟他就会强吻上来，甚至将她诱拐上床。和这个男人在一起，血液在加速，心跳在加快，洛可可分分钟都有晕眩感。

她盯着前方的路面，尽量控制自己不去幻想旁边座位的男人脱下西装衬衣之后的身材是什么样。沉默占领了车厢，她后知后觉地反应过来自己尚未对他那句惊天动地的宣言做出任何表示，难怪他也不说话。

可是，说什么呢？洛可可纠结万分，恨不得打电话搬救兵。奈何车在行驶中，她找不到机会偷偷打电话给卓琳，只能苦着脸自己想办法。“你的感冒是不是我传染给你的？”她想了五分钟，用这个问题打破了沉寂。

“如果是，你负责吗？”他飞快地转过头，一脸“赖定你”的表情。仗着自己是病人，誓将无赖进行到底。

她有一种回到学生时代面对调皮男同学的深深无力感，同时还有几分窃喜。一个英俊并且事业有成的男人猛烈的追求，不管他是不是她的菜，至少能满足一下虚荣心。

“嗯。”洛可可点点头，“所以我请假带你去喝粥啊，足够表现诚意了吧？”

她的回答并不是他想听到的，但叶鸿伟也懂得不能逼迫太紧的道理。追女生与销售异曲同工，需要张弛有度的节奏把控，他相信在她身上自己定会得到成就感和满足感，因此不必急于一时。

再者，自己的一条短信就让她请假了，足以证明在她心里的地位。今天，就到此为止吧。

卓远登机前给霍梓乔发了一条信息，告诉她自己离开了上海，预计两天后回来。他本来打算知会洛可可一声，转念一想她已经祝贺过他，实在没必要反复念叨这么一件小事，又不是得了普利策奖。

卓远的助理、曾经的咖啡店长李梦徽坐在他旁边，低着头认真阅读安全须知。卓远靠着椅背，懒洋洋地调侃道："怎么，你害怕飞机会掉下来？"

"呸！呸！呸！乌鸦嘴。"李梦徽连忙甩甩手，祈祷命运之神还没听到他的胡说八道。

他坏坏地一笑，凑到她耳边说："要是不小心掉下来，我们就死在一起了，你不愿意吗？"

她的脸颊发烫，不知是他凑得太近的缘故还是他说的话。她刚准备开口指责他说的话百分之百讨打，卓远已若无其事地退开，靠着舷窗闭目养神。

李梦徽在心底长叹口气，卓远与霍梓乔的关系在工作室并不是秘密，所以她只能偷偷地喜欢他，偏偏这个射手座男人有事没事爱撩拨自己，哪怕有口无心，架不住听者有意。

她无奈地看看他，卓远仍旧闭着眼睛，长而浓密的眼睫漂亮得令女人嫉妒。仗着好看为所欲为，个性真恶劣！李梦徽摇摇头，继续研究安全须知，我才不要和这个坏男人死在一起呢！她嗤之以鼻，却忍不住想如若真与他同年同月同日死，他们就以另一种形式永远在一起了！

是谁说过，唯有死亡才能令爱情永垂不朽。所有伟大的爱情，都是以悲剧告终。她想着这些有的没的，转过脸观察他在干什么，发现卓远睁开了眼睛，正望着舷窗外的蓝天。

天气晴朗，上海的天空铺满久违的碧蓝，纯净的颜色他在西北看到过。他不可自拔地怀念那一次失败的旅行，倘若时光能够倒流，卓远希望回到旅程开始那一刻，不，或许回到更早以前。

卓琳结婚那一夜，他不会放开洛可可。

然而残酷的现实却是，洛可可与叶鸿伟坐在品粥坊里讨论关于人生的N种可能性，而他的房门备用钥匙归属了霍梓乔。

卓远的航班起飞时，霍梓乔搭乘的飞机正飞临浦东机场上空。从某种意义上说，他们在空中短暂地相会过又即刻分离。

霍梓乔降落地面，解开安全带后打开了手机，收到他的告别短信。幸好不是分手短信。她如此安慰自己。

走在登机廊桥上，她停下脚步望了一眼外面的天空，幻想飞过的某一架飞机上有他。天空那么蓝，是个好天气。

霍梓乔难以忘记春节前的某一夜，她本来约好卓远共同庆祝他得到的事业发展机会，但那一夜她只收获了浓浓的失望。卓远欺骗了她，她几乎可以肯定是为了洛可可。

她先回到家，抱着侥幸心理特意上楼到洛可可那里试探对方是否在家。一如她所料，洛可可果真外出了，那百分之零点一的可能性也随即破灭。

令霍梓乔感到寒心的是卓远的欺骗。Friends with benefits的关系并不要求彼此忠贞不二，他为何不堂堂正正地告诉她爽约的理由，非要将剧本写得那么恶俗，仿佛她的期待无比沉重，压得他只能用谎言逃避。她原本打算改签机票提早几天回来与他欢聚，因为他的谎言放弃了这个想法。

洛可可是一切开始的源头，也只有洛可可能结束这一切。

霍梓乔做了决定，她和卓远都需要解脱。

叶鸿伟点了一碗皮蛋瘦肉粥，坐在洛可可对面慢吞吞地吃着。粥店的菜单有几十种粥，他翻来覆去研究半天，要了最家常的一种。

“下周，你方便出差吗？”消灭掉大半碗粥，叶鸿伟放下调匙，抬头就是莫名其妙的一句。见她不明所以，他接着解释，“我们一起去的那家客户，上午给我打过电话，希望我们去广州分公司进一步了解需求。他们在华南地区拥有相当数量的经销商，业务模式和上海、北京不一样，最好我们过去face to face谈。”

“这个项目确定给我们做？”洛可可最关心的问题无疑是花费的时间和精力值不值得。成功需要前期的成本投入，但必须是可控的。

他笑容神秘，竖起食指摇了摇说：“还有一家公司竞标，方案没你的出色。”他顺便夸赞她的工作能力。洛可可这样的职业女性，爱情显然不是她最重要的人生目标。作为销售，把握每个潜在客户的心理需求亦是必修课。

果然，洛可可的神情可用“欢欣鼓舞”来形容。她在心里默默推算生理期时间，万一碰上的话，出差在外总有诸多不便。幸好从理论上算，应该能错开。“我暂时没休假计划，出差没问题。”洛可可理所当然地认为他关注的重点绝不可能是她的生理期，那就应该是自己有无其他行程安排了。

他满意地点点头说：“我通知客户随时OK，就等他们内部确定开会日期。”

谈完公事，出现了暂时的冷场，洛可可只得把车上问过的话再问一遍：“你怎么也感冒了？”年初三见面时他还挺健康的，被她传染到的可能性不大。

“我去冬泳了。”他煞有介事地说，紧接着反问，“你信不信？”

信或者不信有何不同？洛可可禁不住揣测问题背后他究竟想得到什么反馈。这个男人习惯掌控全局，或许相信他比较好。

她摇头道：“我才不信你会发神经。”这个男人还欣赏势均力敌的对抗，适当的反驳更好。

叶鸿伟哈哈大笑，证明洛可可押对了赌注。“其实是，我喜欢裸睡。”他一本正经地揭晓谜底，换来她哭笑不得的表情。

早知如此，还不如说相信呢！她摸着额头，无力感再一次笼罩全身。与此同时，洛可可承认自己心动了。

暧昧的挑逗宛如前戏，令她开始期待接下来的高潮会如何上演。她31岁，除了事业同样需要爱情和性。

若有机会，为何要错过？

霍梓乔回到上海当天晚上，特别留神倾听头顶上方有没有人走来走去的声音，打算等洛可可回家的第一时间上楼和她谈话。

晚上8点半，她终于听到楼上有动静了。霍梓乔对着镜子好好整理了一番仪容，这才放心大胆地登门拜访最大的“情敌”。

打开门发现外面站着的人是霍梓乔，洛可可的表情略微讶异。反正两人的关系从没好到能谈天说地的程度，对方主动上门必定有事相商。洛可可请霍梓乔进了门，又给了她端了一杯水。

“不好意思，我在家只喝白开水。”并非她待客不周，而是她本来就生活简单。

霍梓乔快速打量她的房间，洛可可房内的摆设充满中性气质，甚至还有些硬朗。顺着她的视线，洛可可察觉到霍梓乔正在看她摆放在电脑桌上的刀，解释道：“这是同事去尼泊尔旅行时给我带回来的军刀，我拿给你看看。”说着，她朝电脑桌走去。

“不用了，Coco姐。”霍梓乔赶紧拒绝了，她今晚的主题可不是来讨论家居装饰。“我有几句话要说，说完就走。”

霍梓乔严肃的表情令洛可可似有所悟，虽说没有人规定她不能和卓远私下相约吃饭，但饭后去了举世闻名的外滩“情人墙”再加上点烟那一幕，怎么看都难逃“暧昧”两字。她猜想霍梓乔一定对那天晚上卓远的失约耿耿于怀，现在兴师问罪来了。

洛可可拖来一把椅子，在霍梓乔面前坐下问：“有什么事啊？”她装出亲切的笑容，自我感觉十分虚伪。

“Coco姐，你对卓远有感觉吗？”霍梓乔的开门见山让洛可可猛吃一惊，心想北方姑娘果然直率，这种事情不应该问得含蓄婉转吗？她摸着下巴，琢磨如何回答这个棘手的问题。

洛可可承认心里有过卓远，可是随着时间的推移以及自我催眠两人绝无可能，心动的感觉越来越遥远。同样，她相信卓远也已丧失了对自己的兴趣。外滩那一夜，他们有那么多时间和机会拥抱、亲吻，但什么都没有发生，这便是明证。

有些事情，一旦错过就再也没机会开始。他们，止于暧昧。

“你这么问，倒像是指责我要和你抢男人。”洛可可不打算正面回复，犀利地反击，“你不觉得很无礼吗？”

霍梓乔一怔，洛可可的反应出乎意料，她本以为对方至少会心虚一下。如此看来，剧情极有可能是“襄王有梦，神女无心”的走向，再想想两人的实际情况，以洛可可这般有着体面工作高收入的职业女性，又怎会看上不务正业的卓远？这是一个讲究门当户对的世界，高攀或低就，迟早会产生矛盾。

霍梓乔的亲戚中有两个同辈正巧在春节期间摆喜酒宴客，少不得被众亲戚评论对比了一回排场大小。父母在得知她交往了一个上海男人后，耳提面命必须有彩礼才能嫁进门，并且撂下话要求场面绝不能比这两家亲戚逊色。她打着哈哈敷衍过去，觉得父母俗不可耐。

即便如父母仅仅初中文化程度对她的结婚对象尚且有这么高的要求，洛可可对婚姻的要求可想而知。她不希望卓远为了迎合某个女人而失去自我，重新回到循规蹈矩的生活，变成无趣的芸芸众生。

霍梓乔在微博上看过别人转发的专家观点，说是稳定和谐的婚姻关系，最好男性的收入是女性的两倍左右，否则女性在结婚后的生活质量不升反降。当时她偷偷做了心算，以卓远可能的年收入，远远达不到提升洛可可生活质量的水平。于是她毫不犹豫地加入转发阵营，就是为了让卓远看到以后能死心。

不过，霍梓乔相信世上会有少部分对婚姻完全不论条件的女人存在，她们心甘情愿同没房没车没钱的男人一起为未来奋斗，她们索求的东西实则更为珍稀昂贵。

洛可可，会是哪一种人呢？

霍梓乔看着面前这个短头发的女人，洛可可换了发型，显得既干练又妩媚。不管她只要爱情还是和父母一样俗气，卓远对她的感觉真实存在。心一瞬间冷硬起来，她开口说道：“Coco姐，我有个不情之请。”不待洛可可回答，霍梓乔接着说下去，“请你远离卓远。”

她的请求令人愕然，洛可可张了张嘴，半天才发出声音：“你想多了，我一直把小远当作弟弟。”

“那，拜托永远把他当弟弟吧。”霍梓乔唇边的微笑透着森冷的气息，“只有当弟弟，才能容许他随心所欲地活着，不是吗？”

第十四章

花都一夜

2月26日，洛可可悄悄搬回了父母家。霍梓乔的那番话对她或多或少产生了一些影响，为了避免继续造成误会，她索性和卓远撇清关系。

洛可可坚决抵制混乱的三角恋，她本来就不是爱情至上主义者，也不认为有哪个男人重要到必须和另一个女人争得头破血流，做这种浪费时间、精力并且伤自尊的事情，不是洛可可的风格。

她告诉自己总是惦记着卓远不会有前途，他就像即将被淘汰的XP系统，早日放弃才是正确的抉择。

幸好上天同时给了她一个备选，以至于洛可可踏入31岁之后的感情生活完全没有空窗期可言。从另一个角度来看，也许她是把青春期至今的恋爱份额一次性支取了，于是从卓远到徐泽凯再到叶鸿伟，出现在洛可可生命旅程中的三个男人各有各的特别，也算是别样的人生体验吧。

2月28日，春节换休的工作日，叶鸿伟通知洛可可周日出差飞往广州。“你的意思是明天？”她看了一眼手机日历，再次确认。

“和客户约了3月2日上午10点，明天不出发难道准备电话会议吗？”他的视线暂时从笔记本屏幕移开，揶揄道。

“那么，差旅费……”Jonny成天嚷着节约成本，他会批准他俩的出差申请吗？洛可可的担心并非杞人忧天，叶鸿伟的前任销售总监就曾经抱怨过Jonny的抠门，为了控制项目成本，出江浙沪之外一概不考虑，当时还开玩笑说公司业务仅限淘宝包邮地区。

叶鸿伟奇怪地看了看她，许是认为她关注的point实在匪夷所思。他合上笔记本，十指交握摆放在电脑上，正色道：“Coco，你只需要做好项目经理的工作，其余不该你操心的事情由我负责，do you get it？”

被抢白了一通，她有些悻悻然，以一个语气词表示收到。起身，抱起自己的笔记本电脑向会议室门口走去，身后传来他的声音：“机票订好之后Lyvia会发邮件通知你。”Lyvia是叶鸿伟的助理，由她发送通知邮件属于正常流程。可是，小小的失望像气泡一样从洛可可的心湖冒出来，迸裂，再冒出来……还是私下相处时那个喜欢耍赖的男人比较可爱，她与内心深处的自己达成了共识。

“哦。”她再度回以语气词，接着听到他的提问：“我是不是太宠着你，你有点不把我放在眼里了？”

洛可可猛地刹住脚步，回头瞪了眼双手抱胸好整以暇看着自己的男人说：“呵呵，那我真是受‘宠’若惊了。”她刻意加重语气表示不认可，他们的关系亲密到了可以使用“宠”这个字眼的地步吗？与此同时，方才干扰情绪的失望气泡纷纷破碎，她的心情阴转晴了。他的影响力不小，现在她意识到了。

叶鸿伟笑了笑，抱着笔记本站起身，朝她走过去。伸出手，推开会议室的门，请她先行。“心情好了吗？”擦身而过之际，他低下了头，几乎贴着她的耳朵送出这句话。

只要稍稍抬一下脸，他的嘴唇就能碰到她。可是，她怎么敢在光天化日之下和他公然调情？洛可可尽力保持上半身僵直不动，机械地移动步子，逃离他的包围圈。

她站在走廊上喘了好大一口气，跟着她走出会议室的叶鸿伟又恢复公事公办的口吻，一手抱着笔记本，一手拿着星巴克咖啡，轻描淡写地说道：“Coco，我很期待你的表现。”

望着他扬长而去的背影，洛可可百分之百确定：这个男人绝对有人格分裂倾向！

下班之前，洛可可接到卓琳的邀约。自从怀孕，卓琳的胃口明显放开，三个月安稳期后就开始大吃大喝，肚子不见明显变化倒是脸盘圆了一圈。她兴致勃勃地致电洛可可，声称发掘了一家叫作“壹品饼家”的甜品店，极力邀请她同去。

洛可可恰巧想找人聊聊叶鸿伟，这个男人让她有些晕头转向，她亟需旁观者冷静地分析和指点。于是乎，她欣然答应陪卓琳前去“拔草”。

壹品饼家有好几家分店，卓琳选了位于新天地的那一家店。洛可可到达时卓琳已在沙发位子上就座，冲着东张西望的她挥手。

店家主打的招牌甜点是拿破仑，这款源于法国的经典甜品又叫作“千层酥”。用料虽简单，制作工艺和品尝方法却相当考验人。首先是制作，松化的酥皮间要夹入鲜奶油、芝士酱，同时又要保持酥皮干燥，以免影响香脆的口感；再者是品尝，如何优雅地吃完一块拿破仑的同时不让酥皮掉得到处都是也不让奶油喷出来，确确实实是一门功夫，据说至今无解。

两人陷入与不听话的酥皮之苦战，各自缠斗15分钟消灭对手，盘子和桌面布满碎屑。洛可可摇头叹气，端起咖啡喝了一口说：“拜托，下次我们点吃起来不那么复杂的甜品吧。”

“不好吃？”卓琳第一反应是自己的推荐不合好友口味，尽管这家的拿破仑不甜不腻口感令她满意，但保不准洛可可更喜欢偏甜一些。

洛可可继续摇头道：“不是，我嫌麻烦。”这才是主因，千层酥吃起来那么麻烦，她没兴趣挑战第二次。

“怕麻烦是不正确的态度。”卓琳放下精致的叉子，喝一口自带的矿泉水，“你以前嫌谈恋爱很麻烦，结果咧？不谈恋爱更麻烦！早知如此，何必当初，当初还有好男人可以挑挑拣拣呢。”无论卓琳处于人生哪个阶段，关心洛可可的感情生活是永恒的主题。不用她想办法挑起话头，卓琳一定会主动开口。

“是是是，我错了。”恋爱这件事，洛可可的经验值比不上卓琳，只能认同她的观点。其实卓琳的感情经历也不见得轰轰烈烈丰富多彩，不过她善于接收外界资讯，通俗的说法就是闲着无聊专爱在网上翻各种八卦帖，一旦说起来倒也有模有样头头是道，活像亲身体验过似的，至少唬唬洛可可绰绰有余。

卓琳满意地笑了笑，开始向曲奇饼干发起进攻，一边问洛可可最近有没有人介绍相亲。洛可可摇头并装出无意的样子，轻描淡写地询问好友如何看待办公室恋情。

“嗯，日久生情倒也是一个办法。不过，有些公司禁止办公室恋情，除非其中一人自动离职。再说万一分手了，两个人还抬头不见低头见，也太尴尬了。”卓琳交叉食指比了一个“X”表示否决，“所以我肯定不会挑战。”

她的分析简明扼要，洛可可听完之后就觉得自己委实想得不够周全，根本没考虑若是又一次bad ending收场该如何才好？她在脑海里用Visio画了一张流程图，拒绝和接受两种可能各自生成不同的分支，每一个可能导致的结局都在她眼前。洛可可默默地点了Visio右上角的关闭按钮，她觉得还是与叶鸿伟仅仅保持普通同事的关系比较妥当。

卓琳嗅到了八卦的苗头，贼兮兮地笑道：“老实交代，你看上公司里哪个男人了？”洛可可装得再无心，也逃不过卓琳对她的了解，她怎么可能无缘无故地咨询感情问题，其中必有蹊跷。

她无奈地耸耸肩，心里忍不住吐槽：我才萌芽的一点点心思已经被你掐灭了好不好？脸上却摆出一副“绝无此事”的坚定表情，摇头否认：“哪有啊？公司里比我年纪大的都结婚了。”

“姐弟恋是流行。”卓琳接着她话里的意思立刻反驳，眨眨眼睛压低声音营造神秘感，“专家说女大男小，性生活会比较和谐。”

洛可可差点把一口咖啡喷出来：“喂，我说这位准妈妈，你这样胎教可不好啊！”即使她已经摘掉了“处女”的帽子，还是做不到大庭广众之下讨论性生活。

卓琳摸着肚子，半真半假感叹道：“我这是在培养小朋友的情商，不要像我俩在机会来的时候不知道把握，白白把好男人送给了别人。”

把握机会说说简单，做起来却不容易。譬如叶鸿伟，或许能将他看成一个潜在机会，但她已经做出了保持距离的决定，即使错过也只能自己认了。这与情商无关，属于为人处世的原则问题，备胎这种事，洛可可终究做不到心安理得。

3月1日，洛可可和叶鸿伟在浦东机场值机柜台前碰头。两人的随身行李皆小于20寸不需要托运，很快就办完check in，拖着行李箱走向安检口。

“我上一家公司的女同事，市内开会住一晚五星级酒店，居然拖一个24英寸长的大箱子。”他的口吻接近于闲聊，洛可可一时半会儿想不出该怎么接话，他的意思到底是鄙视前同事的夸张，还是赞赏自己的简单？幸好安检口到了，她不用再犯难了。

过完安检重新会合后，叶鸿伟明显察觉到洛可可兴致不高，便不再和她搭话。他沉默地走在她身侧，抬头挺胸架势十足。他的大衣搭在臂弯间，身着银蓝条纹衬衣和灰色薄款西装，潇洒又有型。洛可可谨慎地用眼角的余光观察他，发现叶鸿伟目不斜视地大步向前，并没有因为自己的刻意冷落而黯然神伤，不免又觉得扫兴。

叶鸿伟对她的影响依旧，不以自我意志为转移。洛可可泄气地接受这一认知，然后她自问：能不能和这个男人同床共枕？

她被自己的问题吓了一大跳，不由得放慢了脚步，落后叶鸿伟一两步的距离。她看着他的背影，从他的肩膀向下扫视，想象脱掉衣服以后会看到怎样的身躯。以洛可可浅薄的经验和道听途说来的关于他经常去健身会所的信息，叶鸿伟的身材应该属于“穿衣显瘦脱衣有肉”那一类型，是能让女人流着口水想入非非的。

卓远在沙漠星空下说了一句大实话，他说有时候我们需要性，只是因为身体寂寞了。当时洛可可无法理解，认为这是卓远无节操又没责任感的证据，而此刻她自己正在幻想和前方的男人翻云覆雨，甚至一点都没顾虑到他的离婚到底办成与否。人类的原始本能和冲动，无关爱情也无关道德，当理智足够强大的时候，它暂时会被压制；当理智脆弱时，它就肆无忌惮了。

此刻，洛可可的理智还在角落里负隅顽抗。

CZ380航班分配到的登机口并不远，很快便走到了。叶鸿伟停下脚步，抬手指着旁边配有电源插座的候机位，回头征求洛可可的意见：“坐那里，可以吗？”

她点点头，跟着叶鸿伟走过去，在他身边坐了下来。距离登机尚有半小时，洛可可拿出手机刷新微博，看看大学同学们最近又转发了哪些心灵鸡汤。只要摆出“我很忙”的样子，叶鸿伟就不会再找自己聊天了，理智终于战胜了冲动，她重新捡回“保持距离”的决定。

叶鸿伟放下手机，转过脸凝视洛可可，她看得相当专心，没注意到他的目光已掉转了方向。与前两天相比，他能感觉到她的态度有所改变，但摸不准原因。难道是生理期？女人在每个月的特殊时期都会情绪糟糕，他可以理解。

她忽然抬头，与来不及回避的他四目对接。洛可可怔了怔，差点脱口而出问他是不是在偷看自己，幸好话到嘴边及时刹车。“呃，我去洗手间，麻烦帮我照看一下行李。”她客气地拜托他，语气和措辞都显得生疏而客套。

“What’s up?”以他的个性，理所当然不会乖乖地接受莫名其妙的落差，索性挑明了问。

洛可可紧张起来，她眨眼的频率迅速加快，咬着嘴唇“嘿嘿”干笑两声，假装不理解地反问他："我不明白你指什么？"

她装傻的本领那么差劲，能骗过他才怪！叶鸿伟冷冷一笑说："昨天晚上你去相亲了，还是前男友回头找你复合了？否则，只不过一夜的时间，你的态度不可能天差地别。"他的语气咄咄逼人，问的又都是她的隐私，洛可可压根没必要回答他。

她的确把高傲冷淡表现在了脸上："我没义务告诉你。"站起身，她准备走开，手腕被他扣住，挣脱不得。"放手！"洛可可俯视他，声音里带有愠怒。保持距离是明智的，这个男人强势又放肆，她不是他的对手。

叶鸿伟站了起来，高大的身材对她形成了压迫。洛可可惊觉两人几乎贴身站立，近到他只要低下头，就能碰到她的唇。

他略微低下头，目光灼灼地说："洛可可，游戏已经开始，说game over的权利属于我。"

霸道的宣言，一字一句，钉在她的心上。

洛可可活到三十一岁，第一次遇见在气势上完全压倒自己的男人。一瞬间，像是一道电流窜过，从脚趾到发丝，全身每一个细胞都颤抖起来。

所谓怦然心动，大概就是这么回事。

抵达广州入住的酒店办完Check in手续，叶鸿伟抬起手腕看了一下时间问："5点出门品尝广州美食，如何？"

反正不用她花钱，何乐而不为？"好啊，5点大堂碰头！"洛可可欣然应允。

房间号码是相连的，两间都是大床房。公司规定经理级别的人员出差标准最高不超过四星级大床房，因此在报销制度范围内，大家都尽可能让自己住得舒适些。

"楼下见，5点！"再次确定碰头时间和地点，两人各自刷房卡进门。

房间很大，洗手间除了淋浴房，还配置了一个浴缸。她放下行李后的第一件事就是走进浴室，放下浴缸旁边大玻璃上方的百叶窗帘。即便只有她一个人住，她也不能接受房间和洗手间毫无阻隔地互相窥视。

洛可可洗了一把脸，镜子里的女人扫去疲惫之色，显得神清气爽。她犹豫了一会儿，最终放弃了化妆的念头，只换了一身轻便的服装，拿着随身背包和房卡，素面朝天地下楼与他会合。

叶鸿伟已经在大堂等候了，他通常会比约定的时间提早几分钟到达，以示对同伴的尊重。她走过去，同他打了个招呼："决定好路线了？"他的风度从来不体现在向女人征求意见，然后等着她们统一回复"随便"之后再做决定，洛可可业已习惯他的风格了。

"时间有限，只能去上下九，再加一个夜游珠江项目。"果然，他已做好了计划。

"能看到小蛮腰吗？"洛可可对广州的印象，暂时仍停留在和东方明珠一样被视为地标性建筑的广州塔上。她冒着被嘲笑的风险，当了一回俗人。

他故作神秘，笑了笑说道："等你上了游船就知道了。"极为自然地牵起她的手，"Let's go."

洛可可没料到他会直接伸手过来，等她反应过来时，自己的手已在他掌中。

远离上海1500公里，在无人知晓他们实际关系的花都，她不想甩开他的手。就让他们像恋人一样手牵手逛街、吃饭、看风景，陌生的城市令人忘记现实。

自从徐泽凯离开她，洛可可许久没有像这一晚如此放松、开心了。叶鸿伟带她去南信品尝最正宗的双皮奶，在某一条叫不出名字的小巷子里吃地道的艇仔粥和爽脆的鱼皮、萝卜牛杂，拉着她走过一条条热闹的马路……最后，在夜游珠江的轮船上，这一夜的高潮突然就来到了。

游船驶过广州大桥，洛可可念叨着的"小蛮腰"——广州塔——便能遥遥望见。一时间，游客们争先恐后离开船舱，站在甲板上和这座变幻着五彩光照的电视塔合影留念。有个特别搞怪的人率先抬起手做了一个"掐住小蛮腰"的动作，引得一众人等纷纷效仿，气氛十分热烈。

叶鸿伟与洛可可站在船头，江上风冷，轻薄的春装抵不住寒意，她不由得拉紧衣襟抱住胳膊取暖。见她如此狼狈，他二话不说一把将她揽入怀中，用自己的体温温暖她。

亲密的拥抱消除了最后的隔阂，洛可可不再抗拒，像终于被驯养的狐狸那样柔顺地依偎在自己的王子怀中。

"还冷吗？"叶鸿伟问她，声音温柔而低沉。

他替她挡住了正面侵袭的寒风，在他的怀抱里，她感到温暖、安心和满足。"不冷了。"近似于呢喃的声音，她仰起脸凝视他，眼波蒙眬。洛可可丢弃了坚硬的铠甲，她不再是直闯他的办公室争锋相对捍卫女权的斗士，她用更厉害的武器与他周旋。

女人的万种柔情，能让百炼钢化作绕指柔。她醍醐灌顶般想通了这一道理：两性关系如同一场旷日持久的战役，仅有一套战术远远不够，必须审时度势灵活组合。

前方的广州塔再一次变换了灯光的颜色，梦幻的紫色令人心醉神迷，正是适合接吻的时刻。叶鸿伟低下头，捕获洛可可的嘴唇。

柔软的唇瓣，带着清新的薄荷香气，她一如他想象中那般甜美可口。灵巧的舌尖探入她口腔，挑逗着她的舌与自己共舞，叶鸿伟的接吻经验和技巧，毫不逊色于徐泽凯。

一个真正的接吻高手，只靠深吻就能勾引欲念，他让她想要更多。

每次看到影视剧里发生在酒店电梯的激情戏，洛可可总是忍不住替监控摄像头后面坐着的安保人员操心：这得多大的忍耐力才能忍受真人秀啊！万万料不到有朝一日，自己居然也成了电梯真人秀的女主角，当然她出演的片段仅止于PG-13级（针对13岁以下儿童定下的级别）。

船上的亲吻拉开了序幕，洛可可发现眼前的男人实则兼热情、浪漫于一身，他会在任何出其不意的时刻给她一个偷袭的吻，宛如电影里的种种桥段在现实上演。她起初并不适应，在他嘴唇贴上来的时候直接僵立，之后还心虚地东张西望观察路人有没有在偷看，结果证明大家对此等程度的亲热戏码早已见惯不怪，纯粹是她自个儿在杞人忧天。

如此一来，洛可可也就泰然处之了。或许女人潜意识里都渴望被一个强势的男人征服，既然反抗无效，不如好好享受他的宠爱。世界瞬息万变，抓不住的下一秒就随它去吧。

当电梯门合上，叶鸿伟一步步向她进逼，洛可可假装无奈地拒绝他的靠近，往后退了一小步，后背贴上冷冰冰的电梯箱壁。“有监控。”视线扫向头顶上方，摄像头正虎视眈眈。

叶鸿伟懒洋洋地回头一瞥，一脸满不在乎的傲慢道：“那又怎样？”单手撑住她倚靠的箱壁，他微微侧过脸，将眼前那两片鲜艳诱人的红唇吞入口中。与街上的浅尝辄止不一样，这一吻带有明显的调情意味，他的舌模仿着律动的节奏，向她发出隐晦的邀请。

电梯很快上升到19层，“叮”的一声提醒他们已到目的地。叶鸿伟若无其事地离开洛可可，做了一个“女士先请”的手势，看着还没回过神的她，他脸上的微笑能用“可恶”来形容。

洛可可愤愤不平地走出电梯，一多半是恼怒自己意志不坚定，小部分原因则是为了她不得不承认的现实：她的嘴唇和身体均处于饥渴状态，迫切需要异性的滋润。

羞耻感像一朵乌云笼罩在头顶，寸步不离，随时准备向她劈出致命的闪电。她内心也是天人交战，一会儿觉得自个儿活到31岁就算尝试一夜情亦无可厚非，一会儿又觉得万一叶鸿伟尚未办妥离婚手续自己和他上床岂不是有非常大的“小三”嫌疑。思想斗争半天，不知不觉已到了房间门口。

“Good night！”让她纠结不已的男人彬彬有礼地向她道完晚安举步朝隔壁房间走去，和电梯里狂野放肆的那一个完全判若两人。她瞥了一眼他的背影，心想他果然有双重人格。

结果，欲望得不到纾解，郁闷又丢脸的人，还是自己！洛可可拿房卡开门的时候，咬牙切齿的表情仿佛这家酒店与她有着深仇大恨。

她把房间里所有的灯都打开了，站在明亮的灯光下，一件件脱下衣服。电梯里他吻她时，仗着后背挡住了摄影头，大胆地将手探入她的衣襟。洛可可沮丧地认为叶鸿伟一定是嫌弃自己胸部太小，所以才打消了继续的念头。

镜子里赤裸的女人朝不同的方向转动身体，她左看右看，甚至用手托住侧乳试图挤出一条“深沟”，然而正如罗马城并非一夜就能建起来，她的胸部也不可能一瞬间从A变成C。

洛可可放弃努力，叹着气从衣橱里拿了一件浴袍，走进浴室洗澡。洗洗睡吧，这四个字恰如其分地描述了她此刻的心情，多少无奈事，等睡醒了再想吧。

她美美地泡了一个澡，舒服得差一点在浴缸里睡着。等她以半打瞌睡的状态吹干头发，打算上床会周公时，门铃突然响了。

“谁啊？”洛可可走到门口，嘴上在问外面的人是谁，心里却隐约有了答案。除了叶鸿伟，不作第二人想。

“是我。”门外的回答简短有力，果真是他！

洛可可有充分的理由拒绝开门，深更半夜男女授受不亲是一个借口，衣着不整不方便开门是一个借口，准备入睡同样也是一个借口……她偏偏打开了门，穿着一袭松松垮垮的浴袍，皮肤带着被热水浸透后才有的红润光泽，出现在他的视野内。

令人欣慰的是，他也穿着浴袍。

叶鸿伟踏进房间，手轻轻一推，关上了彼此的退路。他走到她面前，一手挑起她的下巴，一手解开浴袍的系带。

一场蓄谋已久的床戏，在远离上海的另一个城市隆重上演。

1500公里以外，上海。卓远一整晚心神不宁，不止搞混了客人的点单，还连摔两个酒杯。他的魂不守舍让Simon看不下去了，夺过他正要清洗的杯子，将他赶出吧台说："卓大爷，在下是小本经营，这点家当经不起折腾。"

卓远提着装了碎玻璃的袋子，走到后门倒垃圾。淅淅沥沥的小雨下了一整天，影响了酒吧的生意，今晚的客人其实并不多。按理说，再忙的日子他都没犯过搞错客人酒单这样低级的错误，卓远对自己的反常行为难以理解。

回到屋檐下，他靠着墙壁点燃香烟。路灯将雨丝照得如梦似幻，似乎连这个夜晚都是不真实的。他又拿出手机看了看，父母没有来电，亲戚朋友也没有来电，霍梓乔同样没给他打电话……卓远暂时松了口气，看起来自己认识的所有人都安然无恙。但是问题依然没解决，为什么一晚上他的心里总是像压了块大石头，堵得慌呢？

他的商业拍摄任务比原计划多花了整整两天，毕竟外景完全看老天爷的脸色。所幸最后拍出来的样片大家都满意，算是没白白浪费漫长的等待。卓远回来时洛可可已经搬出去了，他抱着从三亚带回上海的各种零食敲了很久的门却无人回应，只得怏怏地下楼回家。

霍梓乔这才用恍然大悟的语气告诉他洛可可搬回父母住处的消息："那天我看到Coco姐提着行李箱，我以为她出差，结果她说父母最近身体不好，她要回去照顾。"她的表情云淡风轻，他绝对想不到这个女人在背后搞过小动作。

从春节至今日，他一直没见过洛可可。或许这就是内心焦躁不安的原因？卓远想起上午去堂姐家里拍摄孕妇写真，趁霍梓乔去洗手间的当儿，卓琳状似无意向他透露了洛可可的行踪，他知道她今天去广州出差，和同事一起。

倘若此时卓远能够知晓远方的城市里正在上演的活色生香，也许他就会明白整晚的担心和紧张并不多余，简直应该立即打电话去阻止她把身体交付给第二个男人，可惜他不知道，因此无所作为。

现实最具有讽刺意味的一面恰恰在于：我们做出选择的时候，从来不知道结果会怎样。

第十五章

从Mr. Right到Mr. Wrong

广州之行从结果来说可谓皆大欢喜，叶鸿伟成功签下了公司史上最大金额的项目合同，作为售前顾问全程参与的洛可可自然出任项目经理的角色，她的团队也一改之前的边缘化定位，成为人人羡慕的对象。

叶鸿伟和洛可可默契地保守了广州的秘密，谁都没有再提起那个旖旎缠绵的夜晚。只是在叶鸿伟准备合同文本时，洛可可被请进他的办公室，他再一次向她确认：“转做售前这件事，你考虑得如何？”他的眼神，令她回想起颠鸾倒凤的那一夜，他从她下半身抬起头望过来的时候。

售前，意味着正大光明与他同进同出。更恶劣一点，哪怕上班时间他们偷溜出去开房亲热，也不会引起旁人的怀疑。洛可可坐在椅子上，镇定地注视着办公桌对面的男人，冷静地谢绝道：“不，我要做项目。”

“Ok.”叶鸿伟不再试图说服她改变主意，拿起签字笔，在合同附录的项目协议其中项目经理那一栏里，写下洛可可的名字。

白纸黑字，这个项目是她的了。

“谢谢，我不会让你失望的。”亲眼看着他在两份合同上落笔，洛可可不由得壮志满怀，信誓旦旦地保证努力将这家客户变成长期合作对象，不会辜负他的一片苦心。

叶鸿伟放下笔，盯着她看了半天，一副若有所思的模样。洛可可不明所以，便先发制人问道：“我说错话了？”

他摇摇头，身体往后靠上椅背，顺手端起一旁的咖啡喝了一口说：“我很欣慰，能让你的事业更上一层楼。”

她默默看着他，心湖上方漂浮的气泡中包含了欲语还休的情愫，还有些说不清道不明的复杂。他们事业上的首次携手已经迈出了成功的第一步，同时恰好印证了“好的爱情是互相成全”的真理，这一个人，是她的Mr. Right吧？

洛可可的记忆自动切换到广州那一夜，他在她身上施展的魔法，不由得面红耳赤气息急促，恨不得挖个地洞钻下去。她站起来，轻轻咳嗽两声说：“如果没其他事情，那我先出去了。”

脸上可疑的红晕出卖了洛可可，作为有着丰富经验的过来人，叶鸿伟十分明白代表了什么。他愉快地笑了起来，抬起手对着又羞又窘的她做了一个瞄准的手势，意思显然是“I catch you”。

洛可可白了叶鸿伟一眼，碍于他的助理就坐在外面，她只得通过眼神和表情谴责他的过分。她越是害羞，他便越得意，本来不过是带着浅浅调情色彩的微笑，到最后索性变成了哈哈大笑。这下，洛可可真是无力吐槽了，她转身朝门口走，举起手向背后的他用力挥了挥说：“叶总，我不打扰您工作了，bye-bye！”

“下班后等我，一起吃饭。”趁她还没走出去，叶鸿伟赶紧发出邀请，“签下这家客户，一大半功劳是你的，我要犒劳功臣。”签约仅仅是万里长征开始的第一步，接下来项目每一阶段是否能正常收款取决于项目经理及其团队的工作，这顿饭绝对不能省。“把你的team一并叫上，就当我提前祝贺项目实施成功。”

他的邀请合情又合理，洛可可“嗯”了一声应承下来：“我代表team多谢你想得那么周到。”一想到叶鸿伟那么会“做人”，却在以前接二连三地挑衅自己，洛可可顿时有一种误入陷阱的感觉：说不定，他当时就是故意引她上钩！

她低下头，开门走出他的办公室。不管真相如何，这个男人愿意为她付出时间和精力，费尽心机只为将她诱拐上床，她还有什么不满意呢？

洛可可微笑的模样很美，但是她低着头，小心翼翼地守护与叶鸿伟的小秘密，不能被别人发现。

叶鸿伟请洛可可的团队去赤坂亭吃烤肉，除她之外其余四人都是男性生物，烤肉不啻于既能调动气氛又管饱的最佳选择。再者，以赤坂亭的口碑和价位，与他的身份定位也算匹配。正如洛可可对他的认识，叶鸿伟的做事风格，每一个细节都追求无懈可击。

洛可可的团队总共四人：她是项目经理，负责管控整个team的工作进度；王仕鹏、胡翔皆为技术开发；还有一位则是极少参加团队活动的老何，他负责系统测试，同时也是余佳琪实习期间工作的指导者。

起初，包房内的气氛异常拘谨。由于之前叶鸿伟对洛可可团队的冷待，导致她下属三人颇有微词，再加上做IT这一行的大多数都是不善与人交流的“闷骚”男，指望由洛可可这一方主动打破沉默，简直是不可能的任务。叶鸿伟原本也是做技术开发出身，对IT男的秉性了若指掌，倒是不觉得大伙儿有意怠慢，另一方面他承认过去有失公允，于是在各人的饮料送上后，当先端起杯子敬酒：“各位，能签下这一单，Coco居功至伟，第一杯酒，我先敬她。”他一口气喝干杯中清酒，倒转杯底以示自己绝无偷工减料。

接着，满上酒杯，叶鸿伟端起来敬众人：“刚接手工作时和大家有些小误会，是我处理不当，让大家受委屈了，今天我就自罚一杯，先干为敬！”说完，他又干了这一杯。

他喝完两杯酒的间隔不超过一分钟，洛可可不由得心疼他喝得这么快伤身，赶紧出面劝阻道：“好了好了，Chuck，过去的事情不提也罢，这杯喝完就算了。”她这么一说，手下三员大将立即心领神会，纷纷附和劝他少喝，拿起自己的杯子陪喝了一杯以示既往不咎。

洛可可的心疼只有叶鸿伟一人真正明白，旁人至多以为她担心他喝醉了场面不好看。他心里高兴无比，右手抄起清酒瓶，清澈透明的液体又注满了青花瓷的酒杯。“第三杯，预祝项目实施成功，和客户实现双赢。”

话说到这份上，于情于理他必须喝完，而且大家还得陪着喝一杯。洛可可无奈地叹气，身为项目经理，自然免不了要回应两句体现团队斗志，她端起了酒杯，示意部下跟着自己一同回敬叶鸿伟：“作为team的代表，首先感谢叶总对我们的信任，把这么大的项目交给我们团队。大家一定会努力工作，争取按时按质完成项目，同时顺利收款。”冠冕堂皇的套话，洛可可说得不比他差。

叶鸿伟欣赏这个女人敢于和自己势均力敌的勇气，她不善于示弱，每一次他施加的压力都能得到她更强的反弹。如他所说，他可以成就她的事业高度，前提则是洛可可面对挑战能毫不退缩，从实际效果来看，她达到了他的期望值。

三杯酒下肚，大家皆抛开了拘束，席间的气氛立刻活跃起来。叶鸿伟被轮番敬酒，幸亏他酒量好，喝完三瓶清酒还像没事人一样。相比之下，洛可可的酒量实在一般，没喝几杯就已经面泛桃花，进入微醺状态了。

酒不醉人人自醉，她看着他的眼神温柔如水，情意绵绵。洛可可不可避免地拿徐泽凯与叶鸿伟作横向比较，他们在床上的表现都能得到高分，出手大方不计较，再加上外表不俗，都是合格的情人。何况叶鸿伟在事业上还能助她一臂之力，这一点徐泽凯便力不能及了。她把叶鸿伟的优点一条条列出，越想越满意，简直恨不得马上就去领证嫁给他。想到结婚一事，洛可可猛地拍了一下桌面，暗骂自己和叶鸿伟上床以前怎会忘记确认如此重要的两件事！其一，他的离婚进展如何；其二，离了这一次，他还有信心继续走进婚姻围城吗？

她这一拍桌子，把在场诸人吓了一跳，以为她要发表重要讲话需要大家集中精神。却只见洛可可的眼睛瞪得大大的，一脸懊恼的表情，口中还念念有词，怎么看都是喝多了的表现。于是叶鸿伟自告奋勇表示送她回家，再加上一句声明：“我先去买单，反正是放题，大家别扫兴，吃饱喝足为止。”说完，他一手拉起洛可可，一手拿着两人的外套走出了包房。

实际上，洛可可头脑清醒得很，不过她正好想找机会同叶鸿伟聊聊那两个至关重要的问题，只有确认了他的心意，自己才能决定接下来的方向。出于这一目的，她假装不胜酒力，任由他拉着自己往前走。

一旦离开熟人的视线，叶鸿伟的手马上从洛可可的肘部向下转移，将她的手紧紧扣在掌心。她微微一怔，原先以为这般亲密如恋人的举止随着重回上海已丢弃在机场，想不到此刻他竟公然与她十指紧扣，顿时心潮澎湃。关于爱情，洛可可一直是个很容易满足的女子，她始终认为有人能容忍情商不够高的自己是一件很幸运的事，所以就连牵手都能开心半天。

徐泽凯一度提高过洛可可的择偶标准，然而分手的结局又使她的标准再次降回平均线以下。世上没有十全十美的男人，看看父亲过去的样子就知道，所有的男人都是长不大的小孩，有些人甚至有可能一辈子都成熟不起来。洛可可总是这样告诉自己。

她想，妥协不是卑微，只是想通了而已。

夜上海的南京路流光璀璨，叶鸿伟和洛可可站在新世界百货门口，放眼望去，对面整整一条街正在书写“繁华”二字。熙熙攘攘的人群、川流不息的车阵，这个城市热闹非凡、拥挤不堪，与此形成巨大反差的却是人和人之间的冷淡疏离。

“我还没告诉你，为什么从甲方跳到了乙方。”叶鸿伟的声音像是漂浮在潮湿的空气上方，带着温润的质感。

洛可可早就忘了这回事，此时才想起来他曾说过签下客户就告诉自己原因。她抬起头，等待他继续说下去。

“我最后一份身为甲方的工作，公司在中信泰富。那时我还没买车，即使买了车也付不起每个月的停车费，那可是南京西路。”他的语气略带嘲讽，洛可可偷偷腹诽公司现在所处地段的停车费也不便宜，显然他不满情绪的根源是自己没钱。

他牵着她的手穿越地道：“我每天有开不完的会，一天会议结束之后开始加班干活，常常卡着点去赶最后一班地铁。你知道吗？最后一班地铁意外地挤，车厢里大部分人和我一样神情疲惫，只要有张床倒头就能睡着。记得那段日子我天天问自己，这难道就是我想要的生活？把时间浪费在毫无创意和挑战性的工作上？所以我裸辞了，给自己放了一段长假，想清楚自己到底要什么。”

洛可可一直认为，男女交往过程中如果有某个时刻双方能够打开心灵之门倾诉真实的自我，那么这段感情成功的概率会比较高。毫无疑问，此时的叶鸿伟向她打开了那扇门。出乎她意料之外，她并没有欣喜若狂的感觉，反而心情相当平静。

没错，她喜欢他，可喜欢和爱毕竟不一样。洛可可保持仰望他的姿势，她必须让他相信自己有兴趣进一步了解他的内心，而不是草率找个人完成终身大事。倘若结婚的前提只需要“喜欢”，叶鸿伟从各方面来看都是上佳人选。洛可可理性而冷静地分析现状，迅速做出决断。“后来呢，你确定自己要什么了？”

“人生不能重来，但生活可以随时重启，既不要怕也不要悔。”走出地道，他用这句话为自己的陈述作了总结。

不要怕，不要悔。他是不是在暗示她应该大胆出击？洛可可咀嚼这六字箴言，脑海里偏偏浮现了最不该想起的人。有些感情永远和理智无关，譬如那个名叫卓远的男人。

“既然已经喝了酒不能开车回去，不如我们去酒吧续摊。”她略感抱歉，为自己打算利用他试探卓远心意的想法。最后一次，她对自己说，我要最后努力一次！假如卓远无动于衷，那么我会彻底死心！

叶鸿伟不疑有他，反正一样无法开车回去，他不反对她的提议。“你想去哪里？”上海有不少酒吧街，他偶尔会邀请客户去一些爵士吧听音乐品酒谈人生，万一洛可可说“随便”，他有的是备选方案。

洛可可口干舌燥，负疚感像海浪一样要吞没她，犹如缺氧一般难受。她终究还是把他当作了“备胎”，甚或还要利用他去刺激另一个男人的反应，她羞愧得不敢看他。“我有一个朋友开了家酒吧，不介意的话，可以去他那里。”低着头，她顶住泛滥成灾的内疚，像是真心诚意地邀请。

正因为洛可可避开了叶鸿伟的视线，以至于错过了他惊讶的表情。他没料到这么快就要进入她的交际圈，刹那之间心头闪过犹豫。叶鸿伟原本想拒绝，可她羞怯的模样严重误导了他，让他觉得自己狠心不配合简直有始乱终弃之嫌，因而无论如何也开不了口。

于是，就这样决定了去Simon的酒吧。

卓远在这个夜晚第一次见到洛可可生命中出现的第二个男人。他先看到许久不见的她和一个身材高大的光头男手牵着手向吧台走来，还来不及表示震惊，Simon已脱口而出：“Shit，大姐的口味怎么变得这么奇怪？”

卓远深有同感，虽然那个光头男细看之下倒是相当俊朗，但如此犀利的造型横看竖看都像混黑道的，他究竟是何方神圣？这个谜底，只能等洛可可亲自揭晓了。

她没有故意卖关子，在高脚凳上坐下后就开始为大家做介绍。“Simon，酒吧的老板；叶鸿伟，Chuck，我的同事；卓远，我最好朋友的堂弟，”停顿一下，她补充道，“也是我的朋友。”

Simon和卓远互相看了一眼，从彼此的眼神中读出了相同的想法：这位叶先生，绝对不可能像洛可可定义得那么简单。出于礼貌，两人一前一后同叶鸿伟打了招呼，给足了洛可可面子。

叶鸿伟敏锐地捕捉到空气中不同寻常的尴尬，他的视线掠过对面两个男人，对他们的第一眼印象停留在帅气英俊的外表上。直觉告诉叶鸿伟，洛可可与其中之一肯定有感情纠葛，至于哪一个，他目前尚无法判断。

“我要长岛冰茶，你喝什么？”洛可可把酒单递给叶鸿伟。其实就在吧台后方的墙上挂着一块巨大的黑板，清清楚楚地写着鸡尾酒的名字和价格。但若是看黑板，眼光无法绕过吧台里的人，洛可可头一回踏足此间便发现了这一巧合，所以她从来只看手上的酒单。

那个男人，他是她心尖的一根刺。不拔，寝食难安；拔掉，舍不得。

“一杯Dry Martini（干马天尼）。”叶鸿伟将她递过来的酒单放在手边，直接点了最经典的一款鸡尾酒。“喝过好几种cocktail，还是martini最适合我。”

她嘿嘿直笑，说实话笑得既不合时宜又莫名其妙，不过没人揭穿她的心虚。洛可可笑了几秒钟，突然发现自个儿的行为冒着一股傻气，倏然收住声。她左看看右看看，卓远正专心致志地调酒，叶鸿伟拿起手机查看刚收到的短信，两个男人都没空搭理她。好吧，决胜局！放在桌下的手握紧成拳，她做好了最后一击的准备。

“我有个问题，希望你能明确答复。”卓远送上鸡尾酒之际，洛可可开口向叶鸿伟提问，声音不大不小刚刚好能让吧台里的他听见。

“我一定知无不言，言无不尽。”叶鸿伟端起面前的马丁尼杯，浅啜一口透明的酒液，半开玩笑半认真的口吻。

洛可可咬咬牙，指甲扣着掌心，尖锐的疼痛赐予她勇气。不要怕，他才开导过她。“我想问，将来你怎么打算？还会再婚吗？”言语落地，她彻底松了口气。此前种种纠结忐忑，原来牙关一咬眼睛一闭，轻而易举就说出了口。

卓远很快回到他们面前，这一次手里拿了一块抹布，卖力地开始清洁吧台。洛可可抬眼看看他，一如既往的面无表情。失望随着血液游走全身，她有预感自己不可能得到想要的结果了。

“很久以前我看过一部电视剧，有一段台词记得很深刻。男主角说人类最早有四只手和四只脚，后来被一分为二成为现在的模样，所以我们活在世上就是为了寻找自己失去的另一半。”他说的话似乎含了酒精，光是听听就让人沉醉，“我失败过一次，但还是相信我丢失的另一半在等我找到她。”

卓远在心里翻了个大大的白眼，心想这个男人真是拿肉麻当有趣的典范，如此矫情的电视剧台词都能说得面不改色，显然是泡妞高手。瞧洛可可那一副热泪盈眶的感动表情，女人果真是感性的动物。

卓远所料不差，洛可可被叶鸿伟深深地打动了。尽管她没有得到想要的结果，但预期之外的结果弥补了缺憾。

人生不如意十之八九，包括接受以下事实：不是所有的人都能和最爱的人在一起。

凌晨两点半酒吧打烊，待其他人走后，Simon从酒柜里拿出私人珍藏的苦艾酒，向还没走的卓远晃了晃问："喝一杯？"

这瓶苦艾是Simon的朋友从欧洲带回国内，大多数时间被摆放在酒柜里当作装饰物，能陪他一起喝一杯的人向来不多。卓远走回吧台前，将外套随意地搁上桌子，笑了笑说道："难得我可以体验一下坐在这边的感受。"

Simon中意波西米亚式的喝法，他将一块浸泡过酒液的方糖搁在专用漏勺上点燃，火红的方糖快速融化，糖浆带着火焰落入酒杯中，点燃玻璃杯里绿色的苦艾酒。他再拿起一小杯水浇熄火苗，将一杯呈现乳白色悬浮物的液体推到卓远面前说："梵高的最爱，据说他最后自杀就是喝多了苦艾酒产生幻觉所致。"Simon用相同的方法为自己调制了一杯，走出吧台在卓远身旁的高脚凳子上坐了下来，端起酒杯与他的轻轻一碰。

"这瓶酒是我的ex从意大利带回来的礼物。有一次和她一起去旅行的闺蜜过来找她，只有我在家，她知道ex给我带了这瓶酒，就说想试试看所谓的致幻效果到底如何。"嘴角一挑，他的微笑充满对自己的嘲讽，"醉翁之意不在酒，我当然明白她想要什么，"摇晃着杯子，Simon说出明摆着的事实，"我没有拒绝。"

卓远认识Simon那么久，头一回听他说起过去的感情。按照故事走向好友接下来必定"劈腿"了，他尚未知晓Simon的用意，暂时不便发表意见，只以"嗯"表示自己正在倾听。

"男女之间有一自然就有二，ex很快发现我出轨了，当时她已经有了宝宝。"他看着杯子里的酒，神情倦怠，"她打掉了孩子，再也不肯见我。没多久她就嫁人了，据说过得不如意。"

"你不想结婚是因为觉得自己不配得到幸福？"卓远记得以前Simon说过，要找个能接受自己身体出轨的女人才会结婚之类的话，当时以为他是无可救药的坏，想不到背后可能是截然相反的原因。

Simon嗤之以鼻，否定了卓远的臆测：“我没那么高尚。”举起酒杯，他一口气喝完剩余的苦艾酒，“真正让我恐惧的是，我从没后悔因为出轨葬送了本来能得到的家庭幸福，对那个孩子更是无感。像我这样的人，根本不适合婚姻，也没必要伤害别人。”

卓远觉得他话里有话，而他的潜台词应该与自己有关。“你想说什么？”

Simon已走回吧台，站到卓远工作时站立的位置说：“你知道大姐为何从来不看吧台上方的黑板吗？”他极为偶然地发现了洛可可的秘密，一直找不到机会告诉卓远再者自觉也没必要。但是今晚，他认为卓远有权知晓。

卓远抬起头，目光掠过吧台后面的男人，刹那间他明白了一切。

“你和我不一样，Rex。”Simon凝视着他，眼神前所未有地认真，言辞恳切，“你应该试一次，真的。”

他像他那样一口气喝尽杯中酒，放下酒杯，起身，拿起手边的外套穿上说：“你怎么能肯定我和你不是同一种人？万一失败了，受伤害的是自己最爱的女人。”背对着他，卓远终于能坦然面对自己的感情，面对自己的怯懦，面对自己始终在意的事实——他没有勇气。

明知对方看不见，Simon依旧摇了摇头：“有些事情不能靠想象，必须做了才知道结果。”似是叹息的声音，“愿赌服输，我相信洛可可早就有了觉悟。”

卓远向前走去，抬起手朝身后挥了挥当作道别。Simon说的道理他都懂，然而正如Simon恐惧自己对幸福二字完全无动于衷，卓远也恐惧倘若最后试下来的结果证明他是Mr. Wrong，他今后又该何去何从？

不敢赌怕输的那个人，是他。

叶鸿伟在酒吧里说的一番话仿佛给洛可可派了一颗定心丸，虽然字里行间并无任何迹象指明她就是对方正在寻找的“另一半”，但她纵观这段感情的发展历程，得出了“他是认真的”结论，自然就代入角色了。

如果有机会，洛可可的确想完成结婚、生子这两件大事，否则总有人生不完整之感。况且这么多年她送出去的婚礼、新生儿满月礼金，不靠结婚生子看起来绝对收不回来，按照现在的通货膨胀率，也算是比较可观的一笔数字了。想来想去，必须对“结婚”这件事怀抱热忱。

洛可可的性格属于一旦确立目标就千方百计要达成，这份不管不顾的“孤勇”劲头用在事业上大有裨益，可男女感情仅凭“孤勇”非但无法成功，反而会让自己受伤。说穿了，人类是自私的物种，更愿意别人为自己付出。

叶鸿伟在洛可可心里的地位从一夜情对象跃升为正印男友，她自然铆足了劲要替男朋友脸上争光，对两人合力拿下的项目投入百分之百的热情。原本她工作起来就像拼命三郎，这一回更是精益求精，从项目一开始就自觉加班。

连续加班四天，洛可可被叶鸿伟召进了会议室。她一手抱着电脑，一手拿着咖啡，刚走进房间，就被他劈手夺走了纸杯。

睡眠不足的洛可可反应有些迟钝，愣愣地看了他好一会儿，才出声抗议：“你想喝咖啡自己去楼下买，干吗抢我的？”

他一声不吭，拽住洛可可的胳膊将她拖到阳光下，她的黑眼圈和眼袋无所遁形了。“听说这一周你已经加了四天班，我没要求你这么拼命。”他冷冷地说道，“还没到最后冲刺阶段，你先透支了体力，后面怎么办？”

她想给他一个灿烂的充满斗志的笑容，谁知嘴巴一咧开，却先打了个大大的哈欠。洛可可连忙伸手捂住嘴，心想：完了，在他面前出了这么大的糗，岂不是正好坐实他的指控嘛。

叶鸿伟二话不说，拉着她走出会议室，在众目睽睽之下直接走到她的办公桌。洛可可不知道他想做什么，再者从离开会议室伊始，一路上大家的目光都聚焦在他俩身上，她若是挣开他的手就更难以解释清楚，索性听之任之。反正这位叶总监个性强势众所周知，她乖乖扮演被他欺压的角色保准能博取同情。

“整理一下，我们去客户公司开会，五分钟后在前台会合。”他的脸上没多余的表情，完全公事公办的口吻，说完转身即走。那些竖起耳朵打算探听八卦的同事闻听此言，纷纷打消好奇心重新埋首工作。洛可可也被唬住了，以为客户那里真有事找他们，赶紧收拾了个人物品和电脑，急匆匆走到前台处等他。

叶鸿伟一边走路一边打电话，走到洛可可面前时只听他对手机另一头的人说道：“我们预计一小时左右到。”如此一来，洛可可更加确信不疑，她心中颇为忐忑，不知项目哪里出了差错。

直到叶鸿伟将车停在精品酒店门口，洛可可才后知后觉他从头至尾都在演戏。她用力瞪了他一眼，恨恨地说道：“我提心吊胆了一路，请问客户公司是在这里吗？”

叶鸿伟脸上分明写着得意地说：“你需要休息，需要睡眠，所以我带你来睡觉。”他大言不惭，听上去居然很有道理，洛可可一时语塞竟无从反驳。

他下车，绕到洛可可这一边打开车门，作了一个邀请的手势。她轻咬下唇，对他的做法略有迟疑，转念一想他的出发点是为她好，有这样一个为自己着想甚至不惜放慢项目进度的男人，理应感谢月老还记得她才是。

她走下车，跟在他身后走进酒店。除商务出差，洛可可从未在上班时间和男人开过房，她心虚地不敢和别人的视线对接，就连递身份证给前台登记时，都是一副低头认错的模样。

叶鸿伟拿了房卡，在洛可可闪身欲躲开之前抢先抓住她的手说：“亲爱的，我就喜欢你纠结的表情。”低下头，在她耳畔，他的声音有一种诱惑的磁性。

Who怕who啊，又不是没做过！她给自己打气，顺便想了想今天穿的内衣是否性感。

然而，接下来发生的事情证明洛可可对叶鸿伟的了解远远不够。进入房间后，她还来不及打量精品酒店内部考究的细节，叶鸿伟已一把将她推到床上。“把好奇心放到睡醒之后，你现在该睡觉了。”他霸道地命令，不容她说“不”。

洛可可这才明白过来他所谓的“睡觉”是真正意义上的“睡觉”，绝非她胡思乱想的那些。换言之，这个男人在上班时间“劫持”她的目的确实出自真诚的关心，而不是为了满足生理欲望。

看着面前的男人，洛可可的眼泪夺眶而出。

这一个，这一个不会再错了吧！

4月1日一大早，洗手间八卦大会就热热闹闹开始了，洛可可推开门走进去，发现全公司的女人几乎都在。好在总体数量并不多，没有出现拥挤场面。

“发生什么事了？”她以为是洁具坏了，大家只能排队。探头望望，每个隔间的门都开着，不像是等厕位的样子，她不禁对那个能把大家都聚集到洗手间的大八卦产生了好奇心。难不成公司要倒闭了？

市场部的Angela朝门口的方向望了一眼，似乎在确认此刻不会有人贸贸然进来使得谈话内容外传，然后才清清嗓子开口道：“公司网站被黑了。”

“啊，官网吗？”洛可可吃了一惊，公司官方网站被黑客攻击与项目实施团队无关，但如此重大的安全事故IT部门不可能不和技术顾问通气，她却一点风声都没收到。

“其实是百度百科，百度知道、问答那些地方，和公司有关的都被黑了。”Angela连忙澄清并非官网，“昨天晚上，大概11点，Jonny突然打电话给我，说网上出现了很多对公司不利的传言。我立刻开电脑上网，发现有人重新编辑了百度百科的公司信息，在问答下面也多了好几条评论。”说到重要关头，她故意停顿一会儿观察听众的反应，看到大家都聚精会神，她满意地接了下去，“是关于Chuck的私生活，说他婚内出轨。”

如她所愿，恍若一石激起千层浪，洗手间里一下子炸开了锅。HR的小美首先摇头表示不相信：“Chuck的简历上明明写了未婚，造谣中伤吧。”

“也不一定哦，长得帅有钱还没结婚的男人简直和珍稀动物一样，他结婚了很正常，有小三更正常。”前台的90后妹子不以为然，超越年龄的成熟言论令人刮目相看，不过她接下来对着镜子嘟嘴卖萌的举动又被贴上了“幼稚”的标签。

财务部的Judy提出了另一个可能性：“今天4月1日，愚人节，我觉得开玩笑的嫌疑比较大。”此言一出，看在她管着报销的分儿上，大家频频点头表示言之有理，虽然人人心底都认为玩笑不可能开到这份儿上。唯独洛可可发自内心地希望整件事就是一个恶意的玩笑，有伤大雅但不会致命。

Angela不乐意了，如果事实真如Judy所说仅仅是玩笑，市场部处理这起突发事件的价值和贡献无疑大打折扣，她嘿嘿一笑，含讽带刺道：“我可不相信有人这么空闲开这种玩笑，昨天我忙到半夜才搞定网上所有的留言，开玩笑到这程度，那个人和Chuck得有多大的仇、多大的恨！”

两人各执己见，大家议论纷纷，莫衷一是。作为叶鸿伟的助理，Lyvia自然成为众人求证的对象，可惜她对顶头上司的感情生活一无所知，平时进出他的办公室听到的电话内容也仅限于他和客户之间，实在无法奉献更多的谈资。确认在Lyvia这里挖不出猛料后，大家又把问题抛向洛可可，询问她外出见客户时有没有发现叶鸿伟不正常的地方。

洛可可悄悄咽下一口口水，喉咙发紧的状况却丝毫没有改善。“我们只谈公事。”她觉得自己发出的声音既干涩又刺耳，但好像没人留意到。洛可可内心惶恐，鉴于叶鸿伟曾经亲口承认在办理离婚，因此她对网上的传言半信半疑，最令她恐惧的莫过于万一他尚未正式离婚，自己岂不就是他婚内出轨的对象吗？

叶鸿伟信誓旦旦地向她保证过双方已经达成协议，只差女方签字，并且绝对不会发生反转剧情。洛可可相信他不会骗人，也没让他拿离婚协议书出来作证明。如今看来，当初她实在应该多长个心眼儿才是。

她恨不得立即冲到他的办公室当面质问，幸而理智告诫她不可轻举妄动。这件事正处于发酵期，贸贸然冲出去简直就像是自动送上门等着大家端起枪扫射的猎物，万万不能冲动。她只能咬牙死忍，把疑虑、焦躁统统吞进肚子，淡定地跟着散会的大家走出洗手间，回到自己的座位上。

打开电脑，收件箱里有十几封新邮件在等她。洛可可快速扫了一遍，都是工作邮件，没有来自叶鸿伟的。她随意点开其中一封，试图用工作转移注意力，奈何失败了。她满脑子都是这件事，根本没空间容纳其他。

洛可可面无表情地盯着办公桌隔板看了好一会儿，不断告诫自己先冷静下来。等到脑袋里叫嚣的声音一一消失，她打开浏览器百度公司名字，并没找到任何含有诋毁文字的内容。想当然市场部的同事一定连夜处理干净了，奈何她不死心，仍想亲眼看看还说了什么，会不会有一星半点能让人联想到自己身上……此时此刻，她牢牢记住了不严谨所带来的教训，可总有那么点“为时已晚”的味道。

座机铃声突然响起，吓了她一大跳。拎起话筒，前台通知她有人找。“是客户吗？”洛可可依惯例问了一句。

“是一个女人，说是你的朋友。”

女性朋友？洛可可第一反应是卓琳找她，可是卓琳几乎从不在上班时间叨扰她，而且来之前怎会不先打电话联系？她马上排除了这个可能性。最大的可能是信用卡公司，或者保险公司的业务员，她们都喜欢用“朋友”定义和客户的关系。洛可可站起身向前台方向走去，一边猜想对方的身份。换作平时，她绝对不愿浪费时间应酬推销员，眼下倒是正需要他们出场来拯救胡思乱想的自己。

洛可可很快走到前台，还没走近便望见一名打扮入时的女子坐在单人沙发上，来找自己的人大概就是她了。

她在那名女子座前停下脚步，视线飞快掠过她的Channel2.55、Burberry风衣，确定自己认识的名单里没有这号风格的人物。“你好，我是洛可可，请问你是哪位？”

对方抬起头，在洛可可来不及看清自己长相之前，以迅雷不及掩耳之势举起手机对准洛可可拍了一张照片。她莫名其妙的举动不仅让洛可可疑惑，前台的小美女和保洁阿姨都向她们投来好奇的眼光。

“你想干什么？”洛可可隐隐产生一丝不好的预感，念头太快来不及抓住。

她从沙发上起身，轻轻一绾垂落脸颊的秀发，极尽优雅之态地说道：“我叫顾芳菲，叶鸿伟的老婆。”

洛可可当即怔愣，她凝视着面前可以用“美丽大方”来形容的女人，说不出话来。她相信，别人也一定听清楚了这个女人的自我介绍，结合今早的八卦内容，很快大家都会知道叶鸿伟的“小三”姓甚名谁。

一步错，满盘皆输。

五分钟后，顾芳菲被请进了公司最大的一间会议室。她气定神闲，慢悠悠地喝着袋泡红茶，平静地看着走进来的三个人。洛可可瞥了她一眼，感觉对方的状态比几分钟之前更为镇定，这显然不是什么好兆头。

Jonny走在中间，脸色极其难看。虽说风流韵事、桃色新闻属于员工的私生活，只要不演变成办公室性骚扰，做老板的通常不会干涉，但若是影响了公司声誉，他也不得不出面进行调停，譬如当下的局面。说实话，他相当讨厌处理感情问题，尤其此事还牵扯到两名得力部下。

叶鸿伟面无表情地在顾芳菲对面落座，气愤地问道：“你疯了是吗？”声音不带温度，他勉强克制住想要掐死她的念头。

“Chuck，冷静，保持冷静。”Jonny赶紧制止叶鸿伟继续火上浇油的“自残”行为，闹到不可收拾的地步就丧失了谈判的意义。他看了一眼顾芳菲，再看一眼洛可可，尽管不想贬低自己人，但明显对面的“正宫”无论外表、气质均胜过洛可可，他头一回发现叶鸿伟竟然不是“外貌协会”的。“叶太太……”他才开口说了几个字，叶鸿伟粗暴地打断了他，“我已经提请离婚了，她不是叶太太。”

“我还没签字，事实上，我们仍旧是合法夫妻。”顾芳菲微微一笑，她的语气和神态都传递着挑衅的信号，目的便是要激怒叶鸿伟，他越生气，她就越开心。

叶鸿伟看穿了她的企图，自然不会让她如愿以偿。他转过头，面向墙壁冷静了几秒钟，其余三人只瞧见他的身体微微颤动，待他再转回来时已面沉似水，同时恢复了精明强干的本色："你搞了那么多事，还波及我的老板和同事，不就是想多分一点财产吗？OK，开个价吧！"

洛可可耳朵里听着叶鸿伟与顾芳菲的对话，脑袋里用来思考的部分却开起了小差。她迫切地想知道：这样两个彼此憎恨的人，当初结婚的时候，他们相爱吗？倘若他们深深爱过，现在又怎能以互相伤害为乐？

她坐在Jonny旁边，困惑又不安，不知何时枪口会忽然转向自己。照目前的形势，叶鸿伟的婚姻依然有效，自己确实成了不光彩的"第三者"。被迫接受这一事实，继而想到走出这间会议室将要面对的流言蜚语，洛可可的心揪了起来。

顾芳菲嘴角含笑，纤长的手指轻叩桌面，一口否决了叶鸿伟的提议说："我不会和你离婚，让宝宝一出生就没有爸爸。"她的手移到腹部，交叠在一起，背后的阳光照在她的秀发上，竟有如圣母般的光芒。顾芳菲面对着三张惊愕的面孔，表情愉快地宣布道："我怀孕了，三个月。"

三个月？洛可可默默心算，三个月意味着在叶鸿伟开始追求她的时候，他和他的法定妻子还保持着性关系。

他骗了她，用"离婚"做幌子，果然能让女人放松警惕。

2015年4月1日，洛可可心想，这是我人生中最黑暗的一天！

洛可可从小接受的观念便是"第三者会被人唾弃"，她绝对想不通竟然成为了自己最讨厌的那种女人。世事难料，形容的正是此情此景。

当顾芳菲使出怀孕这一撒手锏，即使能言会道如叶鸿伟也一时语塞了。他盯着对面的女人，竭力想要找出她说谎的证据，但她镇定自若的模样击垮了他的信心。他知道会议室里另一个女人等着他的交代，偏偏他无法理直气壮地证明顾芳菲骗了大家，从时间上推算，他们的确有可能"制造"了一个baby。

当事人保持沉默，Jonny更不知道该说什么。他左顾右盼，目光停留在洛可可身上，心想当务之急先把她的"小三"嫌疑洗净，绯闻总会影响声誉，特别是单身女性，被冠上"第三者"的名号就完了。

"呃，叶太太，我想你肯定是误会了Coco和Chuck的关系，他们负责同一个客户……"话还没说完，顾芳菲冷笑着抢白："不可告人的关系，你不知情很正常。"抬起手，她指向洛可可，用极其肯定的语气，一字一句道，"这个女人，她抢我老公。”

听到顾芳菲的指控，洛可可心头一紧，枪口终于还是瞄准自己了。她手心冒汗，脑袋里一片混沌，唯一能抓住的念头就是“坚决否认”。按照电视剧里演的，除非原配甩出照片证明她是“小三”，其余间接证据都可以抵赖。洛可可为自己的无耻深感羞愧，但紧要关头，自保最重要。

洛可可张开嘴，正准备为自己申辩两句，被叶鸿伟抢了话头，只见他用力一捶桌子，站起身说道：“够了，我们回家再谈。”他快步走到顾芳菲身侧，抓住她的手腕粗暴地拖起她，“别在这里丢人现眼了！”

“丢人现眼的明明是你们！”顾芳菲用力甩开他的手，他粗鲁的动作显然严重刺激了她的神经。她两眼冒火，高声叫嚷，“所有对不起我的人，我绝对不放过！”漂亮的脸配上狰狞的表情，有一种诡异的美。洛可可打了个寒战，觉得她既疯狂又可怕，一副拼个鱼死网破的样子，哪怕搭上自己的人生。

若非担着“小三”的罪名，洛可可倒是不介意和顾芳菲好好谈谈，何必为了一个执意要离婚的男人浪费时间呢？碍于立场尴尬，她只能保持沉默，静静地看着对方从优雅的气质美女转变为泼妇，一时竟无法判断顾芳菲对叶鸿伟到底是太爱还是太恨。

洛可可一眼望去，对面的两个人其实出奇的相似——骄傲，倔强，不肯服输。她想起叶鸿伟曾经说过婚姻就是找寻自己丢失的另一半，那么相像的一对儿本该成为人人艳羡的神仙眷侣才是，岂会反目成仇？

假使爱情到头来都会变质，也就怪不得看透真相的现实男女只将物质条件当成婚姻的前提。洛可可满怀忧伤地坐着，高楼外阳光明媚，她的内心一片愁云惨雾。洛可可明白自己和叶鸿伟没有可能了，他不止是Mr. Wrong，完全就是Mr. Nightmare！一个怀孕的女人本身便占据了道德和道义的双重制高点，自己怎能干出抢走孩子爸爸这种事？再者，他的蓄意欺瞒性质恶劣，她不能接受。

长长叹一口气，洛可可开口了，说出坐进会议室之后的第一句话：“叶太太，我对别人的老公没有兴趣，你大可放心。如果之前令你产生了误会，今后我必定注意分寸，和你的先生保持距离。”她的脸上写着淡漠，对这场闹剧俨然意兴阑珊。“你们之间的问题，请不要把我牵连进来。”话已至此，她的态度非常明确，叶鸿伟与她洛可可再无瓜葛。

顾芳菲冷笑着，不依不饶地追问："今后是今后，过去的事情难道就算了？"她越看洛可可越生气，女人对待情敌的心态和外貌恰成反比，当她发现叶鸿伟想要取代自己的女人普通得扔在人堆里都找不到，她的自尊心受到沉重的打击。

按理洛可可应归于"受害者"一类，毕竟她被叶鸿伟的花言巧语所骗，一直不明真相。然而她自觉理亏且念及对方怀有身孕，本想低声下气地将大事化小，偏偏顾芳菲不肯放过她。洛可可几时有过应付此种情形的经验，立刻就被问住了。想想他们在一起的次数，过去的事情"按次收费"可好？脑海里浮现的念头荒谬到换成其他场合一定能逗她笑出声来，可现在她要是敢笑，不啻于火上浇油。

"别再闹了，我们回家谈。"最终，叶鸿伟出面替洛可可解围，顺便解决自己搞出来的烂摊子，"Coco和我只是同事关系。没错，我们最近确实通话次数比较多，也有过几次饭局，但都和项目有关。"他的解释未必令人信服，但无疑是此时此刻唯一能利用的借口，幸好他们的确有合作项目。

眼见让叶鸿伟服软的主要目的已达成，顾芳菲也明白见好就收的道理。她得意地笑了笑，以一副胜利者的姿态挽住叶鸿伟的胳膊，娇笑道："真遗憾，我们还得在一起。"叶鸿伟的脸色瞬时变得极其难看。

待他们走出会议室，Jonny长舒了一口气，身体朝后一倒靠上转椅靠背，慢吞吞地开口说道："有这样的老婆，Chuck想要离婚情有可原。"他看了一眼洛可可，摇头叹息，"但是，你不应该把自己搭进去。"旁观整出戏，他百分之百肯定叶鸿伟与洛可可必有奸情，即便两人都予以否认。

洛可可无言以对，强忍到这一刻的悲伤突然决堤："Sorry，让我先哭一会儿。"她抱歉地说了一句，摊开两手把脸埋在掌心，压抑的哭声飘荡在房间内。Jonny虽然感到尴尬，仍旧静静地坐在一旁等她宣泄完情绪，他还有话要说。

哭声渐歇，她低着头先用手背擦去脸上的泪水，确定自己做好了迎接Jonny批评的准备，勇敢地把头抬了起来。面对骨子里精明至极的上司，任何负隅顽抗皆为徒劳，不如坦白认错看看他能不能帮自己一把，洛可可迅速做出了正确的判断："对不起，我错了。"她加入公司后"零错误"的记录戛然而止，比起记录终止更令人后怕的是，她不知道这件事的破坏力有多大，严重一点说不定会影响职业生涯。洛可可再度后悔一时冲动铸成大错，经过徐泽凯的前车之鉴，她依然未吸取教训，"慢慢来"这三个字，从未真正记在心里。

"Coco，我会尽量冷处理这件事，包括在公司范围内禁止大家谈论。不过丑话说在前头，万一这件事影响了公司声誉，你或者Chuck必须承担相应的责任。"Jonny眉头紧锁，表情极其严肃。身为老板，处理事务不能凭感情，他只能站在公司利益的层面考虑问题。

"我明白，我不会让你为难。"Jonny前半部分的表态足以让她心怀感激，洛可可自认绝非厚颜无耻之徒，无论如何使不出无赖伎俩，若真到了Jonny暗示的"那一天"，她必定主动提出离职。

Jonny点了点头，接下来话锋一转开始训人："洛可可，你算得上是个聪明人，怎么会和有妇之夫搞在一起？陷入情网之前，你好歹先了解对方是不是单身嘛！谈恋爱就和做项目一样，注定失败的项目看都不用看。"

洛可可唯有苦笑，这一回真的栽了大跟头，而且还怨不了别人。成年人的世界，大家都要为自己做过的事负责。

叶鸿伟与洛可可的绯闻传播速度之迅猛超出了当事人的预计，Jonny想阻止时，已然来不及了。

作为全公司赚钱最多的女人，洛可可始终生活在女同胞们暗暗的妒忌心包围下。以前她的世界里只有工作，大家对她的讽刺、挖苦多数采用"工作狂""男人婆""老处女"这些杀伤力一般的词语。和叶鸿伟的风流韵事将她的个人形象和"狐狸精"画上了等号，这个打击则是致命的。

一些难听的传言先是在几个项目经理中间流传开来。男人们聚在一起抽烟喝酒，聊天内容本就离不开女人，再加上洛可可接手的项目风头正劲，这时候刚好闹出的丑闻为他们的失败找到了最好的理由。不知是谁首先说出洛可可能拿到项目是"睡出来的"这样的话，很快就一传十、十传百闹得公司里人尽皆知。

洛可可深刻感受到害得阮玲玉自杀的"人言可畏"，她走到哪里都觉得有人在背后指指点点，当她惊悸地回头去看，人群又自动噤声，以一种诡异的缄默迎接她。空气中有一堵厚重的墙，不断地向洛可可挤压过来，她无处可逃。

另一名当事人叶鸿伟的境况较之洛可可大有不同，舆论对男性一向比女性更宽容，本来这年头从来没出过轨的男人才算稀有动物，一个男人拥有几个情人根本算不上什么大事，反而证明此人兼具魅力与实力，再加上叶鸿伟身居销售总监一职，公司赚钱与否完全仰仗他，于是对他的非议统统转移至洛可可头上。

洛可可被孤立了，起初坚定不移支持她的团队成员，也因为害怕遭人非议选择了沉默。事态发展到这一步，她即便心胸再宽广也承受不住冷暴力的迫害，不走也得走了。

洛可可向Jonny提出离职申请："原先我想等到项目上线之后再提离职，可现实情况是我已经没办法带领团队了。"说到这里，她内心涌起深深的悲哀。同甘共苦一起奋斗，到头来连信任的部下都背叛了自己，偏又怪不了任何人，纯属她咎由自取。

Jonny在事态失控的初级阶段已经预料到有这么一天，暗中部署了人员接手洛可可离开后的工作。此刻，他充分展现了影帝级别的演技，一脸相当到位的难以置信、惋惜。他先郑重感谢洛可可多年来为公司付出的努力及贡献，说到动情处甚至语带哽咽，把洛可可感动得心酸无比，等冷静下来才察觉到Jonny压根儿没流露一星半点挽留她的意思，自己终究还是太天真了。

Jonny绝口不谈导致洛可可辞职的根本原因，两害相权取其轻，他选择保住更有利用价值的叶鸿伟。要不是洛可可的情况已无可挽回，Jonny倒是乐意表现出既往不咎，毕竟以一桩小小的桃色新闻换得员工的忠心回报，再没有比这更划算的交易了。"我相信以你的能力和履历，到任何公司都能胜任愉快。"末了，面对离职的员工定要送上鼓励的话语，大家好聚好散，将来说不定还有合作双赢的可能。

洛可可其实还没开始寻找下家，属于"裸辞"一族。经此变故，她对未来产生了严重的不确定感，似乎没有一件东西能真真正正地归她所有。原本洛可可总是以为工作不会背叛自己，事实证明工作不单单是个人行为，工作场所会变成令人畏惧的地方，结果就是她抛下工作夹着尾巴逃跑了。

她需要静心沉淀，好好回顾并总结失败的感情生活，想清楚自己到底要什么。

"谢谢。"对于Jonny客套的祝福，洛可可致以真诚的谢意。她的诚恳使得Jonny不好意思了，如她这般工作卖力的员工，哪个老板会讨厌呢？可惜没办法，他封堵不了悠悠众口。再说，Jonny看着洛可可走出去的背影，自我安慰：离开或许对她更好。

洛可可从Jonny办公室出来，在走向叶鸿伟的私人隔间前有过少许犹豫。自从顾芳菲大闹过后，他没再联系过她，两人处于完全"失联"状态。她知道他在公司里，但他坚决避而不见，有种划清界限的意思，洛可可对他的翻脸无情感到既悲哀又可笑。

她当时大概脑袋进水神经短路才会以为他是真命天子，回首往事像是一场不真实的梦。既然提出离职了，风言风语就随它们去吧。洛可可抱着壮士断腕的决心，不顾Lyvia的阻拦，推开了叶鸿伟办公室的门。

房里的男人朝洛可可身后的Lyvia使了个眼色，示意她自己能够处理。后者识趣地退出去，贴心地关上了门。

"对不起！"叶鸿伟抢先开口。他起身，离开电脑桌，走到洛可可面前。"要打要骂悉听尊便，我欠你的。"

她本来打算先赏他一个大嘴巴子，想象得颇为畅快。听到他这么说，她反而下不了手。憋了一肚子质问他的话，这会儿盯着他的脸看了半天，洛可可忽然就释怀了，她不想再问。

"我要走了。"她能对他说的，只余此四字。

叶鸿伟瞬间明白洛可可的意思，他羞愧到无地自容。他的错误，结果却让女人作出了牺牲，亏他还自称男子汉大丈夫。"我一向欣赏独立自主和男人势均力敌的女人，她正是这种类型。"他以前对洛可可说过为她心动的理由，足以证明他没撒谎，他的确喜欢强势的女性，"可是，婚姻需要两个人互相克制、宽容才能维系下去，我和她个性都太强，也太相似，我真的累了。"他应该早点告诉洛可可关于自己婚姻的真相，然后由她决定是否开始。然而为时已晚，他所能做的仅限于给她一个交代。

"你将来怎么打算？"叶鸿伟的婚姻明摆着和"幸福"二字无缘，回想那天顾芳菲歇斯底里的表现，同情在洛可可心底悄悄萌芽了。她关切地询问他的将来，明明他的将来早已与她无关。

叶鸿伟叹口气，表情阴郁。想想也是，当某人内心充满倦怠、无奈、厌恶、愤怒等多种负面情绪，脸色自然不会好看。"她不肯放过我，就这样吧。"有些事不得不认命，饶是强硬霸道如他，同样无能为力。

她对叶鸿伟的怨恨化作一声叹息，毕竟他是自己深深喜欢过的人。在一起的时光虽短暂，却带给她莫大的慰藉，陪伴她走出情伤重拾信心的人正是他。分手这一刻，洛可可选择放过自己，她原谅了叶鸿伟。

“再见！”她平心静气地道别，一股挥一挥衣袖不带走一片云彩的洒脱劲儿。她不能舍不得，否则断不了。

叶鸿伟上前一步，将洛可可紧紧拥入怀中说：“有一件事没骗人，我真的爱你。”有些话，必须说出口才能证明其存在，即使已失去意义。

嘴唇贴着她的头发，他轻声道出“再见”两个字。

洛可可仅用一周的时间就完成了项目交接，她的项目文档写得条理分明，有经验的人看一遍就能明白，整个交接过程异常顺利。

她的出走既已成定局，非议声渐渐平息。不管真心假意，同事们准备了一张集满签名的卡片送给洛可可作为祝福，她收到后看了看，几乎全公司的人名都在其上，除了叶鸿伟。

最后一天，洛可可交还了电脑，将剩余的私人物品装进手提袋。她在这里工作四年，离别时带走的东西甚至装不满一个袋子，想想不免意兴阑珊，差点直接送给保洁阿姨当作废品回收。

洛可可的团队成员一直将她送到公司楼下。对她，三个大男人俱怀有愧疚心，终究他们背叛在先。倒是洛可可已看开，临走前不忘发邮件感谢三人多年来的鼎力相助，还语重心长地总结各人工作的得失以及今后应注意的事项，充分体现了项目经理的责任心。工作方面，洛可可向来无可指摘。

走出大厦，外面的蓝天白云仿佛打开了通往另一个世界的大门。不久前，她还只能抽空望一眼玻璃窗外的天空，幻想自己躺在和煦阳光下无所事事地打发时间的情形。突然之间，她拥有了大把的时间，却发现自己无处可去。

辞职的决定，洛可可对外进行了封锁，没有人知道她成了无业游民。父母年纪大了，没必要让他们再添一件操心的事情，况且在老一辈人的观念里失业相当可怕，绝对无法理解她给自己放长假的做法。

鬼使神差，洛可可对出租车司机报出了Simon酒吧的地址。这种时候，应该喝一杯庆祝摆脱了过去的生活，她如此说服自己。

洛可可到达时酒吧还没开始营业，门倒是开着，证明里面有人在。她径直走进去，看到卓远和Simon正忙着打扫，便出声先打了一个招呼提醒他们自己的存在：“Hi，需要帮忙吗？”

她算不上稀客，但上班时间出现实属稀罕。Simon和卓远不约而同抬起手腕看了看时间，差十分钟到6点，她应该还没下班。

看出他们的疑惑，洛可可笑了起来："没什么大事，就来说一声，我失业了。"笑语晏晏，语气轻松得像是谈论天气。

"我姐说你刚接了一个大项目，出什么事了？"卓远诧异地追问。3月底卓琳父亲的生日家宴上，他假装随意地问了一句"洛大姐最近在忙什么"，如愿从堂姐那里获知洛可可的近况。半个月不到，她竟然亲口承认"失业"，怎不令人担心？

关切之情溢于言表，这个男人从不在意自己的表现是否过火，是否会让别人产生误解。该说他任性还是粗线条呢？洛可可内心飘过一朵忧伤的云，未及深思便脱口而出："Chuck的太太来公司闹了一场，我这个'小三'只好夹着尾巴逃跑。"话说出口的一刹那，她不禁后悔过于心直口快了。倘若卓远因此看不起自己，该怎么办？

卓远短时间内反应不过来，一脸震惊的表情，努力消化"小三"这个称号与洛可可画上等号的事实。她误会了他的沉默，自卑、惭愧、羞耻等情绪袭上心头，她一言不发地转身，拔腿就往外跑。

Simon走到卓远身边，一脚踹过去说："Listen，接下来不管你是追出去，还是带着大姐远走高飞，我都准许你请假。"事情到了这份儿上，要是他再畏畏缩缩不敢行动，还是男人吗？

这一脚踹得卓远如梦初醒，洛可可悲伤的面容在眼前挥之不去，他做不到袖手旁观。卓远扔下扫帚，风一般冲出门去。

大街上，洛可可消失在来来往往的人群中。卓远心急如焚地左右张望，万万想不到她会跑得飞快，这速度不入选奥运代表队实在浪费。他不死心，继续开启搜寻模式，目光无意扫过马路对面，忽然之间找到了目标。

一辆空车在洛可可身侧停下了。她放下手，半弯下腰打开车门正要坐进去，一只手猛地出现，用力拉回了她。

惊惧地回头，卓远站在她身后。

"跟我走！"他用的是命令句式。

第十六章

To be a better man

厦门曾厝垵，2015年4月14日。

一句“跟我走”，像极了爱情电影里的对白，唤起出走的渴望。于是洛可可跟着卓远走了，在13日晚上11点50分降落在高崎机场。

没有托运的行李，两人一身轻松地走出了机场。洛可可回头望一眼机场大厅，对这场犹如私奔的出行还有一种“在做梦”的不真实感，卓远的手及时伸了过来，揽住她的肩膀带入怀中，她的鼻子撞到他的胸膛，唔，有真实感了！

不止她以为自己在做梦，卓远同样感觉不真实。她的座位在他旁边，明明伸手就能触摸到温暖细腻的皮肤，他却疑神疑鬼有人设计作弄自己，就像*Inception*（《盗梦空间》）的情节那样，一切皆是梦境。

其实她没有失业，她也没有被男人骗，他更没有头脑发热对她说“跟我走”……拥抱如此真实，即使梦境也值得奋不顾身一次。卓远深深叹一口气，绕了这么远的路，兜了一个大圈子，他还是逃不开。

心急的黑车司机管不了此时出声是否大煞风景，径直凑过来兜揽生意询问他们要去哪里。洛可可尴尬地推开卓远，同时把问题留给他回答，她对厦门的认知仅限于地理名词。

“曾厝垵，多少钱？”卓远说的地名，洛可可果然听不懂。她默默地想：交给他处理是明智的。不过，难道不是去鼓浪屿吗？

一番讨价还价，卓远和洛可可坐上了出租车，一路驶向曾厝垵。半夜的厦门略略有些凉意，司机又开着车窗让他们享受海风，洛可可不由得偎紧卓远，靠他的体温取暖。

软玉温香在怀，卓远自然不提关窗之事，洛可可似乎也没想到。

她心里堆着很多话，和叶鸿伟有关的是一座小山，和霍梓乔有关的是另一座小山，和卓远有关的则是一座大山。未来如同车灯照不到的角落，在沉沉夜色里完全看不清，洛可可不忍打破这一刻的温馨，强咽下各种忐忑，就跟着他到世界的尽头吧。

午夜的曾厝垵，安静得能听见海浪的声音。下车后卓远才神秘兮兮地告诉洛可可为何第一站选择这个名字特别的小渔村。他说：“上次来厦门我就住在曾厝垵，过了好几天轻松悠闲的慢生活。告别时我对自己承诺，以后一定会再来，带着喜欢的人。”

她很高兴自己是他“喜欢的人”，嘴巴一咧，一个大大的笑容挂在脸上，眼睛都眯成了一条缝。卓远看了一眼洛可可，被她的好情绪感染了，没心没肺地嘲笑她不够矜持：“大姐，你真单纯，现在连小学生都知道男人的话不可信。”他不小心揭了她的伤疤，自己还浑然不觉。或许潜意识里，卓远从不认为徐泽凯、叶鸿伟之流配得上洛可可，压根没把他们当成她的男人看待。

“唔，确实。”洛可可点了点头，她就是太容易相信男人的花言巧语，还接连被两个男人骗得团团转。“你不一样，因为你懒得骗我。”她肯定地说道，笑容更灿烂。

这时候不吻她，更待何时？心动不如行动，卓远立刻低下头，就在他即将捕获她的嘴唇时，洛可可避开了。

她还没想好如何定义此次出行，简单的一次放纵，还是正式开始的一段感情？如果是前者，会不会显得自己太轻浮，毕竟她和前任分手尚不足半个月；如果是后者，同样显得过于快速并好像是蓄谋已久，另外，她和卓远之间存在的分歧至今没有解决之道，一句“喜欢”解决不了问题。再说，要是能够解决，洛可可心酸地想，自个儿也不至于连续失恋两回。

洛可可告诫自己不能再重蹈覆辙，跌倒一次当买个教训，跌倒两次还能怪罪运气不好，跌倒第三次则证明智商确实有问题。

她的拒绝明白无误地传递给了卓远，他的心疼痛起来。回想浩瀚沙漠里的亲吻，那时的她脸上没有这么多不安，如今却像惊弓之鸟，对未来丧失了信心。

她跟着他离开上海，但她的心依旧被曾经的伤害禁锢着，他必须慢慢来。

他若无其事地牵起她的手，故意不用恋人最爱的十指紧扣式，只是将她的手指整个包入自己掌心。温暖、安全，他想让洛可可知道自己是她可以依赖的人，是去年9月他再一次见到这个女人之后就一直想成为的那种人。

洛可可松了口气，说实话她并没想好万一他强迫自己该如何应付，总不见得抡起拳头揍他一顿？幸好卓远识趣，化解了彼此间的尴尬。

神经一放松，疲倦便像潮水一样席卷全身，洛可可张嘴打了个哈欠，问他：“呃，我们住哪里？”

说走就走的旅行根本没有计划，卓远也不知道哪家客栈还有空房：“去上次我住的那家客栈看看有没有床位，明天我们有的是时间慢慢找。”他的建议得到她的响应，洛可可迫切需要即刻躺下使脑袋和身体得到充分的休息，这样她才有力气仔细想想将来怎么办。

卓远住过的梦旅人音乐客栈位于半山腰，算得上曾厝垵地势最高风景最辽阔的客栈。按照卓远的描述，每天晚上会有不同风格的音乐人在客栈酒吧表演，堪称音乐爱好者的天堂。可眼下她又累又饿，一旦明白要爬山才能到达，大脑里掌管“理智”的那部分立即运作起来，分析判断半夜三更爬山锻炼身体是否值得。反观卓远，摩拳擦掌准备一鼓作气攻上半山的架势，她咽下了反对的话语。

4月14日傍晚，洛可可站在著名的木栈桥上欣赏落日时分的海面。她穿着新买的一条白色长裙，戴着草帽，青春甜美的模样仿佛隔壁厦门大学还没毕业的女学生。海水在夕阳照耀下呈现出灿烂的金红色，洛可可一生从未见过如此鲜艳明亮的色彩，也从未有男生背她上山、让她坐在单车后座上带着她追风前行。

她总算把一些“第一次”留给了卓远。

洛可可属于不会骑单车的少数派，知道这一事实后卓远张大的嘴巴绝对能吞下一枚完整的鸡蛋，他一脸不可思议状，“毒舌”再度出击：“我说大姐，骑自行车是学生时代必备的基本技能好不好？你是不是小脑不够发达，所以学不会啊？”

她没好气地瞪了他一眼，撩起裙摆向他展示膝盖处的伤疤。疤痕的颜色很淡，应是陈年旧伤。“这得归功于你堂姐，卓大小姐信誓旦旦地保证会把我安全地带到教室，我信她的结果就是摔了个脸着地，从此以后我再也不敢碰自行车了，没胆量坐别人的车，更没胆量学。”

她的“血泪”往事引得卓远无限同情：“看来，我得代替我姐消除你的心理阴影。”握拳击掌，他开开心心地宣布，“我带你，就这么定了。”

啊？洛可可愕然，她的本意是打消他骑行环岛路的念头。吹着海风步行多好，干吗非要累死累活骑车呢？再想到当年摔得鲜血淋漓的惨状，简直有“立刻回家”的想法了。她正打算拒绝，卓远拍着胸脯给她打保票道：“你放心，我的车技绝对能保证你的安全。”

既来之，则安之。大不了就是再摔一次，又不是没摔过！洛可可自我激励，勇敢地坐上了卓远的后车座。

“小远，我抓哪里比较安全？”她不知道该如何安置双手，总觉得要抓住一样东西才能安心。

卓远回过头，冲着她笑了笑，白白的牙齿闪亮得能直接去拍广告。他在阳光下神采飞扬，看起来异常年轻，犹如每个女孩都梦想会遇见的翩翩少年。“抱着我。”他简单地指示，用力一踩踏板，单车轮开始滚动向前进。

洛可可一声尖叫，连忙伸直手臂环上他的腰，紧紧抱住了他。

蓝天、白云、海岸线、单车前后座的我和你……洛可可的脸贴上卓远的后背，掉下的眼泪被海风吹散。她最美好的青春时光里没有他，缺失的那片拼图原来始终在他手里。今天，仿佛青春尚未远离，重新回到白衣飘飘的岁月，可以肆无忌惮相爱的年纪。

现实？不重要！未来？不重要！结果？更无关紧要！感性那一面终于战胜了理性，洛可可只想和这个男人好好爱一次。

木栈桥延伸到海面上方，底下的海水一波又一波拍打着礁石，飞溅的浪花争先恐后地扑上栈桥，留下蜿蜒的白色泡沫。停好单车的卓远也走上了木栈桥，穿白裙的女人站在尽头，遥远如天涯。

他忽然停下脚步，着迷地望着前方。夕阳将她的轮廓勾勒成完美的剪影，随风舞动的长裙又为她增添一份“我欲乘风归去”的空灵。听到动静，洛可可半转过身，落日擦着她的鼻尖向海平线下坠，宛若她拥抱着太阳亲吻。卓远从不觉得洛可可属于美女级别，但这一刻，她的美惊心动魄，他相信自己一辈子都无法忘记此刻所见。

卓远走到洛可可身旁，一同看着太阳沉下海面。那一天他独自在日照的海边等待日出，寂寞如海水一般将他吞没，他开始觉得人生这条路，的确需要有另一个人陪伴着笑看风云才算完美。

“世界那么大，我想和你一起去看看。”卓远眺望着远方，语气前所未有的确定。

她抬起头，最后的余晖落在他的脸上，金红色的，犹如点亮的希望和燃烧起来的热情。年轻十岁，她不会爱上这样的少年，而他也不可能喜欢她。时间，真是一个奇妙的词语，拥有化腐朽为神奇的魔力。

洛可可的手攀上卓远的肩膀，她踮起脚尖，像所有情窦初开的女孩那样亲吻自己的少年。

海边潮湿的空气为月色蒙上一层轻纱，夜还不够深，曾厝垵的夜生活刚刚拉开帷幕。

卓远和洛可可吃完海鲜大餐后，挑了一家有乐队的酒吧喝饮料。她点了一杯长岛冰茶，只喝了一口就猛摇头道：“没你调的好喝。”

他咬着唇，故作深沉地看着她说：“大姐，你这样夸我，我会忘乎所以的。”

洛可可嫣然一笑道：“我无所谓啊。”

卓远飞快地亲了她一下，然后站起身朝舞台的方向走去。只见他同正在休息的主唱和吉他手说了几句，转身朝洛可可的方向指了指，她以为他要点歌，谁知他竟然提着吉他就上台去了。

卓远坐在高脚凳上，手指拨动吉他弦先solo了一段《天空之城》，悠扬的曲调把大家的注意力吸引到舞台上，他才抬起手调整立式麦克风的高度，向着台下宣布：“这首歌，送给我爱着的女人。”顺着他的视线，人人都看到了他“爱着的女人”是谁，一时间酒吧内掌声雷动。洛可可完全没料到卓远会玩这一出，惊讶得说不出话来。

“Send someone to love me，I need to rest in arms...”卓远一开口，瞬间征服了

全场挑剔的耳朵，他将Robbie Williams这首*Better Man*唱出了原汁原味。洛可可又是一脸诧异，原来自己仍然看轻了这个男人。

“Once you’ve found that lover, you’re homeward bound, love is all around, love is around...”他在台上自弹自唱，深情的目光一刻都不曾离开过她。洛可可鼻子发酸，心想这臭小子不愧是把妹高手，自己都31岁了，居然也被她感动得热泪盈眶，太丢脸了！她更清楚的是，从来没有人为她做过这些，卓远做到了。

“As my soul heals the shame, I will go through this pain, Lord I’m doing all I can, to be a better man.”世上有那么多情歌，他独独选择这一首向她宣誓：我会成为更好的男人，成为你的依靠。

洛可可抬起手掩住嘴巴，她必须用力咬住嘴唇才能避免激动得当场哭出来。他走下台，走到她面前，在众目睽睽下给了她一个缠绵的热吻。欢呼声、掌声、口哨声汇合起来的声浪，快要把屋顶掀破。

只差一枚戒指，真的，就缺一枚戒指，这场面说是求婚也不为过。

“我们，为什么要在这里浪费时间？”在他的耳畔，她的声音慵懒而性感，挑动他心底的欲望。

卓远的眼睛里有什么东西一闪而过，她来不及看清楚，不过他接下来的话解释了那是什么。“如你所愿，我会做到让你下不了床。”

这句话，似乎徐泽凯也说过。但是，她更喜欢听他这么说。

夜色深浓，房间里春意也深浓。

Kingsize的床，卓远和洛可可肩并着肩，听得到彼此的呼吸声。

入住情侣大床房实属计划外巧合，到达那天当卓远背着洛可可千辛万苦地爬上半山，才得知客栈只剩下竹屋的大床房。洛可可本能地想要拒绝，可是深更半夜无头苍蝇一样找落脚点纯粹浪费时间，她只得点头同意。倒是卓远相当的君子，进入房间的第一件事即用靠枕在床中央筑起一道“柏林墙”，反而让洛可可不好意思了。她跟着他来到厦门，成年人都懂得背后的含义，这般扭捏实在有矫情之嫌。

入住的第一晚，洛可可躺在床上辗转反侧。卓远的呼吸声近在耳边，轻轻浅浅造不成干扰，她还是睡不着。淡淡的月光透过玻璃窗洒向室内，屋子外面竹影幢幢，她心里有一丝害怕，更无法入眠。洛可可后悔了，屡次想要推倒“柏林墙”，伸出手的一刹那又丧失了勇气。她旁边的男人并不知晓她思想斗争的结果是缴械投降，犹自睡得香甜。

从酒吧回来之后，他俩终于完成了去年9月半途中止的那件事，将梦境和现实合二为一。

洛可可转过头望着卓远的侧脸，独占欲渐渐占了上风，她不能忍受回到上海后和另一个女人分享他。叶鸿伟那件事，蒙在鼓里的她“被小三”了一回，严格意义上不能指责她道德败坏。这一次插足卓远和霍梓乔，洛可可放弃了已往的一切，抱着“豁出去”的念头走到这一步，那就索性大大方方明抢吧。

“你和霍梓乔，可以分手吗？”她屏息，等他的回答。

“我和霍梓乔，并不相爱。”事实如此，他没说谎，他们本来约定在寂寞的时候利用彼此的身体互相慰藉。她爱上他，不代表他要回报同等的感情。

人类是自私的，只会为自己和认为值得的人作打算。那些不被在乎的人，即使付出再多也没有用。

霍梓乔在家里常常哼一首歌，来来去去的歌词始终只有那两句——得不到的永远在骚动，被偏爱的都有恃无恐。卓远拿手的曲目里便有陈奕迅的这首《红玫瑰》，以前的他对歌词缺乏感触，自从洛可可再度出现在生命中，她就成了他的红玫瑰、心上的朱砂痣，他再也不敢唱这首歌。霍梓乔故意用不成调的唱法刺激卓远，他装作没听过，成功地混了过去。

卓远一说出“并不相爱”四字，洛可可愣怔了几秒钟。他不知道她想了些什么，只听到她长长地叹了口气，说道：“Unfair, to her.”洛可可觉得没有一个女人能够忍受和完全不爱的男人保持长期的性关系，一两次也就罢了，天长日久的，又不是自虐狂。既然并非不爱，那么她一定爱得很深，才甘愿以“床伴”的名义陪伴在那个男人身边。

“所以，你准备放弃我？”卓远冷冷地问道。当他好不容易下定决心不再逃避，轮到她推开自己了？报应来得还真够快！

洛可可静静地望着上空用竹子搭的屋顶，好像上面写了答案告诉她何去何从。待她转过头面对他，一颗晶莹的泪珠从眼角滑落。“小远，为什么去年9月你不肯要我？”早知今日何必当初，好端端的两人故事，非要搭进那么多配角干吗？剪不断理还乱的关系，她比卓远还要为难。

他举起手，用手指吸走她的泪，诚实地告诉她："那时候，我不爱你。"

结束厦门的休假时光，洛可可和卓远回到熟悉的城市。在海边住了五天，呼吸到的空气清新、干净，洛可可竟有些无法适应上海的空气了，走出机场就不停地打喷嚏。

"冷吗？"卓远脱下外套，想给她披上。

她揉揉鼻子，谢绝了他的好意："肯定有人惦记着我。"有时候，她挺迷信的。

"譬如你的客户吗？"卓远取笑道，这也是他们在厦门期间常开的玩笑。

洛可可辞职的消息尚未告知父母亲朋，在厦门的几天里，只有得到消息的客户打电话询问过情况，她少不得替前东家保证人事变动不会影响项目进度与质量，向客户大派定心丸。卓远忍不住笑她到底收了多少封口费，离开公司还帮着说好话。

"还有猎头公司。"她抬起下巴，满脸写着骄傲，"我可是抢手人才。"相比卓远，她的工作经验和履历相当出色。

一回到上海，他们的谈话内容随之"现实"起来，卓远自嘲地笑了笑，不动声色地转换话题："你今天回哪个家？"

"去我父母家。"她迅速回答，显然已思考过这个问题，"你和她说清楚吧。"爱情战争里只能有一名幸存者去赢得战利品，洛可可不喜欢输。

洛可可不明说，卓远也知道要做个了断。刚到厦门时霍梓乔打过好几个电话给他，他故意不接，后来她就不再打来了。以她的冰雪聪明，必定心知肚明。

果然不出卓远所料，他回到家时，霍梓乔已不告而别。不，她给他留了一张字条，插在卧室的门把手上。

他取下字条，本以为霍梓乔会留言大骂自己一通，说到底他的确有负于她。谁知她大度得很，写的是"谢谢你收留我"，反倒让卓远更觉得对不起她了。

他立刻给她打电话，电话铃响很久，久得卓远似乎看到了她犹豫不决的模样。就在他准备放弃的时候，电话接通了。

"对不起！"卓远诚心诚意地道歉。

霍梓乔默然不语，他只得硬着头皮继续说下去："对不起，可是我控制不了自己的感情。"他对洛可可的迷恋，她从一开始就明白。

"你现在幸福吗？"霍梓乔终于开口，冷冰冰的声音。

卓远不知如何回应，他当然幸福，可是这样答复未免太伤人了。若说不幸福，明显有悖事实，而且说不定还会给她不切实际的幻想。他踌躇良久，缓缓说道：“何必呢，你不会喜欢我的答案。”

又是一阵尴尬的沉默，他耐心等候，从道义上来说，此时他万万不可先挂电话。他的耐心起到了效果，霍梓乔叹口气，再次开口道：“记住，是我甩你！”她的声音依然冷冷的，也不等他反应，说完就挂了电话。

卓远无奈地苦笑，放下手机，同时放下了心头压着的巨石。他虽自私但不无耻，尽管嘴硬说他们不过是随时能一拍两散的关系，可心里仍免不了愧疚。如今她分得干脆利落，没有一哭二闹三上吊的戏码，他真该谢天谢地了。

他又拿起手机打给洛可可，接通的速度与前一个电话恰成鲜明对比，由此可见两个女人不同的心境。

“大姐，我被甩了。”卓远沿用了霍梓乔的说辞，她应得到体面的退场，这也是他应该为她做的。

洛可可现在的情商足以了解卓远的用意，同时对霍梓乔的洒脱心生佩服。她和自己有几分相似，都讨厌拖泥带水，若非中间夹了一个男人，或许她们能成为朋友。洛可可不无遗憾，但错过的友情和握在手里的爱情孰轻孰重，根本不需要比较。

“明天我们见面吧，晚上一起去酒吧，再一起回家。”反正她还在失业中，有大把的时间陪他，卓远任性地提出要求。

洛可可原计划更新几大招聘网站上保存的简历，但是厦门慢悠悠的节奏对她的影响犹在，令她觉得完全没必要急着继续过被客户摧残被老板压榨的生活，不如就和卓远约会去吧。“好啊，我没意见。”

他笑了起来，传入她耳中的声音扣人心弦。洛可可心中一动，想起他唱的那首*Better Man*了，她也提出了任性的要求：“我睡不着，想听你再唱一次*Better Man*，好不好？”

“大姐，你是成年人，好意思要求摇篮曲吗？”卓远大声抗议道，接着语调一转，声音里多了几分邪魅，“不如，我们做些成年人会做的事情吧。”

“嗯，比如呢？”她没反应过来，傻傻地跳下了陷阱。

他笑得前仰后合，射手座狂放的本性显露无遗。洛可可后知后觉地明白过来他的暗示，一团火蹿上脸颊，热得发烫。

“卓小弟，别太得意忘形了！”她假装生气，警告他不得放肆。她好歹比他大五岁，姐姐的威严不能被踩在脚底。

卓远更擅长装无辜：“呃，成年人失眠不都是靠数羊这个办法嘛，大姐你想到哪里去了呀？”他闷笑，逗弄心爱的女人，感觉真好。

耍嘴皮子这件事，洛可可从没赢过任何人。她气恼不已，赌气说道：“不说了，我这就数羊去。”说着，她准备挂电话。

“Send someone to love me, I need to rest in arms, Keep me safe from harm in pouring rain...”没有吉他伴奏，他的清唱同样精彩。洛可可握住手机躺到床上，安心地闭上眼睛。

“晚安！”

“晚安！”

究竟是哪一位天才最早拆解了这两个字的秘密？对你说的每一句“晚安”都是在说“我爱你”！

看到洛可可和卓远同时现身自己的酒吧，这个在背后推了卓远一把的男人感到由衷的高兴。Simon走上前，对准卓远的腹部来了重重的一拳道：“看在大姐的面子上，你翘班的事就当扯平了。”

卓远愁眉苦脸地反驳道：“当初你明明说的是准假……”话没说完，脑袋被洛可可用力推了一下，话头也被她抢了去，“Simon，谢谢你！”洛可可不傻，很多事她心中有数，不说而已，索性趁此机会一并感谢他长久以来的支持。

“还是大姐明白事理，你小子要好好珍惜，听到没？”趁卓远不备，Simon又给了他一拳，得手后立刻闪身而退，“好了，好了，我不做电灯泡了。”他挥挥手告别两人组，走到另一边指导工人液晶电视机的安装位置。

“怎么回事，准备改成球吧？”洛可可感兴趣地问了一句。她还没有重新找工作的打算，不排除投资Simon酒吧的可能性，如果他愿意让她成为合伙人。她算过自己的定期储蓄、理财类产品的收益，再扣减每个月固定的还贷，至少能优哉游哉地过一年。辛苦工作是为了在想要放松的时候解决后顾之忧，正因为此，以前她才那么拼命。

“5月有四场欧冠半决赛，Simon觉得我们正好可以利用这个机会往多元化的路线发展。啤酒和足球，对于男人来说是绝配。”卓远调了一杯长岛冰茶，递到她面前。“反正闲着也是闲着，你有没有兴趣来帮忙？我们正在招人。”他没想到她打算投资，考虑的是酒吧人手不足，加上一点点同进同出的私心。

洛可可喝了一口酒，卓远调制的长岛冰茶确实胜过厦门喝的那一杯，一种可能是他的调酒水平比较高，另一种可能则是他们用的基酒比别人好。她决定暂且接受卓远的提议，先看看这家酒吧的业绩是否值得投资，再说也要考虑清楚倘若身份转变为卓远的老板，自己和他的感情会否生变。以她的个性，恐怕不能接受懒懒散散的员工，而他显然也不乐意被雇用关系绑架，投资的事还得放一放。

Simon正为找不到人手发愁，洛可可毛遂自荐正合他心意，嘴上不忘损他们想要秀恩爱闪瞎大家的眼，接着嘿嘿一笑，调侃道：“Rex，大姐不放心你，特意来监督了。”

“原来如此啊！”卓远装作恍然大悟，唬得洛可可以为他当了真，连忙表态自己不是那种疑神疑鬼的人，充分信任卓远。

“No, no, no，大姐，这家伙有前科，不看紧他不行。”Simon这句话惹得卓远不高兴了，他使个眼色将Simon叫到后门，语气不善地质问他用意何在。

Simon收起玩笑的表情，严肃地问道：“我再确认一次，你能给她婚姻吗？”

卓远愣了愣，他尚未考虑结婚那么长远的事，至少在这段时间内。此刻Simon问起，他慎重思索了几分钟，给出肯定的答复：“会，但不是现在。”如果有一天他走入婚姻围城，洛可可将是新娘的唯一人选。

“希望你能一直记得说过这句话。”Simon意味深长地说道，转身向室内走去。

留在外面的卓远忽然打了个寒战，下意识摸了摸脖子，怎会有一种被套上绳索的错觉？

第十七章

爱情与现实

当卓琳听闻洛可可正与自家堂弟交往时，她的第一反应是张开嘴巴做了个深呼吸，摸了摸肚子，调笑道："吓我一跳，我家宝宝刚才也受惊吓了，拼命踢我。"仔细想想仍有不可思议的感觉，洛可可和卓远的风格实在相差甚远，若非她亲口承认，卓琳无论如何都不会将他俩联系在一起。

从结果往前推导，卓琳逐渐发现过往日子里被忽视的蛛丝马迹，自己竟然还对洛可可说过她很了解卓远这种话。继续追溯，记忆回到她结婚那天，卓琳确定那一晚他们之间必定发生过某些事情，最不济也是化学反应。"老实交代，你是不是第一眼就看上我堂弟了？"卓琳越想越可疑，还微微生起了死党的气，假使洛可可对堂弟果真"二见钟情"却一直瞒到今天才说，明显不把自己当作朋友嘛。

洛可可从卓琳的语气里听出了端倪，赶紧澄清道："我和小远经过很多事才决定在一起，根本不存在第一眼就认定这个人的情况。"停顿一下，她迟疑地表示，"其实我没把握，我比卓远大五岁，你的叔叔婶婶能接受吗？"虽然现在姐弟恋算不上新闻，持反对意见的人依然不在少数，卓远还没正式以"女朋友"的身份将她介绍给父母，她总有些不安。同样，她也有自己父母那一关要过。

卓琳收起玩笑的表情，洛可可的担心合情合理。即便自己，也花了好几分钟才接受他们交往的事实，卓远的父母会不会反对，她现在无法确定。“放心吧，”她安慰洛可可道，“小远向来我行我素惯了，要是叔叔婶婶不同意，他绝对会带你私奔。”

洛可可轻轻一笑，她相信卓远会这么做，可是自己想要双方父母祝福的婚姻。不过，此时此刻担心这些完全没必要，卓远什么时候做好了结婚的准备还是未知数，况且她也不是“结婚狂”，没打算一谈恋爱就拖着男人去领结婚证。

这些话洛可可不敢告诉卓琳，万一让她知道这位堂弟是不婚主义者，自己有可能要花很多时间和精力慢慢感化他，她肯定会反对自己的大冒险。

原本洛可可约卓琳见面是为了把在厦门采购的babycat家的馅饼和黄胜记猪肉脯送给好友，她还记得当年卓琳从厦门旅行归来后对这两样东西赞不绝口，再加上好友度一回蜜月都惦记着给自己带礼物，洛可可忘了所有人的礼物，也不能漏掉卓琳的那一份。谁知见面之后，这位准妈妈不谈肚子里的宝宝，又把话题绕到她的感情生活，不知怎么就挖出了她和卓远同行的内幕，洛可可才被迫坦白恋情。

令洛可可始料未及的是，告诉卓琳的结果引起了一连串连锁反应。作为她最好的朋友，卓琳觉得自己有义务在叔叔婶婶那里帮忙说好话，于是当天晚上卓远就接到父亲的电话，要求他回家“把事情说清楚”。

卓远接到卓文斌来电的时候，他正在教洛可可调酒的基本要领，她在旁边听到了全部内容。待他挂断电话，她抱歉地说道：“对不起，被卓琳发现了，我只能告诉她。”

他无所谓地笑笑，抬手揉乱她的短发说：“大姐，有句话叫作‘丑媳妇总要见公婆’，你做好心理准备就行了。”话虽如此，卓远心里飘过一片疑云，觉得洛可可说不定有意向卓琳透露风声，使了一招“暗度陈仓”。

重逢伊始的女人情商为负，万万想不出这套计谋，但是人都会在伤痛中成长，很难保证她还是那个连说谎都不成功的洛可可。想到这里，卓远下意识地瞟了一眼正拿着量杯紧张兮兮地倒酒的她，暗骂自己纯粹没事找事。即使她耍手段又如何？还不是为了自己！卓远的心理平衡了，上前半步让她不要紧张尽量放松，一本正经地说道：“酒也会看调酒师的心情，要是紧张的话，酒味就会变酸。”

“真的？”听起来像是天方夜谭，可卓远偏偏摆出那么正经的表情，洛可可自认孤陋寡闻，也许他说的正是调酒师才知道的秘密。

瞧她那一脸“还有这种事”的惊讶，卓远忍俊不禁道：“当然是骗你的！”洛可可就是洛可可，不管她单纯还是复杂，他都喜欢。

“我就知道，我就知道。”洛可可喃喃自语，不理会卓远的取笑，继续瞪大双眼紧盯量杯的刻度线。无论做何事，认真对待是洛可可的原则，这就难怪她只来酒吧上了两天班，Simon便感动万分地赞扬她为“最佳员工”。

卓远看着她的侧脸想，他们终究是不同的。

洛可可没想到这么快就被卓远拖去“见家长”，她和卓文斌、陈爱华总共只见过两次面，第一次在十年前，她作为卓琳的“助手”去开导早恋的小男生；第二次在卓琳婚礼上，她陪同新郎新娘到他们那一桌敬酒。两次见面间隔十年，任谁都预料不到第三次会面她竟然成为了卓远的女朋友。

卓远的家还在十年前的老地方，小区的绿化面积比洛可可印象中大了不少。盛开的粉色蔷薇一簇簇随处可见，阵阵花香随风轻送，她紧绷的神经稍许松弛。

她看看卓远，他没事人似的一派轻松自在之态，显然自己比他更重视此次拜访。洛可可心理不平衡，故意把难题抛给他：“万一他们不同意，怎么办？”

卓远早就想好了对策，反正卓文斌几乎反对他做的每一件事，不差这一桩。“没什么好担心的，我不会让你受委屈。”他自信满满，大不了把户口簿偷出来带着洛可可私奔……好像哪里不对，他明明还没做好结婚的思想准备呢。

他俩对本次会面的结果均持悲观态度，显见卓文斌专制的形象早就深入人心。然而事实颇具讽刺意味，卓远的父母对洛可可满意得不得了，就差催促他们尽快去领证了。

洛可可猜测是不是卓琳替他们大大美言了一番，她猜得八九不离十。卓琳只是把洛可可的优点一个个列举，当听到她属于高收入人士，卓文斌反对的态度明显软化，待卓琳说出“还有独立婚房”这一句，卓远的双亲已经完全将洛可可视作准儿媳人选了。

不管男人还是女人，在房价的压力下，都变得极其现实。

洛可可礼数周全，还特意买了不少贵重礼品作为见面礼。她出手这么大方，卓远的父母深感不好意思，夫妻俩悄悄商量后，陈爱华拿出一枚红宝石戒指当作给准儿媳妇的见面礼，当着卓远的面送了出去。

如此厚礼，洛可可受宠若惊。一旁的卓远静静地看着，脸上的表情含义不明。父母此举等同于认可她的身份，和他设想的剧本截然相反。原先卓远算准父母必然反对，至少他有借口拖上一两年再考虑结婚这件事，想不到他们缴械投降得如此彻底，他惊讶的同时隐隐产生几分恐慌，先前同Simon谈完话之后绳索套上脖子的诡异感觉又来了！

洛可可收下陈爱华的大礼，被未来婆婆单独叫到卧室。陈爱华特意关上门防止声音传出去，令她不免好奇谈话内容到底有多隐秘。

“可可，你和小远今后有什么打算？”陈爱华小心翼翼地观察洛可可的反应，唯恐话题令她不快。五岁的年龄差距明摆着，年轻人不着急，想抱孙子的长辈们自然要替他们着急，女人年龄越大，生育的潜在风险也越高，何况高龄产妇还有可能影响宝宝的质量。

“我们才刚刚交往，还没想好。”洛可可实事求是地回答。她当然想和卓远白头偕老，但这件事不能靠单方面的意愿，她兀自揣测卓远的父母是否知道他是不婚主义者。看样子，应该不知道。

“嗯，确实现在小远也没有结婚的资本，他工作不稳定，积蓄也不够操办婚礼装修房子……”陈爱华皱着眉头，刻意夸大严峻的现实，然后把话题引向自己真正要说的，“你工作这么好，应该有意无意督促他找一份正正经经的工作，让他觉得自己配不上你，他就会努力了。”说到底，她和丈夫还是担心儿子长期不务正业下去，将来再也找不到机会重回正途。

洛可可尴尬地笑笑，点头应允，心里却想着卓家二老若知晓自己也在酒吧打工，会不会立刻将她逐出门外？

这是洛可可第一次到男方家里“见家长”，第一次距离谈婚论嫁如此接近，同时也第一次发现理想和现实的差距。

经济基础决定上层建筑，没有物质谈什么感情。

洛可可的酒吧打工生涯异常顺利，她很快适应了顺序颠倒的夜生活，快速练就在昏暗环境下将正确的酒送到正确的人手里的本领。Simon不止一次感慨这辈子最英明的决策就是聘请卓远当调酒师，才会招来洛可可这般优秀的员工加盟。

为了不让父母无谓的担心，她仍然保守辞职的秘密，好在她一个人住，父母也不会疑神疑鬼来查岗。这件事洛可可后来还是告诉了卓琳，免得她继续加油添醋向卓远双亲描述自己有多能干多会赚钱，害得她每次接到陈爱华的电话都有欺骗别人的罪恶感。

陈爱华俨然将洛可可视为能拉卓远回到正途的救世主，三天两头打电话询问他们的进展，最后总不忘提醒她让卓远早点找份正式工作。最后洛可可不得不表示自己尊重卓远的想法，不愿意干涉他的自由，至此才算断了陈爱华的盼头。

酒吧的业绩在5、6月攀上新的高峰，四场欧冠半决赛和最终决赛的直播夜活动吸引了大批球迷到场，那五个晚上只见一杯又一杯满得像要漫出杯口的啤酒送出吧台，送到一个个激动的球迷面前，他们一共喝掉多少升啤酒，谁也算不清。

进入欧冠决赛的两支队伍分别是尤文图斯和巴塞罗那。洛可可以前对足球漠不关心，在酒吧帮忙之后连续看了四场半决赛，总算记住了梅西的长相。

6月7日清晨4点50分，一年一会的欧冠决赛以巴塞罗那最终捧杯收尾。当Queen乐队*We Are the Champions*响起，洛可可想到的却是或许某些人命中注定与冠军无缘，不管付出多少努力都得不到命运的垂青。

她联想到自己和卓远，费了那么大劲儿好不容易走到一起，命运最终会判给他们什么结果？

回头遥望吧台里的男人，那么巧与他的视线刚好对接。洛可可的心定了下来，就算命运在前方安排了疾风骤雨，她也不再害怕了，这个男人承诺过会成为她的依靠。

那天早晨，卓远和洛可可在回家睡觉前去了一趟小区门口的饮食店，他点了之前她请自己吃过的生煎、油条、咸甜豆浆，她一如往常地先用醋消毒筷子和碟子。

“你辞职的事不准备告诉家里吗？”一转眼就快到5月底了，卓远隐约察觉洛可可似乎有把暂时的“帮忙”当成正职的趋向，他的心情变得极其复杂。前一阵子母亲经常打电话找洛可可聊天，他虽然没听到具体内容，但能猜到是为了什么。卓远不由得生疑：她是不是因为不想给他太大压力，才故意不去找新工作？

他从堂姐那里听说洛可可辞职前的薪资水平将近每月两万，再加上项目提成的丰厚报酬，年收入在31万左右。听到这个数字后，卓远一下子说不出话来，唯一值得庆幸的是还好洛可可并未跻身年薪百万一族，否则他这辈子休想赶上。

“没必要让他们担心，等我找到工作时再说。”她喝了一口豆浆，语气轻松，仿佛谈论的是未来几天的天气。

很好，她终于说出打算找工作的话了。“没看到你去面试，最近你投过简历吗？”卓远没控制住语气，听起来像是质问。

洛可可听出不对劲了，抬起头看着他问：“你想说什么？”

他有何立场说三道四？卓远扪心自问，洛可可对待工作的态度认真又尽责，即便是在酒吧打工，每天打烊后她都会帮忙打扫店面，临走时还要检查一遍所有电源设备，她就是那种所有老板都喜欢的员工类型：勤奋踏实、任劳任怨。以她的资历和经验，找一份好工作易如反掌，再加上这份责任心，升职加薪也不会慢。

卓远害怕的另一个现实悄然逼近：她和他在一起，降低生活品质已是不争的事实。身为男人，他非但不能让自己的女人过上衣食无忧的富足生活，并且还成为阻碍她发展的绊脚石，他怎能心安理得？

“我担心一直日夜颠倒，你的身体会吃不消，不如找一份正常作息的工作。”他反应奇快，马上就找到冠冕堂皇的理由，将心虚严严实实盖住了。

洛可可接到过猎头打来的电话，甚至以前合作过的甲方IT负责人亲自打电话问她有无兴趣加盟，只要她回答一声“有兴趣”，立刻就能安排HR进行面试。洛可可一一婉拒，她犹豫不决的原因诚如卓远担心的那样：她不想拉大两人的收入差距，给他造成压力。

她没问过卓远目前的收入，怕伤了男人的自尊心。洛可可私下做过粗略的估算，理论上应该不多。如此一来，她倒是觉得不妨先在酒吧帮忙，等两人的关系稳定下来，再找机会问问卓远将来有何规划，既然他那么喜欢摄影，不如开个工作室自己做老板。

洛可可利用闲暇时光悄悄做过一些市场调查，指望靠这门生意发家致富不现实，但是过上工作时间自由且小康的生活不成问题。眼下最大的难题在于她该如何开口谈这件事，自己出全资会不会让他以为“被包养”了？两人合股会不会让商业合作关系影响恋情？她必须把方方面面都考虑周详，再决定下一步怎么做。在此之前，还是别让他知道为妙。

“以前项目忙的时候经常熬夜，我习惯了。”她笑笑，对他的关心表示了谢意，“Simon打算下个月重新装修，他帮了我们这么多，作为回报，至少应该帮忙到他装修完工。”洛可可的理由竟让卓远无法反驳。

他不说话了，看上去像是专心致志地消灭早点，实则内心的郁闷无处发泄，只得借食物出气。他早该觉悟，爱上一个优秀的女人，如果不能站上她所在的地平线，他有什么资格夸口能给她幸福？

爱情可以浪漫到天马行空，最终仍然要落到地上方能开花结果。坠落的同时，意味着大家的荷尔蒙恢复正常值，重新变得现实而理智。

7月初的上海并未迎来预想中的高温，凉爽的天气让人误以为提前进入了秋季，似乎夏天突然就结束了，和股票牛市结束得一样迅猛。

对所有没来得及出逃的股民，7月的前三个交易日每天都像是煎熬。上证指数开盘暴跌，天天有上千只股票以跌停收盘，到了7月3日甚至出现了千只股票申请停牌的"奇观"。股市低迷，酒吧的生意同样不尽如人意，股票账面的严重缩水也影响到了大家的消费热情，与前阵子大盘疯涨呈现截然相反的冷清气象。

7月3日夜里，冷冷清清只坐了两三桌客人，都对着桌上的啤酒发呆。卓远闲着无聊，开始将杯子一个个重新清洗。

午夜钟声余音未了，一个女人走进了酒吧。看到她，正拿着酒杯的卓远不由得绷紧了神经，洛可可也有相似的反应。

霍梓乔先看到洛可可，对她那一身服务生的装扮并未流露诧异神色。她没有和洛可可打招呼，而是径直走向吧台，坐到了卓远面前。

"好久不见！"他是男人，况且心中始终有愧于她，理应由他先开口。

霍梓乔轻轻一笑："好久不见！"她的神情淡定，整个人处于非常放松的状态，可见两个月的缓冲期对她大有裨益，至少已没有那一晚电话中能感受到的怨怼。"我今天过来，是为了说一声'再见'！"

"你要去哪儿？"卓远记得霍梓乔背井离乡的原因是为了逃避失败的感情，如今他成为她离开上海的原因了吗？他有一点难过，还有几分歉意。

霍梓乔又笑了一笑："去一个不那么复杂的地方，遇见一些想法简单的人。"至此，她的声音里才少许加了一味名为"讽刺"的作料。卓远听出来了，还之以一笑。到了这个份儿上，被如此斯文地嘲讽两句又有什么关系？

"所以，我来点一杯你调的酒。"她没看酒单，一副"你给我调什么，我就喝什么"的架势。

卓远点点头表示"收到"，转过身对着酒柜沉吟许久，将各种适合女生喝的鸡尾酒罗列一遍，有一款酒排在最前面。就它了！打开酒柜，他手脚麻利地取出需要的基酒。

霍梓乔的视线不曾离开过卓远，她要将他的模样牢牢刻在心版上，用一生的时间来忘记。下一次，她会找一个心里没有牵挂的男人，谈一场目的明确的恋爱，就此终老。

卓远将一杯“曼哈顿”推到霍梓乔面前：“我希望你能记住这里，”他停顿了几秒钟，“但是请忘了我。”

“你要不要跟我走？”霍梓乔端起马丁尼杯，问得他措手不及。

他可以选择没有压力的生活，比如和她在一起，去一个生活节奏缓慢的悠闲城市。卓远默默地看了她好一会儿，眼神越来越悲伤，他坚决地摇了摇头。

辛辣的威士忌滑过喉咙，它的味道就像这场一厢情愿的爱情。霍梓乔一口接一口地，慢慢喝完这一杯Last order（最后之作）。

“洛可可在这里，是因为你的缘故吧？”霍梓乔瞥了一眼忙忙碌碌的洛可可，转头对卓远说道。从她走进酒吧到喝完酒，洛可可几乎没停下休息过，她一会儿过来下单，一会儿端着酒穿梭全场，客人买单离开后她立刻动手清理桌子，即使并没有人等待入座。

卓远相当介意别人这么问，他不想多谈，仅仅回了一个“嗯”。他现在十分后悔当初没有考虑周全就冒冒失失地建议洛可可来帮忙，原计划的“暂时”似乎有变成“永久”的可能。之前她声称帮忙到酒吧装修完成，可是股市大跌后Simon就打消了装修的念头，她却依旧没把投简历找工作这事放在心上，每天上网除了淘宝还是淘宝，但也没见着快递小哥天天上门送货，所以卓远压根不知道洛可可到底在想什么。

除了和卓远一同在酒吧打工，他的摄影工作洛可可也插了一脚。工作室提供给新人的外景拍摄地点通常是外滩、共青森林公园、大宁绿地、泰晤士小镇、徐汇滨江、1933老场坊这几个选项，卓远每一次出外景前，洛可可必定问长问短，一旦得知与之前去过的场地不一样，她就缠着他一定要跟去。男人在床上的意志力总是不够坚定的，次次都被她得逞。

厌烦从心底滋生、蔓延，在卓远眼里，洛可可正在丧失当初吸引他的所有特质——独立、坚强、勇敢地主宰自己的人生。看看她现在的生活，简直就像卫星一样，只围绕他一个人旋转！

他想让那个女人回来。

地球没有一天真正和平过，战争总会爆发，男女之间亦如此。卓远对洛可可的不满日积月累，平时不显山不露水，到了他去她家拜访的那一天彻底引爆，并且一发不可收拾。

事情缘于洛可可父母家那边的邻居要给她介绍相亲对象，据介绍人声称对方是留美博士，有房有车就缺一个媳妇。洛至诚觉得男方条件很好，就让妻子肖淑之给洛可可打电话，问她有没有时间与对方见个面。

卓远起初没在意，有几个敏感词语窜进他的耳朵，引起了他的警觉。只听洛可可吞吞吐吐推说“工作太忙，我最近不一定有空”，他百分之百确定此事与相亲有关。

待她放下手机，他连讽带刺道：“怎么，又有哪位青年才俊要介绍给你？”飞来横醋似乎有些莫名其妙，或许连卓远都不愿承认，他不爽的原因是自己永远没资格成为洛可可的相亲对象。

“我拒绝了。”最近洛可可隐约感觉到卓远对自己的抵触情绪，她反省自身，的确有跟得太紧之嫌，对于酷爱自由的射手座来说，她的如影随形显然不是一件愉快的事情。她好几次想告诉卓远，自己跟着他到摄影现场是为了计算工作室的运营成本而非监视他，但全盘计划还未成型，现在宣布为时尚早。洛可可只得随时观察卓远的情绪变化，以免一不小心惹到他。偶尔她会觉得现实真可笑，心心念念想要在一起的男人，竟是最令她身心俱疲的一个。

他冷笑道：“男未婚女未嫁，多见一个人就多一种选择，有何不可？”

“你什么意思？”忍耐多时，她再也忍不下去了。哪个男人会鼓励自己的女朋友去和别人相亲，他究竟想干吗？

卓远被问得哑口无言，梅雨季的上海又闷又热，不爽快的天气让他心浮气躁。他霍然起身，气势汹汹地吼道：“我什么意思？我还要问你什么意思呢？你见过我父母到现在有一个多月了，我什么时候去见你父母，连句话都没有，你想怎样？”

洛可可气结，觉得卓远不可理喻。还不是因为之前他口口声声称“不婚”，她不想让他以为自己假借父母给他压力，才暂且放下不提。想不到他居然拿此事做起了文章！一怒之下，她冲口而出："你想见，那就去见呗，别后悔就成！"

这话既像是威胁，又像是挑衅，卓远怒火中烧，赌气说道："我当然要去，还非去不可，让他们别再费心替你介绍对象了！"

这件本该慎重讨论的大事，就这么匆促地决定了。

洛至诚和肖淑之在毫无准备的情形下见到了女儿的新男友。他们对卓远的第一眼印象倒还不错，一个热情开朗能说会道的人，走到哪里都能轻易博得好感，况且他还年轻俊朗。

可是很快，当话题切入正轨之后，洛至诚发现了不对劲的地方："小卓，你2007年大学毕业，你比可可小……"他还没心算出结果，卓远先回答了，"伯父，我比她小了五岁。"

"咣当"，好像有人在洛可可父母耳边用力敲了一下铜锣，他俩面面相觑，没想到自家闺女思想如此前卫，还玩起了"姐弟恋"。短暂的错愕过去，洛至诚开始更详细地询问卓远的个人情况，包括试探他对婚姻的看法。洛至诚本人并不看好姐弟恋的前景，不成熟的男人承担不起婚姻的责任，等他真正成熟起来，洛可可就真的老了。

但凡与结婚相关的话题，卓远自然而然神经高度紧张。就在不久前，他还是坚定的"不婚主义者"，目前正处于刚刚转换阵营的初级阶段，对自由恋恋不舍，心里时时刻刻犹豫不决。这样的心理状态，他的回复漏洞百出，甚至连洛可可都得出了"他根本不想结婚"的结论，洛至诚更加认定卓远的心理年龄还未成年，洛可可要找的是老公，又不是找个儿子来养！

双方不欢而散。"事实证明负气的决定百分之九十九都是错误的、灾难的后果。"洛可可对自己说道。她应该明确告知卓远现在时机未到，她比他大五岁，应该更理智客观，像他那样冲动行事不计后果怎么行！

卓远受到了轻视，给了别人轻视自己机会的恰恰是他本人。洛至诚没有明着骂他不务正业，反而客气地表示夫妻俩的退休金可以支援他们度过任何"艰难时期"。他当即好像挨了一记闷棍，原来他在洛可可父亲眼里连养活自己女人的本事都没有！

洛可可选择他，毫无疑问犯了大错误。她的父亲有一句话说得狠且准，直刺卓远的死穴："我希望可可能够嫁一个有担当的男人。"

蒋彩妍曾骂他是个"没有担当的懦夫"，这是他们分手的原因之一。也许，他自嘲地笑了笑，还真被她说对了。

卓远在明亮的地铁车厢里看着旁边的洛可可，想象如果他们成了陌生人，他会不会留心这个女人。答案是"不会"！她和他的另一种结局，就像这条地铁线路成千上万擦肩而过的乘客，成为irrelevant person（无关的人）。

"大姐，我们分手吧！"走出地铁站，7月的热浪扑面而来，他说出了结束，"你值得比我好的男人，我配不上你。"

已有两回经验的自动防御机制启动，心脏没想象中那么痛，但是全身的能量仿佛刹那间被抽光了，她的身体摇晃了一下，勉强稳住。女人说"分手"有可能出于试探或者发脾气，而男人说的"分手"通常是深思熟虑的结果，连挽回的余地都没有。

32岁即将来临前，洛可可第三次失恋了。

第十八章

从此之后，一路有你

洛可可踏上了去西藏的旅途，一个人。

她和卓远分手的事情没有告诉任何人，又不是普天同庆的好消息，实在没必要搞得人尽皆知。为了避免再见面彼此尴尬，洛可可主动打电话告诉Simon自己找到了新工作，不能再去酒吧帮忙，希望他谅解。然而，作为她“摄影工作室计划”唯一的知情者，Simon首先怀疑是否另有隐情，以他对洛可可的了解，她不像是半途而废的人，更不可能一点预兆都没有地说停手就停手。

“工作室的计划，你真的放弃了？”Simon再一次确认，若是资金方面的问题，他必定倾囊相助。

工作室计划是因为卓远才存在的，坚持做下去也没有意义，毕竟摄影非她所长。洛可可知道Simon会站在自己这一边，她回答的时候必须小心翼翼，确保他不会发现卓远和她分手的事实，她不希望影响他们的友情：“你也说是计划，计划都有可能改变。”

他的疑惑仍在，但也明白洛可可不会再说什么了。Simon感谢了她前一阵子的帮忙，邀请她有时间再来玩，并且开玩笑地说了一句：“大姐，你不在的话，我可不敢保证Rex会守身如玉哦。”

她心口一窒，差点和盘托出分手详情。话已到嘴边，硬生生吞了回去，洛可可不需要同情，因此也不必对谁倾吐心声。

“有你看着他，我放心得很。”她以玩笑回应，天知道每说一个字就像心脏上被刻了一刀，说完又是血肉模糊。

洛可可挂断电话走到阳台上，“出梅”之后的气温极速上升，和上半月的凉爽形成了鲜明对比。火辣辣的阳光刺得眼睛生疼。阳台的左侧能看到楼下的窗子，她探出半个身体想看看卓远是否在家。窗户紧闭，空调外机也没有运作的声音，他不在房里。

自从那天在地铁站外分手，洛可可猜测他或许回家了，反正她再没见过他。从方才的电话内容可以推断出卓远没有翘班，否则Simon一定会找她要人，既然没有提起那就证明一切都正常。她只要去酒吧就能见到他，但是见了也不知道该说什么，不如不见。

如果哭闹就能挽回一个男人的心，洛可可愿意尝试。他们之间没有第三者，不存在变心的问题，要他回心转意理应不难。待冷静下来细想，她却再也乐观不起来。卓远说出分手绝非意气之争，而是他们都累了，由他先捅破这层窗户纸罢了。

他一直追求没有压力没有负担的生活，不想因为责任而妥协，所以才将“婚姻”拒之门外。诚如卓琳所说，她在很久很久以前就与卓远心灵相通，她比任何女人都了解他。洛可可知道卓远努力过，失败的结果不能怪罪于他。

她给他带去了压力。洛可可能够感觉到卓远逐渐升级的烦躁和压抑，他的主观意愿想要承担起照顾她的责任，可是现实讽刺地证明没有他洛可可生活得更好，对于自尊心极强的男人，这可是致命的打击。

洛可可尽力维护他的自尊心，偏偏起到了反作用。现在她倒是想知道假使自己回到上海后立刻找一份高薪的工作，卓远会不会安心一点？不过，到最后他十有八九还是会认为自己拖了洛可可的后腿，不配和她在一起。

太阳晒得她皮肤发烫，洛可可回到房间里。炎炎酷暑，待在公司吹空调果然是省电又省钱的纳凉秘诀。早知如此，她真该找个高档写字楼避暑。

手机铃声欢快地唱响，吸引了洛可可的注意。会不会是他回头要求重归于好？她怀着不切实际的幻想拿起手机看了一眼，原来是10086发来的提醒大家注意防暑降温的短信。删除短信时洛可可无意扫了一眼手机屏幕上的日期，才发现2015年的一半时光不知不觉间已悄然逝去，就连7月竟然也到了下旬。今天是7月18日，再过12天，就是她的32周岁生日。

她交往了三个男人，依旧孑然一身。

走吧，离开上海，去另一个城市度过不一样的32岁。洛可可突然有了一股冲动，强烈到不顾一切。

“我在西藏看过很美的星空，星星低得好像伸手就能摘下来。”卓远的声音回荡在房间里，不，那是留在她记忆里的对白。

“我带你去西藏！”他曾对她许诺道。

西藏，这个地理名词忽然之间具有了神奇的魔力，在遥远的他乡召唤着她。

她要去大昭寺磕长头，去羊卓雍错看最美的幽蓝色，去珠峰大本营仰望旗云和星空……“假如有一个地方能令你脱口而出三件非做不可的事，那就毫不犹豫地去吧。”卓远还对她说过这样的话。

洛可可打开电脑登录12306网站，抱着试试看的念头搜索7月19日上海出发去拉萨的火车票，想不到卧铺竟然还有余票。

天意不可违！她不再迟疑，点击了“购票”按钮。

2015年7月19日19点，洛可可登上开往拉萨的Z164，孤身一人。

她终于去西藏了。就像卓远说的——旅行，完全可以是一个人的事。

让不靠谱的男人们，统统见鬼去吧！

这些年，去西藏似乎成了所有人的梦想。那里的云很低，那里的天和水蓝得心醉，那里的人有着羞涩亲切的笑容和单纯的信仰……总之，这一列火车载着满员乘客奔赴一场“灵魂之约”，至于每个人能得到多少感悟只能看个人的造化了。

Z164驶入青海境内已过19点，太阳却依旧挂在天上。洛可可在火车上度过了整整一天，她这辈子头一回坐那么久的火车。每停一站，她都会下车在站台上走一走，当作自己来过了这个地方。她不担心火车会不会晚点，反正她有的是时间。洛可可还没决定生日那天要在哪个城市度过，也许在拉萨也许在日喀则，甚至有可能就在南北大环线上的某个小镇。以期望值高低排列，排在第一位的无疑是珠峰大本营，5200米海拔的星空下为32岁默默倒数，这是她送给自己的浪漫礼物。不过，洛可可淡淡一笑，不强求就是了。

放下执念，随遇而安。要说过去几个月三段失败的恋情给她最大的收获，那就是让她的心态平和了不少。得到或得不到，都是命中注定的。

“大姐，到了拉萨后你有什么计划？”睡在她下铺的小男生随口问道。他和几个同学将西藏定为大学毕业前一定要去的目的地，原本打算先到成都再骑行川藏线，谁知家人拼命反对，不得不退而求其次火车进藏。通过白天的闲聊，他们几个都对洛可可挺有好感，她看上去亲切随和，还无私地指导他们如何选择实习单位以及就业方向，因此他琢磨着要是她没计划，干脆就邀请她一路同行。

“没有计划。”洛可可干脆利落地回答道。她只有想去的地方，至于怎么去，总归会有办法的！她不想再用“计划”约束自己的人生，率性而为一次吧。

小男生正打算开口邀请她同行，洛可可放在衣兜里的手机响了。她取出来看了一眼，来电显示的名字是“卓远”。

她不想接听，还没做好再次听到他声音的思想准备。手指划过屏幕，她拒绝了。

手机那一头，卓远听到中国移动甜美的女声：“您拨打的用户正在通话中”……如今运营商也知道要照顾用户的感受，被明明白白地拒绝多难堪呀。卓远不死心，连拨两次，次次都得到同样的提醒，他只能放弃。

那一夜卓远做出分手的决定，他其实也不好过。伤害自己最爱的女人，这正是之前他最害怕的结果，想不到最终依然是这样。

当天晚上卓远住在外面，第二天如常出现在酒吧开工。洛可可没有来，他松了一口气。他还没想好再见面时说什么，他不记得那天是否说过“抱歉”，只是一句“对不起”又能弥补自己造成的伤害吗？

最糟糕的是，他连缓冲的时间都没给她。连着遇见两个渣男，再算上第一任的徐泽凯，若易地而处，他必定怀疑自己得罪了丘比特，从此之后再也不敢奢望爱情。

洛可可没来找他算账，Simon倒是兴师问罪来了：“你老实告诉我，你和大姐之间出了什么事？”他越想越不对劲，洛可可找到工作是值得庆祝的好事，为何卓远只字不提？换言之，“有了新工作”可能是洛可可单方面的托辞，卓远并不知晓她用了这个借口。于是问题来了：为什么她要说谎，而他不知情？

卓远不想谈论此事，仿佛不告诉大家，分手的事实就不存在一样。说来好笑，提出分手的人是他，不敢接受现实的人也是他，不折不扣是个“没有担当的懦夫”，蒋彩妍真他妈没骂错人。

“我们分手了。”卓远飞快地说道，第六感提醒他应该退开两步，避免一会儿被Simon愤怒的拳头袭击，心里另一个声音却说他正好欠揍，需要被好好教训一顿。

“你提出的？”Simon问道，却是用的肯定语气。洛可可那么爱卓远，甚至连未来都“计划”好了，她不会是主动提出分手的那一个。他这么问，仅仅是为了让卓远亲口承认。

赶紧退到安全地带！大脑发出警告讯息，卓远选择无视：“没错，我提的分手。”他做好挨揍的准备了，也许肉体的疼痛能转移心中的愧疚和伤痛，能让自己好过一点。

Simon的拳头捏紧了，眼看就要出手揍他一顿，他又松开了手指道：“你会后悔的，卓远！”他很少直呼其名，可见生气指数已经爆表。“我早就说过你配不上大姐，你既然有胆量追出去，就该做好觉悟了。”冷冷地掷下这句话，Simon转过身，快步走向后面的办公室。不一会儿，他拿着厚厚一叠打印文件走回卓远面前，全部扔向他。

漫天飞舞的A4纸纷纷落下，卓远下意识地伸出手，接住其中一张。他手里的A4打印纸内容是一个表格，列出了场地租金、工作电脑、灯光设备、内景用具、车辆租金、人工成本等各项预算明细，他连忙蹲下身，一张张捡起细看。虽然次序被打乱，卓远仍旧看出了端倪。“摄影工作室，她一直在忙这个？”他抬起头望着好友，“为什么她不告诉我？”他一生中从没有如此刻这般悔恨过。

“你这个自卑的胆小鬼，告诉你，你就会欢天喜地接受吗？”Simon终于出手了，抓住卓远的衣领提起他的身体，一记直拳击中他的左脸。卓远被打得偏过头去，嘴角裂开一道口子，血流了出来。

争吵伊始，其他人已注意到他们的异常，这会儿看到Simon出手，立刻有人跑进吧台劝架，强行拉开愤怒中的Simon。卓远趁机溜到外面，立刻打电话给洛可可。他要说一声“对不起”，如果她能原谅自己，他还想对她说一句“重新开始”。

这一回，不管前途多舛，他一定不会放开她的手。

但洛可可拒绝接听他的电话。

7月21日，Z164经过长途跋涉，终于抵达唐古拉山口。海拔5068米的车站标志牌一闪而过，洛可可只听到车厢里一片快门声，毕竟这是世界上海拔最高的车站。可惜列车不停站，否则肯定全车人都会不顾高原反应的威胁倾巢而出，与这块标志牌合影留念。“想想也是，一辈子能有多少次站到如此高的地方亲近蓝天与白云，尘世间的烦恼就扔在3000米海拔以下的地方吧。”洛可可对自己说道。

手机铃声又一次响起，仍然是卓远。她被他锲而不舍的劲头打动了，莫非这个男人后悔了不成？就听听他想说什么吧！手指划过屏幕，洛可可接通了电话。

“大姐，对不起！”手机接通的瞬间，卓远第一时间道歉。

说不在意是假的，再次听到卓远的声音，洛可可的心情一阵激荡。现实令人伤感，自己一直爱着他，包括现在。“没关系，我不怪你。”做个不吵不闹明白事理的女人有多辛苦，洛可可深有体会，无奈她改不了。

卓远深吸一口气说：“洛可可，我们重新开始。”内心忐忑，一会儿说结束，一会儿说开始，简直就像儿戏，他可以想象洛可可脸上会有什么样的表情，可他还是提出了恳求。

那边传来一声轻笑，充满讥讽：“卓远，你在开玩笑吗？”

“没有，绝不是开玩笑，我是认真……”他的赌咒发誓还来不及说出口，洛可可打断了他的话：“卓远，你有勇气承担起责任吗？另一个人的人生，说起来是简单的七个字，付出的是一辈子的时间和努力，你准备好了吗？”接连两个问题抛给他，这一回她打开天窗说亮话，逼着他想清楚。

“我……”关键时刻，卓远的声音再一次消失，他决定仔细想一想再回答，免得她以为自己又是头脑发热一时冲动。洛可可却误解了他的沉默，失望得不住叹气。真是活见鬼，射手座的男人什么时候变得如此婆婆妈妈了？“等你想好了，再来找我吧。”说完，她打算挂断电话了。

“你在哪里？”她那边的背景音嘈杂，卓远急切地追问。

洛可可看着窗外一座连一座的雪山，得到与否，听天由命吧！“你知道在哪里能找到我。”假如他像她那样记得所有的对白，他一定会找到她。

“万一找不到呢？”他猜到她的用意，提心吊胆地进行确认。世界那么大，倘若他不幸找错了方向，怎么办？

她微微一笑道：“那就证明，我们有缘无分。”

手机传来电话被切断的“嘟嘟”音，卓远盯着暗下去的屏幕思索她可能会去的地方。想来想去，只有一个目的地，他曾经轻率地对她说过“我带你去”。

西藏，羊卓雍错勾魂摄魄的蓝，雪域高原盛开的格桑花，随风飞舞的经幡，藏民脸上淳朴热情的笑容……魂牵梦萦念念不忘的地方，他会在那里重新遇见她吗？

赌一把，卓远相信自己的运气不至于那么差。

他上网搜索机票，上海飞拉萨的航班都要经停成都、重庆或兰州的机场，下午最早出发的航班抵达贡嘎机场也要晚上9点半以后，从贡嘎机场到拉萨市区至少一小时，只要洛可可的出发日期早于20日，他无论如何都不可能在火车站拦截到她。

可是，他不能留在上海傻傻地等她回来。哪怕有一线希望，都能创造奇迹。

17：40，Z164走完了4373公里的漫长旅途，将这一批客人平安送达终点站——拉萨。

太阳还在天上，距离日落还有好几个小时。洛可可兴高采烈地下了车，和下铺的小男生以及他的同学们一起在站台上合影留念。

拉萨的海拔在3600米左右，洛可可没有不适感，只不过觉得空气干燥，的确需要及时补充水分。车厢里有几对夫妻通过网站报名参加西藏南北大环线15日游，他们得知洛可可孤身一人出行，热心地给了她一份攻略和注意事项，其中就有一条写着“多喝水，到达第一天不要洗澡”。

“姐，你和我们一起走吧，也好有个照应。”睡她下铺的小男生名叫赵辉，通过两天两夜的相处，直接认她做了“干姐姐”，还开玩笑要在大昭寺门外和洛可可结拜。

洛可可咬着唇犹豫，其实她更倾向于一个人漫无目的地走走停停。不过看到大家脸上热切的表情，她实在说不出拒绝的话，遂点头应允。

“7月30日是我生日，我想在珠峰大本营度过，可以吗？”她提出同行的先决条件，“有人曾经对我说过，那里的星空美得一生难忘，所以我希望那天能在。”

“No problem！”作为这支大学生旅行团的“团长”，赵辉一口答应。“决定了，那天我们就在珠峰大本营为姐姐过生日。”

“开party，开party！”年轻人雀跃不已，处于众星拱月地位的洛可可倒有些害羞了。和这群正当青春的大学生在一起，她的心态也年轻起来，好像回到不怕受伤的年纪，即使痛得死去活来，哭几场就好了。

洛可可和这群弟弟们彻底打成一片，男生不好意思讨价还价的事情，统统由她出马搞定。同样，这群年轻人也带着没有计划和方向感的她去布达拉宫朝拜，在大昭寺门前和藏族同胞一起磕长头，在八角街的玛吉阿米假装文艺青年写无病呻吟的留言……卓远有一句话倒是没说错，他说不要害怕是不是一个人出行，旅伴永远在路上。

洛可可最近常常想起卓远说过的话，她无法否认这个男人的再度出现打开了自己封闭的心灵，她后来遇见的人，遇见的爱情都是因为他。

不管最后的结局是幸福还是悲伤，她知道自己会一直爱他。

洛可可和大学生旅行团在拉萨闲逛的时候，卓远其实也在。他去了布达拉宫、大昭寺、小昭寺、哲蚌寺、药王山、八角街……拉萨市区大大小小的景点他都去了一遍，可没有找到她。

卓远相信洛可可在这里，有时候他甚至觉得她就在自己附近，也许越过前方的人群就能看见她。他在路上看到过不少与她相似的身影，奈何每一次追上去的结果都是失望而返。他在大昭寺正门前跪下去虔诚许愿：请帮我找回她！转经筒转出今生轮回，他爱上她如同命中注定。

穿街走巷，洛可可芳踪杳然。随着时间的不断流逝，卓远的内心产生了焦虑，他怀疑是不是自己从一开始就想错了方向，她根本没来西藏，所有关于她的感觉都是错觉而已。他尝试过打她的电话，洛可可许是执意要将这场关于缘分的游戏玩到底，她没有接听。

无头苍蝇一样的卓远只好向堂姐求援，问她有没有办法打探到洛可可的行踪。卓琳的电话，她肯定不会不接。

卓琳的预产期近在眼前，她正忙着准备待产事项，压根没想到卓远会闹出这么一场大风波。听堂弟说了一遍事情的原委，她差点动了胎气。

“等我生完娃，看我不骂死你！”卓琳不解恨地补充了一句，“可可不想见你，我举双手双脚赞成。”

“姐，我知道错了，我认错还不行吗？”卓远求饶，卓琳是他的救命稻草，被她骂死也是自己活该。“你打电话问问她到底在哪里吧，我实在没办法了，可可不接我的电话。”

卓琳从堂弟的声音里听出了真心诚意，时光一下子回到多年以前，只是那个让他着急让他几近疯狂的女孩变成了自己的好友。缘分，真是奇妙的东西。她一边想着，一边拨打洛可可的手机。

一如卓远所料，洛可可不会不接卓琳的电话。她还以为卓琳生完了孩子打来报喜，激动地问她“是男是女”？

“还没生，就这几天了。”回答完洛可可的问题，卓琳即刻切入主题，“你不在上海，去了哪里？”

洛可可提高了警惕性，料想是卓远打过求助电话了。她应该警告他不准作弊！没听到她的回答，卓琳猜测洛可可不想让卓远知道。手心是好友，手背是堂弟，她也很为难。略作沉吟，卓琳开口劝说道：“可可，我们是最好的朋友，我不会害你。假如小远没有真正悔改的意思，我不会替他求情。”

洛可可沉默，巴松错的水面倒映着雄伟的雪山，她差一点想问神山要不要轻易给出线索。“再过几天是一个对我来说有特别意义的日子，我会在约定的地方等他。”她对卓远的感情最终促使她做出了让步，但不能是无条件的。

多年好友做下来，卓琳岂会不知“有特别意义的日子”代表什么，至于那个“约定的地方”，她坏心眼地认为不能让卓远太轻松，就交给他自己去琢磨吧。“臭小子，你给我听好了，这一次你要是再对不起可可，别指望我家小朋友会叫你舅舅！”她撂下狠话，不惜以断绝关系相威胁。

“我发誓，我要和她在一起，直到我死……”他的誓言还没说完，就被卓琳打断了。“拜托，这种话留着告诉洛可可，对我说没用。7月30日，那天是她生日，她说会在约定的地方等你。OK，我的任务圆满完成了，别再来打扰我生孩子，你赶紧把她带回来吧。”怕他继续“肉麻”，卓琳忙不迭地挂断了电话。

约定的地方？卓远心头飘过疑惑，自己和她有过关于西藏的约定吗？

“我在西藏看过很美的星空，星星低得好像伸手就能摘下来。”这是他自己的声音，在去年9月的某个夜晚，他们争论过爱情是否需要用婚姻这块墓碑证明自身的存在。他同时想起来洛可可后来问过他在哪里可以看到那样的星空。

是的，确实有一个地方，是他们心照不宣的约定。

7月30日，珠穆朗玛峰5200米营地。洛可可一行人到达时刚好一阵大风将遮住珠峰峰顶的云吹走了，世界最高峰露出它庄严圣洁的面目，在各个帐篷外苦候多时的游客集体欢呼起来。

5200米，虽然行经的嘉措拉山口超越了珠峰大本营的海拔高度，洛可可依然觉得这里应该是自己一辈子能到达的最高处，最重要的是她状况良好，没有被高原反应击倒。她本以为自己会是团队里拖后腿的人，想不到最先倒下的反而是赵辉的同学，这群男生仗着年轻不把高原反应当一回事，在海拔4700多米的羊卓雍错蹦蹦跳跳High过了头，当即就有了头痛、呕吐的高反症状，吓得包车司机赶紧将一车人送到最近的医院挂水。

虚惊一场后，大家再度启程，人人背着一个氧气瓶有备无患。洛可可感觉自己对高海拔适应得很好，不过为了照顾这些弟弟们的面子，她还是接受了。

现在，她终于在32岁生日这一天来到了约定的地方。举目四望，大本营各个帐篷前都停着越野车，人群里却不见卓远的踪影。

有两个可能，第一种是他不知道约定的地方在哪里；第二种则是他又退缩了。她的喜悦被冲淡了，今年生日的主题就定为庆祝“永久失恋”吧。洛可可自嘲地笑了笑。

太阳要落山了，珠峰峰顶被照亮了，积雪反射了阳光，金灿灿的亮得刺眼。洛可可左看看右看看，厚着脸皮掏出了卡片机，在专业的单反相机包围下，她的相机实在显得非常业余。再加上她平时也不常用，这会儿无论怎么调整设置都拍不好日落，差不多张张照片都过曝了。

洛可可正一筹莫展之际，熟悉的声音掠过耳畔：“我有没有荣幸请你做模特？”

她猛然抬头，卓远正站在面前。

他，如约而至！

她脸上的表情又惊又喜，不知是高海拔影响还是激动，心脏“怦怦怦”跳得飞快。“我收费不便宜哦。”她要矜持，再矜持，不能让他轻易得手！

“一辈子，我赚的钱都是你的。”卓远豪气如云地宣布。

洛可可嗤之以鼻，冷哼道：“说得好像你很能赚钱似的。拜托，卓小弟，认清现实吧，你不一定养得起我。”甜言蜜语过不了现实那一道坎，她情愿用带刺的棒子让他看清楚。重新开始不是随口说说的一句话，开始之后就不能随随便便结束。

“那你养我啊。”他反应极快，说出口的玩笑话差点令洛可可飞起一脚踹过去。幸亏，下一秒他收起了嬉皮笑脸，换上前所未见的严肃表情，一字一句道，“洛可可，人生那么长，我要和你一起创造属于我们的未来。”原先她总能感到卓远在举手投足间会带出一丝丝的倦怠消沉之气，此时此刻消极的情绪不见了，他像是重新找回了生命的活力，不仅恢复了射手座乐观的天性，连气息都变得蓬勃向上了。

依稀仿佛，少年模样。

太阳落山了，风越来越大，拍完日落的游客们包括赵辉一群人都躲进了帐篷，只剩下洛可可以及耐心等待回应的卓远。然而，真正的演出至此才拉开序幕，一道金红色的光芒攀上珠穆朗玛峰顶，用日照金顶的方式展现这位“女神”的绝世风姿。仅仅一分钟，这道光芒渐渐淡去，苍茫暮色吻上了“女神”的脸。

坚持，终会有收获。这是神奇的大自然想对她说的吗？既然如此，那就再相信一次吧！

她向他伸出手：“卓小弟，今后，请多多关照!”

月亮还没爬到8844米的世界之巅上方，天空被群星点亮。密密麻麻的星星像一颗颗闪亮的宝石点缀在天幕上，洛可可总算明白“多如繁星”这四个字代表的意思，原来整条银河在眼前闪耀是如此壮阔的美景。

她的生日party才结束不久，鉴于在5200米海拔的高度喝酒基本属于自寻死路，况且营地条件简陋，赵辉他们加上卓远就以康师傅泡面庆祝了洛可可的生日。帐篷里一股老坛酸菜面和红烧牛肉面的味道，她的32岁庆生会虽朴实无华，但意义非凡。

有爱人，有朋友，有人唱生日歌，一个成功的庆生会有这些也就足够了，若再配上满天群星齐齐闪烁的大背景，简直不能更完美了。

5200米的高度，天空通透而纯净，没有城市的灯光污染，银河一览无遗。卓远抬手指向天空，勾勒出星座的轮廓教她一一辨认，当那些只在星座书上看到过的图案真实展现在眼前，并且像是伸手就能触摸到，洛可可忍不住连声赞叹。

不只是他们，所有能站着走出帐篷的游客都出来看星星了，惊叹声此起彼伏。城市早已让人遗忘了星空究竟有多美，更多人则是忙得没有时间抬头仰望天空，譬如几个月以前的她。

没错，她确实能赚很多很多的钱，但也几乎耗尽了最美好的时光。人生是一道多重选择题，不如每个答案都试试吧。不亲自体验一次，谁知道哪一种生活更适合自己，不是吗？

“卓远，谢谢你！”洛可可由衷地感激，生命中有他，真好！

卓远将洛可可揽入怀中，用一个吻订下契约：为你，我要成为更好的自己。

漫天星辰，狮子座和射手座，遥遥相望。

尾声

故事结束于卓琳收到的邮件——洛可可发来的超大附件。

那是她为摄影工作室制作的宣传手册，封面用了在珠峰大本营拍摄的星轨照片，那一夜他们在寒风中长曝光了一个多小时，终于拍到完美的星轨。对于洛可可和卓远，珠峰的星空有着不一样的意义。

点击“下一页”，宣传手册的第一部分是卓远擅长的婚纱摄影系列。卓琳意外地发现照片的主角竟与洛可可和卓远非常相像，她立刻将老公召唤过来，把正叼着奶瓶的女儿往他怀里一送，全神贯注地盯着屏幕自动切换的照片，没错，真真切切是他俩。

满月酒之后，卓琳忙着照顾小孩，很久没和洛可可联络。她从卓远父母那里听说洛可可替卓远接了一单出国拍婚纱照的生意，没想到的是她竟然一同去了，并且还以女主角的身份出现在宣传手册里。

册子里的洛可可穿着白色的拖地婚纱，双手捧花，笑得很甜。卓琳从背景判断照片拍摄于威尼斯的圣马可广场，那群在她脚边张开翅膀准备起飞的鸽子沐浴在金色的阳光下，整幅画面动静相宜，令人过目难忘。

下一页，是洛可可和卓远的黑超合影。他身着黑色的西装，戴着酷炫的墨镜，俊朗潇洒的外形绝对不输意大利帅哥。

幸福的情侣连笑容都相似，旁观者只看他们的表情就能感受到浓情蜜意。一年多以前，卓琳做梦都不会想到洛可可最终情定卓远，她当时还在婚宴上对大家说："我希望有一个人能发现可可的美好，和她共度今生"，原来那个人远在天边，近在眼前。

她回过头，女儿已喝完了牛奶，李家成抱着她在房间里走来走去，轻轻哼唱着《亲亲我的宝贝》。卓琳灿然一笑，谁和谁相遇，果然皆是命中注定！

罗马，Trevi喷泉。它有另一个如雷贯耳的名字，叫作"许愿池"。

晚上10点，景点前依旧人头攒动。作为罗马最负盛名的景点，许愿池因为那个流传至今的传说成为每名游客在离开罗马前必到的地方。

背对喷泉，右手拿硬币从左肩上方向后投入水中，一枚硬币代表此生会再回罗马，两枚硬币代表会与爱人结合。洛可可比较贪心，她投了两次。第一次投入两枚硬币，第二次再投一枚硬币，她希望今生能有机会和卓远再回到罗马。

"你要不要许愿？"洛可可从零钱包里又掏出一枚硬币，面值1元人民币。卓远笑她如此抠门，波塞冬大神肯定不屑于满足她的愿望，他拒绝凑这个热闹，免得一块儿被鄙视。

洛可可白了他一眼，振振有词地辩解道："你这就不懂了，全都是欧元，海神大叔哪里分得清谁是谁啊。我就不一样了，他一看到上面的图案，就知道是那个抠门的姑娘，一定要让她重新回罗马刺激消费振兴意大利经济。"

她说得颇有道理，卓远一时无法反驳。不情不愿地拿走她掌心的硬币，他穿过人群走到池边，和各国人民一同许下重回罗马的愿望。扔完硬币，卓远特意转身看了一眼，嗯，人民币确实挺显眼的！

洛可可站在台阶上，居高临下望着朝自己走来的男人。过去的一年里，她遇见了三个男人，只有这一个愿意为她变成better man。人生最美好的遇见，是在茫茫人海中找到自己丢失的另一半，然后发现那一半比自己想象中更好！

卓远走回洛可可身前，低头看着她的眼睛，轻轻一笑，故作担忧道："万一我们的同胞都和你一个想法，海神大叔说不定又要认错人。"

“So？”她明知故问，仰起头，准备迎接他落下的唇。

“So，”他握住她的右手，单膝跪地，“洛可可，will you marry me?”他想和她永远在一起，心甘情愿用婚姻誓词交换自由。

在浪漫的罗马，在刚刚许下心愿的Trevi喷泉，还有哪一句比“我愿意”更合适？洛可可抬起左手掩住嘴，呜咽着说：“I do.”

在正确的时间、正确的地点，遇见正确的人，这一个，是真正的Mr. Right!